Best Time

白马时光

丁墨 / 著

待我有罪时 2

WHEN I'M GUILTY

天津出版传媒集团
百花文艺出版社

图书在版编目（CIP）数据

待我有罪时 . 2 / 丁墨著 . -- 天津 : 百花文艺出版社 , 2019.11（2020.12 重印）
ISBN 978-7-5306-7776-6

Ⅰ . ①待… Ⅱ . ①丁… Ⅲ . ①推理小说－中国－当代
Ⅳ . ① I247.5

中国版本图书馆 CIP 数据核字（2019）第 227731 号

待我有罪时　2
DAI WO YOUZUI SHI 2
丁墨 著

特约策划：何亚娟　　　**封面设计：**小茜
责任编辑：魏青
出版发行：百花文艺出版社
地址：天津市和平区西康路 35 号　**邮编：**300051
电话传真：+86-22-23332651（发行部）
+86-22-23332656（总编室）
+86-22-23332478（邮购部）
主页：http://www.baihuawenyi.com
印刷：三河市兴博印务有限公司
开本：710 毫米 ×980 毫米　1/16
字数：359 千字
印张：20.75
版次：2019 年 11 月第 1 版
印次：2020 年 12 月第 4 次印刷
定价：39.80 元

如有印装质量问题，请与三河市兴博印务有限公司联系调换
地址：河北省廊坊市三河市杨庄镇大窝头村西
电话：0316-5166530
邮编：065000

目　录

contents

目　录

contents

第一章

天总会亮

当樊佳不再害怕时，她的嗓音是清亮悦耳的，神色是真挚勇敢的。陈昭辞望着笼罩着惨淡光线的防空洞里，这么个脏兮兮却又干净无比的女人，感觉到心口被牵扯着的疼。

于樊佳看来，坐在洞口的男人，在渐渐变得平静。尽管他的行为是畸形惊悚的，可那侧脸此时看上去不过就是个平凡男人，这个男人正嗓音平淡地和她交谈着。

就这么你问我答，一句一句，当时只道是寻常，竟也勾勒出一份渺小孤僻的人生。

只是，当成功了解了这个男人的过去后，樊佳同样也很想问他：既然你深爱的女友都为校园贷所害，为什么你转身还成了他们的看门人？尤其是想到那个视频里，手持相机拍摄的画外人，极有可能也是他时，樊佳只感觉到侵骨的寒气。看着他安静的眉目，仿佛隐隐看见了轮廓后扭曲着另一张脸。

陈昭辞察觉到了她的迟疑，弯下腰，脸离铁窗更近："你想说什么？"

樊佳心中一个激灵，脑子里拼命想丁雄伟、尤明许还有殷逢，曾经说过的一切关于如何应付心理变态的只言片语。甚至还有许梦山，那小子只比她大两岁，却鬼得跟狐狸似的。如果换成他，应该也会耍起心机手段和罪犯周旋吧！

这么想着，樊佳忽然冷静下来。

她要战胜他，她要逃出去。

人民警察的武器，不只是枪和手铐，还有……她胸膛中这颗始终热烈跳动的心。

她沉默了几秒钟，听到昏暗的地洞里，自己清晰的呼吸声。然后她下意识把手背到身后，这样象征敌对关系的绳索，就不会出现在陈昭辞视线的醒目位置。她再度抬头，并且把脖子抬得很高，这样，是不是能显得更真诚?

她不知道自己做得对不对，全凭猜测和直觉。

陈昭辞盯着她高高抬起的俏丽的鹅蛋脸，不吭声。

樊佳笑了，笑得像当初被他欺骗的那个女孩，脸颊露出浅浅的两个梨涡，说：“谢谢你。你之前说，把我带来这里，本来是为了救我。”

陈昭辞却露出讥笑：“可你是警察！根本不需要我救，你还把我们的事全抖搂出来了！现在大家都要坐牢，我如果被抓住，也要坐牢！”

樊佳一滞，心想：好像是这样!

这么想着心中又有了一丝得意，脸上使劲绷住，心念一动，避重就轻地答：“可不管我是什么职业，从来没人救过我。当时我也不确定能不能逃出去，说不定就遭了他们的毒手。全靠你，把我带到这么安全而且没人知道的地方来了。”

陈昭辞静默一瞬，嘴角到底微微一扯，说：“的确，整个怀城，没人比我对这些防空洞更熟悉。没人需要它们，拆了、塌了一个又一个，只有我和它们同在。”

樊佳忽然反应过来，问：“你把我从分金宝公司带……救出来，也是走的它们?”

陈昭辞哼了一声，答：“当然。每天我的老总们、同事们，就在地道之上走来走去。我有时候就待到洞里去，听着他们的脚步声。只要我愿意，可以让他们其中任何一个，无声无息地消失在这个世界上。”

樊佳感觉到喉咙微微发干，但她依然镇定地望着他，挤出句话来：“你这些年真的……很坚持，比较独特，和其他人不一样。”

陈昭辞望着她，忽然笑了：“从刚才开始，你一个劲儿拍我马屁干什么？想让我放了你，然后我自己去坐牢？”

樊佳心里抖了一下，心想：这家伙其实警醒得很。怎么有种奇怪的自己是只跑到老虎头上去撩须的兔子的感觉？但这感觉只是一闪而过，她心中也升起一股不愿就此认输的气，脱口而出：“我愿意理解你，是因为即便在那样的环境里，即便你经常目睹犯罪，也没有真正害过人的性命。祝芯雅背叛了你，而你只是想要得到一个真相，并没有做出任何报复举动。分金宝那帮人的变态行为，你从来也没有真正参与。而且对我，你的第一想法是救人，而不是杀人。陈昭辞，其实我们都是一样的人，虽然活得辛苦，可依然在努力寻找人生。你并没有做错什么。”

樊佳也不知道为什么，说完之后，眼眶里泛起了泪。两人一上一下，一明一暗，隔着几米的距离，都沉默着。

陈昭辞怔怔地望着她，过了一会儿，他却低头惨淡地笑了："我……是没有亲手杀过人，可是，我照着新闻里报道的样子，处理过刘伊莎的尸体。那感觉，我这辈子都忘不了。看着一个活生生的人，骨头在我手下断成一截一截的，拿起来摇，还能听到里头的碎响……你说错了，我和你不是一样的人。这么多年，尽管没有参与其中，可我看着那些自己曾经恨的人，欺负了一个又一个女孩，我却无法克制自己，反而一直在这条路上往前走，停不下来……樊玲玲，你是光明正大的人民警察，可我在阴沟里。这一辈子，我都在阴沟里！"

这一刹那，樊佳差点都被他说服了，甚至心生放弃的念头。这样剖白内心的陈昭辞，令她感到一丝恐惧，可也有一丝莫名的苦涩。有个声音在心中对她说：生而为人，不该如此。

"不……不是这样的，不是这样的。"樊佳结结巴巴地说。

陈昭辞低头看着她，眼中还有几分凌乱："那你说是什么样的？！"

樊佳的脸已涨红了，眼眶阵阵发烫，说："陈昭辞，你知道吗？我上警校时学过一个观点，其实我们每个人，世界上每一个人，天生就会对暴力和犯罪，更加……更加注意。这是……这大概是我们人性中天生的一部分，也就是说，换作另一个人，从小没了妈妈，没了家，很努力地生活后，女朋友却死在自己眼前，他也会有做坏事的冲动。换作另一个人，对自己的同类，对一个人的尸体做坏事，他也会无法自持。别人不一定会比你做得更好，可是你迄今为止，确实没有害人性命。因为你心里……心里还存着希望，想要从阴沟里走出来，想要站在阳光之下，想要摆脱那一切，对不对？"

陈昭辞望着她，眼泪流下来。他的脸色变得苍白，嘴抿得很紧。

樊佳牢牢盯着他，也擦了下眼泪，说："现在你就有机会，摆脱过去的一切，结束那样的人生——你向我自首。没错，我就是要你去坐牢。你只是从犯，而且有自首情节，判决会从轻，只会判几年。哪怕判十年，又有什么关系呢？出来了你才三十几岁，还很年轻。你有没有听过一个词——赎罪？你是做错了一些事，那就去赎罪好了。

"重要的是，从此以后，你再也不必躲在阴暗里了。你一身干干净净，完全可以重新开始。你可以重新找一份工作，譬如图书管理员，譬如开个书店。你不是爱读书吗？你还可以施展你的博学。你可以重新去认识新的女孩，组建家庭，再生个宝宝。那是你一直渴望的，你可以得到。

“可如果你继续闷头朝前走，继续过这样躲躲藏藏的日子，过不了多久，警察就会抓到你。我是我们团队中最差的一个，他们都比我厉害多了，他们很快就会找到你，那时候，也许你就回不了头了。再这样下去，总有一天，你会连你自己都认不出来的！

“选择权，在你手里。我的命、你的命，都在你手里。陈昭辞，我相信你。等你带我出去，我也会带你走出阴沟的。我发誓，昭辞，我是人民警察，人民警察为人民，我向你发誓！”

陈昭辞原本倔强得如同一道弯弓般的身体，慢慢软塌下来。他低下头，用手捂住脸，失声痛哭起来。

一条绳索，从洞口抖搂下来。

还有一把匕首，“哐当”一声掉在地上。

樊佳爬出来时，气喘吁吁。一旁的陈昭辞也好不到哪儿去，他放开绳索，手撑地面，低着头。这男子原本阴沉的、温柔的、暴戾的气息，通通不见了。浑身上下，只剩下整个人崩溃过后的颓唐。

樊佳的心怦怦跳，看了一眼周围，这是个窄仄、简陋的屋子，除了桌椅和一张小床，别无他物。窗外黑蒙蒙的，看不清是哪儿。

樊佳轻声问：“有手机吗？”

陈昭辞还低着头：“丢了。”

也是，倘若他还带着手机，早被尤明许他们连窝端了。

樊佳的嗓音依旧柔和：“那我们……走吗？”

他没吭声，站起来，背影像一座阴郁的山丘。樊佳也沉默着，过了一会儿，他拉开门，一股凉风蹿进来。外头黑乎乎的一片，隐约可见建筑景物。直到这一刻，樊佳的心才好像摇了很久的可乐瓶，终于打开了盖子，气泡“嘭”的冒出来。她知道自己赢了。

两人走到屋外。

周遭都是平房，路旁有空着的摊位，远处还有高低林立的建筑。樊佳没想到陈昭辞居然把自己关在人口这么密集的位置。只是此刻，天还是漆黑的，狭长的小街上，一个人影都没有。

樊佳爬上洞口前，口袋里就装着一截绳子，她掏出来，问：“我能不能……”

陈昭辞的眼睛里已没有任何光泽，盯着她的绳子看了几秒钟，说："你说过的话，会算数？我现在向你自首，就会从轻判？我还有机会，重新开始吗？"

樊佳用力点头。刘伊莎是过失致死的，陈昭辞并没有参与凌辱，处理尸体也是被上司所迫，逼不得已。

"那等我坐牢了，你会来看我吗？"他又问。

樊佳答："会，我保证。"

他这才抬起眼皮看她："我希望能再见到你。"

樊佳笑了，只是笑，夜风轻轻吹拂着她的头发，她并不说话。

陈昭辞把双手伸到她面前。

樊佳很快在他的双手手腕上打好死结，静默了一瞬后，拉下他的衣袖，挡住绳结。他不吭声，只是看着她的动作。

"这是哪里？"樊佳问。

陈昭辞说了个位置，樊佳吃了一惊，这里居然还是那片贫民区，陈昭辞把她藏在了众人眼皮子底下。樊佳对于怀城到底不熟，努力辨着方向。

这时陈昭辞开口："大概走二十分钟，有个派出所。"

樊佳感激地看了他一眼，陈昭辞不吭声，在前面领路。

天空还是如浓墨般散不开，两人便这么一前一后，隔了一米左右走着。樊佳怕他心态再有波动，便时而和他说一些无关紧要的话，譬如冷不冷、大概几点钟了、贫民区里到底是个什么样的地理分布等。

她生性本就开朗，再加上如今陈昭辞已在她掌控之下，心情轻松，偶尔还会冲他笑。陈昭辞虽笑不出来，但心结似乎有些纾解，眉眼也没有那么沉重了。

樊佳想想也觉得挺奇妙的，自己居然跟一个心理变态的罪犯达成了和解。这种感觉不赖，就好像原本千疮百孔的一块石头，可你居然把它修补得终于有了一丝圆润温和的轮廓。她想：等待会儿回去了，一定要和尤姐、梦山大猪头他们，好好说说这一路的经历。尽管杀死赵菲儿的那名真凶还没抓到，但刘伊莎之死算是被查得一清二楚了，也算是有所斩获。

尽管子夜寒冷，一路上寂静漆黑，只有她和一名有罪之人结伴而行。可她的心中暖洋洋的，充满了阴霾散尽后的希望。

这时两人拐入一条更窄的小街，路面脏得很，到处都是泥水，还有鱼腥、臭肉、烂掉的菜叶混杂的味儿。街的两旁稀稀拉拉摆放着些空摊位，不远处是一家农贸市场的入口。路的尽头笼罩在阴暗里。

陈昭辞停住脚步。

樊佳心头一跳："怎么了？"

他答："我想一下，是走哪条路。"

樊佳盯着他，语气柔和："别急，慢慢来。应该就快到了吧？"

他答："嗯，就快到了。"看了她一眼，到底露出一点苍白却柔和的笑，带她继续走。

樊佳见他带自己拐入一条更宽敞的行车道，道两旁还有路灯，心神一稳。

两人走了一会儿，他说："天好像快要亮了。"

樊佳看了眼天色，微笑："是啊。"

陈昭辞说："你希望天亮吗？天亮了，我就要去坐牢了。"

樊佳明白了，也许是恐惧、挣扎和彷徨，令陈昭辞感到慌乱了。她不答反问："你呢？希望天亮吗？"尽管被困数日，身体状况极差，但他如果这时反悔要跑，樊佳决计拼了命也会把他抓回去。

陈昭辞答："我不知道。"

樊佳轻声说："总会天亮的。早一点过完黑夜，就会早一点天亮。"说完伸手握住了他的手。陈昭辞感觉到她的手比自己的还冰冷很多，却也柔软很多。他任由她握着，怜悯也好，鼓励也好。当他心中闪过一个念头——她是否只是在耍心机时，却看到了她清亮坚定的眼睛。那真的是一双属于刑警的眼睛。

"快走吧。"他把手从她手里抽出来，"我们的时间不多了。"

樊佳心想自己应该是成功稳住他了，便随着他加快步子，走过这一条长长的无人的街道。

然后她听到了身后猛然逼近的脚步声，以及一阵劲风声。哪怕反应能力因为体能下降了很多，刑警的本能还是令她一伸手，将陈昭辞推开。

樊佳只觉得脑袋猛地一痛，和陈昭辞同时摔倒在地。她想要爬起来，却没能够。模模糊糊间，只看到地上映着一道高大无比的黑影，就在自己身后。

很奇怪地，她在这时，看了眼倒在不远处的陈昭辞的眼睛。他也看着她，眼中泛起了泪。然后一把染血的铁锤从后面抡过来，撞在了他的头上。

几辆警车，屋前屋后将平房团团围住。尤明许刚推开车门，许梦山已冲了出去。尤明许看着搭档这副模样，心中更沉。

房子里空无一人，唯有地上掉了把匕首和一段绳索。尤明许仔细看了看，没有明显的打斗痕迹，她一抬头，刚好看到许梦山纵身跳进屋角的那个防空洞。她冲过去，趴在洞口，急问："怎么样？"

许梦山举着手电，迅速环顾一周，最后盯着地上散落的绳索和其他痕迹，很明显这里有人被拘禁过。他咬了下牙，答道："没人。"

"阿许。"殷逢喊道。

尤明许回头，见他从床上拿起了一个背包直接一倒，衣服、钱、钱包散落出来。尤明许一个箭步冲过去，拿起钱包一翻，看到证件和银行卡，抬头两人对视。

"没走远！"她说。

殷逢点头。

尤明许冲出房间，对其他警察喊道："马上搜索周围！"

殷逢帮着许梦山从洞里爬出来，许梦山一到地面就冲了出去。殷逢下意识也跟着跑，跑着跑着，看着前头的警察们不要命狂奔的身影，而他的阿许在最前面，心口就有点疼。

半个小时后，警方在距离小屋一千米外的街道上，发现可疑血迹。血已干涸，至少是几个小时前的了。当地刑警队队长韩烽立即命人调集该可疑地点附近的监控，又过了一个小时，终于在距离该地点较远的街角，找到一个可以使用的摄像头，并且调来监控。只是画面较为模糊和遥远。

怀城警局会议室内。

老谭、尤明许、韩烽、许梦山等本案骨干警察，包括殷逢，都在看一段只有二十多秒的视频。

画质比较差，还有雪花和闪线。时间显示是今日凌晨四点零二分，空荡荡的长街上走来一男一女。他们背对着镜头，女的穿的正是樊佳失踪时的衣物。

"是樊佳！"尤明许说。其他人也纷纷点头，毕竟是朝夕相处的同事，一眼就能认出来。唯有许梦山，脸上明明暗暗映着幻灯片的光，盯着画面，静默不语。

"男的是陈昭辞。"韩烽说，"看这身形，肯定错不了。"

就在这时，一个极为高大健壮的黑影，突然从画面下方冲出来，手握一把铁锤，朝樊佳砸去。

哪怕是这帮刑警，也惊呼出声。

樊佳倒在血泊里，一动不动。

那人穿着一件黑色连帽衫，自始至终也看不到脸。他一锤又朝地上的陈昭辞挥去，陈昭辞立马趴在地上不动了。那人一个弯腰，把樊佳扛在肩上，转身走出了画面。

会议室里一片寂静。

负责查监控的警察说："这是大概半个小时后的画面。"

天还没亮，原地只剩下陈昭辞一人。他身体动了动，跌跌撞撞从地上爬起来，这时所有人都看到，他衣袖下的两只手，是被绳索绑住的。陈昭辞的头也流血了，他四处张望了一会儿，像是想寻找什么。最后他也跑出了画面。

殷逢走出洗手间，就看到那道熟悉的身影，站在栏杆旁。暮色已经降临，外面起了风。她摸出根烟含着，点了下火机，没着。她脸上没任何表情，又点一下，再点一下。明明有风，却不知道挡一下，像是和打火机较上了劲。最后她火了，把烟和打火机一起砸进旁边的垃圾箱里。

连日奔跑，她的马尾早散了一半，她也不去管，手插进长发里，低头趴在阳台上。

殷逢还没见过她这么焦虑的样子。

樊佳遭到袭击下落不明，警方已在附近展开地毯式搜索，但是一无所获。那样拥挤、人流量巨大的老城区，藏一个人实在太容易。带回来的目击者或者嫌疑人，也在一个个连番审查。

这是审查的空当，殷逢就撞见了尤明许的这一面。

殷逢走到她身旁，双臂习惯性地在栏杆上拉了拉。还没开口，就听到尤明许说："走吧，我不想说话。"

即使是擅长心理学、惯于撒娇耍赖的殷逢，此时也不知道怎么安慰她。末了，他说了句最俗气的话："你要是觉得难受，就哭出来。"

尤明许"哧"地一笑："哭？人没找着我在这里矫情？"

殷逢顿了下，说："人没找着，你在这儿砸打火机？"

这话终于叫尤明许正眼看他了，她的脸色阴沉得不行。

"尤英俊，我看你是不想姓尤了。"她说。

殷逢却微笑，颇有气势地来了句："男子汉大丈夫，行不改名坐不改姓。"

似乎每次当她心里憋闷时，这家伙跑出来插科打诨，她就会好受很多。这时有别的同事经过，尤明许跟人又要了个打火机，摸出支烟接着抽，到底没那么暴躁了。

两人并肩看着暮色越来越暗，像张黑网把整个城市都笼罩住。

“阿许心里不舒服，就靠在我肩膀上。”殷逢说，“人与人之间的肢体抚慰，是有作用的。换句话说，依靠在我身上，会带给阿许一些力量。”

尤明许只眯眼笑笑：“不靠。”

没几秒，一个沉甸甸的脑袋压在她肩上。尤明许斜眼看他，那么高一个人，也不怕腰被扭到。他甚至还闭着眼睛，脸色很宁静。

“那么阿许给我力量吧。”他说。

尤明许没吭声，也没推开他。身后偶尔有人经过在看，她也不理。现在的殷逢不用香水，但他身上的味道总是很好闻的。有时是沐浴液味，有时是花露水味，有时候早上喝一大罐牛奶还不小心洒衣服上，就会带着淡淡的奶味，都是很干净的味道。他的头发也很柔软，压在她脖子上，让人说不出心中是什么感觉，亲密、纯洁、渴望还是被渴望?

过了好一会儿，尤明许偏头，在他头顶轻轻吻了一下。

殷逢的整颗心，都随着这轻如羽毛的一吻，震颤不已。他缓缓抬头，却只见尤明许目视前方，脸色清冷，说：“起来，我们再理一下思路。”

殷逢：“哦……”

尤明许说：“最初，一年前，陷入分金宝公司校园贷的大学毕业生赵菲儿失踪遇害。分金宝公司众人都有不在场证据，并且指纹不符合。赵菲儿也不符合他们对目标的要求。杀死赵菲儿的真凶，另有其人。”

殷逢说：“此后长达一年，凶手销声匿迹，再没有相似的受害者被发现。”

“一年后，同样陷入分金宝公司校园贷的刘伊莎，失踪遇害，已证明为分金宝公司所害，事后陈昭辞模仿一年前的案件进行了抛尸。樊佳伪装成诱饵，在分金宝公司被陈昭辞带走，藏于地道。陈昭辞的女友因校园贷跳楼自杀，他心怀怨恨心理扭曲，为虎作伥。”

殷逢点头：“从监控看，樊佳已成功脱身，并且制服了陈昭辞。从他们的行走路线看，目标是最近的派出所。就在这条路上，樊佳被神秘人带走。陈昭辞也被神秘人打伤，在逃。”

尤明许又说：“我们已经掌握了案发时间段附近几条公路的监控，因为时间很早，进出的车辆很少，很快就排查完毕，没有发现嫌疑人。也就是说，樊佳还在这片区域内。问题是——带走她的，会是一年前的真凶吗？还是另有其人？”

殷逢答："不能确定。但神秘人和真凶一样，也居住在这片区域内，并且他对樊佳头部造成的伤，和赵菲儿的是比较相似的。"

尤明许无声地吐了口烟气，半晌才说："如果神秘人就是真凶，他在那个时间出现在那条路上，是偶然还是另有内情？"

殷逢答："都有可能。那条路离赵菲儿的活动范围不远，换句话说，离真凶的日常活动范围也不远。又是在人迹最少的凌晨，正是对真凶最有利的狩猎时间。"

尤明许的眉头紧紧皱着。

她现在有种奇怪的感觉，这案子一环环查下来，一个一个扣子解开，看起来像是一系列的偶然性叠加在一起，案中有案又有案。每个环节的罪犯，似乎和其他罪犯的犯罪行为，没有什么关联。可偶然、巧合的变故，总是在发生。她甚至有种被人牵着鼻子走的感觉……

殷逢的电话响了，他说了两句，看向尤明许："阿许快跟我走。我的人终于排查出四个最符合画像的嫌疑人，他们都住在附近。"

尤明许一愣。

若真能凭借犯罪心理画像，从茫茫人海中把真凶揪出来，那就像一把尖刀划破重重疑团，所有问题都将迎刃而解。

不过，殷逢的人？

那帮厨子、园丁、司机、管家，家政 team（团队）？

尽管心中很是嘀咕，尤明许还是和殷逢一起坐车前往第一名嫌疑人的家庭住址。无他，死马当成活马医。而且，尽管每次查案，殷逢都穿得跟只大青虫或者嫩黄鸭似的，青春又可爱，但是他给出的结论，却一直精准、犀利、深刻。所以他说找到了四个嫌疑人，尤明许难免心生希望。

不过，到了现在，每一分每一秒流逝的，都可能是樊佳的命。两人商量了一下，已没有时间去委婉试探观察，决定正面交锋。如果真凶的确在其中，就可以打他个措手不及！

最初，第一天抵达刘伊莎尸体现场时，殷逢就给出了罪犯的侧写。之后，他远在美国的导师范淑华教授，给出了一致并且更具体的画像。但当时，尤明许只觉得他们的结论是横空出世，就跟水中明月似的，看着清清楚楚，却摸不着，所以她心里并未当回事。

哪料到如今兜兜转转，查了一大圈，又回到了起点。

在去往第一名符合侧写的对象家中时，尤明许一边开车，一边回忆起这对心理学师徒当时给出的几个关键条件：

年龄在 25 ~ 40 周岁；

本地人；

居住在受害者家附近；

出身市井，文化层次不高；

从事手工艺匠人工作；

仇恨女人，少时未得到过年长女性的关爱，而是被虐待和侮辱；

没办法与异性建立正常关系；

不排除有同伙；

他就是市井中常见的一类人，深夜走在街头，大家也不会觉得异样；

强迫症，工作场所和家中都整理得井井有条；

不善言辞，情绪易激动，有强烈暴力倾向；

…………

除了后面的一些心理学特征，尤明许竟发现，那夜攻击并带走樊佳的人，是符合画像的：他的背影并不年迈，就居住在附近，深夜出现，没有找到任何目击证人……

尤明许感到一阵凉意浸上心头。

第一个嫌疑人的家到了。

尤明许首先注意到，这里离第一名死者赵菲儿的家非常近，就几百米，而且也是一栋老旧住宅。此人名叫赵大伟，殷逢的家政手下们搜集来的资料显示，赵大伟二十八岁，是名木匠，本地人，居住在此已有十来年。

赵大伟单身，和亲哥哥赵大强一起住在一楼。哥哥是个电工。

这是间不大的门面，因天色已晚，里头亮着昏黄灯光，店内地上码着木料，旁边还放着几台打磨材料的工具。尤明许瞄了眼，挺整齐的，但是脏。一个男人裸着上半身，穿着条黑裤子，背对着他们。他一身紧绷油亮的肌肉，满身的汗，正在干活。

仅从背影，无法准确分辨他是否就是监控录像里的人。

“赵大伟？”尤明许喊道。

那人转过脸，五官不起眼，长得有点丑，看到他们，神色疑惑。

尤明许直接亮明身份，一直盯着赵大伟的神色，他有点紧张，嗓音也是瓮声瓮气的："有什么事？我和我哥都没有做什么违法的事！"

尤明许淡淡地说："问你几个问题，协助调查，你照实回答就好。"

"昨天晚上，你在干什么？"

"晚上？晚上关了店，看了会儿电视，就洗澡睡了。"

"没有出去？"

"没有。"

"你哥哥呢？"

"他昨天上夜班，刚才……刚才出去跟工友喝酒了。"

"家里有车吗？"

"没有。"

"你送货什么的，不需要开车？"

"我不会开车，还没学驾照，送货一般在市场叫个车，很方便……"

尤明许又问了些问题，赵大伟全都一五一十作答。最后，她掏出采集指纹的简易工具，让赵大伟在上头按了下。

殷逢很安静地在边上待着，看着尤明许雷厉风行地搞定一切，虽然……某些操作可能不那么合规矩，但他怎么会在意？阿许开心就好。

从赵家出来后，尤明许又看了圈周围的监控，只有一两个，她记下位置，接着去第二家。

贫民区也有商业楼，是那种比较老旧的商场，人流很多。第二个人邵沅生，就在商场一楼租了个门面。这里离赵菲儿家远一些，但也在几千米内。

邵沅生是开宠物店的，还是个半吊子兽医。没有执业资格，是个赤脚医生。

尤明许和殷逢推开宠物店的门，里头的几只狗顿时叫起来。尤明许首先看了圈环境，地上有点脏，宠物笼子挨着墙角放着，大大小小挤在一起。墙上钉着一排排置物架，上面放着很多宠物食品、用品，什么牌子的都有。

殷逢蹲下来看狗，反正尤明许会搞定的，没他什么事。

两人心有灵犀，尤明许果然没管他，往里走了几步，最里头还放了张办公桌，一个穿着白大褂的高瘦男人从凌乱的桌后站起来："欢迎光临，有什么需要？"

邵沅生长得尖嘴猴腮，戴副眼镜，笑眯眯的，只打了个照面的工夫，那双细细的眼睛就在尤明许身上打了个转儿，露出难掩惊艳的表情。

这目光挺令人讨厌的，尤明许脸色一冷，下意识地往后瞟了一眼，殷逢还在全身心地逗狗。幸好是这样，不然某人又要生闷气。

这邵沅生有嫌疑，不仅因为符合画像的一些条件，在他的履历上，还因为性骚扰过女邻居，起过纠纷。不过后来双方到了派出所后，就私下和解了。现在一看，果然是个不老实的。

尤明许现在没空和任何人摆龙门阵，而是采取单刀直入的方式，直接试探对方。她刚亮出警官证，就见邵沅生神色一变，那点猥琐的表情也荡然无存。

“有什么事？”他心怀警惕。

尤明许说：“协助调查，问几个问题。”

他勉勉强强点了头。

“昨晚你人在哪里？”

邵沅生愣了愣：“昨晚……我在家。”

“一直在家？”

“一直在家。”

“有没有去别的地方？”

“没有！”

“干了什么？”

“那能干什么？睡觉。”

“家里还有别人吗？”

“没有！当然没有！”

尤明许看了一眼他严肃的神色，又问：“你有车吗？”

“有。”

“什么车？”

“别克凯越。”

“什么颜色？”

“黑色。”

“什么时候买的？”

“……两年前。”

越往下问，邵沅生的脸色越难看。最后尤明许做好记录，掏出取指纹的工具，邵沅生却神色一变：“干什么？”

尤明许语气淡淡：“录个指纹，例行公事，没什么。”

这时殷逢已和狗狗交流完毕，站在尤明许身侧，看到邵沅生吓成这样，抿嘴一笑。

邵沅生却不肯，把手插进口袋里，说："警察同志，我犯了什么事，你们要录我指纹？这不合适吧？你们有逮捕证吗？有文件吗？如果没有，这是侵犯人权的吧？我不录。"

尤明许看了他两眼，收起东西，说："行。但是我有权请公民回警局，协助调查 24 小时。收拾收拾，走吧。"

邵沅生脸色更难看，嘴里骂骂咧咧几句。尤明许根本没有闲工夫再跟他耗，打电话叫来韩烽手下的一个人，让他把邵沅生带回去详细盘查，就和殷逢继续去找第三人了。

此时夜色更深，临近子夜，尤明许开车带殷逢穿行在窄仄脏乱的老城区内。

殷逢说："阿许，邵沅生在撒谎。他昨晚不在家。"

尤明许点头："我也看出来了。你觉得他会是那个人吗？"

殷逢思考了一下，答："犯罪心理画像，提供的只是可能性更大的一种推断，但并不是绝对的。所以他身上个别细节不符合画像，并不能作为将他完全排除在外的依据。从刚才的交谈看，他有所隐瞒。本英俊的心理学和想象力，是负责大胆假设的；阿许的刑侦手段，是用来小心求证的。他有没有罪，阿许说了算。"

尤明许原本心事沉沉，他的话却令她笑了，一时间心情也轻松不少。

"你的意思是……我们俩还挺配的？"她说。

他没反应。

她转头看了他一眼，他居然脸红了，此刻也在看着她。尤明许有点恨自己嘴欠，明知他现在陷进去了，还撩他！

"阿许如果也觉得配，那就是配。阿许觉得不配，我是男人，我再努力。"他说。

尤明许万没料到他能冒出这么句话，心竟跟着漏跳了一拍。她握紧方向盘，面上不露分毫。

菜市场早已空空荡荡、漆黑一片。地上残留着各种泥水、菜叶，空气中是清冷夜风夹杂着的腥味、烂菜味。

第三个人叫符文秀，倒是个斯文名字，却是个鱼贩子，就住在菜市场后的平房里。不少菜贩都住在附近。

穿过菜市场，就到了那排平房。尤明许扫了几眼，整个市场只有入口处有个摄像头，看着还很旧。

符文秀家在一座矮房子里，门窗都关得很严，里头有灯光，还有隐约的声响。

尤明许走到门前，耳朵贴上去。殷逢见状，也贴上去。

两人目光悄无声息地碰到一起。

周围又冷又静，没半点人烟，暂时也没有援兵，只有他们两个，屋里还可能躲着罪犯。这样的场景，两人已经历不知多少回了。尤明许心无旁骛，眼睛里全是警惕。殷逢望着她，却忽然意识到，自己其实很喜欢这种感觉。尽管又苦又饿又累，甚至算得上颠沛流离、历经风险，可他和她已经形影不离了。他们彼此依赖，彼此信任，默契十足。不管遇到什么样的恶人还是危险，她都会牵着他的手，而他也能够在寂静无人时、在她伤心难过时，从背后轻轻抱着她，她不会抗拒。

你中有我，我中有你。

时时刻刻，日日夜夜。

殷逢脑子里冒出这几句话，眼眶就变得有些湿漉漉的了。尤明许正凝神偷听，忽然间看到眼前人的眼睛跟小鹿斑比似的，充满倾慕地望着自己，她愣了愣，伸手无声地拍了下他的脑袋，皱着眉，示意他专心。

这家伙脑子又脱线了。

殷逢乖巧低下头，只露出男人味十足的一段结实后颈。

尤明许没工夫搭理他的缠绵心思，霍然睁大眼睛。

因为她听到“霍霍”的低闷声响，很熟悉，像是磨刀声。

殷逢也听见了，一下子恢复正常，眼睛清亮如水，轻声说：“半夜磨刀，好刺激。”

尤明许站直了，定了定神，“咚咚”敲门。

那磨刀声戛然而止，过了一会儿，才有脚步声传出来。

门开了道缝，符文秀在门上挂了防盗链条，正冷眼看着他们。

他是光头，个子不低，身材高挑结实。尽管尤明许已在资料上看过他的照片，如今看到真人，还是凛了凛神。

符文秀长得很醒目。这醒目不是说帅或者丑，而是怪。他的眉骨很高，却没眉毛，留着两道细小的毛楂。鼻梁细长，嘴唇却厚。挺冷的深秋半夜，他在家居然没穿衣服，只下身穿了一条短裤。但最令人不舒服的，是他的神态。即便门外站着的是两个陌生人，符文秀也是微微眯着眼，带着点不知从何而来的笑意，有点冷，有点嘲讽的感觉。

尤明许朝他亮出警官证，说明来由。

他却没有开门，语气颇为认真地说：“警察？警察找我干什么？要买鱼吗？可是我现在已经没有鱼卖了啊。要不你们回去睡一觉，明天早上再来？”

尽管他怪声怪气，尤明许却连眉都没皱一下，刚要说话，殷逢先说道：“我们是找你聊聊的，快开门，难道你不想知道，我们要找你聊什么吗？”

符文秀看了一眼殷逢，轻哼一声，居然真的取下挂锁，开了门。

尤明许也看了看殷逢，这时符文秀已转身走进屋内，殷逢微微一笑，指了一下自己的脑袋。尤明许居然秒懂，他是在说符文秀脑子有点不正常？可这么短的照面，殷逢怎么就看出来了？

……惺惺相惜吗？

这是个很简陋的客厅，统共就只有一张桌子、几把板凳和一个柜子，实在看不出屋主有没有强迫症。符文秀也没有请他们喝杯茶的意思，居然在地上的一把小板凳上坐下，继续磨刀。

尤明许又打量了他一圈，也不阻止，问道：“这屋子里就住你一个人？”

符文秀一下子抬起头，露出厌恶神色，抬起根手指，在唇边“嘘”了一下，说：“不要吵，小龙在睡觉。”

尤明许愣了愣。

按照殷逢提供的资料，符文秀五年前就和前妻离婚，儿子小龙也跟着前妻离开了怀城。

“好好好。”殷逢一脸正色地压低声音说，“我们都不吵，继续我们问你答好不好？”

符文秀忽然笑了一下，眸光闪动，继续“霍霍”磨刀。

尤明许：“你昨晚在哪里？”

他答：“这里。”

“还有别人吗？”

符文秀淡淡看她一眼：“当然是和小龙。”

“你做了什么？”

符文秀直起身子，举起那把似乎是剖鱼的极其锋利的长刀，自言自语般说：“磨得差不多了。”

…………

“有车吗？”

他还盯着刀，答：“在后面停着。”

尤明许和殷逢见他并不在意，就穿过屋子到了屋后。看到大树下歪歪地停着的那辆旧金杯面包车，尤明许眼睛一亮。

两人回到屋内，又问了一些问题，符文秀有一搭没一搭地回答着，有时心不在焉，有时忽然失笑，有时候就跟没听到似的埋头磨刀。

最后，尤明许掏出取指纹的工具，递给殷逢个眼色。

殷逢说：“符文秀，你伸出双手，按一下。”

符文秀又磨刀磨出了一背的汗，微微喘着气，抬头看着尤明许手里的东西，突然露出个意味深长的笑，然后站起来，朝他们举起了双手，十指张开。

尤明许和殷逢同时一怔。

第二章

我心犹在

符文秀的手指，像是被水长期浸泡过，十指尖端白乎乎的，都是烂皮肉。

他“嘿嘿嘿”笑得更得意了。

尤明许不为所动，抓起他的手，按在指纹卡上。

从符文秀家出来，已过了深夜十二点。

第四人就住在百米之内。

这是菜市场外的一家猪肉铺，此刻店门紧闭着，黑暗无光。一股血肉混杂的腥味挥之不去。

“到后面看看。”尤明许说。

没想到屋后的院子还挺大的，足有七八十平方米。院内有几间屋子，还有树冒出头。院门缝里有光。

尤明许敲门。

过了好一阵子，才听到靠近的脚步声。一个头发花白的瘦小老头儿站在门后，那是张皱纹很深、木讷的脸，问：“你们找谁？”

尤明许亮明证件，说清来意，要找他的独子邓耀。

老头儿静默了一会儿，说：“他已经睡了……喊也喊不醒的，你们明天再来吧。”

尤明许笑笑，不着痕迹地上前一步，身体抵在门上，说：“大叔，最近跑了个通缉犯，每家每户我们都要问的，这是例行程序，很快的。还麻烦您配合一下。您要是不配合，我们只能把您儿子请回警局协助调查，那不就更费事了？”

殷逢打了个哈欠说："是啊叔叔，我们都走了几十家了，累死了。早点问完，我们可以早点回去睡觉了。"

尤明许的唇微微翘着。

老头儿说："那你们等等，我和老伴儿说一声。"

说完就往院子里走了几步，冲着亮着灯的一间屋子大声喊道："凤华、凤华……警察同志来了，说要抓一个通缉犯，找阿耀问话。你好好歇着，他们问完话我就来。"

屋内的人没应声。

老人让他俩进了院子。

尤明许飞快地环顾一周，黑乎乎的，乍一看没什么异样。院子里也有那股血腥味儿，水泥地上有斑驳深浅的痕迹。靠近树下的那一大块空地还有些泥印。

老头儿带他们进了旁边一间屋子，扑面而来的是股发闷的潮霉味儿，还有股说不清的像是人身上发出的臭味。尤明许看了一眼殷逢，他整张脸都僵着，那视死如归的模样有点可爱。

她摸了一下鼻子。

老头儿走到床前，铁架单人床看着很老旧，上面躺着个高大的男人，老头儿推了那人几下："阿耀！阿耀！起来！警察来了，要问一个什么通缉犯的事！好好配合，说完再睡！"

那人跟头牛似的粗重地哼了几声，揉着眼睛爬起来。他坐起来，尤明许才发觉，他的身材跟座铁塔似的，皮肤黝黑，肌肉粗大结实，相貌也显得粗笨，浓短眉，方脸厚唇，眼神也不灵活，他低头坐着，并不太与他们眼神交流。

老头儿这时说："我就这一个儿子，从小脑子笨，也就是力气大，能干活。他妈妈身体不好，一年到头都瘫在床上。家里经济条件不好啊，全靠这个肉铺撑着。等我和他妈死了，还不知道这小子怎么办呢。希望政府能够帮帮我们啊……"说完他抹了下眼泪。

邓耀瓮声瓮气地吼道："我不笨！"

尤明许这时分辨出，那臭味就是从邓耀身上传来的。她眉目不动，殷逢的眼珠瞪得大大的，跟只快要憋死的斗鸡似的。

邓耀抬起头，看向尤明许，那又黑又冷的眼珠定了一会儿。尤明许能感觉出，那是一种属于雄性，哪怕是愚笨雄性的，很强的侵略感。她同样回望着邓耀，过了几秒钟，他兀自低下头去。

尤明许问："昨天晚上你在哪里？"

邓耀答："在家！睡觉！"

一旁的邓老头儿说："我们阿耀基本上不出门的，一天到晚只知道干活儿。"

"几点睡的？"

"十点左右。"

"最近有没有看到什么可疑的人？我们在抓一名外地逃窜过来的通缉犯。"

"没有！"

…………

"家里有车吗？"

邓老头儿先答道："没车，我们哪里买得起车。"

"那怎么做生意？"

他的回答和赵大伟如出一辙："需要用车的时候，让有车的邻居帮个忙，或者在市场里叫个面包车。"

问完后，尤明许想要取指纹，邓氏父子俩都是一愣，邓耀看了眼父亲，猛然说："我不是罪犯！我没有犯罪，为什么要取我的指纹？"

尤明许慢条斯理地说："例行程序。这条街上，你们的几个邻居，我们都取过了。希望配合啊。"同时把袋子里另外几个指纹袋都拿出来，晃了晃。

殷逢嘟囔："是啊，快点配合。不配合我们还得把你们带回局里去，让不让人睡觉了？"

…………

从邓耀的房间出来，邓老头儿默默地跟在他们身后。尤明许看到旁边还有个比较大的房间，黑灯瞎火的，就问："那里是干什么的？"

邓老头儿答："宰猪的，不好闻。"

尤明许："我能去看看吗？"

邓老头儿沉默了一会儿。

殷逢说："万一通缉犯就躲在什么地方呢，我们也是为你们的安全着想。"

邓老头儿走过去，打开门和灯，他俩一看，确实是个用来屠宰的房间。刀具整整齐齐码在地上，房梁上挂着一排肉。里头收拾得很干净，地上也没有什么残留的血水，但是有种经年累月堆积而成的干涸的血腥味儿。

两人看了一圈，依然没发现什么异样。

两人拿着几份完好的指纹，还有一份模糊的指纹，回到警局已是凌晨两点了。

尤明许叫来鉴证科的人，让他们连夜出比对结果。她又与还在前线搜寻的许梦山通气，许梦山的声音在电话里听着很平淡："没进展。"

挂了电话，尤明许站在鉴证科外的走廊里，抽了支烟提神。

一路追踪，她刻意忽略掉某些情绪，甚至照旧和殷逢言笑晏晏。但一回到警局，询问案件进展，无可避免又会触到"樊佳"这个名字，心又怎么可能静得下来。

樊佳算不上她的知交，甚至关系还不如她和许梦山亲近，毕竟老练的许梦山和尤明许脾气更相投一些。樊佳就像大家的小妹妹，这个刚毕业两年的姑娘，总是跟在两人屁股后头，成天咋咋呼呼，特别卖力。

现在樊佳的父母还不知道她出事，以为她在外执行任务。听说她家就这一个女儿……猛然间，尤明许的手指被烟灰烫到了，一抖，她低头看着飘落的烟灰，心里只有一个念头：无论如何，都不该是樊佳。

她还是个热血的小姑娘，都没有亲手抓过重犯。小姑娘还想做一辈子的人民警察，一辈子惩奸除恶。

明明应该是他们这些混迹沙场多年的成熟刑警，替她挡在前头。她却挺身而出，甘愿为饵，揪出了分金宝公司深藏的犯罪集团。

小姑娘的一辈子，应该还长着呢。

"尤姐是我的偶像。"

"我们尤姐，可是这条街上最靓、最牛的女警哦。"

"哪天我也能像尤姐一样，亲手抓个大坏蛋！"

…………

尤明许感觉到鼻子发酸，心想：老子算哪门子的偶像，连樊佳人都找不到。

樊佳被重锤击中倒地的画面，再次闪过她的脑海。有些事没有办法深想，越想越心闷、心堵。她的脸色变得越发冰冷，脑子里只余一个坚定信念：

她绝不会失去自己的战友。

绝不会。

因为，他们是人民警察。

"阿许，你猜我能不能在栏杆上走路？"一个声音在身旁响起。

尤明许没理他。

结果那道不安分的身影，翻身就爬到了走廊的护栏上。护栏上沿只有十多厘米宽，这里是三层楼，要是摔下去……

殷逢深吸口气，平举双手，一步步往前走。

尤明许抬头看着，只感觉到额头上有根神经在跳："下来！"

殷逢却说："我要是走到那头，你能不能笑一笑？"

尤明许沉默。

他低头看着她，哪里晓得就是因为这一分神，双腿居然晃了晃。尤明许吓得全身一抖，上前一把抱住他的双腿，抱得极紧。

可这家伙却站得稳稳的，半点没有要摔的趋势。两人一高一低对视了几秒钟，她松开手，说："滚下来。"

殷逢一跃而下，拍拍手，冲她笑。像个得意的少年，可又有几分青年男人才会有的调侃目光。

尤明许不知怎的，心跳又紧了一下，颇为懊恼，可之前的压抑难受，似乎也减轻了许多。她轻骂道："浑蛋！下次再这样，滚回你自己家住。"

他凑过来，说："可我现在就住在自己家。"

尤明许一摁他的头，发泄似的胡乱揉了一把，转身走了。殷逢望着她明显轻快了的步伐，笑着跟随。

指纹比对结果很快出来了。

三个不符合，一个指纹无效，无法比对。

天还是黑的，离天亮依然有很长一段时间。

尤明许拿着鉴定报告，和殷逢坐在警车里。

这四名嫌疑人，是根据殷逢和范淑华教授的侧写画像，从茫茫人海中直接筛选出来的。完全的犯罪心理手法，跳过了逻辑推理与证据追踪。事实上，警方也没有获得什么有价值的证据。

尤明许既不确定，那名杀手是否就在这四人里；也不确定，即便杀手在其中，他是否就是袭击、带走樊佳的人。但是他们现在没有别的线索了，只能死马当活马医。而且一个刑警的直觉提醒她，这四个人中，有人藏着秘密！

他们也无法获得别的警力支援，因为不能仅凭殷逢的画像，就去改变大部队的侦查方向。

但现在，三个不符合，只剩下一个符文秀了。

如何确定符文秀是不是他们要找的人呢?

殷逢说:“阿许,我给符文秀测谎吧。”

尤明许一怔。

殷逢说:“刚才我看到鉴证科旁边的储物室里有台测谎仪。我突然想起来,自己会用,以前跟老师学过。”

怀城是湘西南的重要城市,有测谎仪不奇怪。曾经有一段时间全省推广学习过这个手段,但毕竟是新东西,不能算作绝对证据,所以下面的县市用得不多,仪器大多丢在那里。

尤明许:“那玩意儿有用吗?”

殷逢:“测了才知道。”

尤明许点点头:“也行。”她想的是,即便没用,吓吓符文秀也好,试探一下也好。

“你觉得会是他吗?”尤明许问。

殷逢答:“他的精神状态不正常,情绪不稳定。又具备杀死和处理赵菲儿的技巧能力,不能排除嫌疑。”

“况且……”尤明许说,“他的指纹毁得太彻底了,十个指头的皮几乎都磨平了。”

说了就做,两人干脆从鉴证科拉来两个帮手,连夜就折返符文秀家,把人带回了局里。符文秀是被从床上叫起来的,整个人都阴沉沉的,一路还时不时“呵呵”笑,笑得大家心里都毛毛的。

等进了审讯室,只有殷逢和鉴证科的一个用过测谎仪的小伙子,面对符文秀。

尤明许站在深色玻璃后看着,许是之前就与殷逢有“惺惺相惜”的一面之缘在,符文秀倒没有反抗不配合,反而在看到测谎仪后,显得很兴奋。

审讯室内,开始了繁复漫长的问答、测量、记录。

尤明许看了一会儿,又低头看了看手表,三点半了,她已不记得自己有多长时间没睡过,此时陷入无比宁静的等待中,整个人好像一下子也垮下来,太阳穴疼得厉害,困意阵阵袭上心头。

她干脆靠在一把椅子里,盯着审讯室,慢慢合上眼。

即便告诉自己要休息,脑子还是停不下来。迷迷糊糊间,脑袋里反复的还是与案件有关的事:一张张脸庞从眼前闪过;一条条街道在脑海中盘旋;分金宝公司的罪恶狂欢画面;一条隐秘的地道;樊佳在会议室里站起来说:让我去吧。

…………

画面一闪，她又到了一条寂静的长街上，她站在冷风中，看着一个人倒在地上，而一个高大的黑影，把那人扛起来，走入了黑暗里。

尤明许急了，在梦里发狠地追。可是偌大的贫民窟，街道四通八达，弯弯折折，谁知道他们去了哪里？！

…………

对，车！尤明许浑浑噩噩却又脑子急转，在意识迷离间转得她都有点晕了。

当年那人要把赵菲儿运到郊外弃尸，哪怕家里没车，必然也要会开车。

但是她已经在系统里查过了那四个人拥有车的情况，确实和他们说的一样。除了邵沅生拥有一辆车外，其他人既没有车，也没有驾照。邵沅生有性犯罪嫌疑，指纹却还和箱子上那个指纹不符合。

车……指纹……

车……指纹……

尤明许的脑子里闪现出一个画面。

那是一处院落，里面黑乎乎的，除了地上有些陈年的深褐色痕迹，看起来没有什么异样。

那是几个小时前，她和殷逢去过的地方。

院子里有棵大树，大树下有块专门留出来的空地，地上有些泥土痕迹。

当时在那个院子里时，光线不好，她只是匆匆一瞥。可此时，半梦半醒间，那些泥土上的印痕，却如此清晰地出现在她眼前。

那是车轮印。

尤明许一下子睁开眼，只感觉浑身的冷汗都在往外冒。脑子里还是昏沉沉的，竟有些分不清刚刚脑子里浮现的车轮印，到底是梦境，还是白天所见。

还是说，白天没有看得太清楚的、被忽略的细节，刚刚她想起来了？

她一下子弹起来，看了一眼手表，才三点五十，刚过去二十分钟。又看向审讯室内，首先看到的是殷逢，他的模样专注极了，盯着符文秀，手里的笔飞快地记着。他看着像另一个男人。

而符文秀在他面前，居然服服帖帖的，只是说话时嘴角还带着让人感到阴冷的笑。

他们还要一段时间才能结束测谎，可是尤明许坐不住了。她转身下楼，一个人开车驶进昏沉的夜色里。

这几条街，加大了很多警力。即使是这个时间，尤明许一路还遇到了几辆警车和执勤的警察。她点了支烟，一路慢慢抽完。等驶到邓家附近时，她把车无声停好，丢掉烟头。

她走到邓家院墙外，里面已没有半点灯光，大概都已经睡下了。墙不算很高，她退后几步，蹬着墙就上去了，趴在墙头上往里看。

一轮明月无比清亮地照在头顶，把偌大的院子照得依稀可见。尤明许一眼就看到了树下多出来的那辆面包车，灰白色，金杯，半旧。

尤明许感觉到心脏剧颤了一下，手心全是汗。但她没时间去细细捋思路了，一分钟也不愿再等，刚要跳进院子，也不知哪根心弦动了一下，她摸出手机，给殷逢发了条短信："来邓家。"随后把手机调成静音，跳了进去。

几间屋子都黑漆漆的，一点声音也没有。她慢慢走到面包车旁，透过车窗往里一看，尽管光线很暗，却依然能看到车厢里、座椅上，有些斑驳的深色可疑痕迹已经干涸。

尤明许在原地站了几秒钟，看向那间屠宰室。她蹑手蹑脚走过去，发现门没锁，开了道小缝。她缓缓拉开门，空气中传来极轻的"吱呀"响声。

她立刻转头看着另外两间屋，没有动静。但她没动，低下头，等了有一两分钟，院子里依然是沉寂的，她这才闪身进了屠宰室。

屋子里一片昏暗，什么也看不清。之前所见的那些工具、肉块，成了一团团轮廓模糊的阴影。唯有月光从老旧的窗户透进来，落下依稀薄光。

尤明许口袋里有手电，但她没开，一步步缓缓往里走。即使在黑暗里，也能看清那些刀具被摆得齐整无比，像在列队等待主人莅临。尤明许想起殷逢的推断：你如果到了他的工作场所，必然发现一切整整齐齐，像被机器整理过，这是他多年从事手工匠人工作后的强迫症所致。

她心中有寒气在不断渗透，当她走到屋子的三分之一处时，瞥见案板上的一个东西。

她百分之百确定，那东西，上一趟她来的时候，不在这里。

那是把锤子，中等大小，颜色极深。目前还看不清上头是否有血迹，也辨不清细节是否与监控里那把相同。但直觉告诉尤明许，就是它。

尤明许站在寂静漆黑的屠宰室正中，感觉到某种冰凉的气息，从四面八方朝自己围拢过来。四名出身市井的嫌疑人，都符合侧写画像。一真三假，不露端倪。就宛如这一年来，凶手藏匿于人海，正因为太普通，才极难分辨。

最后竟是小小的车轮泥印暴露了真相。人生百态，许多人只是看着有罪，可和他同样木讷孔武的木匠不是，有性犯罪倾向的兽医不是，双手指纹模糊、有精神分裂的鱼贩也不是。

某种干冷坚硬的强烈意志，从尤明许心中陡然升起。她全身骤然变得警醒而紧绷，如同敛起翅膀的鹰，踩着悬崖边的树枝，蹑足向前。

而这份意志，在她看清前方案板上躺着的那个人时，被无情击穿，瞬间土崩瓦解。

她一下子弹起，跑了过去。

在樊佳躺的案板上方，正对着一扇窗，一些光线漏进来。于是尤明许可以看见她的脸上全无血色，浑身都是可怖伤痕，已经有一些尸斑浮现。

尤明许伸手去触她的鼻息、脉搏，才发现自己的手在抖。她的眼泪已经流出来了，可是自己完全没有察觉。她一下子跪倒在案板旁，一只手握着樊佳的手，另一只手按着自己的脸。

这一室的黑暗，仿佛在同一瞬间，向她撞过来。她听到自己哭出了声音，那是连她自己都从未听过的声音，凄厉、哽咽，很像人被堵住嘴后发出的哭叫声。这是她许多年来，第一次完全无法控制自己。在这一刹那，什么都被她抛到脑后了。她全身再没半点力气，坐倒在地，泪如雨下，唯有手，还紧紧握着樊佳苍白僵硬的指尖。

天塌了。她想：天真的塌了。

否则樊佳这样的孩子，怎么会牺牲掉，怎么会牺牲在犯罪分子的屠刀下。

而她作为她的组长，她最仰仗的人，没有在她死之前找到她，没能把她从那可怖的黑暗中救出来。

她死前经历了什么？

那些受害者经历的突破人类极限的、丧心病狂的折磨，这个警察是否都经历了？还有最可怕的，她是否始终抱着被拯救的希望却只能眼睁睁地看着希望一点点在自己眼前熄灭？

尤明许突然发出一声怒吼，或者说尖叫更合适。那是你无法想象的，像她这样强悍的女人，能发出的最脆弱的濒临崩溃的声音。

然后她站起来，弯下腰，她忘掉了一切原则和警惕，想把樊佳抱起来，带回去。

一阵猛烈的劲风，朝她的后脑重重袭来。

这若是平常，即便身后这人力大如牛，尤明许只要小心点，也能避过。可此时她整个人恍恍惚惚，全然对外界的危险一无所知，听到劲风后，只有身体经过多年训练养成的本能，起了反应，上半身往下一勾。

铁锤撞在了她的背上，剧痛从背上传来，尤明许一个踉跄，撞在案板上，手里抱起的樊佳，也脱了手。

那人见一击未能彻底得手，挥锤又来，尤明许此时已被打得坐倒在地，见状猛地往案板下一缩，他的铁锤就砸在了案板上，"哗啦"一声，案板破裂往下掉落。

尤明许猛地抬头，只见惨淡月光下，邓耀持锤而立。他裸着上半身，露出一身黑熊似的肌肉，面目狰狞，眼神兴奋无比。那分明是恶兽看到猎物时的目光。

他就是那个人。

那个于黑暗中袭击少女，反复折磨性侵，最后用铁锤一处处锤断骨骼，仿若个人作品般将她们折进箱子里，再丢到远处的人。

一个沉默了许多年，站在社会底层，躲在发臭的屋子里，仰仗父母生活的木讷男人。

尤明许紧咬牙关，刚要往他腿上扑，可动作还未做出，就感觉到后背剧痛，她心知不妙，又看了一眼上方樊佳垂落下来的一只手，只感觉到眼眶刺痛。她转头就往屋门口的方向爬。

邓耀丢掉铁锤，双手一把掀开她藏身的案板，扑了过来。尤明许的一只脚踝被他抓住，那手简直跟铁钳似的，要把她拧断。尤明许咬着牙，一个转身，可背部的伤又被牵动，她一脚踢在邓耀头上。他不躲不避，尤明许的一脚，不是那么容易受的，可他居然跟没事人似的，又抓住她另一只脚，把她从桌底拖了出来猛扑了上去。

尤明许一个扭身，躲开了，他扑了个空。他这样强壮凶猛的人，缺点就是笨重。尤明许恶向胆边生，一个飞扑，跳到了他的背上。此时她就跟只猴子似的，三两下蹿上去，干脆骑在了他头顶，一边用腿箍住他的脖子，一边挥拳，朝他的太阳穴一下下重重地击去。

邓耀这下吃了亏，脸憋得通红，被她打得眼角肿了，人晕头转向地在原地打转。他晃来晃去，尤明许险些摔落，偏偏死死缠住他，又是几拳击落。他挣脱不了，抓着她的双腿，开始拼命扭。尤明许疼得全身都在颤抖，就是不松开。她知道这样僵持下去，必然两败俱伤，然而此刻比的就是坚韧，她要等待哪怕一丝能置对方于死地的机会。

一根铁棍从背后沉闷地打在尤明许身上。她的手腿瞬间脱力，邓耀察觉到了，一把将她甩脱在地。尤明许就跟块破布似的，摔在地上，眼前浑浑噩噩，那口气怎么也提不上来了。

一根冰凉的东西缠上她的脖子，用力往后一扯。尤明许猛然惊觉，马上去扯，然而已来不及了，绳索瞬间收紧，窒息的痛从喉咙传来，她的双手拼命往后抓，却什么也没抓到。

然后她看到了一张倒着的脸，一张满是皱纹的、死水般苍老的脸。她看到他鬓旁的白发，看到老人那双死鱼般的眼睛。他脸上几乎没有任何表情，手上的绳索却还在逐渐收紧。

原来他就是那枚指纹的主人。

到了这个关头，尤明许的脑海里竟然还滑过这个念头。父子俩藏在闹市深处不起眼的肉铺里，藏在这深深的屠宰室里。

病重瘫痪的老妻，没人看得起的单身儿子……

他们掳来落单的女孩，成为人生祭品。

尤明许浑身已使不出半点力气，视线也逐渐变得模糊。恍恍惚惚间，她看到邓耀那铁塔般的身影，慢慢靠近。

他朝她举起了手里的铁锤。

只要一下，只需要一下，她就会像她们那样，颅骨破裂，直落地狱。

奇怪的是，在这个时刻，尤明许并没有感觉到多害怕，她的脑海里一片平静。她知道自己没有生机了，死则死矣。可她的视线最后又落在不远处的樊佳身上，她感觉到巨大的哀恸如同深夜里的巨兽，要将她一口吞没。

对不起啊，对不起，樊佳。我陪你死，我陪你去。

还有……

她的眼前出现了一张英俊生动的脸。一刹那，许许多多个殷逢，好像同时朝她涌来。从睡袋里爬出的懵懂孩子，坐在她家楼道里的委屈家伙，坐在四面推理墙中的孤独男子，亲吻过后满眼欢喜的他，最后是她枕在他的手臂上，不肯看他，而他从背后轻轻抱着她，将她整个人抱在怀里……

尤明许的眼泪掉下来，只感觉到整个胸腔炸裂般地痛。这下糟了，她想：这下糟了，他要是知道她死了，该哭成什么样子。可是她，可是她真的已经半只脚在地狱里了，爬不出来，连呼吸都要断在喉咙里了。

剧烈的疼痛造成的窒息感，令尤明许更加虚弱无力。她的双手在地上虚无地抓着。

对不起啊，殷逢，以后你无人可守了。

尤明许她没什么用，连自己的战友都救不回，自己也栽了。

死了就死了，没了就没了。

你给我好好的，将来只要恢复记忆，大概……

你就不会因为我难受了。

可为什么，为什么我这么难受，心就像被人撕裂了，从此再也无法安息一样？

邓耀手里的铁锤落下，尤明许闭上了眼睛。

当殷逢结束对符文秀的测谎，走出审讯室时，外头的天空还是墨黑一片。他看着空荡荡的楼道，愣了一下。

符文秀通过了测谎，他不是他们要找的人。

可是阿许去哪儿了？

测谎时殷逢的手机调了静音，此刻他拿出一看，眉头紧蹙，转身下楼。后来也不知怎的，他跑了起来。

警局大院里还停着一辆他的车，是陈枫老早就送来的。因为怕惹尤明许不高兴，殷逢从来不带自己的人出入警局。他驱车一个人奔赴邓家，路上摸出手机，翻到尤明许的号码，犹豫片刻，又放下，转而给许梦山打了电话，要紧急支援。

当殷逢下车跑到邓家所在的巷子口时，突然听到了从邓家传来的尖厉凄惨的叫声。那声音都变调了，可他硬是听出那就是尤明许的嗓音。

殷逢只感觉到整个胸腔都震颤了一下，然后鼻子开始发酸，他疯了似的扑到邓家门口，一撞，门没开，他从口袋里抓出每天带着的开锁工具，满眼戾气地瞪着那锁，手无比稳，两三下就把锁套开，冲了进去。

一眼扫去，院里三个房间的门都虚掩着，屠宰室里有“哐当”的响动，殷逢一个箭步冲进去。

尤明许看着铁锤的光影急速落下，闭上眼睛。

铁锤带来的劲风已扑到脸上，就在这时，一个人扑到了她的身上。她浑身一震，睁开眼，简直不敢相信自己的眼睛。阴暗的光线里，她看到的是殷逢紧绷的、倔强的脸。四目相对的一刹那，他居然笑了一下，一副又傻又真挚的模样。

然后铁锤落在他后颈上。

尤明许的喉咙里发出一声撕裂破碎的叫声，眼睁睁看着他从天而降，眼睁睁看着他挡了那锤，然后眼睛一闭，倒在她怀里。她的双手都在颤抖，无力却又拼命地抱紧了他。

半路杀出个程咬金，邓氏父子都是一滞，邓父的手劲瞬间就松了。尤明许得以大口大口喘息，跟条濒死的鱼似的。邓父反应过来，连忙想要再勒紧，可尤明许两根手指已紧紧钩住了绳索，尽管被勒得发白，却死死不让。

邓耀见一击不中，挥锤又要来。尤明许闷喝一声，单手抱着殷逢，另一只手竟将绳索从邓父手里扯脱了，贴地一滚，邓耀一锤砸在地上。

尤明许含着泪，于翻滚中匆匆瞥了一眼殷逢的样子，他面色青白，宛如在沉睡，不知死活。而她的手掌，已有了阵阵湿腻的感觉。

没人可以在她眼前杀殷逢。她想：现在不能，将来也不能。这一生谁曾为她而死？她又为谁舍生忘死？

尤明许居然“呵呵”笑了出来，松开殷逢站起，旁边倒塌的案板上，掉落堆积着各种铁具，她提起根铁棍，转过身。

她站在阴暗里，张牙舞爪的邓氏父子都是一愣，然后一起朝她扑了过去。

可当尤明许已感觉不到任何身体的痛，当她怀着必死必胜之心，又有谁能拦得住她呢？

两个一身蛮力、凶残无人性的杀手又怎可与她抗衡？

当邓耀的铁锤如同流星般再次袭来，尤明许只一矮身，便轻巧避开，人也到了他们身后，她一棍过去，打在老人佝偻的背上。老人发出一声惨叫，尤明许身手快如闪电，又是一棍，击在他的膝盖上，老人再也站立不稳，应声倒地。

邓耀见父亲遭受重创，发出野兽般的号叫，疾步过来，铁锤乱挥。在一阵阵劲风中，却只见尤明许神色冷漠无比，不断躲闪挪移。那神色令邓耀心惊，连打十几下不中，人更加暴躁。这时尤明许脚步忽然一滞，似是打滑，邓耀眼神一冷，使出全身力气，挥出一锤。

尤明许要的就是他前扑，只见她的身体突然往后一弯，如同一根伤痕累累却韧性仍在的翠竹，一下子就闪身到了邓耀的身后，然后对准他的颈部、肘关节、膝关节、脚踝，疾风骤雨般数棍落下。

邓耀就跟个被人尽数拆去骨头的巨人似的，应声跪地，扑下。尤明许丢掉铁棍，把他翻过来，骑在他身上，朝他头部连打数拳，直打得他满脸鲜血，终于失去意识。

尤明许踉踉跄跄站起来，走到殷逢身边。

他还昏迷着，脑后一片血迹，趴着一动不动。尤明许是直接摔倒在他身旁的，看了他两眼后，伸手把他的头抱住，抱在怀里，晕死过去。

天蒙蒙亮时，大批警力包围了这座小院。当他们看到相拥昏迷的女警和顾问时，大吃一惊。还有一旁被打成重伤的邓氏父子，刚刚转醒，就被戴上了手铐。

樊佳的尸体被抬出小院。

许多警察失声痛哭。

同时在小院的各个黑暗深处，如邓母的衣柜里、屠宰室的暗角里、院内土地之下……被发现的，还有几件女孩的衣物、首饰、挎包，以及不止一具的人骨残骸。

许梦山跑到那覆着白布的担架旁，只看了一眼，人就定住了。过了一会儿，他转身，恍恍惚惚地往巷外走。彼时已有不少群众在外围看热闹，许梦山拨开人群，也不知道自己走到了哪里，茫然四顾，只见清晨的太阳渐渐升起。他原地蹲下，捂住自己的脸，失声痛哭。

这就是警察这个职业所需要背负的吗？这就是一名刑警的人生吗？

也许现在的和平年代，只有很少很少的战友，会不幸牺牲。

当我牺牲时，勿要哭泣，勿要孱弱，勿要怀念。

因为我心犹在，宛如朝霞。

尤明许醒来时，看到的是灰白的天花板，和旁边挂着的输液瓶。搭档许梦山不在，床尾守着的，是队里另一名警察。

尤明许挣扎着想坐起，感觉到背部一阵剧痛。同事赶紧走过来说："别动，还缠着绷带呢。"他面露喜色，赶紧摇铃叫护士。

医生和护士很快来了，尤明许静默片刻，问："樊佳……"

同事脸上闪过一丝痛楚，低声说："遗体告别会定在三天后，她的家人已经到了。"

尤明许沉默着，用手按住眼睛，但眼泪还是流了下来。

同事也擦了擦眼泪，哽咽说："会追认为烈士，会记功。"说完自个儿苦笑了一下。

尤明许也扯了扯嘴角，颤声说："好，好。"

两人都静默了一阵，医生、护士也检查完、说完了医嘱。她身上的伤看着可怖，脖子青紫受损，背部也是一片瘀紫，小伤不计其数，但还好都不算严重，过几天就能出院休养。

尤明许问："殷逢呢？"

"他在隔壁病房。"同事顿了顿说，"还没醒。"

尤明许拔了输液管，扶墙艰难走到殷逢病房门口时，身后跟着的护士和同事都很无奈，可怎么拦都拦不住。

陈枫在病房里，此时他眼下一圈黑，神色有些憔悴，看到尤明许，连忙迎上："你怎么来了？身上的伤不要紧吧？"

尤明许看着床上那人，他的头部缠着厚厚的纱布，脸白得像纸，躺那儿一动不动。

"他什么情况？"尤明许的嗓子跟被车碾过似的。她这喉咙，起码十天半月才能好。

陈枫顿了顿，说："一个好消息，一个坏消息。好消息是撞击之后，他头部的那块瘀血有消散的迹象，也就是说，他有可能在将来恢复记忆和心智；坏消息是，说不定情况会变得更糟，毕竟脑部的事，谁也说不准。脑溢血或者心智受损更严重，也有可能。"

尤明许沉默片刻，扯起嘴角笑笑："心智受损更严重，变成两三岁吗？比现在还要幼稚？"

陈枫叹了口气，说："也许不会的。尤小姐，其实我真的很感激你。殷老师跟着你的这段时间，你没觉得他即使没有恢复记忆，心智也在一点点成长吗？是你给了他动力和鼓励。现在他又遭了一次罪，我恳求你继续照顾他。拜托了。"

尤明许说："不用你说，他是为了救我才受的伤。"

陈枫微笑："我想那是他心甘情愿的。医生说他这两天应该能醒，我就在隔壁房间，有什么事你叫我。"

尤明许点头，陈枫退了出去，还把护士都带了出去，关上房门。

尤明许蹒跚着走到床边坐下，看着他苍白的俊脸，只觉得有些瘦削了。她伸手摸上去，摸他的脸、眉目、鼻梁、嘴唇，缓缓流连着。

然后她又想起了樊佳，还有许梦山。昏睡刚醒的脑子，还是晕沉沉的。可心底却像掉了一块很大的、坚硬的石头进去，这块石头直插进她的血肉肺腑里。那痛不是锐利的，而是一阵阵的、缓缓的，逐渐加强。她脑子里又闪过樊佳躺在屠宰室里的样子，眼泪簌簌而下。

她感到前所未有的痛苦，并且她知道，这份痛苦哪怕今后会减轻，也会伴随她一生，永藏心中。她低低地哽咽着，望着殷逢，那痛楚令她盲目地想要去做些什么，去寻求些什么。

而她隐隐知道，自己想要寻求的，只有他能给予。

于是她低下头，不管他还昏迷着，就茫然地吻着他。

冰凉的、没有半点温度的唇，令尤明许的心更冷。

她的脑海里又浮现出在那屠宰室里，殷逢傻得不能再傻、朝她扑来挡锤的样子。他是连命都不要了吗？她已经失去樊佳了，绝不能……

他的身体忽然抖了一下，然后嘴也张开了。尤明许的心也跟着剧颤，然后就感觉到他的舌头贴了上来。她猛地睁开眼，果然看到那黑溜溜的眼睛，正睁得大大的望着自己。

尤明许心中悲喜交加，难以自抑。她再一次伸手覆住那清澈的眼睛，和第一次吻他时一样，然后吻得更激烈疯狂。他这时也反应过来，一把搂住她的腰，令两人的身体贴得更近，他的嘴角漫出笑容。

直至尤明许抽了口凉气，背上的伤疼得实在无法坚持了，殷逢才连忙松开她。尤明许扶着腰，慢慢直起身体，只是眼睛还盯着他。

他伤在头部，身上没事，撑着床坐起来，眼珠转了转，问："这是……我跑到邓家帮你的奖励吗？"

尤明许这时什么都不愿去想，只看着他的眼睛，答："不是。"

他拉过她的一只手握着："那是什么呢？"

尤明许答："以后都没有奖励了。"

他霍然抬头看着她，人有点僵。

"为什么？！"

为什么呢？

因为我从生死关头爬了回来。

因为我已经失去了最亲密的战友。

因为我明白了，再也不能失去你。

尤明许看着他，眼眶微热，答："尤英俊，以后我是你的了。还要什么奖励？想亲就亲，想做什么，我都陪你。"

殷逢呆呆地看了她好一会儿，一把把她抱进怀里。尤明许笑了，笑得很甜，也很苦，却也感觉到前所未有的心潮澎湃，她明白自己对他到底是压抑太久了。

这时的他像小孩得到了梦寐以求的东西，一声不吭，抱得好紧。尤明许吃痛，哼了一声，他才赶紧松开："你没事吧？"

"没事，小伤。"

可他一副爱不释手又手足无措的模样，不能紧紧抱着，便攥紧她的手，然后头抵上来，贴着她的额头："我的？真的是我的？阿许你、你是警察，讲话要算话的！再也不许反悔了！"

"嗯。"尤明许哑着嗓子说，"警察说过的话，一口唾沫一个钉，绝不反悔。"

他的嘴巴完全合不拢了，小心翼翼地搂着她的腰。尤明许的心响亮地跳着，以往两人就算偶尔意乱情迷，也是女上男下，她压着他。此时他单手撑着床，另一只手搂着她，哪怕穿着病号服也显得高大挺拔，她倒成了小鸟依人的那个。

他低头看着她，嘴唇似有似无地贴在她额间，问："你今天怎么突然……突然肯了？我真的……高兴得快要死掉了，阿许你不知道我有多高兴……"

尤明许听得心里发酸，摸摸他的脸，答："傻瓜，你救了我的命，以后我这条命就是你的。以前总是你追着我，以后你不用追了。我等你。"

他却沉默了一会儿，喃喃："原来是为了报恩……"突然低头在她脸上一顿亲，嗓音喑哑，"不管是为什么，反正是我的了，不准反悔！都要算数！"

他都说了两次"不准反悔"了，尤明许心里又有点泛苦，心想：他到底多害怕自己又把他给踹了。她想拍他的头，看着那满头的绷带又下不去手，于是轻捏他的下巴，说："不是报恩，不是为了那个。"

他抬眼看着她："那是为了什么？"

那清澈的眼，忽然令尤明许无法直视。

尤明许不答反问："你呢？非要是你的，是为了什么？"

为了……什么？

殷逢尽管头还有点痛，看着眼前人，脑子里却闪过很多画面：西藏初遇，他懵懵懂懂从睡袋里爬出，看到的是一双干净温和的眼睛；他赖在楼道里，她黑着脸走出来，放他进入她的生活；眼前一片漆黑，她柔软的手掌覆在他的眼睛上，吻落了下来，夺走了他全部的气息；还有她和搭档蹲在楼道里，抽着烟，哭都哭不出来，而他只能隔着玻璃凝望着她……

是从什么时候起，原本战战兢兢抗拒这世界的他，什么都不怕了，连死也不怕?

只因为有了她。

这句话，就这么自己冒了出来，他的眼眶湿了，说："阿许，因为我爱你。我特别爱你。"

尤明许一动不动，只是看着他泪汪汪的眼睛。

今日决意把自己交给他，也就做好了以后会粉身碎骨的准备，再没有回头路。没想到他却说了这句话。

他是真的已经懂得爱情了。

她的鼻子阵阵发酸，那原本已经压抑下去、当不存在的泪意，居然又被他惹了出来。忽然间，她觉得他像个孩子，可她也是。这世上只有他们两个在一起，这种相依为命的感觉，从此她将铭记于心。

她说："哦，真的啊？"

殷逢点头："不是喜欢，不是依赖，不是别的。换个人不可以，这世上别的人都不可以。我只爱你，崇拜你，我愿意为你而死，只要你爱我。只要你也爱我。"

尤明许的眼泪掉下来，她一把擦干，伸手抱着他，把头埋在他的肩上。殷逢的心中欢喜无比，也心疼无比，两人就这么依偎拥抱着。

半晌，殷逢听到她低喃："尤英俊，以后……我们慢慢来，过好每一天。我只有你了……"

第三章

别放弃我

这是一个秋意浓重的清晨。

数名警察戴着警帽、穿着警服，已经来到殡仪馆内。

尤明许也来了，因身上的伤，她走路还有些缓慢，背却挺得很直，她和一群警察站在一起。殷逢立在她身侧，一身笔挺的黑西装，像个真正成熟稳重的男人。

时间到了。

省局局长、丁雄伟也赶来了，他们和怀城局长、市领导走在最前面，神色肃穆。尤明许看着丁雄伟那从来冷冽的眼睛也红了一圈，心中不知道什么滋味。

遗体告别。

一鞠躬，二鞠躬，三鞠躬。默哀。

在场的大多是七尺男儿，人群里却传出压抑的哽咽声。尤明许盯着自己的脚尖，泪水簌簌落下，几乎无法抬头看前方的遗容。过了一会儿，殷逢红着眼，伸手抱住她，她把脸埋进去，于是所有的哭声都堵在了他的胸膛里。

许梦山和尤明许不同，没有躲在最后几排，而是站在亲属身后的第一排。整个人看着跟座沉默的冰山似的，他没有哭出声，只是陪着樊佳的父母，一直站在那里。

人生中的许多重要改变，或者脱胎换骨般的成长，都会让我们从此变得更沉默，也更坚定。这些都是在一夜之间到来的，只是有时代价过于沉重，沉重得令我们从此毕生都为此感到钝痛。

一直到把樊佳的骨灰和她的父母送上车，众警察才返回各自的岗位。邓耀父子案还有大把后续工作要做，陈昭辞也没有抓到。逝去的已经逝去，哪怕再悲痛，他们都不能停下太久，只能继续朝前走。

尤明许伤势未愈，丁雄伟勒令她多休息两天再来报到。但她不想再待在医院里，索性回招待所养伤，每天都在看新录入的口供和补充的资料。

这天从殡仪馆回到招待所，尤明许已经累极，背部的伤隐隐作痛，一进屋就躺下。殷逢寸步不离地跟进来，他头部的绷带已经拆了，只留下几块纱布。他没受别的伤，几乎已康复如常。

两人在一块儿的事，殷逢第一时间就喜滋滋地告诉了陈枫。陈枫惊讶之余，也替他们高兴。现在这种时候，陈枫自然不会跟进来，火速退回自己的房间。

殷逢走到床边，看着尤明许躺那儿，警帽摘了，警服还没脱，脸色有些白，整个人英挺中还透着一丝脆弱，看得他喜欢又心疼。

不知为何，自从在一起后，他就很喜欢以各种姿势把她给“包起来”，他把手臂按在她身侧，问：“你累了吗？”

尤明许点头。

“要睡觉吗？”

她又点头。

“那我帮你脱衣服。”

此时的她乖顺得像个孩子，她微微抬起身子，他就扯住袖子，帮她把外套脱了。里头是警装衬衣，她身材苗条，有一处却撑得紧紧的，殷逢忍不住多看了几眼。

尤明许眼尖：“看哪儿呢？”

殷逢干脆隔着衬衣低头就亲了那儿一下：“看我的东西。”

尤明许身体微颤，侧身躺着，背对着他。殷逢替她把被子盖上，舍不得走，干脆脱了西装，也钻了进去。她现在终于不嫌弃他了，他把手臂伸到她脑袋底下，又搂着她，感觉真的幸福死了。

过了一会儿，他把脑袋伸过去，她偏了偏头，不让他看。他伸手一摸，她脸上全是泪。

殷逢默了默，脸压着她的脸，轻声问：“还在难受？”

其实从殡仪馆离开后，尤明许的脑子里就空空的。她努力让自己不要再想起樊佳，可没过多久，战友曾经的那张笑脸，又在脑子里冒出来，然后眼泪就止不住了。她十多年来的眼泪，大概都在这两天流完了。

“也许吧。”她恹恹地答。

“阿许，别想了。过度悲痛只会伤身，你马上要往前走，这个案子还没结束。”殷逢说。

尤明许的嗓子都快堵住了：“我明白。”

早晨出门，尤明许就没拉开窗帘，此时也没开灯，屋子里暗得像寂静而温暖的夜晚。殷逢用听起来特别诚恳的语气说：“我们亲热一下，能够分散你的注意力，你就不会那么难受了。”

尤明许到底是笑了，还没首肯，他已翻了身，趴到她身上，开始亲。

这小子……胆子越来越大了。尤明许懒懒散散地想。

可他说得没错，极度悲痛之后，人总是恍恍惚惚的，这时若有一个人，充满爱慕、充满怜惜、满心虔诚地亲吻爱抚你，会慢慢把你给拉回来，你的身体会渐渐感觉到温暖，也感觉到战栗。他如同孩童般诚挚，却也像男人般坚定。

在这条淌满血的路上，在这条荆棘丛生的路上，她的身边时常有大片大片的黑暗。而她和战友们就像一尊尊沉默的石像守在那里，说不定哪天就倒下了。

她其实早就明白，只是不肯承认，他是她唯一的明月光。干净、清澈、赤诚，永远追着她。她贪恋这一抹月光，唯有被他照耀、被他抚慰、被他捧于掌心，她的心才不会麻木，她的灵魂才不会更加冷硬疼痛。她此刻才能像个活人一样喘息，而不是跟着心爱的战友，一块儿死去。

尤明许的注意力真的彻底被他占据了。她全身燥热，曾经他带给她的浑浑噩噩、无法抗拒的感觉，再次将她淹没。她的双手被他扣着，才恍了一会儿神，他已进展飞快地把她衬衣上大半的纽扣解开，头都快钻进衣服里去了。尤明许连脚趾都在抖，一扭他的耳朵，把他拽起来。

两人对视了几秒钟。

他的嗓音全是暗哑的：“阿许，我现在……可以上你了吗？”

尤明许盯着他的眼睛。此刻她只想放纵，只想忘掉一切，陪他舍生忘死。她的手松开了他的耳朵，垂落在床单上，嗓音比他还低：“上。”

说完这话，尤明许看着他黑黝黝的眼睛，竟也有一丝尴尬。

此时那双眼真不像是少年的，而是属于男人的、盛满了笑意和欲望的眼睛。

他轻声地说：“阿许背上有伤，躺着别动。”

尤明许轻笑一声，说：“不碍事。”

他的手已滑下去，引得她全身一绷。她是万万没想到，初次交锋，自己居然落了下风。心想：第一次自己负伤上阵，只能被压，真是便宜他了。

殷逢轻声地说："阿许，我很厉害的，你要做好准备。我忍很久了，今天不把你上得欲仙欲死，我是不会下来的。"

尤明许："……"

别的男人说这话，约莫是吹牛或是故意说的荤话。但他不是，他很认真。

克制住心头的强烈羞臊，尤明许语气一冷："嗯，你当然厉害，老手了嘛。"

殷逢知道自己说错话了，忙说："不是的，跟我过去没关系。我只是感觉自己应该很厉害。"

尤明许："你怎么知道？"

殷逢低头往下看了看。

尤明许也顺着他的目光看去，到底没憋住，笑了。他也笑，只觉得自从在西藏醒来后，从没这么快活过。

前奏就差点令尤明许发疯了。殷逢在床上的反应，既在她的意料之外，又是情理之中。又或者是这段时间过去，他早已不是曾经那个被她压在车上蹂躏的男子了。他真的很猛，充满干劲，换着法子把她折腾来折腾去，完全不用尤明许操心……甚至有时候她被他弄得狠了，不高兴，想要推开，猛地手肘就被他扣着，压回床上。

尤明许瞪大眼："反了你！"

"早就说过我想反了你啊。"动作不停。

"……"

殷逢眨了眨眼，一滴汗顺着棱角分明的脸颊，落在她的身上。他俯下身体，额头压着她的额头，哑声说："阿许，这是惩罚。你欺负我傻，顾天成也欺负我。每次我想起来……恨不得亲手杀了他。以后你是我的了，谁也不准碰，除了我。"

这么傻气又偏执的话，却令尤明许心中泛起阵阵柔情，她摸摸他的脸说："殷逢，以后你也是我的。不管以后是否恢复记忆，你要是再看别的女人一眼，我打断你的腿；敢碰别的女人一下，我阉了你。"

殷逢笑："没问题，完全没问题。阿许，叫我英俊。"

尤明许默了默，在如此情深义重、干柴烈火的时分，笑了出来："好，英俊，尤英俊。"

他也笑了，脸挨着她的脸，两个人寸寸紧贴，心潮难平。

…………

因为尤明许还有伤，殷逢到底没有彻底放开，两个回合之后，就抱着她亲昵说话。就这样到了中午，两人相拥而眠。

到底他是出力的那个，很快就传来他均匀悠长的呼吸声。尤明许全身骨头都被他折腾酥了，反而睡不着，只是望着暗暗的房间，过了一会儿，看向他。

他现在，就像个介于最初的尤英俊和殷逢之间的男人——尤明许没头没脑地想。

他还是喜欢趴着睡，可手臂非要枕在她脑袋下，另一只手牢牢搂着她的腰。睡着时，他的脸上没有了那些飞扬单纯的表情，看起来就是个英俊青年。尤明许的手指沿着他的五官轻轻抚摸，一方面，是终于两情相悦后抑不住的欢喜；另一方面，还是无法对人尤其是对他言说的隐隐不安。

最后，她把脸和他挨在一起，蜷在这个小男人的怀中安睡了。

殷逢醒来时，外头天已经黑了。他一睁眼就看到了她，和平时的大开大合不同，她蜷成了一团，头发都铺散在他手臂上。殷逢盯着她看了一会儿，就感觉到心头一阵难以克制的柔软，他伸手把她抱得更紧，然后一个人望着窗外幽暗的天光，傻傻地笑。

她怎么能这么好呢？他心里酸酸地想，哪怕他脑袋现在还坏了一半，她也愿意和他在一起。他再也不孤单了，真的特别特别地满足。他要一辈子对她好，心疼她、陪伴她、保护她，什么都为她冲在最前面。

就算将来恢复了心智和记忆，他也绝不变心，也不许她变心。他和阿许，要天天月月年年一生一世都在一起。

过了几天，尤明许回到专案组，殷逢自然跟随着。

最近专案组的工作还有很多，对邓氏父子的审讯，对所有受害者身份的核实，确认犯罪事实，将真凶绳之于法。

在邓家院子里挖掘出不止一人的骸骨，令所有警察感到毛骨悚然。而据邓氏父子交代，这一年多来，除了第一名死者赵菲儿，邓耀深夜还从街上掳走了三名女子。

…………

从小，邓耀就不是个聪明孩子。在他的记忆里，家就是数不清的肉和血，手起刀落，血肉横飞，半夜还会有磨刀的声音。他不喜欢那无处不在的腥味，却从很小起，就要帮父母搬东西、洗刷、砍肉。要是稍微表现出抗拒，就是一顿毒打。

小孩子都不喜欢和他玩，嫌他身上脏，有味。一开始他只是默默站在一旁，渴望地看着他们。后来他长得比他们都高大强壮，力气还大，再有人惹他，他直接一拳过去。后来，更加没人搭理他了。

母亲的性格很剽悍，对他和父亲两人，不是打就是骂。小时候邓耀做错了事，经常被母亲罚，全身光着站在屋檐下，被冷风吹着鼻涕眼泪长流。母亲那时候还没瘫痪，有时候走过去看到他，会笑着说荤话，还会嘲笑他。邓耀懵懵懂懂听着，也感觉不到太明确的羞耻，或者别的什么情绪。只是从那时起，总有股莫名的忧虑藏在心底，他也不知道是因为什么。

父亲被骂了大半辈子，邓耀被骂了二十多年。父母偶尔还是会过性生活，就那么大的院子，他们又没什么避人的念头，就在屋子里乱七八糟地弄。有时候邓耀一边在屠宰室砍着比他人还大的猪肉，一边听着那边屋里的动静。他都不记得是几岁了，很小很小的年纪，他的身体就有了反应。那种感觉很混乱、很脏，让小男孩有点害怕，可又隐隐地想要冒险。

父亲就是警察们口中的性犯罪者。邓耀十几岁的时候，撞见过父亲躲在公共厕所后头偷看，甚至还脱了裤子，干着任何男人都会干的事。有一次父亲看到他了，系好裤子，一巴掌打过来。邓耀那时候已经比父亲高了，也不知道那天自己怎么了，或许是躲在旁边也看得激动了，一巴掌打回去，把父亲打得摔倒在地。那是第一次，邓耀在父亲眼里看到了惊恐。不知怎的，邓耀感觉到了某种自由的、从未有过的舒坦。

他问："爸，刚才好看吗？"

…………

后来他就干了和父亲一样的事。有时候遇上他父亲，他也不躲避，父子俩一起趴在墙头，看着同一个陌生女人。

邓耀的年龄一天天大了，母亲在一个冬天，意外中风了。医生说是油脂吃得太多，太肥胖，又不锻炼，一下子就倒下了。奇怪的是，即便父亲现在要看邓耀的眼色行事，邓耀却还是不敢违逆母亲，哪怕她已半身不遂。她要吃肉，邓耀就去割；她要打骂，邓耀就趴在床头任她打骂。这么多年，在邓耀心中，母亲是这个家的统治者、凌虐者，他唯独违抗不了她。

然而邓耀长到三十来岁，从没有过女人。没人看得上他，家境没有半点吸引力，长得又丑，总是跟座铁塔似的杵在那儿，看着就怪怪的有点吓人。家里还有个瘫了的性格刁钻的老母。哪个女孩也不会往火坑里跳。

也不是没托人相亲介绍过。邓耀远远地看过那女孩，长得不怎么样，太肥，眼小嘴大。邓耀心想要是回头和她干那档子事，自己都得闭着眼。可介绍之后，就没了下文，到底人家连和他试试的想法都没有。邓耀一年年地等下去，趴在公共厕所墙头看了无数人，站在脏兮兮的肉铺门口，看着无数女人经过时看都不看他一眼。

他干活做事的手，越来越糙，脸垂得越来越低。他不记得自己有多久没笑过了，也不记得是从什么时候起，当他看到街上那些细瘦的、白白的，仿佛自己捏一下腰就会断掉的女孩，心中就会泛起怨恨。他在脑子里模拟了千百遍折磨她们的场景，让她们尖叫，让她们臣服，让她们跪下舔他，把他当成主宰一样供奉。

这念头越来越强烈，好几次他看到夜里落单的女孩时，都差点动手。

…………

你以为我灵魂生来如你一样圣洁，以为我要历经千辛万苦、备受折磨，甚至要遭遇不公、灵魂被撕碎，才会成为罪人吗？

不，从我被生下来的那一刻。

在我日日沉默的灵魂里，在麻木而无趣的生活中。

我已有罪了。

…………

邓耀遇上赵菲儿，是个偶然。

那天深夜，他照例在街上漫无目的地逛着，看到赵菲儿从分金宝公司走了出来。

那家公司，邓耀是知道的，总是有女孩深夜进入，直到后半夜甚至第二天天亮才离开。有一次邓耀和一个女孩擦肩而过，还闻到了她身上那股令人心头一颤的味道。

恍惚间，邓耀明白了，这些女孩在分金宝公司里，一定发生了什么。这令他激动，令他渴望。于是他经常会守在这家公司外，看着那些女孩走过，仿佛这样，自己也参与了对她们的凌辱。

可赵菲儿是不同的。别的女孩出来时，脸上都是麻木的，看着没有任何温度。只有她是鲜活的，她在哭，捂着脸哭得非常伤心。当他故意和她擦肩而过时，他愣了一下，因为他没有闻到那股熟悉的味道。

邓耀并不知道，赵菲儿并不是被分金宝公司的那窝毒蛇挑中的目标，所以她连以色还债的机会都没有。她前几天拍了裸贷视频，现在人家威胁她要把视频发给她的家人朋友。她是在为自己的轻率和深陷泥潭而哭。

她身上，应该有味的。邓耀想。

她不该哭，她根本看不起他这样的男人，她就该躺在男人身下任人蹂躏，她为什么要哭？

邓耀忽然就愤怒了，克制不住的愤怒。因为这个陌生女孩的泪水，因为她并不像他以为的那样堕落不堪。在他反应过来之前，自己已跟了上去，抓住了她的肩膀。

赵菲儿回头，看到的是一张陌生的、扭曲的脸。

…………

赵菲儿的尸体被发现后，邓耀吓得整整半个月没有出过门。弃尸时没想那么多，人完全被一种亢奋的情绪所主宰，一切都凭欲望。做完后，才感觉到后怕。尤其是看到那段时间，街上的警察多了很多，人人都在说那个女人的事。邓耀知道，再也不能那样了，尸体要处理掉，不能被发现。

从街上抱回第二个女孩后，父子俩抽着烟，端详半天。他们是屠夫，处理一个人对他们来说，闭着眼都能做到。骨头埋在院子里，天天踩着。至于血肉……更容易处理。

那一片区域，多的是贫民、蚁族，或者干着见不得光的营生的女人。邓耀也辨不清自己抱回来的是什么人。

警方已将那些骸骨，与近年来的失踪案进行比对确认。但父子俩竟能在青天白日接连作案成功，甚至没引起警方注意，还是让大家感到心惊。于是那些不知名女孩的失踪过程，也是警方需要进一步调查确认的。

…………

至此，这一系列轰动三湘的恶性案件，随着真凶被抓获，似乎已水落石出、尘埃落定。

一年前，父子杀手横空出世，对赵菲儿实行袭击、囚禁、强暴、杀害、虐尸、弃尸。之后，父子俩销声匿迹，暗中作案，居然接连逃过了警方的视线。

一年后，如出一辙的刘伊莎尸体出现。警方顺藤摸瓜，揪出分金宝公司持续多年的非法借贷、诱奸和对刘伊莎的杀害、虐尸、弃尸行为，打掉了这一毒瘤团伙。

一名从犯挟持女警樊佳在逃。在樊佳的劝说下，他决定自首。自首路上，遇到经常深夜徘徊在附近的邓耀，两人受袭击重伤，樊佳被掳走，从犯逃走。

樊佳牺牲。

父子杀手终于被抓获，尘封的尸骨得以重见天日。

尤明许坐在办公室里，翻着这些天新增的卷宗，只觉得心底发寒。她心里堵了，就想抽烟，刚摸出一根，就被人拿走了。

穿着黑西装、银灰色衬衣，没系领带的殷逢，就靠在桌旁，这身衣服还是她早上帮他挑的。他不赞同地把烟丢进垃圾桶：“阿许，你的伤还没全好，怎么可以抽烟？”

“哎哎——”尤明许抢救不及，目露痛惜，那可是蓝芙蓉王，老谭刚给的。

一片口香糖递到她跟前，尤明许百般嫌弃，没理，结果殷逢直接给她塞嘴里了，手指还碰到了她的嘴唇。尤明许有点尴尬，看了一眼周围的同事，幸好没人察觉。

哪晓得臭小子直接弯腰，手扶着她的椅背，说：“阿许，你戒烟好不好？”

尤明许白他一眼，然后笑了，压低声音说：“才跟我好几天，就想管我？”

殷逢心头一热，低头就在她脸上飞快地亲了一口，尤明许眼睛都瞪直了，有点要变脸了，这可是办公室。结果他说：“以后你抽一次烟，我就亲你一下。不管在哪里，不管旁边有谁。”

尤明许磨了两下牙，被堵得说不出话来，只能冷哼一声，继续看卷宗。眼角余光却看见他眼睛里全是笑。这家伙今天是按照她的心意来穿的，帅得很，尤明许突然就觉得没那么生气了。

又心想：不对啊，本来以为和他好了，那必须是自己事事占上风，对他招之即来，挥之即去。结果这几天因为受伤，床上被他压。现在他还对她耍心眼，管东管西，烟都不让抽。

呵呵……尤明许在心中冷笑两声，她的伤也好得差不多了，是时候让尤英俊回忆一下，这个家是谁做主了。

这时，韩烽走进办公室，对他们说：“你们可以去见邓耀了。”

数日不见，邓耀似乎一点都没变，还是那副沉默如黑色铁塔的模样。只是换了身囚衣，戴着手铐脚镣，脸色阴沉。他抬起头，看到是尤明许，脸色变得复杂。

尤明许拉开椅子坐下，慢慢往后一靠，抬起下巴，神色带着几分睥睨。

邓耀感觉到了她的轻蔑，心里一阵愤怒，抬起蛮牛似的眼，盯着她。可女人不慌不忙，眼神虽然冷得要死，却带着点说不清道不明的笑意。邓耀突然就回忆起那天晚上，最后她发狠暴打自己的模样，邓耀还从没被人打得那么惨、那么疼过，忽然，心中就生出一丝畏惧。那畏惧，和他躲在肉铺里望着门缝外的警车呼啸而过，和他第一次作案时左顾右盼的心情，是一模一样的。

她身旁还有一束目光停留在自己身上。邓耀注意到，那是个长得很帅、看起来就很精英的男人，是他从小就无法相比的那种人。男人的眼神很冷，透着毫不掩饰的憎恨和怒意。

于是邓耀感觉到了自己的无力，感觉到了自己的卑微。他愤怒又无能为力，最后红着脖子低下了头。

“都交代清楚了？”尤明许问。

邓耀：“嗯。”

却听到她冷笑道：“我看未必吧。”

邓耀沉默不语，慢慢抬起头，却看到女人的目光锐利得跟刀子似的，直刺过来。

“听说你无论如何都不承认，还有一名共犯？”尤明许说。

邓耀讷讷不语，却听她冷笑着继续说道：“他倒是做了场好戏，想要从中脱身，撇清关系。可惜百密一疏，他做得越周全，越容易有漏洞。最大的漏洞，不就在你家院子里？还要我提醒吗？”

邓耀张了张嘴，他没听懂尤明许的话。

尤明许丢了两张照片出来，都是金杯车的，一张是在他家院子里拍的；一张似乎是在公路上拍的，比较模糊。

邓耀拿起照片，还有点蒙。

尤明许笑了，说：“陈昭辞……”她注意观察他微变的神色，“这个名字，想必你不陌生吧。他模仿你的手法，对待了另一个叫刘伊莎的女孩，还把樊佳送到了你面前。如果说他的模仿惟妙惟肖，还有那么巧就碰到你，都勉强说得通。可是一年前连警方都不知道你开的什么车，为什么他会开一辆和你一模一样的车去弃尸？这也是巧合？那你们俩还真是心有灵犀得跟一个人似的！”

邓耀的脸还是僵僵的，望着尤明许冷酷的神色，忽然笑了，拿着照片一直笑。

“打算替他把罪也担了？”尤明许说，“他现在可是逍遥法外，而你们一家三口都进来了。你图什么？”

邓耀脖子上的青筋都憋出来了，慢慢地说：“小辞他……和我是小学同学，也是我唯一的朋友。他那天只是来跟我借车。”说完又一个劲儿地笑，笑得瘆人。

尤明许冷冷地盯着他，殷逢忽然开口：“没想到你和他是朋友，我以为陈昭辞不会把任何人当朋友。”

邓耀还是呵呵笑。

“那他带你去过地道吗？那是他的秘密，不会和任何人分享，你应该没去过吧？”殷逢又说。

邓耀看向他：“我当然去过。”

“那他……有没有带你从地道潜进分金宝公司，去偷窥那些老板对女孩们做的事呢？”殷逢问。

邓耀一怔。

尤明许也抬起头。

殷逢笑了：“看样子你看过。所以你之前的口供，没说实话。你说是偶然碰到赵菲儿，开始了第一次犯罪。我就觉得奇怪，你都憋那么多年了，怎么突然就爆发了呢？原来是因为陈昭辞带你去看了那些，所以你再也抗拒不了、忍耐不了吧？”

邓耀的目光变得极其阴沉，脖子也红了。

殷逢却只是平静微笑：“你是从那时候开始的。”

尤明许心头却说不出是什么滋味，她一直以为，是分金宝公司的人模仿杀手作案，却没想到，杀手最初的导师，也是站在地道上方光鲜亮丽却禽兽不如的他们。哪里才是罪恶的源头？他们如此相似，原来是因为最初的他们都是同一副面孔。

审讯室里寂静了一会儿。

殷逢忽然说：“聊聊小辞吧。他是性无能，硬不起来吧？”

尤明许一怔。

邓耀：“你……怎么知道？”

殷逢笑了笑：“大家都是男人，很容易就能判断啊。他长期和分金宝公司那些人在一块儿，却始终没有参与他们做的事。我知道他心里恨死那些女孩了，只想想方设法折磨她们，但是在群体犯罪里，那样的环境下，他又是个变态，根本不可能控制得住，除非他有心无力。”

尤明许忽然想起一事，当初樊佳色诱试探陈昭辞，却令他落荒而逃，当时只是微觉诧异，却没想到还有这方面的原因。

想到那个名字，尤明许心中又是一疼。

邓耀居然笑了：“你这个警察真的很厉害，他确实不行，回回只能干看，哈哈。”

“回回？”尤明许心头一动，看了一眼殷逢。

他整个人看起来还是很温和无害，接着对邓耀说：“分金宝公司的那群人只想要性奴，不愿意沾上官司和人命。而陈昭辞一个性无能，既参与不了，也发泄不了。这种情绪就会越积越多，越积越强烈，他就需要一个更刺激的释放点。现在，你明白他为什么要带你去分金宝公司开眼界，为什么要支持你对那些女孩做那些事了吗？”

邓耀愣愣的。

尤明许也是心头一震。

殷逢说：“你强奸女孩的时候，他在旁边，也激动得不行吧？是不是比你还亢奋？折磨、杀害、虐尸的时候，他比你更起劲，对不对？你一直以为他是在帮你，帮你得到那些女孩，给你打开了新的世界。实际上，是他在利用你，他远比你更早开始。他是个恶毒的人，可又是个胆小的人，总是需要一个人替他挡在前头，所以他拉着你一起下地狱，只是为了满足他自己！”

邓耀猛地抬头，看着他们，眼睛瞪得大大的，脸上的肌肉也在抽动。

尤明许心领神会，接口道：“是啊，你真以为他是和你做兄弟，给你送女孩？邓耀，你仔细想想，为什么刘伊莎出事后，他不把尸体秘密处理掉，而是伪装成一年前你做的案子？因为他要保自己，保分金宝公司，所以只好嫁祸到你头上！”

殷逢说：“是啊，因为分金宝公司，这个已经烂掉的犯罪毒窝，他根本就离不开。他已经是它的一部分。”

尤明许：“那天他假装自首，带樊佳出去，实际上是跟你说好了把樊佳给你吧？还假模假式让你打了一锤。他是脱了身，不仅人跑掉了，哪天就算被抓到，也只是个从犯。可是你呢？又被他嫁祸了一次。”

邓耀一拳“砰”地捶在桌上：“不……不可能！”

尤明许身子往前一探，看进邓耀的眼眸深处：“害怕吗？愤怒吗？你也想知道他心里到底是怎么想的吧？告诉我他会躲在哪儿，我把他带回来给你。有什么疑问，我可以让你当面问他。邓耀，他如果真把你当兄弟，现在知道你进来了，一定愿意和你共同担罪，就像你为他做的那样。要不要试试……你们俩之间的这份情义？”

尤明许带着殷逢跑下楼，数名警察跟着，大家在楼下分乘几辆车，直往郊区而去。

岳枫山西侧，这是邓耀给的方位。更具体的位置，他也不知道，因为陈昭辞只跟他提过，那里有个很大的、废弃的防空洞，位置属于邻县。这也是之前警方搜寻本市防空洞，获得的资料里没有这个防空洞的原因。据说那里鲜有人至，只要食物和水充足，在那里生存几个月都没问题。

由于陈昭辞已被列为危险重犯，这一次，尤明许和好几名警察都配了枪。她和许梦山、殷逢一辆车，照例是许梦山开车，副驾空着。

“邓耀的话，可信度大吗？”许梦山问。

尤明许说：“大。”

许梦山冷哼一声，说：“这次非要逮住那臭小子。”

尤明许从后视镜里看了眼许梦山的脸色，几天不见，搭档没有什么异样，好像还是从前的老样子，还是那个心思深沉的许狐狸。好像他已把过去的一切都归置整理好，好像什么都没发生过。

尤明许心头有些涩意升起。

手被殷逢握住，许梦山应该看不到，尤明许就没挣脱。她看向他，小声说：“刚才审邓耀，挺有两下子。”今天他的推理，比以前明显更精彩准确。

殷逢也感觉这一回自己脑子里的思路比从前更快、更清晰。刚才审邓耀时，那些推理很流畅就自动跳了出来。他忽然想起陈枫说，他脑子里的瘀血有消散的迹象，心里“咯噔”一下。

他握紧她的手，软乎乎地说：“那要奖励。”

尤明许：“回家说。”

他又捏了一会儿她的手，说：“刚才我们俩是不是配合得特别好？”

“嗯？”

“是不是更配了？”

尤明许当他还惦记着上回她不肯承认两人相配的事，淡笑不答。

他却自己盖棺论定：“我们是夫唱妇随。”

她斜他一眼：“说反了。”

他说：“没反，反正我是在上面的。”

饶是尤明许这样的糙女人，也愣了一下，才明白他在说什么，顿时心头一跳。这时他倒像个敢作敢当的男人了，手臂往她椅背上一搭，轻声地说：“不服气，又要咬我？”

这是在说她昨天晚上咬在他背上的事。

尤明许静默片刻，笑了，嗓音比他更懒散：“忘了和你说，我的伤好了。回头就让你看看，是谁在上头。”

殷逢含笑盯着她，尤明许竟被他盯得心猛跳了几下。心想：果然如此，再纯洁的男人，上了床再下床，也会变浑蛋。

岳枫山到了。

已是下午了，山里没几个小时就会天黑。一群刑警沿着山路，迅速散开搜索。只是这片山麓还挺大的，一眼望去，树海茫茫，那个传说中的属于市县交界处的防空洞，又没有在地图上标注出来，只能一点一点搜过去。

尤明许带着殷逢钻进树林，披荆斩棘，快速推进。天色有些阴，林子里光线更弱，搜索线也在渐渐拉得更开。尤明许忽然就想起青少年交换杀人案时，他们追踪刘若煜的时候，也是在这样的林子里，后来才有了她和殷逢的第一次接吻。

而她身边的男人上次跟着的时候，还一路嚷着脚板痛，今天却一声不吭，和她寸步不离。到了需要攀爬处，还仗着腿长，先爬上去，以便拉她——虽然尤明许根本不需要，不过还是给了他这点男人面子，让他拉自己上去。

尤明许想，殷逢在车上说得没错，这么多日子过去了，两个人之间的默契，早非当初可比。那种可以把后背交给对方的感觉，两个人几乎一体的感觉，不知何时就存在了。

在越过一片野山坡后，尤明许发现了异样。前方有片垂直的石壁，石壁下方，草木丛生。当中竟有间小木屋，看着非常陈旧，里头有一点很暗的光，隔得远，再加上树木掩映，根本就很难发现。

尤明许拉着殷逢，往草丛里一躲，同时拿出对讲机，低声通报。最多十分钟，其他人就能包抄过来。

“你待在这儿别动。”尤明许说，“我去看看。”

他握着她的手：“一起去。”

尤明许摇了摇头。

殷逢明白，自己跟着她，说不定还不如她一个人机动灵活。他捏了一下她的手：“小心，我看着你。”

尤明许一笑，伏低身体，潜行过去。

到了木屋外，门是虚掩着的，尤明许藏身在阴暗草丛里，从门缝往里望。赫然看到一个人坐在小桌旁，不是陈昭辞是谁?

数日不见，这人变得又瘦又黑，下巴上一圈胡楂，衣服也是又脏又破，显然在警方的追缉下，过得很糟糕。而他身后的地上，隐约放着炉子、米、油之类的东西。

尤明许看着他，想到樊佳最后还相信了他的自首，他却把人送到了杀人魔手里，气就不打一处来。

她握紧手枪。

就在这时，一直低着头的陈昭辞，忽然抬眸，两人的视线就这么突兀地对上了。

陈昭辞弯唇一笑。

尤明许只感觉到整颗心都被寒气包裹，心知有诈，绝不能让他抢了先机。说时迟那时快，她从草丛中一跃而起撞开门，拔枪瞄准："不许动！"

陈昭辞确实弯腰去拔靴子里的匕首了，但尤明许反应实在太快，他的手才摸到匕首，枪口已指向他的脑门儿，于是他整个人不动了。

尤明许厉喝道："举起手来！"

他往后坐直，似笑非笑，慢慢举起手。看着他这副死猪不怕开水烫的模样，尤明许的眼睛都快喷出火来，迅速看了眼周围。木屋很小，只有一张折叠床，后面还有道帘子，里头黑乎乎的，似乎就是那防空洞。

尤明许的目光回到陈昭辞身上，说："你做的事，邓耀已经一五一十交代了。"

陈昭辞脸色阴沉。

"站起来。"尤明许说，"双手放脑后，出去。"

他慢慢站起。

尤明许看着他心里就恨，抬眼看了看，支援还没出现，门外只有殷逢，于是一枪托就狠狠砸在他头上。陈昭辞吃痛，扑倒在桌面上，鲜血直流。尤明许还不解气，提起他的脑袋重重砸了几下，冷道："你还是不是人？樊佳信了你，带你去自首。现在她人没了！她才二十四岁！你还是不是人？！畜生！"

陈昭辞趴在桌上，半天不动，也不反抗挣扎。尤明许提枪又指着他，却听见他发出似哭似笑的声音，"呵呵"几声后，他说："我当时已经带她绕路了，但那只疯狗还是追上来了。我不想杀她。这么多年我唯一不想杀的女人，还是死在我手里。"

尤明许一怔，可心头恨意依然难消，把他往外推了下，冷冷说："走吧，法律制裁等着你。"

他静了一会儿，说："说起来你可能不信，这几天我一直在想，如果我早点遇到她，她早点对我说那些话，也许……我就不会杀人了。"

尤明许心里却越发难受。

可是没有如果。

有罪的人，没有如果。

因罪而死的人们，也没有如果。

这时陈昭辞站直了，兀自笑了：“可是，我已经被审判过了，你带不走我，我已经获得了新生。”

尤明许愣了愣，心想他莫不是已经精神失常了。

就在这时，陈昭辞突然转身，朝她的枪口撞上来。尤明许一惊，连忙避开，另一只手抓向他的衣领。

身后帘子轻响，有人冲了出来。尤明许整个后背都凉了，连忙转身。

来不及了。

有什么东西重重打在她的头上，她撞在桌上，又跌落在地。陈昭辞手持匕首后退两步，却有另一个枪口指着她的额头。

来人一身黑，非常高大。黑色冲锋衣，黑色长裤，短靴，戴了顶鸭舌帽，帽檐压得很低，只露出个下巴。

一种非常强烈的、似曾相识的感觉涌上心头，尤明许的身体就像被一层寒冰慢慢覆盖住。

他抬起了头。

那是一双非常深刻的眼，比起几个月前，他的脸瘦了很多。可只是一眼，就让那些早已走远的记忆，涌上尤明许心头。

无边的荒野，阴沉的雨夜，男人隔着车窗望着她；他和她坐在帐篷边，一起抬头望着星空；他点了支烟，在一段枯木上坐下，说他决定成为连环杀手，杀死五个人，或者更多。

顾天成也望着她，目光不悲不喜。

半晌，尤明许笑了。

他也笑了。

陈昭辞看到这一幕，有些迷惑。但他很清楚目前的困境，这女警是个大麻烦。眼见她被顾天成打倒，陈昭辞悄悄持刀，想要逼近，就听到顾天成开了口：“站住。你是个什么东西，也敢碰她？”

尤明许回头看了一眼。

陈昭辞一惊，心里又恨又怒，但接触到顾天成冰冷的目光，到底慢慢放下匕首，退到一旁。

尤明许的手就握在枪上。如果现在面对的是别人，她有信心后发制人赌一把。但是面对顾天成，她不能妄动。

顾天成盯着她的眼睛，仿佛眼里只看见了她，轻声说：“清净了。明许，我们终于可以好好说话了。”

尤明许心头一震，心中有万般疑惑，却只是答：“行啊。”

殷逢原本躲在草丛里，看到尤明许突然持枪扑进屋里，他整个人都紧绷着，但还是沉住气，从门口紧盯着屋内的动静。

然后就看到陈昭辞被轻而易举制服，尤明许的脸色冷酷无比，往窗外看了一眼后，开始揍人。

不知为什么，尤明许每次这么凶悍的时候，殷逢心里并不会感到害怕，反而是说不出的心疼，还有更浓烈一点的喜欢。

他蹲在草丛里，默默看着。

等看到尤明许推了陈昭辞一把，示意他出门就范时，殷逢的心也稍稍放下来。只等她把人押出来，就起身协助。

夜色渐浓，整座山黑茫茫的，冷风寂寂，草木摇动。

就在这个时候，一种非常突然的、毫无征兆的，也根本无法抵挡的感觉席卷了他。殷逢只感觉到整个天地都猛地震动了一下，然后开始阵阵旋转。他的脑子里，有什么在崩塌、冲破，速度快得惊人。他整个人都抵不住了，一下子软倒在地，脑袋疼得不行。

这样的感觉，数日前曾经出现过一次，那次他和尤明许在火锅店，他突然头痛晕了过去。可这一次，更强烈，更清晰。

不要。

他听到心中有个声音在说：不要。

可那些激流、那些疼痛、那些晕眩，根本不听他的。他痛苦得差点发出呻吟，勉力捂住自己的嘴，不让自己发出声音坏了尤明许的事。他趴在地上，眼里已快憋出了泪，模模糊糊间抬起头，却看到了惊心动魄的一幕。

他看到了顾天成，他依然是那副恶魔般冷酷沉静的表情，握着枪，指着尤明许。尤明许倒在地上。背后的陈昭辞拿着刀。

不要晕。

他咬破嘴唇，血流出来。

不要在这时候晕。

他的阿许，还在与最凶残的罪犯周旋。他是她的男人，他要保护她的。他含着泪，跌跌撞撞爬起来。

一片更加广阔的哀伤和不安，无声无息地朝他袭来。隐隐间，他意识到自己身上将要发生什么。可到底是重新跌入深渊，还是会打开终于久闭的窗，他不知道。

可他早已哪里也不想去了，曾经的名利，三十载的阅历、心计，都不想要。

他已经和她在一起了啊！

他现在只想做尤英俊，陪伴她春生夏长，秋收冬藏。

阵痛更加强烈，眼中的整个世界都在摇晃着。

“阿许……”他听到自己哽咽的声音，“阿许啊……”

“把枪丢出去。”顾天成说，“丢远点。”

尤明许心念一转，嘴上却说：“不行。”

顾天成笑了一下，说：“明许，你知道我时间不多了。猜猜我现在对你爱多一点，还是恨多一点，舍不舍得杀你。我数 5，4，3……”他的手指缓缓转动扳机。

尤明许一咬牙，把手枪往外扔去。

“你是怎么从江中逃生的？”尤明许问，“谁在帮你？”

他说：“好姑娘，别耽误时间，将来会有机会和你说。现在我要带他走，来，出去，给我们开路。”

尤明许缓缓站起，轻笑说：“你什么时候开始找伴了？”

陈昭辞警惕地盯着她，先退出屋外。

顾天成的枪一直稳稳地对着她，他用枪在她腰上推了一把，说：“我们这样的人，你瞧不上，总要有自己的活法。”

他的话意含糊，尤明许按下心头疑惑，慢慢走出屋外，一眼瞧见殷逢的藏身处已没了人。只是草丛深黑，不知道手枪有没有被他捡走。

顾天成递了个眼色，陈昭辞扑进草丛，快速翻找那把枪。

“你们逃不出去的。”尤明许说，“这座山里三层外三层都是警察。自首吧，对抗只会下场更惨。”

话音刚落，身后的顾天成用大掌拍了拍她的脸，说：“还唬我？你明知道我就算死在外头，也不想再落入你这样的警察手里。”

尤明许咬牙。

然而顾天成也知道时间紧迫，警方的包围圈一旦形成，插翅难飞。

他说：“跪下。”

尤明许不动。

顾天成从背后看着她倔强窈窕的身影，即便穿着最普通的毫无女人味的衣物，即便不施粉黛，她还是能轻易勾起他心中的渴望与恨。他看着自己的枪口，沿着她的头颅缓缓往下，经过丰腴的胸，到了不盈一握的腰身、修长的腿，最后，停在了她的膝盖处。

“宝贝儿。”他说，“我总是舍不得杀你，总是。”

尤明许全身紧绷，目视前方。

千钧一发之际，顾天成的手刚要扣动扳机，一支更冰凉的枪管，重重地抵在了他的后脑勺上。他倏地睁大眼，而尤明许已在生死之际发动，就地一滚，快如闪电。草丛里的陈昭辞惊觉，直起了腰。

顾天成怒而举枪，却听到身后的人喘息着说：“放下枪！顾天成，动一下……我杀了你！”

这有点耳熟的声音，真是讽刺。顾天成慢慢放下枪，说：“傻子，还守着她呢？呵呵……好，很好。”

“你闭嘴！”殷逢吼道。他握紧了枪，拼尽全力不让它从手中滑落。而他的嘴里，已满是血腥味儿。此时，脑袋的阵痛渐渐远了，取而代之的，却是越来越恍惚的意识。仿佛他的前方不是山林，而是汪洋大海，而他在里头浮沉着，就快沉没。

隐隐约约间，他看见尤明许从地上翻起，制服了陈昭辞，雪亮的匕首似乎已落在她手里。于是殷逢恍惚地笑了，想：太好了。自己总算没在她的生死关头掉链子，没有离她而去。

尤明许并不知道殷逢的异样，刚刚他的出现，一下子扭转了局势。陈昭辞不足为惧，已经在她手里。她的匕首稳稳抵着他的喉咙，他根本翻不出她的掌心，而顾天成居然也被殷逢制住。不得不说，殷逢刚才出现的时机、偷袭的角度，都刚刚好。

对于顾天成这样的高手，稍有不慎，就会被他察觉，鸡飞蛋打。可殷逢做到了。

她飞快地看了一眼殷逢。他站在树下的阴影里，一双发红的眼盯着顾天成。居然还傻乎乎地朝她笑了一下。

尤明许看着顾天成："第二次。"

顾天成的脸笼罩上薄怒，这个女人总是知道怎么刺他的心。第二次了，他又栽在她和这个傻子的手里。他想：自己刚才应该不管他们的顾虑，不顾心底隐约的念头杀了她的。遇到她，他的心总是会起波澜。起了波澜，就不够狠。

局面僵持了。

尤明许挟持了陈昭辞，后者挣脱不得，气喘吁吁，脖子已经见血，宛如一个十足的变态，呵呵笑着。顾天成手里的枪指着他们，但尤明许有肉盾在手，能不能射中还两说。

殷逢用枪指着顾天成的后脑勺。

局面虽然没占上风，但时间每过一秒，对顾天成和陈昭辞的不利就多了一分。远远地，似乎已有刑警的脚步声传来。

顾天成忽然哈哈大笑，笑容十分放肆，还透着颓唐，他手里的枪也放下了，身体因为大笑而轻晃着。尤明许警惕地盯着他，同时递给殷逢一个眼色，却不料殷逢的枪口垂着，也不知指向哪里，他的头也垂着，尤明许看不清他的表情。

尤明许心一惊，没敢表露声色，把陈昭辞勒得更紧，盯着他们两个人。

他怎么了？尤明许仔细一看，发现殷逢的身体也有些晃，她的心不由得揪起，是顾天成对他做了什么，还是头疼又犯了？

"你真以为……"顾天成缓缓开口，"你、我、殷逢三个人在西藏的相遇，是偶然？"

顾天成看着她，眼里全是讥诮的冷意。

尤明许心头如有一冰面，骤然裂开，露出隐约埋藏已久的真相。她死死盯着他，眼角余光只在那人身上，此时他手里的枪已彻底放下，另一只手按着额头。尤明许听到自己急促的呼吸声在耳边响着。

"你真以为，"顾天成声音里嘲讽的意味更浓，更肆意不羁，"你们两个破过的案子，已经得到全部真相？你们警察算什么？"

陈昭辞也"呵呵"笑出了声，猛地一抓尤明许的手臂，想要攻其不备，然而她早有防备，膝盖狠狠顶在他腿上，他吃痛，弯下腰来。

"砰"

尤明许全身一抖，眼睁睁看着手里的陈昭辞额头上多了个血洞，瞪大双眼，刹那气绝。而顾天成举着枪，脸上没有任何表情。

“你！”尤明许怒极，一把提起陈昭辞的尸首，挡在自己面前。

可顾天成似乎没有再开枪的意思，笑了一下，淡道：“既然带不走，也要由我们来审判处决。不必谢。”

尤明许咬紧牙关，全身紧绷，隔着顾天成，望着他身后那人，心也渐渐下落。

顾天成也是一怔。

今天尤明许和殷逢带着大批警力前来，在他的意料之外。殷逢这傻子竟能沉住气，埋伏那么久，伺机出击，他的注意力又全在尤明许身上，棋差一招，受制于人。

眼看就要被警察包围，他本就活一天算一天，便也没抱着逃生的念头。说了几句话，惹得尤明许分心，趁机枪杀陈昭辞，免得落入警察手里。

而他自己……

他以为殷逢一定会开枪杀了自己。

不知为何，尤明许或许都不能够，但他知道这个傻子下得了这个手。

他若死在殷逢手里，这位殷老师的手里沾了人命，不也是件很有趣的事吗？哈哈。

要知道，杀人这件事，一旦开始，就像打开了一扇关着黑色暗潮的门，这辈子，那些暗潮，都会在你的人生中流淌。

可是，殷逢居然没有动手。

身后悄无声息，只有听起来很虚弱的呼吸声。

于是连本以为自己必死无疑的顾天成，也察觉出异样了。

“阿许。”

顾天成和尤明许，都听到了这个很轻的、沙哑的，似乎含着痛苦的声音。

“阿许！”殷逢哭着喊出了声音。

顾天成持枪猛地转身，指向殷逢头顶。尤明许丢下陈昭辞，飞扑过去。

却只听“哐当”一声，殷逢手里的枪滑落，他已看不见顾天成的威胁，只是努力地望向尤明许的方向。他脸色煞白如纸，恍惚间望着那道扑过来的身影，傻傻地伸出手，又唤了声：“阿许啊……”

阿许，对不起啊。

尤英俊他，可能需要倒下休息一会儿了。

我会醒来的。

我也怕自己醒来。

我才刚刚得到你，拼尽了全力，卑微地等了那么久才得到你。我怕醒来的那个自己，又不讨你喜欢。

也怕醒来的那个自己，对你的心，有一分一毫的变化。

不要放弃我。

请一定不要放弃我。

也许我只是那个人灵魂的一部分，可是我深爱着你。

无论今后我以何种面目、何种人格出现在你面前，我的灵魂，他已爱上你。

他一定不会忘记。

“殷逢！”尤明许眼睁睁看着他如同被抽去支柱的积木，刹那瘫倒。可顾天成离得更近，比她更快，一把提起殷逢的上半身，用枪指着。

尤明许扑在两人面前的地上，一时间只觉肝胆俱裂，翻身爬起，可已来不及。

顾天成白捡了这么大个便宜，一边挟持着殷逢，一边往后退，呵呵笑着，几近半疯。

“退后！退后！”他厉喝着。

尤明许死死地盯着他手里的那个人，他真的就跟死去了一般，全无声息，被顾天成在地上拖着。她感觉到心都被人揉成一团了，钝钝地疼着。顾天成如今是丧家犬，什么都有可能干出来。她慢慢往后退着，那关切动情的神色，顾天成瞧得一清二楚，心头更是妒火中烧，再也抑制不住，冷冷地道：“你真以为……自己养着的这个东西，是天使？而不是和我一样的畜生？”

尤明许的嘴唇都快咬出血来，哑声说：“别碰他，你要挟持人质出去，换我。他晕了，不如带我方便。”

顾天成吼道：“都这时候了，你想的还是只有他？尤明许，我不会杀他，因为终有一天，你会后悔爱上他。现在，转过去，给我跑，拼命跑，跑得慢了，我打废他一只腿。再慢，再废一只。跑！”

说完枪口就瞄准殷逢的小腿。

尤明许眼睛都快喷出火来，一咬唇，转身就跑。把整个后背，毫不设防地暴露给了杀人魔。

呼呼的冷风刮过脸颊，远处，已有数道闪烁的光柱。她拼命跑着，整颗心冷得如同掉进冰窖里，可全身的血，又烈得如同快要燃烧。

殷逢，等我。

我把命都摆在他的枪口下，换你一线生机。

“砰——”身后传来一声枪声。

尤明许全身一僵，但她感觉自己身体完好，没有任何痛感，那一枪不是打的她。

不远处，数名警察已经露头，快速逼近。

尤明许转身就往回跑。

不长的一段路，每分每秒都是煎熬。她的眼已憋得通红，终于跑出了树林，远远只见那木屋前，陈昭辞的尸身被扔在原地，殷逢躺在另一边，不知死活，顾天成不见踪迹。

尤明许跑到殷逢跟前，一眼望去，并未见伤口，那颗心才狠狠跌下。

“殷逢！殷逢！尤英俊！”她喊了好多声，把他抱进怀里。可他全无知觉，已然昏死过去。

第四章

他离开了

已是初冬。

湘城开始了连绵的阴雨天气，总见不着太阳，但湘城人又是极抗冻的，尽管温度一直下跌，许多人依然穿着单衣单裤，习惯了，也就不觉得冷了。

尤明许也是其中之一。

早晨，小雨打湿路面。尤明许走下公交车，外头罩了件松垮的长西装，下配一条窄脚裤，更显得身材窈窕，腰肢不盈一握。不过她的脸色也是极垮的，冷冰冰的透着拒人于千里之外的气息，是以路人大多只敢远远瞧一眼这一脸戾气的冷西施，几乎没人敢搭讪。

到了警局，胡乱吃了些早点，打卡上班，参加周例会。她和许梦山把怀城特大案件做了总结，没人提樊佳的名字，主管刑侦的副局长不忍心提，丁雄伟也不肯提，只是樊佳平时爱坐的位子空着，就在尤明许和许梦山边上。

随着陈昭辞身死落网，警方对外公布了怀城系列案的告破，引起强烈的社会反响。尽管政策多次规范、取缔，但违规的、渗透了犯罪色彩的校园贷公司依然如同一张灰色的大网，笼罩在大学校园上空，由此牵连出的性犯罪案件令闻者胆寒。

而生活于社会底层的屠户之子，被性犯罪团伙之一、同时也曾是校园贷受害者的大学生陈昭辞引导，耳濡目染，与其父一起开始了连环杀人之旅。

陈昭辞作为两个团伙的交叉重叠成员，妄图栽赃嫁祸脱身。警方却顺藤摸瓜，一举将所有犯罪人员抓捕归案。

至此，包括刘伊莎、赵菲儿在内，遇难者已达五人。大学生受害者更是不计其数，无法统计。

散会时，丁雄伟叫住尤明许，回了自己的办公室。

其实今天一打照面，丁雄伟就感觉这个得力下属有些不一样了。以前的她勇猛强悍，生龙活虎，今天尽管依然摆着副威风凛凛的范儿，可她现在往椅子里一坐，浑身都带着几分懒散的、漫不经心的气质。

这是经了事儿才会有的变化，丁雄伟心里门儿清，他也是这么过来的。每个刑警，尤其是出类拔萃的刑警，经历过这么个把全身骨头打碎再重塑的过程，等痛全都藏在碎骨深处时，才会逐渐淬炼出一身锋芒内敛却更加震慑人心的气质。

到底有点心疼，丁雄伟破天荒泡了杯茶，放在尤明许面前。尤明许也不客气："谢谢老大。"她抿了一小口才说，"顾天成的事，我看上头压了下来。"

丁雄伟说："叫你来就为了这事儿。你的报告我看过了，这个人恐怕牵扯极广，上头打算先暗中查。"

尤明许："算我一个。"

丁雄伟点头："你先休息几天，上头也要研究一下怎么入手。需要时叫你。"

"好。"

丁雄伟看了她一眼，目光幽深锐利："顾天成逃走前说了不少东西，你认为他是有意还是无意？"

尤明许答："以他的性格，讲话往往真假参半，既不怀好意，又难以克制自己。"

"哦？"丁雄伟的语气里有了调侃的意味，"那按你的意思，他说的哪些是真的，哪些是假的？"

尤明许毫不闪躲地直视顶头上司这头老狼："那要按我说，顾天成的案子、青少年交换杀人案另有隐情是真的，他和他背后藏着的人另有企图也是真的，往殷逢身上泼脏水，那就是假的了，他恨我抓了他，故意这么说，让我和殷逢心生嫌隙。"

哪怕是丁雄伟也被尤明许理直气壮的护短噎了一下，干脆挑明："你真和那孩子好上了？"

尤明许斜他一眼，老不正经，说什么屁话，搞得她好像禽兽不如似的。殷逢他……现在除了性子单纯点，哪里像孩子了？

嘴角下意识弯起。

丁雄伟眼尖，只觉得这平时冰山般的女下属暗戳戳怀春的样子简直没法看，摆摆手："行了，说正事！"

尤明许道："是你先问的。不瞒你说，我和他现在好得很，以后他是我男朋友，你和兄弟们见了都要给点面子。"

丁雄伟虎眼朝她一瞟，败下阵来，说："行。话说回来，我个人也不相信顾天成的话，我相信殷逢没问题。不过顾天成不会无缘无故提到他，当日他和你、顾天成在西藏相遇，确实过于凑巧，他身上说不定有什么隐藏的线索，你心里要有数。"

尤明许静了静，点头，又说："殷逢曾经说过，他记得以前总有人窥探他、跟踪他，让他感觉到强烈的威胁，说不定他因为某种原因，成了犯罪分子的目标，也说不定当日他在西藏被顾天成袭击挟持也是有预谋的，不过他现在还是什么都想不起来。不用你说，我会死死盯着他身边的。"

丁雄伟想了想，说："保护好他。无论是失忆前还是失忆后，他都是值得我们守护的人。"

尤明许笑了。

"老丁。"尤明许的语气凝重起来，"你认为顾天成的身后，真的存在一个高智商的犯罪团伙吗？如果有，这个团伙存在的目的是什么？为什么我们一直没有发现？"

丁雄伟抿了口茶，答："其实前两天和上头开会，也有人问了这个问题。顾天成能从江中逃脱，肯定是有同伙的，但是真的上升到了有组织犯罪吗？我的判断——是的。你受伤在怀城养病期间，洛平他们还找到了一些线索。"

"什么？"

"除了赵菲儿、刘伊莎，邓氏父子还从街上带走了三名女性，并且一直没有被发现。当时我就觉得有问题，即使是经济条件比较差、不引人注意的单身女性，怎么会这么巧，接连失踪却都没有人发现报案？后来我们查出，三人失踪后都有人做了善后措施，譬如说给家人发短信报了平安，告诉朋友自己外出旅行，还有的去买了火车票伪造了行踪。一开始我们怀疑可能是陈昭辞做的，但邓耀供认，陈昭辞根本不知道这些事，他也十分肯定陈昭辞没有做，人是他抓的，陈昭辞根本不管。"

尤明许中午给陈枫打了通电话，被告知殷逢还没苏醒，她便继续上班。下班铃一响，她破天荒地第一个走人，打了辆车直奔湘慧医院。

刚开出没多久，陈枫发来短信："殷老师醒了！"

尤明许笑了，催司机："师傅麻烦开快点。"

司机说："好嘞！家里有人生病啦？"

尤明许看着窗外，答："男朋友，小病。"

殷逢还住在上次的 VIP 病房，尤明许出了电梯，恰好撞见陈枫从病房走出来。两人对视一眼，她点了一下头，径直走进病房，因此没注意到陈枫神色有异。

平时的陈枫都是温文尔雅、不急不慌的，但今天明显情绪不太镇定。他看到尤明许出现，目光闪了一下，看到她一头扎进房里，欲言又止，到底在门口把护士叫了出来，而后掩上了房门。

尤明许一眼就看到那人靠坐在床上，正端着碗粥慢慢地喝。

外头的天已经黑了，满室柔和的灯光。他穿着身极干净清爽的病号服，头发似乎也在她来之前梳过了，更显得白皙俊朗，眉眼清秀。

尤明许忽然就想起在山上时，他几乎是带着丝哽咽喊了句"阿许"，然后就晕死过去，心底一柔，不管他现在有什么毛病，将来能不能好，她都要担下来。

她看了眼殷逢那双扣在瓷碗上的手，瘦长白皙，骨结有力。如今只是看着这个人的手，她心中都能涌起几分怜惜和喜爱。

她的人嘛，小男人也好，大男人也罢，终归是她的。

殷逢也注意到了她，抬起头，那清澈的眸色没有丝毫变化。

尤明许心里高兴，没太注意，而是走过去，单手就将他抱进怀里，笑着说："你吓死我了。感觉怎么样？头还疼吗？还有哪里不舒服？"

他没出声。

只有"乓"的一声轻响，碗被放在了床头柜上，而他的手，并没有像往常那样飞快地抱上她的腰。

尤明许愣了愣，一丝疑惑跟棵嫩芽似的，飞快地从心底钻出来。她把他放开，坐在床边，和他只隔半尺不到的距离对望着。

刚才进来得急，没太注意，他的病号服并没像平时那样，每颗扣子都扣得整整齐齐、规规矩矩，而是第一、二颗解开，露出些匀称有力的肌理。在她拥抱他之后，他似乎完全不为所动，一只手搭在床头柜上，另一只手就放在被子上，中指还轻轻地一下下扣着。他的脸，没有像平时那样，总是喜气洋洋地朝她的方向仰着，而是下颌微微收紧，更显得脸部线条紧绷收敛。他的眼睛，幽深得如同口映着夜色的井。

那样疏离冷静的眼神，尤明许绝对不会看错。

只一个眼神，尤明许忽然感觉到整个世界寂静无声，眼前的男人如此熟悉，每一寸线条，甚至每一寸身体，她都已拥有过，可他此时，分明是另一个人。他甚至不用开口说话，每一根手指、每一个细小的动作，都带着属于三十岁的殷逢的气场，和那个会缠着她、哄她、崇拜她、爱慕她的家伙，完全不一样。

尤明许只感觉到心一点点沉下去，恍惚间还听到那人在耳边说：阿许，我只爱你，崇拜你，我愿意为你而死。只要你也爱我。

可现在，同一个人，正用透凉如水的目光审视着她。

某种极其荒谬的感觉漫上心头，尤明许的鼻子有些发酸，可她还是不死心，紧盯着他的眼，又唤了声："尤英俊？"

然后就看到眼前的男人，很慢很慢地露出一丝笑容，可那双眼，依然不带任何温情。

"怎么？我还有别的名字？"完全一样的嗓音，可他讲话的语调缓沉无比，再无半点跳脱的少年感，他说，"谁取的？蠢得像狗屎一样。以后不要再喊了。"

尤明许从没有过这样的感觉，她看着这个人，感觉到心脏无声收缩，缩成一团，而后终于传来阵阵梗塞的钝痛。

她就这么失去了尤英俊？

就这么失去了？

她不是没想过有朝一日他会恢复，但顶多预料到他性情大变，那么两个人还能不能继续，就看命了，万万没想到，听他刚才的语气，竟是非此即彼，干脆不记得这段时日了。

只不过一个转身，他就用一双陌生的眼看着她了。

她听到自己问："我们的事，你还记得什么？记得多少？"

那人神色终于有了一丝变化。他没有立刻回答，敲击的中指停下了，他说："我刚醒来不到半个小时，大脑也在恢复。这期间发生的事，我还没有弄清楚。你先回去，等我厘清头绪，如果有必要……"他笑了笑，"我会找你。"

尤明许沉默了一会儿，脸上已没有任何表情，然后她站起身朝门口走去。

在她身后，殷逢抬起头，又看了她几眼，刚要合眸继续休息，就听到一声响，睁开眼看到门居然被她关上了，而她不仅没走，还给门打了个反锁。

殷逢的脸色冷了下来。

尤明许径直走回他跟前，也不坐了，单手按在他身旁的墙壁上，弯下腰说：“我不习惯等人，现在就说清楚，你这烂过几回的脑袋，过去一年的事到底记得多少？也别想喊人什么的，信不信我在这儿没人敢进来，也没人能进来。”

于现在的这个殷逢而言，从来没有女人敢这么跟他说话，他也从未见过这么强势匪气的女人。他微微有些怔忪。

女人毫无疑问是漂亮的，但几乎没怎么打扮，也不精致，显出一种野性的、带着市井烟火气的活力。殷逢无法忽视的是，从她踏进这房间第一刻起，他那沉甸甸的脑子里，就涌起了某种熟悉的感觉，甚至还感觉到了一阵亲密和安心，这于他而言，是这三十年来从未有过的感觉。

于是在女人的逼视下，他不退反进，抬头，和她的脸隔了只有几厘米，彼此的气息亲密地喷在对方脸上，他甚至能感觉到自己的心有些莫名的悸动。

他捏住她垂落下来的一缕头发，替她理好放在肩上，说：“本来想事后给你个妥善的安排，但你似乎很心急。其实也没什么不可说的，医生的报告我看过了，脑中的瘀血散了大半，但不算完全康复，随时有脑溢血的可能，也有可能恢复得更好。现在，我脑子里记得的最后一件事，是一年半前我去参加我的电影《捕心者》的开机发布会。”

尤明许的心里“轰”的一声，她慢慢直起身子，拉开与他的距离。而男人把她的所有表情和反应尽收眼底，意味不明地笑了笑，依然是那副冷眼旁观的姿态。

尤明许胸口的酸涩在进一步泛滥，她只觉得讽刺，这一切都太讽刺了。她慢慢吐了口气，也不看他，自嘲道：“你是老天爷派来跟我讨债的吧？”

殷逢静默。

眼前的女人即使失落，姿态依然倔强，而他苏醒后一片干冷的心里，竟然生出几分陌生的怜惜感。他定了定神，说：“够了。你先回去，我搞清楚一切，会再找你。”

尤明许低头看了他一眼。

女人目光深深，似夹杂着寒霜，又似藏着晦涩涌动的情意。殷逢眸色幽深不动。

尤明许嗤笑一声，起身朝门外走去。

殷逢抬手按了按额头，不知为何，他心底涌起一丝焦躁的感觉，难道失智这段时间，他连情绪都变得比以前丰富了？

就在这时，走至门口的尤明许又停下了，她转过身，神色冷冷地直盯着他，再次走了回来。

殷逢不动声色。

尤明许按住他一侧的肩膀，唇就欺压下来，饶是殷逢，也有一瞬间的迟滞。紧接着，那温凉的、野性的舌头就滑进了他的嘴里，在殷逢还未有任何想法之前，那清甜的、刺激的、极端战栗的感觉，就已在两人交缠的唇舌里炸开。那是一种完全无法控制的感觉，从未有女人带给过他。随着女人的侵略，不仅是他的舌头，连胸膛里的这颗心都跟着颤抖起来，他的整个身体、整个灵魂仿佛都被这个吻给点着了，那是一种无法用语言描述的极致满足和爽快。

尤明许的舌头不停地挑逗，似乎也察觉到他的情动，按在他肩上的手轻轻摩挲着，另一只手抚上他的脸，极轻极痒地摸着。殷逢被她亲得摸得浑身都绷起来，喉咙也开始发干。

然后就听到女人很轻地哼笑了一声，不冷不热的，殷逢重重含了一下她的舌头，令她微喘出声，而后就察觉到她在往后退，手也在推他的肩膀，想要结束这个吻。

殷逢一把搂住她的腰，翻身就将她压在了床上。

尤明许仰头盯着他，眸光晦涩不明，胸口起伏，脸有红晕。

殷逢的五指握紧她腰上的嫩肉，慢慢地，一下下摩挲着。那一米八几的身体完全覆盖在她身上，他轻声问："你就这么想要我？"

女人的回应是用两根手指捏住了他的下巴："少废话。现在有没有一点熟悉感？我以前就是这么吻你的。"

在外人眼里，殷逢曾经的人生，可谓是顺风顺水，令人羡慕。他出生于富人家庭，父母从商，他幼年就从私立贵族学校读起，一路学业优异，无论哪个阶段，都是同龄人中的佼佼者和风云人物，后来更是没费什么力气就考上了北京大学，成为心理学界的后起之秀。

不仅如此，他还相貌英俊，善良正直，运筹帷幄，人情练达。他用自己的收入资助了不少贫困儿童；他还特别在意读者的感受，曾经冒着恶劣的天气去参加签售会还冻感冒了，也曾为了一名残疾读者跑到很远的地方单独为她一人弹钢琴；他的公司经营得风生水起，利润丰厚，离不开他的决断、眼光和领导才能……总之，在不熟悉殷逢的人看来，这几乎就是个完美的男人。

只有他身边的人，譬如曾经的父母，譬如陈枫，再譬如苏子懿，或是几名跟随他多年的心腹才知道，他并不是外人看来的那样一个人。

他脾气古怪，喜好不定，你不知道哪句话会触怒他，也不知道说了什么不相干的事讨得了他的欢心。他不喜欢吃葱，厌恶酸奶，讨厌星期三，喜欢星期六，讨厌白色，喜欢黑色。如果是他决定的事，哪怕被证明是错的，别人没发现还好，要是发现了，他就一定会坚持下去。

他一旦做事，就极为专注。他能把自己关在偏远的别墅里，只让人提供粮食和水，六个月不出来，只为了写一本新书；也能在读一本感兴趣的书时，24 小时不吃不喝不睡，痴迷不已。曾经有位女朋友，在他读美国一名心理学专家的新著作时，花枝招展地跑来他家撒娇，他当即冷笑，不，是皮笑肉不笑，也不发火，哄着女孩上了床脱干净衣服，在女孩以为自己终于要拿下他时，他却把人冰凉凉地晾了几个小时，最后女孩穿上衣服，才得知他已飞去外地闭关。

说到男女关系，他真正交往过的女人不过两个，别的都是绯闻，或者是他心血来潮的逗弄和嘲讽。但他毕竟是个文化人，有时候对于某些一心想要勾搭的女人，他的嘲讽可能过于高级，对方不见得听得懂。譬如说曾有某位女士穿着身浅粉色长裙，故意跌在他怀中，肩带恰好滑落，酥胸半露——只因外界都传言殷逢喜欢丰满的女人。他将人扶起，微微一笑说：“你让我想起一朵粉色的马兜铃。”女士心潮悸动，尽管殷老师当时没有进一步举动，但那含笑的眼波，令她确信他对自己是有意的，甚至在转身后大肆炫耀嘚瑟。这件事为他再添一朵桃花。

过了一些天，这位女士无意间上网搜索才发现，马兜铃这种花长得像猪肝……

身为一个成熟的、优秀的、多金的男人，殷逢有身体需求需要解决，也喜欢身边有个女人知冷知热、贴心陪伴，又因为他从事的是无人拘束的工作，公司更是他的一言堂，所以他早已习惯在生活里主宰一切。对待女人，更是如此，既然是为了让自己快乐，那自然要挑一个合心意的。

他偏爱娇小、白皙、柔顺，甚至有些娇气的女人，贪图他的钱财没关系，爱慕他的身材皮相更没有关系，女人不就应该依附于男人的能力和身躯吗？再说了，他本就没有长长久久的打算，取乐和满足而已。

至于这一生何时能与何人长长久久，他从不去想这个问题，因为那就像个似有似无的洞，一想就会让他失去掌控感。所以他克制自己，不对此抱有任何期望和假设。

而这一次的巨大变故，是完全在殷逢的意料之外的。刚刚醒来后，他只来得及和陈枫进行简单的沟通，知道自己受伤失智是在一年前，但再往前半年的记忆，他如今也没有印象。他对尤明许说的是真话，不知为何，这个刚出现的女人质问自己时，他下意识就说了实话。他脑子里最后清晰的印象，真的是一年半前自己参加完发布会，坐车回家，因为疲惫，他在车上睡着了。

醒来后，他就到了现在这间病房里。身为一名心理学从业者，他明白人的大脑是最复杂精密且未知的，只怕任何脑科专家，都说不出为什么他恰好丢失了这段时间的记忆。如果一定要说，他都可以判断，生理或心理两方面的原因都有可能。

生理上，脑部外伤，也许恰好损伤了他大脑主管记忆的某个区域；心理上，也许在这一年半里，曾发生过令他完全不愿也无法面对的事，于是在他醒来后，潜意识起了作用，藏起了那部分记忆，只留给他一个回到事情发生之前的自己。

呵呵，伪装成完全没有受伤的自己吗？

殷逢想到这一点，只觉得嘲讽。不过，三十年来，他向来随心所欲，既然自己的潜意识不想被唤醒，那他也不强求。失智期间的种种，犯过傻也好，围着女人打过滚也好，过去了，就都过去了。他既然醒了，自然要按照本性活着。他才是殷逢。

所以，在迸发出短暂、极致的快乐后，在险些意乱情迷、被身体和情绪主宰时，尤明许那句冷冰冰又明显克制着情绪的话语让殷逢一下子清醒过来。

他看着被自己压着的，一身硬骨、身体动情，眼睛却藏着一丝悲凉的女人，意识到她亲吻的不是自己，而是过去一年那个十岁的自己。

这认知令殷逢感到非常怪异，既有种如今的自己竟然被这女人看轻的不悦感，又有种曾经被人窥见某种私密的不适感。好在理智迅速回来了。一切情况不明，他此时招惹这个看起来情深义重又蛮横强硬的女人，显然不是明智的选择。他已不记得两人间的过往，难道要被这女人牵着走？

于是他笑了笑，从她身上翻下来。但床是他的，自然也不会让，大剌剌躺下，拉过一截棉被搭在腰间，不让她看到自己身体的异样。他说："没有。"

尤明许一下子坐起，跳下床。她从没有过这样的遭遇和感觉，男人在亲了、抱了她之后，一把把她干净利落地丢开，然后告诉她没有丝毫感觉。这个人，还是曾经那个连闻她一根头发丝都觉得香的男人吗？内心的滞涩感在无声蔓延，尤明许脸上更觉得有些火辣辣的，可又不甘心，她怎么可能甘心就这么放弃尤英俊？

她猛地转头看着他，说："你给我老实待着。不管你记得也好，不记得也好。殷逢，你还欠着我的。我不是你招之即来挥之即去的人。"

她看着他的眼睛，只想看到一丁点曾经属于尤英俊的端倪。可殷逢眼神淡淡的，甚至带着几分漫不经心，他嘴角扯了扯，看向一旁。

看到尤明许走远，陈枫才面色如常地走进来。他知道，殷逢会有很多事要问。

其实殷逢这次恢复，陈枫多多少少也有心理预期，因为他的脑部瘀血一直在消散，而且之前也昏迷过几次，想起了不少片段。不过，陈枫一直以为，自己是盼着他恢复的，因为曾经的殷逢，在陈枫心里，那就是神一般的存在，之前的那个尤英俊，多少像个笑话。

但不知不觉，一年过去了，陈枫也被尤英俊的无知和单纯逗笑过很多次。看着他一心痴恋尤明许，也曾为他捏过一把汗，然后暗戳戳出谋划策；看着他一周七天穿成彩虹色在面前晃，陈枫甚至都觉得挺顺眼了。

而如今，殷逢回来了，陈枫心头的大石固然能放下，但感觉其实也颇有些复杂。尤其是看到现在，尤明许和殷逢似乎是不欢而散，他心里感觉就要糟。尤明许性子多傲，以前那是尤英俊哄着求着，百般依赖，低声下气，卑微爱慕，才换来这警花的倾心相待。可原本的殷逢是谁，比尤明许还傲慢，还要强势，甚至还有些邪性，顺我者昌，逆我者亡。现在他们俩凑一块儿，殷逢又干脆什么事儿都不记得了，还能和好如初吗？

一直以来，陈枫都把尤明许当成尤英俊的一个需求，就像他渴望玩具，渴望好看衣服一样，满足就好。但一年过去了，陈枫也在边上看到了很多，那两个人一路依偎，同甘共苦，情意渐深，到最后甚至到了生死相许的地步。他还记得，尤明许答应和尤英俊好那天，尤英俊白天在笑，晚上也在笑，整个人都有些痴痴傻傻了。可要是两人就这么闹翻了，完了，分手了，不得不说，真是老天爷捉弄人。

陈枫只能对自己说，过去的尤英俊，其实分明是殷逢失智期间展现出的年幼的自己。既然是一个人的不同时期，本性应该是一样的。这事儿，说不定还有回旋的余地。

陈枫一进去，就看到殷逢靠坐在床头，单手搭在一边的膝盖上，头微微低着，眸色幽深。陈枫脑海里闪现过几天前，他那时还是“大”字形躺在床上或者青蛙趴的睡姿。陈枫面色不改分毫，笑道：“现在感觉怎么样？”

殷逢打量着他，也不说话。

陈枫那灵活的心思就渐渐收敛了，面色也沉静下来。他不知道殷逢这眼神，是否含着几分不信任。这是不满意他放尤明许进来？他的脸色微微有些发僵。

这时，才听到殷逢开口：“我出事这段时间，辛苦你了。我身边也只有你能够百分之百信任了。”

陈枫的心底涌起一阵热流，心中觉得果然还是这样的殷老师比较好，他总是清楚地知道自己要什么，也能不动声色地体察到别人要什么。坚定、清晰、主导局面，哪怕只是一次普通的谈话。

“我并不辛苦，分内的事。”陈枫嗓音微抖。那熟悉的、被人赏识、被人驱使、心甘情愿的感觉，又回来了。

殷逢笑了笑，说：“我知道照顾十岁的我意味着什么。青少年时期，我其实是个令父母和老师都很头疼的人。现在没什么人知道罢了。”

陈枫说：“其实真的还好，过去一年，你尽管失去了记忆和情商，但基本还是很好说话的。而且大部分时间，都是尤明许在照顾……”

话音未落，他就见殷逢看了自己一眼，目光幽深不明。

陈枫知趣地闭了嘴。

“说说吧，从我参加完发布会说起。”殷逢说。

据陈枫所说，其实殷逢在西藏出事前的几个月，都是平淡无奇的。硬要说有什么不寻常的，就是殷逢那时突发奇想，跑到贵州某座山里，租了栋房子闭关写书，并且没让陈枫陪着，只是让人在北京的陈枫遥控照顾他的饮食起居。

但因为这样的事以前也发生过两三次，所以也是正常的。

“也就是说……”殷逢斟酌道，“在我出事前，有4个月时间，我其实是和外界失联的？包括你？”

陈枫答：“也不是。我们时常电话沟通，而且你当时住的房子，我们都装了监控摄像头，方便我和其他人随时照看、响应你的需要。”

殷逢若有所思地点了点头，又问：“我在西藏出事是什么情况？”

陈枫答：“你是从贵州直接飞过去的。我记得那是去年的6月8号。你不让我们跟着，我给你订了机票租了车。后来，你就失联了，直到……”直到和尤明许、顾天成相遇——陈枫这回识趣地把剩下的话咽了回去。

“顾天成案的所有资料，无论详略，不管你通过什么手段，能拿到的都拿来给我。”殷逢说。

“是。”

殷逢又静了几秒钟，因为他闻到床上其实染上了一点烟味儿，而他是不抽烟的，那就是刚才那个女人身上的了。殷逢平生最讨厌女人抽烟，抽烟的女人他看都不看一眼。他盯着刚才被弄得皱巴巴的床单被罩看了几秒钟，脑海中首先浮现的，居然是女人最后跳下床、撂下话后头也不回离开的背影。

压下心底又不知从何而起的那一丝烦躁，他说："说说吧，我失智以后的事。"

陈枫犹豫了一下，又看了一眼如今的殷老师成熟果决的模样，竟有些不知从何说起。最后，目光落在床脚他昨天拎来的一袋彩色衣物上，要不，就从这儿开始说起吧。

尤明许离开医院后，路上又飘起了小雨。她一直往前走了好长一段路，才察觉全身已经沾湿了，而她竟然走到了和回家相反的方向。

她心里躁得跟长满了枯草似的，然后打了辆车回家。

到了自己家楼下，想起一下班就跑医院了，饭还没吃，现在天都黑了，她干了一天的活儿，饥肠辘辘，于是找了家小店，点了份炒饭。

只是平时猪食都能照吞不误的女刑警，现在吃着热腾腾的饭菜，却味同嚼蜡，只吃了一小半就觉得没胃口，随即结账走人回家。

回家后她先去冲了个澡，洗去一身疲乏，然后换上睡衣，窝在沙发上开始刷剧，一抬头，却看到了那个房间，蓝色的王子城堡高低床还在那儿，他满满的衣柜，足球、几双小白鞋也没动，当然，还有后来她勒令他跟着出任务时必须穿的几件男装夹克、西装和衬衣。

尤明许盯着看了好一会儿，才把目光调回到电视机上。

过了一阵，她埋下头，把脸埋在胳膊里。心想：完蛋了，他终于还是离开了。

次日，尤明许一到警局就翻出顾天成案、青少年交换杀人案的卷宗，仔细查看，甚至连以前觉得无关紧要的一些口供、细节，以及相关人员的资料，都找出来重新查看。

一口气就看到了大中午。

许梦山形单影只，正要走出办公室，就听尤明许喊道："梦山，等等。"她起身追上去，两人一块儿往食堂走。

许梦山已完全恢复了老样子，不笑的时候斯文清秀，笑的时候像只嘴欠的男狐狸。看她神色如常，他把搭档的肩膀一勾，问："你家小绵羊呢？听说昨天有人在丁队面前放话，都男朋友了，今后全局都得给面子啊。怎么中午没看他像平时那样屁颠屁颠跑来陪你吃饭？阿许……"

尤明许心想：哪壶不开提哪壶。她甩开他的手，说："滚。"

许梦山："不会是吵架了吧？"

尤明许本不想对别人说，但心里到底憋得慌，许梦山虽然嘴里常跑火车，实则却是真兄弟，于是她笑笑说："他恢复记忆和心智了。"

许梦山愣了一下，不打闹了。

两人走到食堂门口，他的脸色也有点沉，以前的殷逢是个什么人，还是他查了告诉尤明许的。

"那是什么意思？他打算不认账？"许梦山说，"他就真能干出这么不是人的事，不要你了？"

尤明许一下子就火了，说："谁不要谁？你搞清楚。你不也知道他以前是个混账渣男吗？他要是真的死不悔改，大不了一拍两散。我也不是非他不可。"

许梦山瞧着她的脸色："那是怎么回事？"

尤明许到底露出几分颓唐神色："他是真的脑子有坑，恢复心智了，又把这段时间的事给忘了，连我都不记得了。"

许梦山："……"

尤明许苦笑，走至火锅窗口，要了整整两斤肉。许梦山一边殷勤地帮她端肉，一边说："我说，哪有这么玄的事？他不会是装的吧？"

尤明许一怔，断然道："不可能。"

许梦山瞅着她不吭声。

尤明许端好饭菜，走至桌边坐下，淡道："他如果记得，绝对不会用现在的眼神看我。他不会的。"

许梦山叹息："老大，那你打算怎么办啊？"

尤明许没说话。

尤明许平生最讨厌的，就是女人为情所困，陈枫说她心高气傲，其实没错。她样貌好，身手好，人缘好，干架、查案凌驾于分局的众多男刑警之上，男人能办到的事，她自己都能办到，所以她愿意将就谁？合则来不合则去，无论是当年警校的男友，还是后来和罗羽的那段孽缘，一旦察觉对方不是自己想要的人，她立马走人，甩得干净利落，毫不拖泥带水。

可殷逢没有不合她的心意。

在过去的这些时日里，他其实很好很好。他日日夜夜陪伴着她，那样傻的一个人，却带给她前所未有的甜蜜、苦涩、挣扎、愉悦和刻骨铭心。在那屠宰室里，看着他一头扑过来那一刻，尤明许就知道，自己再也不能没有他。等两人表明心迹，更有了灵与肉的一夜夜纠缠快乐，她都已做好了就这样带着尤英俊，把日子长长久久过下去的准备。

可是现在？

他手搭在被子上，一下下敲着，审视她，防备她。他会轻轻地露出意味不明的笑，他的眼睛幽深得像看不透的夜色。他说：你先回去，事后我会给你个妥善的安排。

“啪——”一声，已吃完饭回到办公室的尤明许定了定神，发觉手里的铅笔被折断了。这便宛如她的心情，既气恼，又无能为力，还有点荒谬的伤心。

然而很多时候，尤明许都能迅速整理自己的情绪，而不是一直神伤下去。她点了支烟，面无表情地抽完，然后捧起厚厚的卷宗一头扎进去，把一切烦心事都丢掉不管。

“好像会调个人过来我们组。”许梦山忽然低声说，“男的，还是个立过一等功的功勋警察，能力强得不行。”

尤明许愣了愣，那就是说这人曾经九死一生过，立过沉甸甸的功劳。

两人不约而同都望向旁边的空位。

过了一会儿，尤明许笑了，说：“她会高兴的。来个功勋警察，坐她以前的位置。”

许梦山静了一会儿，也笑了，说：“是啊，她的功勋结果好像也马上要下来了。以前总想立功，终于如愿以偿了。”说到最后几个字，他的嗓音都哑了。尤明许拍拍他的肩，也不知怎的，目光就落在了对面墙上的警徽上，那明亮的颜色和锐利的棱角，能让你心中的整个世界安静下来。这种感受，除了他们这些警察，没人能体会。

“找到什么苗头没有？”许梦山看着她手里的卷宗。

“还没有。”

许梦山有些怀疑地说：“李必冉和刘若煜的交换杀人案，证据确凿，凶器、指纹、监控，全都确认过了，他们两人也供认不讳，如果说真凶不是他们，我绝对不信。两个自私自利的孩子，还能替别人扛罪，而且瞒得天衣无缝？这不可能。”

尤明许露出深思的神色：“我同意，动手的肯定是他们俩。当时顾天成说了，不是交换杀人这么简单，说不定背后另有隐情，甚至是两个孩子都没意识到的隐情。之前查案的时候，殷逢曾经说过一个可能……”

她顿了顿。

许梦山当没看到。

尤明许继续说道："他说，青少年是最容易被操控的，说不定背后有个类似'教父'的角色在引导他们犯罪。如果这个假设成立，教父会是谁？是一个没有出现过的人，还是已经出现过，我们没注意的人？"

许梦山的眉头拧起，这事儿玄乎了，可玄乎的事儿，不得由玄乎的人解决吗？

"那要不要……"他试探地说。

尤明许冷声道："我们自己查。没那傻子，难道我就查不了案了？"

一天时间，就这么过去了。

其实也没什么迫在眉睫的事，连许梦山都按时下班了，说是要去练射击，尤明许却待到华灯初上，办公室的人都走光了，才磨磨蹭蹭离开。

又饿过头了。她揉着不那么舒服的胃，决定回家下个面条。

下了公交车，踏着路灯走进小区时，她抬头看着万家灯火，想着：以前不也这么过的？怎么现在寂寞跟空气似的，哪儿哪儿都是？

然后尤明许定睛一看，自家的灯亮着。她的心突然开始猛跳，说不清是什么感觉，那克制不住的喜悦、酸涩、忐忑，通通涌上心头。她是真的不喜欢这样情绪起伏的自己，却依然以最快的速度冲进电梯，到了家门口。

第五章

另有隐情

尤明许站在楼道里。

门是开着的，几个工人正在搬进搬出，青少年衣柜、王子城堡的部件被拆卸下来，笔挺的西装和绿色青虫套装混在一起。

尤明许慢慢走过去，工人们不认得她，都打量了她几眼。她越过他们径直进屋，看到陈枫正站在那个卧室门口指挥。看见她，陈枫的表情维持得很好，只是微微一笑："尤小姐，殷老师打算搬回家住，我来把这些多余的东西搬走，免得碍你的事。今天时间比较晚了，搬完我们就不打扰你休息了，明天白天，再替你把这个房间还原。"

尤明许一口气差点没喘上来，她是多倔强的人，看着这一幕，眼眶都一阵酸。可她的脸色冷淡得不能再冷淡："他人呢？"

陈枫沉默了一下，终于还是轻声说："在楼下，路对面车里。"

尤明许转身下楼。

夜色沉静，清冷渗骨。

尤明许远远望着那辆车，黑色宾利，有很长一段时间她不准他开，太招摇。于是他还让司机从车库里翻出辆宝马。她看到了驾驶座上的那个司机，后排的人坐在黑色遮光玻璃后，无法从外头窥见。

尤明许走过去。

司机看到了她，那平时敦厚刻板的壮汉司机，居然极少见地露出些犹豫神色，但最终目视前方，当没看到她。

尤明许双手插在裤兜里，站在后座车门外静静等着。

对侧车门打开，殷逢走了下来。

尤明许看着他，到底有些恍惚。这是他苏醒后，她第二次看到他，却觉得他看起来，真的完全是另一个男人了。若是在街上偶遇，或许她都不能一眼认出。

平日里尤英俊都是自己梳头，胡乱拨两下，那蓬松的短发总是趴在头上。眼前的男人，头发打理得一丝不苟，十分有型。他穿了件黑色高领毛衣，外头是同色羊绒大衣，黑色休闲裤，整个人显得格外笔挺修长，有一种低调的精致。

他把一只手搭在车上，看了她一眼，然后敲了敲车窗。司机会意，将车开走。原地终于只剩下他们两人。

尤明许一时气愤冲下来，真面对着这个人，却不知道要说什么好，只是脸色淡漠着，既不带任何感情，也不示弱地看着他。

过去一年半发生在他身上的一切，殷逢都知道了个七七八八，现在看着这位女警，心情还真有点难以形容。

他打量了一下她的外貌。身材是一级好的，细瘦，苗条，却不失饱满玲珑，因为长期锻炼，那线条显得比白瘦美们更加挺翘性感。但他却更喜欢柔弱一点的女孩，而不是这种健康型的，少了女人我见犹怜的味道。衣品还不错，尽管简单，也没化妆，但短夹克牛仔裤硬是让她穿出了又美又帅的味道。但他依然不偏爱这一款。

今天来之前，殷逢已做好了心理准备，迎接女人的怒火、哀怨、不舍甚至纠缠，和从前对待那些围着他转的女人一样。出乎意料的是，眼前的女人看上去神色极其平静，甚至还有几分严厉，并没有透露多余的情绪。

“看够了没？”女人淡淡的嗓音响起。

殷逢不慌不忙，视线从她的脚踝回到她的脸上，倒是笑了笑，说：“这段时间发生的事，我都听陈枫说了。谢谢你的收留和照顾，听医生分析，这对我的恢复也起到了良性作用。这份恩情，我记下了，今后如果有需要我帮助的地方，随时开口。只要我力所能及。”

尤明许却听得心渐渐下沉。她盯着他，不说话。

殷逢往前走了一步，路灯在后方，他的影子即刻就笼罩在她身上。尤明许有些走神地想：以前怎么就没觉得他这么高呢？大概是因为他总是弯着腰，或者干脆蹲在地上，直愣愣的，像根干净的竹子，却总是愿意为她弯下来。

鼻子有点酸，突然就不想看逼近眼前的、衣冠楚楚的男人，她看向一旁。

殷逢打量着她的神色。他发觉，这个女人确实和旁的女人不一样。譬如微微弯起的尾指，譬如说表情，即便她爱着曾经的自己，也从不表露太明显的情绪，除了昨天在病房里，怒而强吻了他……她只会有一些非常细微的神色变化，然而都逃不过他的眼睛。

她想要他留下。

可这对于殷逢来说，太过强人所难了。

“尤小姐。”他平平静静地说，“希望你理解，或许过去一段时间，我们有过感情，但那毕竟是在我失智失去记忆期间、情智并不正常的情况下发生的，而且我现在也不记得了，如果我们勉强在一起，于我而言，就像在和一个陌生女人谈恋爱。我做不到，也希望你不要再强求。”

尤明许看着地上两道交叠的影子，笑了笑，抬头直视着他：“想多了。你也说了，我是和过去的你有感情，而不是现在的你。现在的你是个什么东西，关我屁事。东西搬走就好，也没有人会强迫你和一个‘陌生女人’谈恋爱。只是殷逢，记住我今天的话，我从来不求男人，也不能忍受男人的背叛。你今天走了，今后都不要再踏进我的家门。我当那个人，从来没有来过。”

说完她转身就走。

殷逢留在原地，神色却有些怔忪。平心而论，女人激烈冷傲的言辞，是有令他心中升起一丝怒意的，可看着她转身离去，那句“我当那个人，从来没来过”却显得异常清晰，在他耳边回荡了许久，也不知为何，那烦躁的、压抑的感觉又开始冒头。他冷眼看着她走向小区大门，扭头冲前方停在路边的司机打了个手势，冷着脸上车。

别墅里已归置整理得非常好了，本来陈枫就定期让人来打扫卫生，只是他们主仆离开后，主楼长期没人住，多少缺了丝人气。而今天，殷逢出院回家，花园里的灯都开着，别墅里灯火通明，显得热闹又温馨。

殷逢沿着花园间的便道走向主楼，司机停好车，跟在他身后。他一路沉默，走到楼下时，忽然问：“涂鸦，我以前真的天天围着那女人转，求着她喜欢？”

外号“涂鸦”的司机低下头：“嗯。”

殷逢感觉微微有些头疼，淡道：“她有多特别？就算我只有十岁的心理年龄，怎么就至于那样了？”

涂鸦轻声说："她很好的。"

殷逢看了他一眼，说："你从来都心软。"

涂鸦笑笑："那不一样。她以前对你好，比任何女人都真心，把你护得好好的，都不需要我们插手。"

殷逢不说话了。

进了一楼客厅，就见陈枫、画手、厨师、园丁、老汉几个都在。看到殷逢回来，他们都站了起来。殷逢摆摆手："坐。"

大伙儿一起坐下，画手年纪最轻，也最活络，还跑去泡了茶端过来。

殷逢坐在正中，看着他们一双双关切的、含着喜悦的眼睛，笑了，说："我没事了，这段时间，让大家担心了。"

所有人都笑了。

老汉还是那副刚从监狱出来的畏缩样子，耸着肩，搓了搓手说："殷老师，这段时间的事，你真不记得了？"

殷逢轻描淡写地"嗯"了一声。

面容尖瘦、神色阴郁的园丁说："老九，有什么好问的，想不起来就想不起来了，何必让殷老师烦恼？"

外号老九的老汉呵呵笑着，不说话了。

殷逢却说："我倒是听说，这段时间，我和……那个女警混在一起，你们倒是自在了，不必服我管，也不用在意我以前对你们说过的话。"

大家又都"嘿嘿"笑。

陈枫扶了扶眼镜："我一直待在您身边，忙得很，没空干别的事。"说完抬起含着精光的眼，看着其他人。

厨师第二个开口。他跟殷逢的时间短一些，只有三年，三十多岁，在众人中年龄居中，相貌堪称俊朗，不胖不瘦，体格匀称。不过大概因为常年做饭吃得好，脸上气色很好，映着层很多厨师都有的亮光。乍一看，充满市井烟火气息。

"你的一日三餐都是我在照顾，你说我服不服管？"

殷逢笑笑，又开口："其他人呢？这段时间，有没有……"他顿了顿，神色冷了些，"控制不住自己，做一些不该做的事？要是被警察逮到，我不会再帮你们。"

大家都没说话。

殷逢的目光一一扫过去，看着他们的神色，心倒是放下来几分。

他又说："很好。既然没有伤害过别人，那有没有伤害自己？"

大伙儿还是沉默着。老九先搓手笑笑："没有，殷老师，我没有。现在跟着您，日子过得舒心了。再说了，老九之前从来也只害人，不害己。"

殷逢勾勾唇，这倒是实话。出狱前，老九大概是众人中最心狠手辣的，不过，如果不是当年相依为命的八岁小女儿被人奸杀，他也不会把人砍成豆腐渣。入狱后被狱霸欺负，他半夜割了人家半边耳朵，还剁碎逼人吃了下去，毁灭了证据。从此天不怕地不怕，生活清净极了。

殷逢曾经采访过他，还安排了记者一起，把当年他伤人的行径和心理剖析了一番并公布出来，令他获得了大多数人的谅解，甚至还获得了减刑。之后，殷逢又和他谈过几次，他整个人重新平静下来，这才对生活和周边的人又有了希望和期待。出狱后，孤身老人无处可去，殷逢就收留了他。从此他一心一意守在别墅里，做个杂役老头，成天笑呵呵的。

这时，殷逢注意到，在座的人当中，有人偷偷低下了头。

他开口："小燕。"

小燕正是那画手，他低头不语，右手轻轻摸了一下左手手腕，又立刻放下。坐在他身旁的厨师抓起他的手，袖子滑落，十多道密密麻麻的伤口上，赫然又添了两道新的伤痕。

客厅里静静的。小燕的头垂得很低，露出一截白皙的脖子。

曾经的重度抑郁症患者，绘画天才，父母几年前死得蹊跷，警方一直怀疑和小燕有关，却没有证据。他经常自残，即便到了殷逢这儿，他也曾经自焚过，被阻止了才罢手。

殷逢说："行了。身体和你是一体的，你的情绪，痛苦，喜悦，它都能感受到。何必再伤害它一次？那不过是怯懦的表现罢了。以后别这样了。"

这个斯文的青年红了脸，点了一下头。

厨师这时开口问道："殷老师，今后还去找那女警吗？"

一言问出，大家都看着殷逢，竟都颇有些打趣的意思。园丁接话道："真要喜欢，今晚我就能把她弄到你床上去，和上次的舒雪一样。"

殷逢也听陈枫说了舒雪的事，其实他都对这个一直纠缠自己的女人没印象了。然后又想起陈枫说，尤明许把舒雪直接拎起来，丢了出去，不知为何，他嘴角勾了勾。

他淡淡地答："别乱来，刚刚才说让你们安分守己。那个女人……也就是我失智期间的一个消遣而已，今后都不必再提。道不同不相为谋，我这辈子不会和一个警察在一起。”

随着殷逢的回归，他身边诸人的生活似乎也都恢复到了正轨上。他们本就跟着他住在别墅里，夜色一深，就都散去了，今日开始，他们又能重新安守于他身边过平静且平凡的生活。

陈枫也回房睡了。

殷逢回到卧室，洗了澡，只穿着内裤裹了条浴巾出来，在镜子前擦着头发打量自己如今的样貌，似乎比以前胖了一点。

过了一会儿，他看着自己的眼睛，手里的毛巾也放了下来。

那黑色的，似乎总看不清深处的眼睛。

半晌后，他没什么表情地走到床边，扯开浴巾，倒在床上。

等他反应过来之后，才发现自己把整床被子都抱在了怀里，四肢蜷缩着，跟只盘腿青蛙似的，把被子缠得紧紧的，甚至头还斜靠在被子上蹭了几下。

……他到底在干什么？

沉默了一瞬，他丢开被子，如以前那样，侧身笔直卧着，枕着手臂，闭眼睡去。

顶着冬日午后的煦阳，尤明许站在网吧门外，静静地打量着里面。

即便是工作日，这里依然有不少年轻人在玩乐，隔着层深色玻璃，似乎就与外界隔离开来。

这是尤明许带着殷逢，第一次找到李必冉的场所，也是李必冉和刘若煜相遇、熟知、信任，开启交换杀人的交会点。

故事从哪里开始，就该在哪里发掘隐情。

尤明许走了进去。

几个月没来，这里似乎没什么变化。越过一排排电脑时，尤明许的目光不经意间飘向角落的那个位置，曾经李必冉就躺在那儿的沙发上，如今沙发倒是搬走了。

“看那些干什么！你不准打游戏。”

“哦……”

昔日那人软糯委屈的嗓音仿佛还在耳边。尤明许面无表情地走向吧台，一个小伙子窝在后头，没精打采的。

尤明许趴过去，笑着问：“帅哥，你们老板呢？”

小伙子一见是个美女，语气就柔和了几分：“没在。有什么事儿吗？”

尤明许说：“哦，向老板和我是老乡，前几天帮了我个小忙。我这刚从外地回来，想请他吃饭呢。”

小伙子问：“你没他手机号吗？”

尤明许自然是有的，当初查案时都登记了，却面不改色地说：“打了，打不通。”她也不怕小伙子打给向荣，随便一说，向荣记得她是谁？她今天就是来随意试探一下的。

小伙子答：“哦，那我也不知道。老板有时候在忙，电话是打不通，我们也联系不上的。”

尤明许笑笑：“哦？”

小伙子又说：“老板去外地了，说是家里有点事。你回头再给他打打，或者告诉我你叫什么，留个联系方式，回头我找机会和他说。”

尤明许懒懒地说：“不用啦，请人吃饭，肯定得自己主动积极点。我下回再来。”

她走出网吧，脑海里闪过这几天在卷宗里读到的那些口供记录：

第一次她和殷逢来网吧询问向荣，他就说：“这个男孩，是经常来我们网吧，昨天还和朋友一块儿上机。”

第二次，许梦山按她的吩咐找了过来，要向荣提供几天前的监控。向荣主动提道：“刚刚还有人也跑来要监控呢，不过我没给。也是个孩子，姓刘还是姓陈来着？总和李必冉一块儿来上网，前脚刚走。”

当时没觉得有什么，现在结合顾天成的话和殷逢当时的“教父”推理，才觉得向荣的话其实有点可疑。一般警察来找，这种网吧老板都是多一事不如少一事，他却两次都主动提到李必冉的“朋友”，让你不由得怀疑他是否知道什么隐情，甚至是在有意引导或者暗示警察。

毕竟李必冉和刘若煜的交换杀人，就是在网吧这个地点，被殷逢发现了他们行动轨迹上的重合，而许梦山也在卷宗里发现了之前忽略的一个细节。

李必冉和刘若煜能够达成同盟，还有一个促进因素，就是他们老家是一个地方的，都是辰溪县桃岭村，搞不好两人幼年时还一起玩过。

许梦山也是贼精，突发奇想去翻了一下向荣的籍贯，结果发现，他竟然也是那个村的人。而且他虽然常年外出打工，但他家一直在农村，直至八年前才搬来了湘城。

这，就有点意思了。

他们三个人产生交集，会不会比网吧这个点更早呢?

但在找到更明确的疑点前，尤明许并不打算贸然去找李必冉和刘若煜。一是之前两名青少年并没有透露过任何这方面的消息，再去问，不见得有效果；二是不知为何，尤明许感觉这次的事要更谨慎，避免打草惊蛇。

她一走出网吧，就接到了许梦山的电话，许梦山说："我已经到桃岭村了，向荣家的房子还在，不过看起来荒废很久了，待会儿我就去踩踩点。"

尤明许说："你小心点，他有可能回桃岭村了。"

"知道。"

"我去他在湘城的住处看看，看能不能发现点什么。晚上碰头。"

"老丁那边要是问起，帮我圆着。"许梦山说。

尤明许答："知道。"

据说上头会重新查顾天成这条线索，但一直没看到有动作，也没下达任务给他们，毕竟已经结案的两起案子，单凭顾天成的几句话就下大力气重查还是比较困难的。尤明许估计，上头的精力更多地放在了追捕顾天成上，这也无可厚非，但他们俩怎么可能安分？两个这么厉害的刑警，得知自己破过的案子背后还有鬼，那就跟百爪挠心似的，只想赶快查个水落石出。

最近尤明许进出警局，整个人的气压明显很低。丁雄伟也收到了殷逢恢复、搬回家的小道消息，平日跟进跟出的大作家突然没了影，大家多半也都猜出两人间发生了点什么。反正没别的案子，尤明许要把精力耗在这个案子上，许梦山身为兄弟，自然二话不说跟着，甚至连丁雄伟都睁一只眼闭一只眼，在他看来，这帮手下本就是群精力过剩的小老虎，为情所伤蔫着，那还不如滚去查案，累死累活更有意义。

向荣的家，在湘城近郊一个幽静的小区里，因为是新开发的小区，里面几乎没什么人，入住率也低。

尤明许站在楼外望了一会儿，决定去踩点。

向荣家就住在一楼，这是栋很朴素的房子，门口有个小花园，窗帘拉得严实。

尤明许知道向荣多年前就和老婆离了婚，儿子数年前死于溺水意外，如今独身。他人既然去了外地，家里自然没人，所以尤明许也没了顾忌，左右瞅瞅无人，也无监控，直接从花园翻了进去。

刑警做起鸡鸣狗盗之事，那更是信手拈来，只扫一眼，她就瞧见厨房高处有扇通气窗开着，大小她钻进去完全没问题，于是三两下踩上墙，开始钻窗。

尤明许脑子里自动浮现个念头：要是殷逢在这儿，哪用得着她翻窗，铁丝戳两下，光明正大地走大门。

爬窗的动作稍稍一滞——怎么又想起那浑蛋了？不会开锁怎么了？她照样能进！

身子轻轻从窗户钻进去，刚要跃下，尤明许一怔，从厨房的门望进去，客厅有人影一闪而过。

尤明许全身一冷，脑子里迅速做出一系列判断：向荣？不，门口私家车位里的车不在，而且如果是主人在家，听到这动静，理应出声痛斥或者过来查看，而不是掉头跑。

那是谁？也跑到了向荣家来探？

尤明许从窗户一跃而下，拔腿就追。那人也不隐藏了，拉开客厅的门就跑，只留给尤明许一个高瘦的背影，看样子是个年轻男人。

尤明许冷笑一声，追了上去。

男子身穿黑色套头衫、运动裤，身影竟然极轻快，三两下就蹿出了楼道。

可尤明许比他更快，几乎都跑得飞起来了，一个柔道高手身体的灵活程度是你无法想象的。那男子刚跑到楼外花圃边，尤明许就从花圃上飞下来，伸手一带，就把人给扑倒在地。

男子一个翻身爬起来又要跑，两条细长的腿灵活无比，他还猛地把头扭到一旁去，竟似怕尤明许看到真容。尤明许心中一动，喝道：“躺下！”

男子一惊，双腿已被人从后面抓住，身体失去平衡，接着后背被人重重击打了一下，直接扑倒在地。尤明许欺身而上，直接将他的双臂反扣在身后，提起他的脑袋一看，愣住了。

尤明许打电话叫来支援，先把人扣在车上，又折返回向荣家查探了一番。一眼就看到有几个抽屉是开着的，柜子里也有被翻动过的痕迹，也就是说，刚才的男子也在查找。尤明许飞快地把整个屋子翻了一圈，没发现什么向荣和秘密组织勾连的线索，于是又将屋子恢复原样，溜了出去。

但这一趟，逮住了那人，也不知道算不算收获……

警局。

尤明许没把人带去审讯室，而是找了间无人的小会议室铐了进去。

她去泡了两杯咖啡，一杯自己喝，一杯端给他。

一进会议室，就见他垂头坐着，露出一小截白皙的脖子，双腿紧紧并拢，被铐的双手也紧捏成拳，脸是红的，额头上一层细汗，竟紧张不已。

尤明许刚才押人回来的路上已经打量过他了，他穿的是双半旧的运动鞋，鞋底外侧厚内侧磨薄，前脚掌重后脚掌轻，符合惯偷的特点，且在两人追逐过程中，他的身手和跑动步伐也显示出这是一名老手。

也就是说，殷逢手下的这位画手，是个经验丰富、技法老到的惯偷。

尤明许把咖啡放在他面前："喝吧。"

小燕不动，也不吭声，整个人继续绷着。

尤明许在他对面坐下，二郎腿一跷，脑子里有什么东西闪了一下，顿悟："殷逢的开锁技能，是跟你学的？他很擅长，但显然不如你专业。"

提到殷逢，竟令这小子放松了些，他的头抬起一点，飞快地看了她一眼又挪开，说："是的。老师说挺有意思的，就跟我学了一两招。"

尤明许笑笑。

之前因为小燕是殷逢的人，看着又是个很"文化人"的画手，所以她根本没想过查他。单凭这身手，画手哪间屋子进不了？身上说不定还背了不少案子，但潜意识里，尤明许又觉得，他既然是殷逢的人，就不该有什么问题，否则殷逢怎么会用？

打住，殷逢的人怎么就没问题了？更要往死里查！

心中发起狠来，她不动声色地问："你今天为什么会在那里？"

小燕低下头去。

"你知道那是什么地方吗？"

他还是不语。

"谁让你去的？殷逢吗？他的目的是什么？"

小燕连脖子都红了，尤明许心中暗下结论：他看起来非常害怕警察，也害怕被警察盘问。

"尤小姐今天……"他小声说，"不也跑到了那里？看样子，也是偷闯进去的。"

尤明许："……"

心头火气，脸上无光，这人还真是随主子，看着老实巴交，实则心里鬼得很！

"我在问你话。"她淡淡地说，"警方办案，还用得着给你解释？你说不说，不说我也有办法，看谁来捞你吧，这样幕后主使是谁我不就知道了？”

然而小燕打定主意要做个闷葫芦，低头把一整杯咖啡喝完，继续红着脸沉默。

尤明许把他晾那儿不管了。

果然，没多久，捞他的人就出现了。

同事把人领来的时候，尤明许依然和小燕坐在一间会议室里，低头看着卷宗。

陈枫依然是那副衣冠楚楚、文质彬彬的模样，他笑着说：“尤小姐，真的不好意思，我来领人了。”

尤明许连头都没抬一下，懒得理他。一旁的小燕则怔怔地看着陈枫，脸上又羞愧又感激。

陈枫递给他个眼色，示意少安毋躁，见尤明许不给好脸色，他走到桌旁，低声说：“殷老师重看了青少年交换杀人案的卷宗，认为向荣有问题，就派了小燕去探探。你看，毕竟事关殷老师，警方也一直没动作，咱们不能放任不管对不对？没想到给你添麻烦了，实在抱歉，我来把人领回去。”

结果，尤明许头也不抬地淡淡道：“你领不走。”

陈枫一怔，明白过来，心里叹了口气，然后不作任何挣扎，点头道：“我让他来。”转身就走了。

殷逢走进岳山分局时，脸色寒得像冰一样。但没走几步，就有人和他打招呼：“殷老师，来啦？”

他看了问话的人一眼，是个五大三粗的警察壮汉，然后轻轻“嗯”了一声。

“小殷来啦。”这回，是个保洁大妈，脸上笑得跟朵花似的，“哎呀，小殷今天怎么穿成这样，一点都不活泼。来找尤姐吗？好几天没看到你了，两人不会是吵架了吧？”

问题太多，令殷逢微微皱眉，没说什么，点了一下头，继续往里走。

再往里走，迎面撞上了丁雄伟。

殷逢自然是不认得他的，只是觉得眼熟，就多看了他两眼。

丁雄伟多精一人，但看着眼前的人彻底大变样，一副冷峻内敛模样，那眼神也不再跟黏糊糊的小兔子似的了，多少还是让丁雄伟觉得有些惊讶。

看来传言是真的了，这人“醒”了之后就把尤明许给甩了。他是个护短的人，也不喜欢殷逢这种白脸斯文的男人，但他脸上不露分毫，只是微笑着说：“过来了？

有什么事？”

殷逢有事也不能找他，小燕私闯民宅的事更不好对他说，只能面若无事地颔首道：“我来找尤明许。”

丁雄伟：“哦？你们不是分手了吗？还找她干什么？”

殷逢一滞，淡淡答：“她让我来的。”

丁雄伟看了他一眼，走了。

明明只是一个眼神，却令殷逢稍微有点恼火。他摸摸鼻子，正要继续往里走，脑子里忽然抽痛了一下。他停下脚步，单手撑墙，另一只手按着头。自他苏醒后，约莫是还未痊愈的缘故，这样的抽痛时不时还会有。

他冒着冷汗，站定不动，等这阵痛过去。

一个画面却毫无预兆地、清晰地出现在他脑海里。

他看到自己坐在一把椅子上，身上穿着那可笑的绿色阿童木 T 恤，竟然还穿了条绿色裤子，脚上是一双少年才会穿的白色板鞋。那神色可怜兮兮的，但活脱脱就是他的脸。

他蜷在那把椅子里，伸出了双手。

尤明许站在他对面，脸上没什么表情，眼睛里却有一丝笑意和一丝怜惜。

“放下，我不会抱你。”

他看到自己讪讪地放下手，头垂得低低的，沮丧极了。

…………

殷逢感觉到额头的神经跳了跳，同时从心底涌起的，还有一阵久违的渴望和甜蜜，痒痒的，惹得人心里发慌，他仿佛……正与画面中那人感同身受。

即便身为一名心理学学者，他也无法准确判断出这样的记忆闪现意味着什么。曾经的他，是如此渴望着那个人吗？还是说这只是残存的记忆正常地消退而已？

他定了定神，察觉脑中的疼痛已经过去，便继续朝她办公室的方向走去。

走了几步，又是一愣，看向脚下。

似乎不用问路，他的身体记得很清楚。

尤明许没想到，殷逢的这个手下，尽管胆小又怕警察，可也是个单纯心大的，晾了他一阵，竟然打起了呼噜。

尤明许抬头，看到画手倚在椅子里，原本垂着的头不知何时仰了起来，靠在墙上睡着了，呼噜声隐隐约约的，跟头小兽似的。她看了两眼，到底拿起自己搭在椅子上的外套，轻轻盖在了画手身上。

殷逢走到会议室的玻璃外时，看到的就是这一幕。那女警察眉目平静，把一身警服外套盖在了曾经背负弑父弑母嫌疑的惯偷小燕身上。盖好后，她似乎也有一丝疲惫，就那么靠在了会议桌旁，摸了支烟出来，用那嫣红饱满的唇轻轻含着，点燃后，细长的手指时而抬起，时而垂落，一根烟渐渐变短。

殷逢虽不喜欢女人抽烟，但也见过不少。有的是商业合作中遇到的女强人，有的是逢场作戏时见到的妖艳女子，她们都令他倒胃口。可眼前的女子，却是不同的。从她一个简单的抽烟动作就可看出，她一身都是近似男子的利落和帅气。可偏偏生得艳丽，于是生生带上了种说不清的韵味。不仅不做作，还令你觉得她本该如此，她就该是这样一个安静冷酷的人。

殷逢看了好几眼后，才轻敲了一下玻璃。

尤明许转头看见是他，脸上也没什么表情，继续望着窗外，神色淡然地抽烟。

殷逢推门进去，也不叫醒小燕，在隔着两米距离的地方站定，他说："我来领人。"

尤明许依然不看他，转身坐下，拿出口供本和笔："坐吧。"

殷逢脱下大衣，里头只穿了件黑衬衣，剪裁精良合身，衬托出男子的身体线条。而后他单手撑在桌上，看着她。

尤明许懒得看他："姓名？"

殷逢静了一瞬，答："殷逢。"

"年龄？"

"三十。"

"性别？"

殷逢到底偏头笑了一下，没答。

"性别？"尤明许语气重了些。

殷逢抬眸看着她："你不是很清楚吗？"

这话几乎是脱口而出的，殷逢说完微微一怔。

尤明许也没想到都到这个份儿上了，他居然还能说出这么不要脸的话，脸色一沉，没吭声。

气氛诡异地沉默着，殷逢忽然明白了，他睡过她，即便是失智期间，他也把这个女人给睡了。

然后醒了就把人给甩了。

殷逢也说不清是什么感觉。一是惊讶于自己失了智，还能追上这么棘手的女人；二是他虽然从来没把任何女人放在心上，但交过的两个女友，那也是好聚好散，毫无亏欠。但对于尤明许，明显是他欠着人家的了。

而对于一个男人来说，对面坐着的如果是他曾经的女人，那感觉自然是不同的。

“男。”

见他忽然收了浪荡神色，还算规矩配合，尤明许也不看他，继续问：“旁边这人，今天下午潜入向荣家里，是你指使的？”

他答：“是。”

“目的？”

“和你一样。”

尤明许手中笔一顿，不冷不热地笑了：“我却不明白，你说的是什么。”

殷逢也不跟她抬杠，手指在桌上敲了两下，答：“与顾天成有关的所有卷宗，我都看到了。既然他要把脏水往我身上泼，又有新仇旧恨，那我就如他所愿，查下去。我这个人，有仇必报，必须亲手把他抓住，还有他背后的……那些人。”

尤明许看着他冷冽的神色，心想：这个人真的跟以前完完全全不一样了。第一次见他的时候，他被顾天成吓哭，后来，在山上抓顾天成的时候，他哪怕摇摇欲坠，也一度持枪制服了顾天成，奋不顾身，舍生忘死。

而现在，他会驱使手下的人，动作比她还快。他冷冷地说，我这个人，有仇必报，必须亲手把他抓住。

尤明许暗吸了口气，把注意力收回来，冷冷地说：“查案是警察的事，你不要插手。把人领回去，今后我不希望再在嫌疑人附近看到你们。”

殷逢往椅背里一靠，长腿交叠，双手交握搭在膝盖上。尤明许微垂目光，只看得到这一系列动作隐约的光影。

殷逢说：“需要我再给段厅长打个电话吗？听说我现在是正式挂靠在岳山分局的顾问，还是你当时提的申请，就挂在你这组。”

尤明许笑笑，说：“你也说是当时了，事易时移。现在殷老师既然已经恢复如常，大可以去找厅长、局长，甚至是找公安部，长袖善舞，想怎么插手案子就怎么插手，何必窝在这个小分局里，和我们这种小刑警混在一起？”

不知为什么，“殷老师”这三个字从她嘴里说出来，殷逢感到特别刺耳。他手往桌上一撑，起身前倾，瞬间挡住了尤明许头顶的光。

“尤小姐。”他说，“这么看来，你我的想法其实是一致的。早点把案子破了，早点了结这事，我也不必在你面前碍眼。这个案子与我切身利益相关，让我完全寄托于他人身上，我做不到。而且将来你要真把案子破了，我岂不是又要欠你人情？那我和你……岂不是又要纠缠下去？”

说最后一句话的时候，他的嗓音低下来，透着点冷冷懒懒的味道，似是有情，却最是无情。尤明许听得一阵火气，刚要噎回去，却又听他平静地说：“以前的事，是我对不住你。但我现在确实无能为力。”

尤明许一怔，抬起头，对上男人的眼睛。

那是一双怎样的眼睛？那么沉静、冷静，甚至隐约含着柔和的歉意，却唯独没有她所熟悉的真挚情意。

“阿许，我只爱你，崇拜你，我愿意为你而死。只要你也爱我。”

“但我现在确实无能为力。”

尤明许心头一阵刀割般的疼痛，忽然间，那股气就散了下去。她想她还置什么气，还在隐隐期盼什么？她爱的分明是尤英俊，和眼前这个理智、成熟，甚至还带着股邪气的男人，没有半毛钱关系。

她丢掉笔，很轻很慢地吐了口气，语气冷淡无比：“人你可以领走。案子你想插手就插手，各查各的，不必交流。”

殷逢看了她两眼，嗓音低低地答：“行。”

他起身正要拍小燕的肩膀，尤明许的手机响了，是许梦山发过来的视频。搭档的电话，尤明许从不耽误，立刻接起，走向会议室出口。

小燕也被电话声惊醒，看到殷逢，立刻站起来，殷逢的目光却盯在尤明许身上，等她走出会议室时，他伸出脚尖把门一挡，于是听到了许梦山清晰的声音。

“尤姐，我到了向荣在桃岭村的老房子了。”许梦山的脸出现在画面里，背后是个阴暗、陈旧的房间，“向荣最近回来过，房间里有起居痕迹，但门是锁着的，周围也没什么邻居。另外，我发现了这个……”

画面里是套两居室，修得方方正正的，装修也很简单，是典型的乡村楼房风格。许梦山从客厅走入其中一间卧室，他发现的东西，在床下一个黑色手提袋里放着。

手提袋里除了几件换洗衣物、一些现金和一部手机外，就是一团铁链、一把剔骨刀、一把电钻、一些止血纱布、止血药和几个黑色的厚实大塑料袋。

“有什么想法？”许梦山在电话那头问。

尤明许答：“一个网吧老板，掩人耳目回到老家，带着这些东西，你说我会有什么想法？”

许梦山笑了一下，一边把那些东西原样归置好，一边说：“他打算作案。你赶紧过来。”

尤明许说：“十分钟内出发。”

不怕狐狸狡猾，就怕狐狸不露出尾巴。许梦山走这一趟，有这些发现，简直是撞了大运。只不过两人查案是暗中的，现在也没什么明确证据，不能仅凭黑色手提袋里的东西就去抓人或者动用当地警力。不过他俩在丁雄伟眼里，本就是能顶半个排的人，去守株待兔抓一个向荣，自然是不在话下的。

尤明许挂了电话刚要转身收拾，结果一头撞在了殷逢胸口。他虽在偷听，被撞见了神色却平淡无波，低头看着她。

尤明许没理他，擦肩而过，径直走回座位拿东西。等她收拾好，打电话跟丁雄伟报备完后，拎起简单的行李包起身，办公室里哪还有殷逢二人的身影？

第六章

撬出线索

从湘城驱车到辰溪县桃岭村需要五个多小时。尤明许看天色将黑，快步下楼。结果到了楼下，就看到一辆黑色普通轿车停在不远处。司机她认得，因不是高档车，所以她也能透过车窗，清楚地看到坐在后排、遥遥望着她的殷逢。

尤明许上了自己的警车。

车子刚开出警察大院，尤明许就从后视镜里看到那辆黑色轿车紧跟了上来。尤明许冷冷一笑，一脚油门下去将车开得风驰电掣，飞快地在车流里穿行。然而她到底算不上高手，平时大多是车技更好的许梦山负责飙车追逐，涂鸦的车技又比她高出很多，所以他们的车游刃有余地跟着，一直咬得很紧。

等上了高速，尤明许的心情平静下来，心想他要跟就跟，失忆的时候追在女人后面跑，想起来之后还是跟着女人，这倒是半点没变。

她维持着平稳的车速，后面的车也就隔着安全距离紧随。

她和司机斗车技那段时间，殷逢一直在闭目小憩。他对涂鸦的车技很有信心，那女人开车还可以，但根本不在一个水平。想到这里，他微怔了一下，继续合目，在脑海里梳理案件脉络。

李必冉和刘若煜在向荣的网吧相遇。

他们始终认为他就是个普通网吧老板，在这里逗留了很长时间。

向荣不止一次向警方透露李必冉还有个朋友同行。

向荣知道交换杀人的隐情。

李必冉偏爱角落里的机子，旁边有沙发可以休息，那么刘若煜应该也经常待在他周围的位子。

网吧里有监控，以及监听？

一定有监听。

顾天成说此案不止交换杀人这么简单。

向荣是否对两个少年有犯罪引导？如果真的是和顾天成一个量级的变态，要不着痕迹地促使两个青少年走向犯罪，有很多手段。譬如催眠，譬如心理暗示，譬如下药使其精神亢奋，情绪更加起伏不定。从成年人的角度对他们的遭遇表示同情，灌输有仇必报、快意恩仇的理念，甚至宣扬、展示一些暴力手段……

问题是，为什么是他们两个？

李必冉和刘若煜同样是网瘾少年，同样被成年人管控，长期承担着心理压力，都从小缺乏道德观念的培养。但这样的少年，天下间有很多。

为什么是他们？

他们俩都是桃岭村人，数年前在同一个地区生活过。

向荣也是。

向荣如今单身，老婆数年前和他离婚，唯一的孩子在数年前溺水身亡。

…………

殷逢睁开眼，给陈枫打电话："向荣儿子溺水案的资料查得怎么样了？"

陈枫答："只找到一些比较简单的记录，似乎这是警方不太愿意公布太多内情的案子。我会再努力查。"

挂了电话，殷逢抬眸，一眼就看到那辆灰扑扑的警车平平稳稳地开在前头。

也是心血来潮，殷逢问了句："她的车技怎么样？"

涂鸦答："还可以。在女人里算比较猛的。"

殷逢冷哼一声说："她做什么事都猛，不肯服软的。"

涂鸦不说话了。

殷逢静默了一瞬，脸色淡漠，装作什么都没说过的样子。

就在这时，前头那辆车打了右转灯，缓缓在应急车道停了下来。

涂鸦也跟着停下，两人等了一两分钟，没见尤明许下车，也没见有动静。

涂鸦疑惑道："殷老师，我去看看？"

殷逢望着那台静止不动的警车，说："她不会理你。我去。"

尤明许这几天晚上都没睡好，半夜醒了好几次，这是以前从没有过的，加上今天一大早就忙着看卷宗，查探向荣，开了一会儿车，竟感到困意阵阵袭来，眼前的高速公路看上去都有点飘了。

她把车停在应急区域，座椅往后一放，摸出个眼罩戴上，自然也不会跟后头的车解释什么，定了个闹钟，倒头就睡。

所以当殷逢竖着大衣领子，面沉如水地走到警车旁时，看到的就是这样一幅画面——女人躺在椅子里，外套的帽子套在头上，脑袋歪着，脸被挡住，还跷了个二郎腿，竟是不管不顾就这么睡了。

殷逢隔着车窗盯了几秒钟，转身回到车里。

涂鸦问："怎么回事？"

殷逢往后一靠，合目说："等着。"

涂鸦也就不再问，趴在方向盘上休息。

过了一会儿，殷逢刚有了丝困意，就听到涂鸦发动了车子，他睁眼一看，前头的车已开走了。

殷逢低头看了眼表，十五分钟。

她只允许自己休息十五分钟，就又继续了长达五个多小时的驾驶。

等他们的车开到桃岭村镇上时，天已经全黑了。许梦山定下的接头地点是一间宾馆，并不显眼。

尤明许把车停在宾馆门口，回身就看到了已经等在那儿的许梦山。她走过去，殷逢和涂鸦隔着几步远跟着。

许梦山刚把一支烟抽完，看着他们一行人，目光在那冷峻熟悉的男人脸上一扫，又落在尤明许脸上。尤明许示意他回房间说话，两人并肩走在前头，许梦山轻声问："他们怎么来了？"

尤明许答："和他相关，他想查，非要跟。不用管他。"

许梦山的目光变得有些深邃。不过在之前陈昭辞的案子里，殷逢为抓凶手、寻找樊佳出了很大的力，许梦山这人，别人对他的恩向来记得很清楚，于是他回头冲殷逢笑笑："殷老师来啦？"

殷逢颔首微笑。

许梦山又低声对尤明许说："还真不一样，装模作样的，感觉好精分。"

这下尤明许也笑了，手往他肩上一搭，说："有眼光！"

许梦山向来和她亲近，既记得殷逢的好，又气殷逢恢复后翻脸不认人敢对不起他们的尤姐，索性伸手将她肩膀一搂，故意气人，小声耳语：“那是，渣男，人人得而诛之。”

只是这玩笑话一说出口，两人竟不约而同有些沉默。

因为平常这样插科打诨时，总会有另一个人和许梦山唱双簧。许梦山的脸色变得淡淡的，鼻子却有点酸，他自己原本不是个喜欢逗趣的人，后来偏偏有人喜欢卖萌，他起初只是觉着有趣，不知为何慢慢地也开始一唱一和陪着闹起来。

现在，却只剩他一个人说着笑话，抖着机灵了。

两人俱没说话，许梦山脸色阴沉，而尤明许很清楚他想起了谁，心里也难受，便任由他搂着。

涂鸦看着许梦山一直搁在尤明许肩上的那只手，只觉得刺眼极了，他是个性子易怒、脾气不稳定的人，阴沉沉地看了两眼，又马上看向殷逢。

然后就看到殷逢也盯着那个位置，脸上没什么表情，不辨喜怒。

“殷老师？”他轻声请示，需要他半夜神不知鬼不觉地把那个狐狸一样的男人拖出去揍一顿吗？他很乐意。

殷逢却递给他一个不准轻举妄动的眼神。

涂鸦便低下头，但他到底是一路看着两人好上的，看着以前的殷老师是怎么围着那女人打转的，如今看到她和别的男人亲近，涂鸦心里只觉得愤恨和不甘，脸很快都憋红了。

殷逢看到他的反应，竟笑了笑，轻声地说：“犯不着。她现在又不是我的人，爱和谁好和谁好去，那样我和她配合查案，就更省事了。”

涂鸦说了句：“等您想起来，只怕会气得发疯。”

殷逢看了他一眼，没说话。

想起那段往事吗？

殷逢脑海里骤然闪过一幅画面，也是迄今为止想起的唯一一幅画面——他蜷缩在椅子里，朝尤明许伸出双手，而她的眸色嫌弃又温柔。

涂鸦的话令他意识到一个之前没有考虑过的问题——他想要找回那段时日的记忆吗？如果哪天想起了，该何去何从？

静默片刻，殷逢笑笑，说：“涂鸦，我是否会想起，无关紧要，因为现在的我，必然不会做和失智时相同的选择。”

尤明许跟着许梦山径直进了他开好的房间，许梦山回头看了眼，笑笑，留了门。殷逢微微一笑，让涂鸦再去开两间房，自己跟了进去。

许梦山订的是个单间，尤明许的房间他早给开好了，就在隔壁。

尤明许把行李袋往地上一甩，直接坐在了许梦山的床上。开了一下午的车，腰有点痛，她舒展了一下筋骨，眼角的余光就瞧见那双精致锃亮的黑皮鞋也走了进来，她扭头没理。

殷逢走进这房间，眉头微不可见地皱起。那有点脱落的墙皮，简陋的家具，床单看着还算干净，地板磨得都快看不见木纹了。许梦山倒是客气："殷老师，坐。"

殷逢看了眼那灰扑扑的旧沙发，也是磨破了皮的，心头叹了口气，坐下，习惯性地往后一靠，手往扶手上一搭，长腿交叠，正好坐在尤明许对面。他的目光落在她的脸上，因脱了外套只穿毛衣，她的身体曲线格外明显，下意识地就跟着瞄了一圈。尤明许却侧坐着，朝向许梦山，只给他一个侧脸。

"说吧。"尤明许开口。

许梦山点头，把手机递给她，里面是今天刚拍的照片。他说道："向荣家里的情形，下午视频给你们看过了。我观察了一下，村子里剩下的人口本来就不多，他家荒废很久没人住，周围的两户邻居都搬走了，所以我认为向荣突然跑回老房子比较反常，毕竟他们家在这里已经无亲无故了。"

尤明许微微一笑："他带着那些东西，摆明是想要干点什么。总不会是为了在老家的废弃房子里，挂两条铁链当装饰，那些纱布是避免自己在安装铁链时受伤备着的吧？"

许梦山说："他想要对什么人下手？"

一道低沉平缓的声音插进来："一整套工具。铁链不必说，剔骨刀、电钻，都可以用于折磨受害者。纱布和药品是在受害者受伤后，用以止血的，这样可以延长折磨的时间。如果向荣准备这些真是为了犯罪。那么他的手段很老到。"

尤明许当没听到，跷着二郎腿，轻轻晃着。许梦山冲殷逢笑笑："原来如此。"

殷逢的目光又滑到尤明许身上。这个女人的态度让他有些不痛快，但似乎又无可厚非，因为这是两人联手查案前说好的，不必沟通干涉。

尤明许这时问："有关向荣过去的家庭背景，有什么发现？他儿子多年前溺死的事，是否可疑？"

殷逢又瞟她一眼，这正是他想问的，想不到这女人也如此敏锐。转念又感到释然，似乎有点理解失智的自己，为什么愿意同她在一起。

到底还是有几分本事的。

许梦山露出个意味深长的笑，说："尤姐就是尤姐，问到点子上了。这起案子，当时县里派出所只报了意外上来，也没有更多的内情记载。我就找当年办案的警察问了问，原来那个夏天，向荣的儿子向慕华是在河边玩耍时溺毙的。那天和他一起玩的，还有几个孩子。"

尤明许目光如电："难不成……"

殷逢："李必冉、刘若煜也在其中。"

尤明许闭口不语，许梦山看看他俩，若无其事地答："正是。那个夏天，刘若煜还住在村里，李必冉放暑假回乡下老家玩，那天他们都在河边。其实当时办案的警察也怀疑过，几个孩子玩耍，向慕华有没有可能是被人恶作剧推下水，或者是游戏时发生了意外。但孩子们全都矢口否认，而且确实也有可能，是向慕华自己不慎落水，被河水卷走，而其他孩子害怕，当时都跑了，所以等向慕华的妈妈发现孩子不见了时，人已经在下游了。其他孩子的家长也护得很紧，情绪反应很激烈，又没有任何目击证人和证据，最后，案子不了了之。"

尤明许问："当时向荣在哪里？"

许梦山答："他在外地做生意。这些年他挣了不少钱，事发两天后他才赶回乡下，没多久，就和老婆离了婚，他也搬走了。"

三人都静了一会儿。

殷逢问："当时在河边的孩子，还有谁？"

许梦山眸光明亮："还有两个。一个叫陈凯泽，年龄最大，已经念大学了。去年暑期他去贵州徒步，失踪到现在还没有找到，多半已经发生了意外或者遇害了；另一个叫周少凌，高中毕业就没再读了，家里条件比较好，现在人在辰溪县，开了个手机店。"

尤明许下意识就抬头，看向了殷逢。殷逢也正看着她。

目光一触后，两人都神色平静地移开。

"你盯哪头？"尤明许问许梦山。

许梦山还没答，殷逢就开口："涂鸦可以盯一头。"

尤明许目光垂落，许梦山疑惑道："涂鸦？"

殷逢笑答："就是我的司机。"

许梦山："呃……"

尤明许淡道："咱们该怎么盯怎么盯。"

殷逢说："他当司机前，是在地下打黑拳的，很少输。让他盯着周少凌那头，不会出错。"

尤明许不吭声了，许梦山看了一眼他俩，笑着点头："行。那我们正好可以集中注意力，守在向荣家里，确保万无一失。"

殷逢离开后，尤明许回自己房间洗了个澡，整理好装备，又去了许梦山的房间。

许梦山忙活了一天，这会儿短暂补了个眼，人虽然看着还有点萎靡不振，眼神却明亮得很，他手里还拎了几个饭盒，说："这就走？"

尤明许"嗯"了一声，一看那饭盒不止两个人的量，淡道："你不必对他太客气。"

许梦山叹了口气说："那哪儿成啊，他好歹是个专家，过去查案也挺管用的，帮了咱不少忙。尤姐，买卖不成仁义在嘛，当不成情侣可以收小弟呀。"

"滚。"

一走出房间，就见殷逢已等在宾馆门口。夜色幽深，寒风微微，他穿一身笔挺考究的大衣，俊朗的相貌和周遭的村镇夜景着实有些格格不入。尤明许只看了一眼，就移开了目光。

听到动静，殷逢转过身，目光越过笑呵呵的许梦山，落在后头那冷脸女子身上，注意到她换了身宽松衣物，便于行动，发梢也是湿的，还洗了澡，更显得面孔白皙漂亮。到底……他想：是个女人，该讲究时还是要讲究的，现在的她有了那么几分女人味。

三人上车。

涂鸦已经被殷逢派去辰溪县里盯着周少凌了，连人带车一起消失。殷逢以前出行、衣食住行向来都是手下的人在安排，如今涂鸦被派了出去，夜色已深，他本不觉得，直至闻到许梦山提上来的食物的味道，才感觉饥肠辘辘。

看了一眼那简陋的塑料饭盒，他又转头看向窗外。

哪里想到坐在副驾的尤明许，刚上车拿起个饭盒就开始扒，于是那饭菜的味道更重了。她自吃自的，不管别人。许梦山倒是说："殷老师，也给你买了，让宾馆老板娘炒的，挺干净，自己拿着吃哈。"

殷逢什么时候在车上吃过饭？但他也知道，警察出任务，没那么多讲究，时间紧迫，加上他确实也饿得厉害了，刚要伸手拿一盒，就听到前面的女人淡淡地道："咱们吃的是农村的便宜盒饭，人家能吃得下去？别瞎操心了。"

许梦山“嘿嘿”一笑：“以前不也一块儿吃过吗？”

这时就见一只白皙瘦长的手，从精致的男装衣袖里伸过来，从尤明许身旁的塑料袋里拿出了一盒饭。那低缓的嗓音就在尤明许耳边：“我怎么就不能吃了？”

尤明许没理他。许梦山当隐形人。

尤明许几分钟刨完一盒饭，又从袋子里拿了瓶水，灌了半瓶，丢回去时，殷逢的饭才吃了一小半，他抬眼看着她的一举一动，既觉得看不惯，又觉得这个女人似乎理应如此。不知不觉，吃完了大半盒饭，也没有想象中那么难吃。

车停在县道的一个路口旁的草丛里。

再往前，就能看到向荣的家，这里一览无遗，也没有别的明显的遮挡，太近了不好。远远望去，只见他家黑灯瞎火的，门口也没停车，人应该不在。

三人循着夜色潜过去，许梦山和尤明许向来配合默契，不用言语，分头包抄，从两侧翻进院子。殷逢在后头看着两人矫健的身影，快步跟上尤明许。

尤明许伏在窗下，刚要起身看，就察觉身后多了个人。她没好气地说：“你跟着他。”

殷逢刚才也全神贯注地盯着窗户，跟上她完全是身体自发的反应，此时再改投另一方，显然颜面全失。他静了一下，淡道：“我不会碍着你的。”

尤明许用眼角的余光看过去，那熟悉的面孔和身姿，依然紧跟着自己。她扭头不再理会。

屋内没人。

那就意味着，他们将要开始一场漫长的、时间节点不明的蹲守。尤明许和许梦山碰了个头，简单地商量了一下，就各自在院子里找好了阴暗隐蔽处，藏了起来。

乡间的月光极亮，洒满了整个院子。尤明许就藏身在院子里一排废弃的鸡笼后，靠坐在篱笆旁，脚边只放一瓶水，合目不动。

殷逢靠在距离她一尺远的篱笆旁，以往他协助警方破案，都是和局长、大队长坐镇指挥部，什么时候和这样的基层警察一起混过，还蹲守嫌疑人？他既觉得有些新鲜，又习惯性萌生了一种从高处俯视小兵的感觉。

这样坐了大概半个小时。身旁的女人把手机亮度调低，一直在看，没搭理他。殷逢也看了阵手机，白天在路上就没怎么休息，感觉到困了，索性合眼小憩。

“有情况叫我。”他说。

尤明许依然不搭理他。

他扯扯嘴角，安心打盹儿。

又过了一会儿，尤明许听到身旁传来均匀悠长的呼吸声。这样的呼吸声，她是非常熟悉且习惯的，表示他已经睡熟了。

尤明许转过头看着他。

睡梦中，那白天总是波澜不惊的深沉表情有了改变。他的眉头轻轻皱着，那是个成熟男人的眉眼。尤明许看了一会儿，目视前方。

却没想到旁边忽然有了动静，等她回过神时，殷逢脑袋一歪，栽在了她的肩膀上，就这样，依然睡得死沉，没醒。

他的呼吸很轻地拂过她的下巴，尤明许就跟被人施了定身咒一样，僵坐了一会儿，这才偏头看到他的眉骨、鼻梁和下颌线条。眼眶一热，旋即强压了下去。

“阿许……”含糊低喃的声音响起，殷逢的眉头皱得更紧了，甚至还把脑袋往她肩窝深处钻了钻，感觉到她身上的温暖后，眉头才下意识地舒展开。

“阿许……”他又唤了声，呼吸声越发悠长，靠着她不动了。

尤明许一动不动，过了好一阵子，才伸手摸了摸他的脑袋。

殷逢是被手机的振动给吵醒的，他一睁眼，发现自己不知何时竟躺在院内地上，兜里的手机在振，脑袋有些痛，似乎做了什么梦，梦里他极迫切地在寻求着什么，醒来却半点都记不住了。他摸出手机，人也坐起，是涂鸦打来的。

“嗯？”

涂鸦说：“我到辰溪县了。周少凌不在家，也不在店里。我问了他女朋友，她说他今天要和一个湘城来的老板谈生意，从吃晚饭开始就没见着。”

殷逢眸光微敛，说：“你是怎么问他女朋友的？”

电话那头，涂鸦如同一头黑熊，坐在周少凌家的阳台上，看着屋内吓得瑟瑟发抖的女孩，静默了一下，答：“就是……直接拎过来问。”

殷逢：“行了，我知道了。”

挂了电话，他看向尤明许，这才发现自己躺的是她原本坐着的位置，而她往旁边平移了一米多的距离，依然在低头看手机。

就这么嫌弃他？躲那么远？

殷逢心中有些不悦，淡道：“目标很快就会回来，带着猎物。”

尤明许依然不看他，点了下头：“知道了。”

向荣抬头，望着乡间一轮皎洁的月亮，竟比城市里干净、清晰许多。明月当空，下面是起伏的黑色群山，一座座伏在那里。繁华的乡镇坐落在远处山谷间，那里住着许多与他无关的人。

他的家，原本是很好的。背山靠水，紧挨着一条公路，他记得向慕华小时候，就很喜欢在屋前屋后玩耍，和一些村里的或者新来的小孩玩在一起。

但这世界的变化是如此之快，没多久，这个家，就只剩下他一个人了。

乡镇繁荣起来，一条条新公路修起，这一片区域几乎荒废，认得的邻居也都一家家搬走了。

向慕华的妈妈早已另组家庭，跟着别人在杭州打工。几个月前，向荣刚去杭州看过，远远地看着她，觉得她过得应该不错，他就放心了。

六年了。

埋在屋子底下的孩子，应该只剩白骨了，没人能认得出。他认不出，他手里的这个小子也认不出。

即便是几个月前，刘若煜和李必冉再遇，也都没认出彼此，虽然他们曾在这村里有过一面之缘，但应该也不记得向慕华了。

手里的半大小子周少凌还昏迷着。把这样一个十九岁的青年诱拐到手，对向荣而言，轻而易举。他扛着周少凌，走回院子，径直走进屋内，锁上了门。

点起一盏柔和的油灯，即使公路上偶尔有车经过，也察觉不了这乡村老屋里的端倪。向荣把人放在地上，用铁链锁好四肢，确保他不可能挣脱，又扭头看了眼窗外，夜色还深，夜还长。

他从柜子里取出瓶二锅头，倒上两杯，一杯自己喝，一杯浇在地上，而后点了支烟，坐在桌旁，看着那伏在冰冷地上的少年。

对于李必冉和刘若煜，只是诱使他们把自个儿送进了牢里，并不能像第一个或者这个一样，亲手折磨、杀掉，其实还是有些遗憾的。但当时李必冉和刘若煜本身已经走在了歪路上，向荣把网吧最好的两个位子留给他们，还装了监听器，这才察觉到他们有杀人的冲动。不知道为什么，向荣觉得，让他们动手杀人，比直接杀掉他们，更能令自己感到满足。

况且，那个人也这么对向荣说：看着仇人自己走上绝路，众叛亲离，家破人亡，从此不得解脱，不比你直接动手更好？即便将来他们出狱，你那时再动手也不迟。

向荣觉得这话说到了自己的心坎里。

药是那人给的，或许是某种新合成的毒品，不知不觉下到两个男孩的饮料里。

剂量不多，只会令他们比平时更容易兴奋，情绪更容易冲动。过不了多久，就验不出来了。

向荣时常和他们聊天，谈及自己的成长经历，与长辈的抗争，快意恩仇。他说起自己曾经知道的某个少年，亲手砍了学校的仇人，是个汉子……诸如此类。

几个月时间，密切关注，潜移默化，心理暗示，生理削弱……都按照那个人给的指示一步步进行。不过，走出最关键的那步的还是两个少年自己，是他们想杀人。

就像他们当年杀死他的儿子一样。

向荣的目光又回到周少凌身上，看着他像条死狗似的趴在地上，脑海里却浮现出当年他带着妻子，想要找那些孩子要个确切的说法时的情景，他只想知道，他的儿子，到底是怎么死的，并不是说要找他们的麻烦。可是这些孩子被他们的父母挡在身后，他们的脸上，没有半点同情或者体谅，只有冷漠、厌恶和避之不及。

“你自己儿子玩水淹死了，找我们孩子干什么？”

“走开！快走！和一个孩子过不去，你们还是不是人！”

…………

他们的孩子是孩子，他的孩子，就不是孩子了？向荣常年做生意，在社会上摸爬滚打许久，一眼就看出那几个孩子不对劲，眼神闪躲。可到底还是被他们的父母和警察拦住了。

唯独没有父母过来的人，是刘若煜，但他的伯伯、伯母比谁都泼辣，一边打骂刘若煜给他们惹麻烦，一边对向荣夫妻破口大骂。

…………

其实过去这么多年了，向荣再想起当年种种，心情也淡了。如今他做这些事，更像是要完成某种仪式。毕竟，眼前的，已经是最后一个了。

他要毁掉的最后一个家庭。

他起身舀了瓢凉水，把周少凌泼醒。周少凌浑身一抖，看到周围的环境，人都吓傻了：“向哥？向哥……你干什么？我哪儿得罪你了？”

毕竟当年只有一面之缘，向荣这些年外貌、气质变化也很大，之前又刻意隐瞒接近，周少凌当年也才十三岁，完全没认出他来。

向荣不答，只是转头看着墙上的那张黑白遗像。

周少凌颤巍巍地望去，看着孩子稚嫩的遗像，猛然间想起了什么，整个人都哆嗦起来："你是……你是……他爸爸！"

向荣起身，走到他跟前蹲下，捏住他的下巴，封上厚胶带，周少凌顿时发不出声音了，他也不需要人发出除沉闷哀号以外的其他声音。

而后向荣打开黑色手提袋，把东西一样样放在桌上。周少凌看到那些刀具，眼睛都瞪直了，眼泪直往外冒，拼命挣扎，可如何挣得脱铁链？这一切都进行得极其安静，向荣的表情也很平静，他首先拿起电钻，插上电源，而后走到周少凌面前，脱下了他的鞋，露出青年娇生惯养的白皙脚背。向荣嗤笑一声，举起电钻。

其实要让殷逢说，干脆再等五分钟，向荣给周少凌的脚打了几个洞，再出去抓人。但两名警察怎么可能这么干，一看向荣要动手，人证、物证俱全，立马从窗户跃进，扑了过去。

殷逢跟在他们身后，翻上窗，动作虽不如他们那般敏捷勇猛，却也利落干净，等他跳到地面时，许梦山已夺了向荣手里的电钻，把人扣在了地上，而尤明许解开铁链，说："没事了！我们是警察！"周少凌一把抱住她，痛哭流涕。

殷逢也不知道自己的眼神是怎么跑的，就看到周少凌那小子的脸贴着尤明许的胸，他一愣，发现自己的眉头已紧紧皱起，立刻转头打量屋内别处，脑子里冒出个念头：她倒是迟钝得很！一个女人当警察，搭档也搂，受害人也抱，谁要当她男友？呵呵，头发都是绿的。

殷逢的目光不着痕迹地回到她身上。虽然想不起过去那段记忆，但既然当时自己是和她在一起的，即使失了智，只怕也容不下别的男人碰她一根手指。

向荣在短暂的震惊后立刻平静下来，似乎早已做好有这么一天的准备。许梦山把他押到车上铐着，尤明许打电话叫本地警力支援和救护车，还把周少凌带到院外，柔声安抚。

远处公路上很快传来警笛声，闪烁的警灯隐隐可见。周少凌还在发抖，蹲在地上，打电话向家人和女友报平安。尤明许神色沉静地站着，不经意间抬头，就见殷逢还一个人站在那间屋子里，微弱的灯光下，他的身影显得高大又阴暗。而后他抬起头，两个人的目光，隔着十几米远的距离，就这么相遇了。此时的殷逢，连眸色都是幽暗的，静静注视她一会儿后，忽然露出个似有似无的笑。尤明许一怔，他却又转头看向别处。

向荣被带回了湘城警局。

然而令尤明许他们没想到的是，向荣竟像是早做好了被抓的准备，又或者老早就被人叮嘱过，从他嘴里撬不出任何和神秘组织有关的线索。

在他家老屋深处，警方找到了一系列非常有价值的证据，其中包括在贵州失踪的青年陈凯泽的身份证和衣物，向荣的手机里还有他多次拍下的刘若煜、李必冉和如今这名周少凌的照片，显然向荣对三人都施行过跟踪。

对于杀害陈凯泽的犯罪事实，由于证据确凿，向荣供认不讳，对于意图谋杀周少凌的犯罪行为，由于被尤明许他们抓了个正着，他也一口承认了。

反倒是问到是否与刘若煜、李必冉的案件有关时，他意味深长地笑了笑，矢口否认。

许梦山一拍桌子："不要装傻！你手机里全是跟踪、拍摄他们俩的照片，什么目的？"

向荣答："我就想看看，这两个仇人现在过得好不好。难道我还能指挥他们俩去杀人？"

无论警方如何审讯，一旦涉及交换杀人案，向荣就不肯承认，把自己撇得干干净净。由于他在这起案件里扮演的角色，尤明许他们也只是猜测，没有任何证据，于是拿他也没有任何办法。

但是一起谋杀案、一起杀人未遂，向荣倒是认了。这名时隔六年意欲复仇的"父亲杀手"，至此被警方从茫茫人海里揪了出来。

但向荣不认，不代表尤明许没法子，人都抓到了，还愁找不到证据？面对向荣的闭口不谈，尤明许想了想，找来两个同事，叮嘱了几句，就下楼去吃饭了。

在食堂吃完中饭，又在警察大院里走了一圈消完食的尤明许，路过练功房时，听到里头特别热闹，还有不少人站在门口看。就武道一途，她向来是碾压四方的存在，见状也凑了过去。

等看清场中对打的两人时，她一愣，居然是涂鸦和许梦山。

就武力而言，许梦山在分局的地位，那就是一人之下，众人之上。尤明许翘了翘嘴角，靠在门边看。

许梦山是精瘦结实型的，此刻脱了外套，只穿短 T、长裤，满头大汗，尽管两人正在缠斗，却还是时不时露出个贱贱的笑。不知涂鸦是何时跑来警局的，他和许梦山完全不同，白衬衣、黑色西裤，还是司机的装扮，一身壮壮的腱子肉，隔着衬衣线条分明，涂鸦的表情较许梦山则严肃冷酷许多，跟一只终于露出牙的老虎似的，与许梦山近身搏斗，动作却不失灵活。

“好！”众人喝彩，原来是许梦山一个闪身，完美避开涂鸦的一拳，反手擒住涂鸦的胳膊，想要制服他。尤明许却在心中一哂，觉得许梦山到底还是欠缺了点道行，没看到涂鸦在偷笑吗？

果不其然，涂鸦居然使出了连尤明许都惊讶的绝技，反手把许梦山箍住，就地一摔，一百七八十斤重的身体就压了上去。许梦山吃痛，腰都要断了。涂鸦猛地转身，许梦山一脚踢在他腋下，涂鸦动作一顿，一拳打在许梦山身上。许梦山闷哼一声，一时站不起来了。涂鸦见状罢手，喘着粗气把许梦山拉了起来。

“好！”众人喝彩鼓掌。

许梦山捂着胸口，涂鸦按着肋下，两人皮笑肉不笑地看着对方。这一局，到底是涂鸦占了上风。

尤明许看着手痒，刚要走出去，就听到身后一道淡淡的声音说：“看来你的搭档，输给了我的司机。”

这话真有点讨人厌，特意指出一个是和她并肩的生死搭档，一个是他的家政team之一的司机而已。尤明许要是现在再下场，和他的司机单挑，输赢都被落了脸面。

于是她不动了，语气不善：“你来干什么？”

旁边已有不少警察在回头看这对绯闻男女。

殷逢说：“出来说。”

尤明许原地不动，靠了几秒钟才转身跟他出去。

两人站在门外走廊里。午后，院里人倒是不多。尤明许连夜把向荣带回来审，只在早上短暂眯了一会儿觉，此时眼皮底下有两个明显的黑眼圈，人倒是不颓，就是懒懒散散的。殷逢却是直接回家睡了一晚，上午还用了精致的餐点，换了身黑西装，外面套着件黑色大衣，尤明许看了一眼就转向一旁。

“我刚才上楼去看过口供了。”殷逢说，“有关背后的人，向荣不肯说实话。”

尤明许答：“我会想办法。”

“让我和他谈谈，或许有办法。”

尤明许眼皮都没抬一下：“行。”

她领着他往审讯室走，一路无话。等到了审讯室门口时，忽然听到殷逢说了句：“你们女警察都不用在乎形象的吗？”

尤明许冷声冷气：“什么意思？”

殷逢指了指自己眼睛下方，又指了指头发，很淡地笑笑，走进审讯室，在她面前关上了门。

尤明许：“……”

到底扭头看了眼旁边的玻璃，也就是有点黑眼圈、头发有点乱而已。她取下皮筋，重新把头发一扎，心想：这个殷逢，当真是做作。

殷逢在向荣对面坐下，向荣抬头看了他一眼，没别的反应。殷逢知道，尤明许必然在隔间看着，那就让她看看，他是怎么轻而易举地得到她苦苦寻求的线索的。

他第一句话就说：“你猜，我们是怎么发现你的？”

向荣抬起了头，这确实也是他一直疑惑的问题。陈凯泽的案子过去一年了，警方一直没动静，交换杀人案他也没有直接动手，就连诱拐周少凌的计划，也是这几天才定下的。警方却似乎一夜之间就知道了全部。

殷逢的一只胳膊搭在桌面上，手指敲了敲，说：“你和李必冉、刘若煜来自同一个乡村，而且牵扯到了六年前的溺水案，这些确实是引起我们怀疑的主要原因。不过，在我们注意到这点之前，有人……向我们通风报信。”

向荣眼睛瞬间睁大。

“猜猜向我们暗示的人是谁？”殷逢微微笑着，同时抬了抬眸，似有似无地看了眼向荣背后的单向玻璃。这表情落在尤明许眼里，只觉得透着几分邪气。

向荣嗫嚅：“……是谁？”

殷逢却话锋一转，问：“他有没有和你说过，为什么要帮你报仇？他是不是说，只是因为看不惯那些犯罪的人，逃脱了法律的制裁，警察也无能为力，他要为你主持正义？”

向荣脸色微红，沉默不语。

殷逢嗓音清冷：“你是个生意人，肯定很清楚，世上哪有白得的午餐？他教导你、引诱你，把你从一个心有不甘意难平的父亲，逐渐培养成一名连环杀手。就像你对刘若煜和李必冉做的一样。可是一转头，他就把你卖给了警察，如果不是他们通风报信，我们怎么可能注意到你？如果没有警察的参与，你的复仇就可以顺利完成。你以为他做这一切，是为了什么？”

向荣颤声道：“为了什么？”

殷逢身体前倾，这是个给人压迫力和坚定气场的姿态，他轻声诱惑说：“其实你不是第一个。我们还在另一起案件里发现他在诱导、培养别的人犯罪。最后，是他的人，亲手枪杀了那个罪犯。发现、培养、辅助犯罪……最后审判惩处，他自己来也好，借助警察的手段也罢，他只不过是一个个把你们养大，养成连环杀手，再亲手杀死而已。”

向荣脸色涨红：“不！不可能！怎么会这样！”

殷逢却往后一坐，淡淡地说：“你是个聪明人，自己想想，是不是这样。你还打算替他瞒下去吗？那么，只会有第二个、第三个你出现，成为他手中操纵着的傀儡。”

屋内，陷入了一段长久的寂静。

尤明许隔着玻璃，没有看头渐渐垂落的向荣，而是看着他对面的人。那个人在一段猛烈的攻心和诱导后，显得极有耐心，靠坐在那里，神色显得有些冷漠，又有些慵懒和嘲讽。他看起来一副对一切都漠不关心的样子，可尤明许却又很清楚他要的是什么，而且他一定会拿到。

向荣哑着嗓子，抬起头：“我不知道他叫什么，他三十出头，让我叫他宇哥。”

宇哥？雨哥？

殷逢问：“哪个 yǔ 字？”

向荣摇摇头：“我没问。”

殷逢从口袋里掏出手机，翻到张照片，递到他面前：“是他吗？”

向荣的神色没有任何变化，看了两眼后摇头：“不是。这个人我不认识。”

殷逢扫了眼玻璃后，尤明许看清了，那是顾天成的照片，向荣却说不认得。

莫非那个组织里和向荣接头的，是另外的人？三十出头，名字或者外号里有个 yǔ 字？

然而无论殷逢再怎么问，向荣也说不出有关那个人更多的信息了，他只能描述出对方的外貌特征。他承认那个人给了他一种药物，可能是新型合成毒品，让他暗中给两个孩子下药，他还承认那人给了他很多犯罪方面的指导，每次都是那人主动来找他，单线联系。

“你为什么这么信任他？”殷逢问。

向荣笑了笑，答：“因为他第一次找我时就告诉我，我的第一个仇人陈凯泽，当时在贵州，困在了山里。”

尤明许立刻打电话到省厅，申请借调一名画像专家来，按照向荣的描述，画出那人的面部特征。

打完电话，她走出审讯室，殷逢正好从对面出来，两人对视一眼，又都沉默。

尤明许转身往楼下走，他隔着几步跟着。

尤明许说："谢了。"

他淡道："举手之劳。"

尤明许就不太想理他了，心中却想起过去的尤英俊，每次帮她破了案，她表扬过他之后，他的脑袋总会钻过来，得意又开心，或者伺机索要奖励。

原来的尤英俊，真的就像一轮小太阳，总是热乎乎的，闪闪发光。

再没有比这更荒谬的局面了。对于身后的人，尤明许只觉得相看两相厌，可想起从前的他，却只觉得心窝子都暖起来，香甜无比。

"打算怎么谢我？"这话出口，殷逢自己也没想到。他想：或许是因为这女人对他的态度太冷淡，明明帮了她，却也没见到好脸色。既然说了这话，他决定遵从本心，看她怎么应对。

尤明许终于转头，正眼看着他，语气还是冷冰冰的："你想要我怎么谢？"

殷逢的目光就停在她一张一合的嘴唇上，脑子里莫名想起在医院时，两人那个激烈刺激的、令他差点失控的吻。这不是个好兆头，难道他的身体还记得她？而且现在只是稍微一想，他的心就会隐隐感到一阵兴奋。

殷逢看向一旁，说："先记着，再说。"

尤明许却只觉得如今的殷逢真的要比以前阴险很多，明明话不投机半句多，居然还让她欠了他一道人情。她扭头就走。殷逢看到她憋气的模样，心里倒是舒服了。

迎面快步走来个警察，正是尤明许之前嘱咐去办事的。他看了眼她身后的殷逢，尤明许干脆道："说。"

警察于是说："尤姐，我们按照你说的，去查了青少年交换杀人案之前一段时间向荣的行踪，暂时没有找到他和什么人碰头的画面。但是，案发前的三个月，向荣常去一家小饭馆。我们查了店门口的监控，发现还有个人也经常去，有时候两人去的时间，是重合的。"警察看了眼尤明许，"这个人……尤姐你认识。"

尤明许接过他手里的监控照片一看，愣住了。尽管照片有点模糊，那人还戴了顶鸭舌帽，但根据被拍到的半边脸，她一眼就认出那是……

殷逢也盯着那照片，他想不起那个男人是谁，但感觉有点眼熟。与此同时心底升起的，还有浓浓的厌恶和憎恨。

这人抢过他的东西。

一个念头自动从心里冒出来，那必定是在他失智、失忆那段时间里发生的事。

于是他的脸色冷了下来，从尤明许手里抢过照片，眸色幽暗地盯着：“这是谁？想必不是个好东西。”

尤明许看了他一眼，把照片夺回来，嘴角忽然勾了一下，淡淡地说：“哦，这是我前男友，罗羽。”

宇哥，雨哥，难道竟然是羽哥?

尤明许也万万没想到，种种疑点，竟然会指到看似不相干的罗羽身上。

难不成除了精英律师、黑律师之外，罗羽还有第三副面孔?

想到他以往对自己费尽心思的纠缠，以及始终目的不明的行径，尤明许的神色沉了下来。这一路走来，她和殷逢侦破了一个又一个案件，抓住了一个又一个凶手，可为什么走到今天，她却有种一切才刚刚开始的感觉?

第七章

真伪殷逢

殷逢既然已经不记得往事了，自然想得没尤明许那么多。他此时脑子里的第一个念头是：她居然还有个前男友？第二个念头却是隐约明白了，自己的敌意从何而来。殷逢思维敏捷，亦对自己的生理和心理情况掌握得十分精准，既然大家都是前男友，互相不待见，亦在情理之中。

而后，尤明许就听到他淡淡地问了句：“怎么？你被这个重大嫌疑人玩弄过？”

尤明许眉头轻轻一抽。

听听作家的用词，“重大嫌疑人”“玩弄”，很会抓重点啊，损人于无形。

尤明许也不是吃素的，淡道：“我甩了他。”拍拍身旁的同事，不再理殷逢，两人并肩走了。

殷逢望着两人的背影，嘴角浮现一丝笑意，扬声道：“马上把嫌疑人带回来，让向荣认人。”

尤明许没回头，只摆了摆手示意知道。殷逢转身从另一个方向下楼，走了几步，也不知被什么心理驱使着，回头望着她的背影，直至她走不见了，才不急不慢地走下楼梯。

心想：不和他对着干时，这女人倒也有灵动可爱的一面。

一间豪华办公室内，罗羽坐在老板椅上，看着手下拿着手机，给他放一段视频。

那是一间仓库，一个中年男人被打翻在地，几个打手模样的人，继续对他拳脚相加，只打得男人鼻青脸肿，终于抵不住，跪地求饶。

一个打手拎起他的头，使得他的脸正对屏幕，问："还做证吗？"

中年男人哭道："不做了，不做了！"

"收了人家多少钱？吐出来。"

"没收……"

"嘭、嘭、嘭"又是几拳。

男人哀号："收了收了！3万，收了3万！"

"我们老大的意思，让你在法庭上，把收钱做假证的事都招了，反咬一口，明白吗？"

"这……明白！明白！别打了，求求你们别打了！也别动我女儿，求你们了！我说，我都说！"

…………

视频关掉，手下看着罗羽的脸色。近年来，罗羽连穿衣打扮都不那么像律师了，黑色西装里是黑色衬衣，领口敞着，露出一段结实的线条。他眯眼点了支烟，抽了两口，说："行吧。盯着他出庭，办好了，再把盯他老婆和女儿的人撤了。"

"是。"

"邢总从上海回来了吗？有没有派人找我？"罗羽又问。

"还没有。"

罗羽沉思了一会儿，说："知道了。"又露出一丝笑，"这事儿你们办得好，邢总肯定满意。"

手下赔笑："那是，凯阳集团缺了您，那可不行。您可是邢总的左膀右臂。"

罗羽笑骂道："这马屁拍的，真舒服。"

两人说的邢总，正是华中地区著名企业凯阳集团的董事长邢几复。邢几复已年逾五十，明面上的业务，大多交给太子爷邢琰君，自己非常低调。而罗羽从一个外部律师做起，这些年不知替凯阳集团解决了多少棘手事情。渐渐地，圈内人也都知道，大名鼎鼎、臭名昭著的罗羽，其实就是凯阳集团的法律代言人。

这事儿处理完，罗羽屏退手下。其实他手上专干这些事的人，还是邢琰君给的，当然他自己也有挑选、观察、培养。于是这些不能上台面的手段，也对他越来越有利，律师圈里也没什么人敢招惹他。不过明面上，罗羽毕恭毕敬的，做得很到位，专业知识也过硬，所以别人也查不出他什么来。

罗羽走出办公室抽烟，律师所里其他人都看了他一眼，又全都低下头。他是这间律师事务所的合伙人之一，但如今其他两名合伙人其实也都要看他脸色。罗羽笑笑，下电梯，走出写字楼，站在楼下的花坛边吹风。

远远地，就瞧见一辆熟悉的警车在路边停下，车牌号他都能倒背了。罗羽微眯着眼，看着尤明许同许梦山走过来。

罗羽就跟没看到许梦山似的，张口是极其亲昵的语气："你怎么来了？还以为你和小情人跑辰溪查案，把我给忘了。"

尤明许看了他一眼，心中一动。确实，她在查交换杀人案时，怎么那么巧，罗羽消息灵通到可以派人在刘若煜投水的山脚，逮着殷逢狠狠整治了一顿，可如今她去辰溪查了几个月，他却对她不闻不问，也没像从前那样时不时跑来恶心她。是他终于消停了，还是另有隐情？

尤明许说："有一宗案件，和你有关，需要你回警局协助调查。"

罗羽盯着她，笑笑，说："什么案子啊？"

许梦山冷道："无可奉告。"

从头到尾罗羽就懒得看别人，他走到尤明许跟前，轻声说："行，你审我啊？"

尤明许答："我审。"

罗羽打了个电话。

很快就下来个律师模样的人，还有个看上去十分精壮凶悍的男子。罗羽带着他俩，上了警车。他是个棘手的人物，尤明许也懒得和他计较，真要和犯罪组织有关系，他带再多帮手也没用。

到了局里，尤明许先把他晾着，隔着单向玻璃，看着他和他带来的律师坐在里头，他们带来的打手守在楼下。

尽管向荣指认的人很像罗羽，监控也拍到他们的行动轨迹多次重叠，但说到底，还是向荣的一面之词。所以在向荣来认人之前，尤明许打算先和这个老对手聊聊。

又由于罗羽每次和她讲话都极其恶心肉麻，不分场合地点——大约是想着反正臭的是她这个刑警的名声。他？一个黑律师，难道还会在意桃色新闻？所以尤明许把许梦山赶走了，她到底是要脸的，决定自个儿先审审罗羽。

刚推门出去，就见殷逢靠在走廊上，神色不明地看着她。

尤明许："怎么了？"

他笑了笑，走到她面前，拦住路，说："让我先和他谈谈。"

尤明许："你和他谈什么？"

殷逢言简意赅两个字："往事。"

尤明许还不至于会认为如今的殷逢还能为自己吃醋，稍微一想，明白过来。他曾经被罗羽的人整过，当初的尤英俊是个乖宝宝，尽管也很气愤，但没去报复，担心给她惹麻烦。而现在，尽管殷逢丢失了那段记忆，但陈枫那喜迎旧主的狗腿，怎能不把所有事一五一十报告给他呢？这人昨天还和她说，自己向来有仇必报。

尽管尤明许不待见现在的殷逢，但一碗水还是端得很平的，扬了扬下巴："你去，我下楼抽根烟。"

她如此上道，稍令殷逢意外，他说："谢了。"

尤明许转身说："不谢，扯平了。"

刚走出几步，却听到他说："扯不平，这事儿是你欠我的，嫌疑人前女友。"

尤明许："……"她秒懂了他的意思，当时罗羽是冲她来的，他不过是被殃及的池鱼，这才被摁水里蹦跳了好多回。

一想起当日的尤英俊，尤明许心中到底升起几丝怜意，也就不和这腹黑毒舌男计较了。

见尤明许走远，周围无人，殷逢首先脱掉大衣，再脱掉西装，扔给刚刚上楼的涂鸦，又扯开衣领上的纽扣，转脸露出个笑，问涂鸦："像吗？"

涂鸦想了想，低头笑了，说："嘴巴再咧大一点，就是……要笑得看起来就像傻帽儿一样。"

殷逢薄唇轻抿，最后依言露出个"尤英俊"似的笑容。

涂鸦点头："这回差不多了。"

"你等着，叫你再进来，时间会很短，手下别留情。"

"是。"

殷逢站在门边，揣摩了一下，踮起脚尖，小心翼翼地推开门。

正如尤明许所想，罗羽这段时日确实没有关注过她这边，殷逢的近况，自然也没有及时掌握。他一抬头，就看到傻子探头探脑站在那儿，目光里有仇恨，也有畏惧。这表情取悦了罗羽，他笑笑，对身旁的律师说："看来上次没把他彻底吓傻。"

两人旁若无人，竟丝毫不在意殷逢。殷逢也跟没听懂似的，嘴嘟得很高，指了下门外："坏蛋！尤明许叫你的律师下去办手续。"

律师看了一眼罗羽，罗羽不疑有他，点头。

律师走了，殷逢走进来，在罗羽对面坐下。罗羽从来都没把他当回事，但想到就是这傻子，整日和尤明许成双成对的，心中到底不忿，不怀好意地笑笑，说："傻子，最近……和尤明许处得怎么样啊？"

殷逢气鼓鼓地一扬头："很好！特别好！"

罗羽看着他的样子就来气，皮笑肉不笑地说："是吗？可惜她是被我玩剩下的。知道什么叫作玩剩下的吗？就是我玩腻了，不要的，你当个宝，哈哈！"

罗羽没注意到，殷逢的眸光沉了沉，再抬头时，却是坚定的表情："不会啊。尤……尤说是她甩了你，你天天跟牛皮糖一样纠缠她呢。我也看到老是你追着她啊。所以明明是她把你玩腻了，她把你玩剩下了。许梦山啊，丁雄伟啊，好多警察都知道。"

罗羽一时有些胸闷，目光阴沉地盯着眼前的人，冷道："你是个什么东西，和我抢女人？"

殷逢答："我为什么要和你抢，她本来就是我的。她说就要和我在一起，还说你是个人渣，她最讨厌人渣了，恨不得把你们都抓起来。是你想和我抢吧，可惜抢不过，人是我的，心也是我的。只有牢房是留给你的。"

人渣……吗？

尽管早有心理准备，可傻子应该是没那个智商说假话的，听到她这么说自己，罗羽心中如同被蜂子狠狠蜇了一下，脸上的笑容更阴沉了。

偏偏傻子惹恼了这黑心人还不自知，露出个极其灿烂的笑——宛如刚才在门外学会的那般。

罗羽名义上是被请回警局协助调查的，又有律师在旁盯着，并没有被戴上手铐、脚铐，只是请到这儿好好坐着。这时他身体慢慢前倾，靠近桌子对面的殷逢，微笑着说："告诉你个秘密……"

殷逢不疑有他，也学他的样子，慢慢靠近。

罗羽很注重自身，也是常年练散打的，动作飞快，长腿一伸就把旁边放着的摄像机给踢倒了，这样接下来发生的事就不会被录下，而后他一掌就抓向殷逢的脖子。哪里想到看着傻愣愣等着听秘密的殷逢，竟像是早有预料一般，头一偏，躲过了。

罗羽一怔，正要再抓，殷逢已猛地起身，好整以暇地往椅子里一靠，喊道："涂鸦。"

一个彪形大汉冲了进来，反手带上门，打了反锁。

罗羽一愣，心生不妙。

然后，他就看到对面的傻子，忽然跟变了个人似的，双臂往椅子扶手上一搭，头慢慢往后一靠，眼睛里原本那一丝冒着傻气的光消失殆尽，只余沉沉的眼色。

罗羽心里“咯噔”一下。

转眼间涂鸦就把罗羽给擒住了。罗羽身手还算矫健，但到底是个律师，涂鸦这种狠手，捏他就跟捏鸡崽似的。他被涂鸦压在桌上，脸被迫贴着桌面，又红又白。

而后，他感觉到一只冰凉的手轻拍了他的脸两下。

“你是个什么东西？惹我？”那嗓音淡得跟水似的，“一个跳梁小丑而已，真正的禽兽是什么样，你根本就没见过。”

罗羽被他说得寒凉透顶，心中惊怒，脸上反而露出个挣扎的狞笑。

“别留下显眼的伤。”殷逢淡道，“免得我们家尤尤怪我。”

涂鸦笑了一下：“是。”这种事，他最拿手了。

罗羽闻言拼命挣扎，脖子都梗直了：“你敢在警局里动手？信不信我告得你把牢底坐穿？”

结果殷逢又拍拍他的头，跟拍一只狗似的。殷逢说：“摄像机是你故意踢翻的，这个动作被录下来了。你在审讯室里意欲畏罪自杀，是我的司机救了你，为此还和你发生了激烈的搏斗。不谢。”

罗羽快要被气死了。但确实就像殷逢说的，他当时踢翻摄像机，纯粹是想痛揍这傻子一顿，反正死无对证。如今自己要被揍了，摄像机还是自己踢的，真的是百口莫辩。

“禽兽！”罗羽狠狠骂道，回答他的，是涂鸦一记闷拳，砸在了他的右肋骨下，于是罗羽一下子发不出声音了。

殷逢眸光平淡地看着他挨揍，嘴角扯了扯：“骂得好。”

看了一会儿，他已觉意兴阑珊，留涂鸦善后，转身出门。

殷逢在门口站着看了一会儿天空的浮云，飘飘荡荡，聚散不定，宛如人生。脑子里放空了一阵，他听到身旁有人走近，从脚步声可以分辨出是那个女人。

懒得回头，只是依旧眺望着远处。

尤明许却愣了愣。

殷逢此时只披了件西装在身上，扣子都没扣，外套搭在阳台栏杆上，显出几分懒散和随意。他望着远处，有些出神，并无这几日的阴沉冷淡，那深邃清亮的眼睛，倒显出和曾经的尤英俊相似的气质。

审讯室里的闷响已经停了。

尤明许看了一眼紧闭的房门，狐疑地问：“你在搞什么？为什么把罗羽的律师打发下来找我？”话一问出口，她猛然神色一震，便要转身往审讯室里冲。

殷逢一把把她拉回来，说：“我要是你，现在就不会进去。”

尤明许怒道：“你不能在警局滥用私刑！”

“不。”殷逢笑笑，“真的是他先动手的，踢翻了摄像机想揍我。我正当防卫而已。”

这话几分真，几分假，尤明许倒是知道罗羽的德行，会这样对殷逢动手也不足为奇。可是……

就在这时，审讯室的门拉开，涂鸦看了一眼门外的两人，头垂下去，走到一边。

尤明许一眼就看到屋内被打得半死不活的罗羽，这家伙丧尽天良的事干过不少，虽然看着很爽，但到底不妥。

“别心疼前男友。”殷逢凉凉的嗓音响起，“他整过我一次，不过还给他而已，已经便宜他了。我就不信，他现在比我当时还惨？”

尤明许脑子里骤然闪现那个曾经在自己怀中颤抖的、麻木的、被整得死去活来的尤英俊的模样，一时沉默不语。可转念又想，自己其实早替殷逢揍回去了。

尤明许：“你就不能等他离开警局再下黑手？非得在我的地盘动人？”

殷逢看了她一眼：“君子报仇，一天都晚。”

尤明许：“……”

这时，许梦山神色凝重地从楼梯跑了上来：“出事了！”

尤明许：“怎么？”

“向荣刚刚死在看守所了！”

尤明许和殷逢都色变，殷逢问：“怎么死的？”

许梦山答：“初步怀疑是慢性中毒，突然病发，狱警发现时已经死了！”

慢性毒药有很多种，用来控制一个人的死亡时间也并非难事。提前估计好死亡时间，持续下毒，在需要下手的时候，让其服下能够激发毒性的食物，或者骤然加大药量，那这个人多半看不到第二天的太阳了。

向荣死得突然又干脆，留给警方几丝隐约的曙光和一堆未解的谜团。他连那个“yǔ 哥”的画像都还没做，也就是说，对罗羽的一切怀疑和指认，都落了空。至于他到底是被人下毒，还是自己服毒要保护身后的组织，却是无人知晓了。

尤明许、许梦山、殷逢三人站在审讯室隔间里，望着里头脸色惨白、额头渗汗，却看不到明显外伤的罗羽。真被殷逢说中了，他没有要告人的打算，也没有不肯善罢甘休，居然咽下了这个闷亏。

许梦山虽然不知内情，但也瞧出了端倪，他对这个人渣讨厌极了，冷笑道："瞧他那样，怎么不早死早超生？"

殷逢淡淡接口："祸害，从来都是要遗臭万年的。"

许梦山皱眉说："现在向荣死了，怎么办？要不我审审他，探探？"

尤明许和殷逢异口同声："不要。"

许梦山看了一眼他俩，笑笑。

尤明许不看殷逢，说："既然向荣已死，死无对证，他招出这个'yǔ 哥'的事，那个组织也许还不知道。不要打草惊蛇，暗中盯着罗羽更好。"

殷逢说："当然，也有可能，向荣死前将嫌疑指向罗羽，这一招也是他们计划好的。想要让我们把注意力放在罗羽和他背后的凯阳集团上。"

尤明许和许梦山对视一眼，尤明许说："如果真是这样，他们到底想干什么？"

殷逢淡淡地答："天知道。一堆精神病变态的目的，不是你能以常理推断的。甚至当你得知真相时，会觉得匪夷所思。"

许梦山"啧啧"两声，说："就譬如我在网上看到过的一些测试题，问你们啊，有一天，王子带着公主，要从魔鬼城堡逃出去，到门口时，魔鬼出现了，说：'白色代表天使，与魔鬼对立，穿白色连衣裙的公主，不可以离开这里。'说完魔鬼掏出了匕首。结果最后王子死了，公主一个人逃了出去，请问为什么？"

尤明许想说王子为保护公主而死，又觉得不会这么简单，正思索着，就听到殷逢说："公主杀了王子，把连衣裙染红了。"

尤明许看向殷逢，他的神色一如既往地波澜不惊。许梦山说："厉害啊，果然是专业的。"

后来，尤明许干脆安排了个小警察，把罗羽过去的一些说不清的事，翻来覆去问了一阵。问到最后罗羽都懒得答了，很多都让律师代为发声。只不过他脸色不佳地靠坐在那里，偶尔看向深色玻璃后，那目光却显得阴沉晦涩。

没多久尤明许就把人给放了。他们三人站在楼上，看着罗羽慢慢走到来接他的车旁，若有所觉地抬头，看向他们三人。

尤明许站在正中，手托下巴，面不改色，许梦山咧嘴笑了，殷逢目光幽深又透着几分轻蔑。

罗羽露出个极其阴沉的笑，朝尤明许比了个中指。

尤明许没啥反应，许梦山冷哼一声："渣滓。"就在这时，尤明许忽然感觉到肩膀一沉，是殷逢的手搭了上来。

她斜瞟他一眼。

他言简意赅："气他。"

尤明许静默，倒也配合，只是心中却忽然好似闪过一道亮光。她一直以为，殷逢和尤英俊是不同的。殷逢他成熟、多情、强势、精明，很会审时度势，和那个内心藏着个小天地的尤英俊，完全不同。可现在看来，底子里是一样的。

有了这个认知，再看身旁的男人，倒没有一开始那么做作讨厌了。

待罗羽上车离去，殷逢的手才放下来，说："既然如此，我也告辞了。如果有进展，希望你们及时共享信息。"

许梦山眼角余光瞄一眼尤明许，笑答："一定。"

殷逢颔首，目光又落在尤明许身上。她只轻轻"嗯"了一声，算是首肯。

殷逢接过旁边涂鸦递来的外套，穿上，转身离去。

等他们走远了，许梦山嘀咕道："这个看起来，也不是很差……"

尤明许却说："过去的那个，心里什么事儿都没有。现在这个，心里装满了事。一个干干净净，一个面目不清。怎么不差？差远了。"

接下来的几天，警方一直盯着罗羽。他倒是安分守己，整日往返于家和律师所间，有时候去拜访委托人，倒看不出有什么异样，甚至得空还能给尤明许发个短信。

尽管过去尤明许拉黑了他的 N 个号码，但他照样用新号码骚扰。

"今天你穿的牛仔裤不错，很称你的腿型，让我忍不住想……"

"跟了半天，中午赏脸吃个饭？"

"刚刚和委托人聊了一下午，有点累，想我的宝宝了。"

"夜深了，更容易想女人。猜猜我在想什么？"

…………

尤明许从未见过如此厚颜无耻之人，他所发的每一条短信都极尽肉麻。她知道他不是真的想她，存心就是来恶心她的。扫一眼就一个恶寒，只能丢到一旁。

许梦山见着了，摸着下巴说："别说，对付这种人中渣滓，有可能还是幕后 Boss（老板），他偏偏钟情于你，尤姐你简直就是行走的诱饵好吗？"

尤明许不是没想过，但实在是恶心那个人。再说了，罗羽能不防着她吗？

许梦山却又说："还是算了。"

尤明许看他的表情，忽然明白他是想起了樊佳。这小子平时表现得没心没肺、放荡不羁，那个名字却成了他心里不能碰的一个疤。

她也是。

"不是说要调个功勋警察过来吗？"尤明许转移话题，"怎么还没见着人？"

许梦山答："说是这两天就来，听说以前是缉毒线上的，嘿，这种狠角色，怎么突然改行了？真是期待啊。"

缉毒警察吗？尤明许脑海里浮现出认识的那些缉毒同事的身影，黝黑的皮肤，不苟言笑的表情，他们面对的个个是亡命之徒，因此那些警察的眼睛里，都是比罪犯更冷酷的寒光，人人都是铁血硬汉。新同事从缉毒线上退下来，要么是身体原因，要么是变相受保护，要么是已不再适合缉毒，多半是个前辈。尤明许脑子里甚至浮现出一位黝黑、严肃、胡子拉碴的中年大叔形象，和丁雄伟差不多，但没他架子那么大。

"是啊。"尤明许答，"等人来了，咱去吃顿火锅，给他接风！"

殷逢从警局回来后，就回床上补眠。曾经他是个非常注重养生的人，食不厌精，脍不厌细，身边一帮死心塌地的偏执狂把他照料得很好。长睡一年半醒来，肤色晒黑了些不说，皮肤也变得粗糙了，还有迟迟消不掉的黑眼圈，不用多说，肯定是这段时间跟着那个女人才混成这样的。

这一觉一直睡到暮色降临。

殷逢做了个梦，梦中有很多浑噩的、熟悉的画面。他急切地想要看清，眼前却像是始终罩着一层浓雾一般。大汗淋漓地惊醒后，脑子里、整个身体里，却只遗留着那异常缠绵、甜蜜、疼痛的感觉。就好像曾经与什么人浓烈爱过一场，却又茫然失去了。

殷逢双手捧着头，坐在床上，脑海里浮现出尤明许的样子，于是那滞塞的感觉变得更加强烈。他对自己说，这只是一个梦，一个很缺爱的梦而已。

这样解读后，他自嘲地笑笑，起床。

陈枫一整天都在别墅里候着，知道他这会儿醒了，先安排好晚餐，再带着殷逢之前要的东西，来到书房。

偌大的书房，宁静、通透、灯光柔和，那些人偶以各种姿态立于远处，一排排书架侧立，大片落地玻璃外，是湖水月光交织的静谧夜景。

然而主仆两人秘密探讨的内容，却并不轻松。

殷逢坐在那巨大的书桌后，陈枫坐在他对面。每当这个时候，陈枫其实都能感觉到殷逢身上那复杂的、说不清的气质，以及连他这样的心理病态者都能感受到的隐隐的危险和压力。

“那边的案子，暂时告一段落了。”殷逢说。

“有线索吗？”陈枫问。

殷逢看了他一眼，摇摇头。这一眼看得陈枫心里微微发慌，说不清是为什么。可身为一个心理病态，他其实一直都很享受这种被主人拿捏的感觉。而殷逢，似乎很了解这一点。

“先不说那个案子。”殷逢说，“我们把我失忆那段时间发生的事好好理一理。”

陈枫点头。之前殷逢在医院时，人多眼杂，不方便细谈，两人只大概聊了聊。一出院，又马上去跑向荣的案子，陈枫才一直候着他来详细查问。

殷逢问：“我是哪一天出发去贵州的？”

陈枫答：“2 月 25 日。”

殷逢：“谁送的？送到哪里？”

陈枫答：“我、涂鸦和冠军，送到湘城机场，你说不让我们跟。飞机直飞贵阳机场，那边订好了车来接，会直接把你送到贵州龙岩镇。那里租好了一栋老房子，每周会有人定期去清扫。吃饭你说你自己解决。”

冠军，正是别墅里那园丁的名字。他姓冠，名军。

“我的这趟行程，都有谁知道？”殷逢问。

陈枫顿了一下，答：“只有我们几个。”

殷逢抬眸，和他对视了几秒钟，笑笑。这确实也符合自己一贯随心所欲的风格。他又问：“在我闭关写作期间，我们是如何联络的？”

陈枫答：“和从前一样，日常微信、电话，有时会发视频。你闭关期间不太找我，有时候一个星期才联系一次。”

殷逢点头，又问：“你上次说过，那间房子周围装满了监控？”

陈枫答：“是的，并且安保系统也是和我们这边远程连接的。如果有陌生人闯入，会立刻报警。”

“我是哪天从那间房子里出来，离开贵州，去西藏的？”

陈枫答："6月8日。"

殷逢交握的手指缓缓摩挲着："顾天成案发后第8天，逃亡西藏后第3天……陈枫，你如何确定，那天离开那间房子去贵州的人，是我本人，而不是别人代替的？"

陈枫心里惊了一下，答："你……给我发了语音和短信，后来还通过电话。"

殷逢："手机。"

陈枫立刻拿出手机，迅速往上翻，翻到那天的聊天记录，递给他。

殷逢按了外放："陈枫，给我订张机票，航班我一会儿发给你。"确确实实是他的声音。

而后是条文字短信，发了要订的航班号，又写道："我去西藏收集一些连环杀人案的一线资料，替我租一辆车，停在拉萨机场，车上准备好必需物资。不许跟。"

是他惯有的语气。

等陈枫搞定好一切后，发信息给他，他用语音回复了一个："好的。"

殷逢放下手机，嘴角似有似无地勾了勾，问："还有别的证据能证明那个人是我吗？"

不知为何，陈枫的后背有点冒冷汗，他说："我马上调监控。"

陈枫立刻给冠军打了个电话，这座别墅、贵州那栋老屋的监控安保系统，都是由曾经的高科技经济诈骗犯冠军负责的。没多久，一段监控视频就发到了陈枫的手机上。

两人点开看。

那是一座老房子的堂屋天井处，黑白摄像头拍下了天井下的一长排木雕屋檐，看着极为精美，视频还拍下了屋檐下的青石板和薄薄一层苔藓。

那天下过雨，石板是湿的。

过了几秒钟，寂静的画面里出现一个人，背着个户外背包，身高大约一米八五，穿着深色冲锋衣裤，正是殷逢喜欢的国际大牌，也是他常穿的那套。在西藏出事后，被顾天成抢去穿的，就是这套。

那人是背对着镜头的，尽管看不到脸，但无论是身材还是发型，看上去都十分眼熟，怎么看都是殷逢自己。那人从天井旁的柜子上拿了瓶矿泉水，拧开，将瓶盖在手指间盘了几下——那正是殷逢的习惯性动作。而后他仰起脸，喝了一大口。从镜头这个角度，只能看到他的一小半侧脸。

陈枫点击了暂停，看了一眼殷逢，见他并不反对，就用手指将画面放大。尽管他们安装的是比较优质清晰的摄像头，但因那人站得离摄像头远，空中又飘着水雾，只几抹侧脸线条，看上去倒是和眼前的殷老师一模一样。

见殷逢没什么反应，陈枫点击继续播放。

那人喝完水后，将水瓶插到背包侧面，又将衣帽拉起，罩在头上，走出了画面。即使是一个小动作，陈枫也觉得和殷逢惯有的姿态一模一样。

两人放下手机。

陈枫问："还需要找别的监控片段吗，或者我叫冠军直接上来？"

殷逢却静了一会儿，说："不用了。"他抬眸，望向窗外，漆黑的眼眸里升起嘲讽和冷意。

陈枫心里"咯噔"一下："殷老师？"

却听他说："那个人，不是我。"

陈枫吃了一惊："怎么可能……"

殷逢看着他，那眼神比夜色还要寒凉："即使我不记得了，但我自己还是认得出来的。没人比我更了解我自己。尽管那个人的身体姿态、很多小细节，都在刻意模仿我，而且模仿得几乎可以乱真。但那个人，不是我，整个都不对劲，我能很清楚地感觉出来。"

陈枫却只觉得有寒意从心底往外冒，失声道："那他会是谁？"

殷逢整个人看起来特别安静，他靠在椅子里，神色沉静。陈枫却又觉得，他看上去有几分说不出的落寞和孤独。不知为什么，这样的感觉，就在此时涌上了陈枫的心头。

殷逢没有去探究那人是谁，他只是说："语音、短信、监控……都是可以伪造的，为了不引起你们的注意和反扑。陈枫，在我去贵州之后，也许没过多长时间就已经落到那伙人手里了。造成我失智失忆的，说不定不是顾天成那么巧妙的一撞，而是别的原因。当我近乎是个弱智废人了，他们才把我丢出来。"

夜色已深，尤明许倒不用时时都亲自盯着罗羽，在警局看了同事发回来的消息——今日罗羽依然安分守己。她又忙了些别的案子，直至华灯初上，才在深冬里拖着疲惫的身躯离开警局。

走进夜色里，抬头看到天空竟飘下雪来。

再过些日子，就要过年了。

她原本还想着今年不是一个人过年了，会和尤英俊一起。还想过有他和陈枫，一定非常热闹，做作刻意的大餐，俗气的烛光。跨年夜，已经两情相悦的两个人，肯定通宵守在一起。

而此时，形单影只的尤明许，望着天空降下的细细飞雪，面无表情。她伸出手，接了朵雪花，转瞬间化作水珠。尤明许怔怔地看着，心中是说不出的感觉。

手机铃声就在这时，在这漫天细雪的茫茫夜色里响起。

她看着屏幕上“殷逢”的名字，有点发怔，而后接起，嗓音里带着自己都未察觉的倦怠。

“什么事？”

“怎么？”他反而先问起来了，“很累？”

此时这个殷逢的敏锐程度，是原来那个无法相比的。尤明许定了定神：“废话少说，什么事？”

那头的男人倒是静了一下，说：“可否请你来我家一趟？有关他们，我有些重要发现。”

“家”这个字，微微刺疼了尤明许的心，她的语气却依旧如常：“行，二十分钟后到。”

他说：“好，我等着。”

说起来，这是尤明许第二次到殷逢的家了。上一次，乘兴而来，败兴而归，撞见了殷逢的烂桃花，倒尽胃口，连带着也不那么喜欢这个地方。殷逢后来也乖觉，绝口不提让她去家里玩的话。尤明许如今想想，觉得那时的殷逢或许已经意识到，两人之间有什么在变得不一样了。

夜深人静。

尤明许下了出租车，站在庭院的大门外。“咔嚓”一声铁门打开，是曾有过一面之缘的老汉，他赔着笑开门，特别恭敬地说：“您来了，快请进。”

尤明许说：“谢谢。”跟着他进门。望着他始终佝偻着的背，还有面对警察时略显紧绷局促的身体反应，倒起了几分同情，说，“辛苦你了。”

老九能杀仇人，割食狱霸耳朵，却最怕警察，听说尤明许是远近闻名的强悍女警，更令他心中战战兢兢，却没想到，这冷酷警察私下里，竟也有这么温柔的一面。

老九心中激动不已。本来殷逢和尤明许的事，他是倾向于反对的，殷老师也说了，道不同不相为谋嘛。殷老师能收留他们这些人，本就是个异类。但如今，他倒觉得这女警好像也没有想象中那么可怕。

老九默不作声地把尤明许带到主屋，一直目送她进去才转身离去。尤明许觉得，殷逢手底下的这帮人，似乎人人都有股说不清的执拗劲儿。其实老九也没干啥，但尤明许就是感觉，他身上的某种东西，和涂鸦、画手甚至是之前陪失智的殷逢一起疯的陈枫，都是一样的。

陈枫早等在客厅了，见她进来，连忙起身带她上楼。让殷逢亲自下楼来迎是不可能的，殷老师最要面子。但陈枫多少跟尤明许处出交情了，觉得不迎一下十分失礼，只好主动替主子扛下这个小锅。

尤明许哪像这帮家政兼变态想这么多，她上了楼，陈枫在书房门上轻叩两下，里头传来那低沉磁性的嗓音："进来。"

陈枫打开门，等尤明许进去后，轻轻合上，下楼，再叮嘱家中诸人，今夜不准去书房打扰，天塌下来都不行。

尤明许走进时，怔了怔。

整面整面的落地窗外，是浓黑寂静的夜色，屋内却是灯火通明，宛如白昼。那人没有坐在书桌后，而是背对着她，站在一面书架旁。前两天和她查案时，殷逢的穿着总是利落中透着狂气、邪气，今天在家中，穿的却是白色毛衣、休闲长裤，身材依旧修长挺拔、窄瘦分明。

他转过身，脸上居然还戴着副防辐射平光镜，那么俊朗的一张脸，便带上了恰如其分的书生气。他走到书桌前坐下，摘下平光镜，说："请坐。"

两人对坐，桌上已泡好了一壶茶，他替她烫过杯子，倒掉第一泡，满上第二泡，放在她跟前。

尤明许："谢谢。"

这成熟男子的嘴角微勾："客气。谢谢你能来。"

尤明许："不必谢，你从向荣嘴里审出'羽哥'这事儿，就算扯平了。"

殷逢扬了扬眉，淡道："行。"

尤明许长腿交叠，两只手搁扶手上，说："说吧，有什么发现。"

殷逢慢慢往后一靠，下意识地打量着她。一看她就是刚下班赶来的，忙碌了一天，发丝又乱了，脸也有点红扑扑的，应当是被寒风吹的。裤腿上还溅了点泥，浑身上下都是简朴的市井气。

可她的坐姿却偏偏嚣张得很。从人的肢体语言解读，这样的坐姿，其实只有非常有风情、妩媚又霸气的女人才能驾驭得住，一般人只会先露怯。可她静静地往那儿一坐，仿佛那儿就是她的王座……

殷逢收回目光。

走神了。

他拿起桌上的平板电脑播放监控画面，又将陈枫手机上另一个“自己”和他的语音、文字交流记录，放在尤明许面前。

…………

尤明许一直都知道，眼前这个殷逢，在恢复神智后，恰恰丢失了之前的记忆，两人相处不过大半年，他则忘掉了一年多的事儿。脑子这个东西，谁也说不准。所以之前尤明许也没起疑，更何况是殷逢的破脑子，她都已经见怪不怪了。

但此刻听完殷逢的推论，她还是吃了一惊。

如果说殷逢与那个组织早有渊源，当日顾天成在山上把矛头引向殷逢，就说得通了。

可尤明许看着那监控视频，那确确实实就是殷逢的背影、侧影和身材。她看了他一眼，说：“你真的能确定，这个不是你？毕竟你那脑子……”

她顿住。

殷逢看了她一眼，那目光冷且淡，说：“即使我丢失了部分记忆，什么事做过，什么事没做过，心中也会有数。”

尤明许静默片刻，笑笑。

殷逢忽然就明白了她这一缕讥笑的含义，于是他也沉默下来。原本平板电脑放在书桌上，两人一起在看，此时，尤明许看着平板，他看着她，连两人手边茶杯里冒出的热气，都写满了寂静的、说不出的气氛。

“还记仇呢？”他轻声问。

尤明许感觉到胸口很深的地方疼了一下，脸色却淡淡：“多大脸呢？记你？接着说。”

殷逢那黑漆漆的眼眸在她脸上停了停，这才移到桌面上，他说：“我在贵州那段时间发生了什么，希望你能动用一些资源，查一下周边的监控、出入车辆、人口流动，等等，看能不能找到线索。”

尤明许刚要说“好”，转而道：“你可以找厅长或者局长，他们手里的权限更大。”

殷逢端起茶杯喝了口茶，说：“这些资源，一个刑警队的权限就够了。而且我的事，并不想让太多人知道。你既然已经牵扯其中，自然是我最好的合作对象。”

尤明许也喝了一口茶，扬扬眉，答得利落：“行。”

“需要财力、物力或者人力，你都可以找陈枫。”他又说。

尤明许点头，抬头看他，恰好他也在看她，两人对视了一会儿，都没说话。

她说：“没别的事了吧？”

“嗯。”

她起身走了出去。

殷逢原地坐着不动，一直目送她走远，又给自己倒了几杯茶，喝完后，起身顺手就把茶具收了。她的杯子里还有半杯残茶，殷逢拿起，刚要放回茶台上，却愣了愣。

其实说不清是一种什么样的感觉。醒来后，他对这个女人只有些朦胧的，甚至是由肉体主导的亲切感。但他早在心里画了一条线，画在两人中间。可在她今夜来了又离去后，他居然感觉到原本被那组织算计的阴郁心情变得很不错，甚至还有几分意犹未尽的感觉。就仿佛干涸的内心终于被人喂了一口甘露，得到了安抚。

他盯着手里的茶杯，茶水清澈，余温犹在。

刚刚她喝茶的模样，他也记得很清楚。牛饮，小小的茶杯，一口一杯，然后稳稳放下，别说品茶，闻都没闻一下他这顶级的西湖龙井。

想到这里，殷逢笑笑，又看了眼手中的残茶，静默片刻，感觉嗓子眼有点发干，还有点痒。

看了好一会儿，他才把残茶倒进垃圾桶，把杯子放回茶台上。

尤明许走出别墅，又是老九佝偻着腰领路，到门外时，涂鸦开着宾利已经在等了。

尤明许也不和他们客气，道谢后上车。

如今涂鸦跟她也有些熟络了，尽管还是沉默着，周身的气场却明显没那么紧绷了。

尤明许看了一阵子窗外，说：“涂鸦，下次咱俩过过招。”

涂鸦静了几秒钟，才说：“不行。”

“为什么？”

涂鸦又闷了一会儿，才答：“如果把你打伤，殷老师那里我不好交代。”

尤明许一愣，失笑，又说：“你跟他有什么不好交代的？我的事跟他无关。明天就打。”

涂鸦不吭声。

尤明许看了一眼他脸上紧绷的肌肉，又看着窗外，淡道：“我和他不是从前的关系了。再说了，你能把我打伤？我看你和许梦山不过是半斤八两，他可是我的手下败将。”

车速一下子加快。

尤明许笑了：“说好了啊。”

他沉沉地“嗯”了一声。

难得遇到高手，尤明许的心情变得挺不错。也不知为何，看着窗外一晃而过的夜景，她察觉到心情竟是近几天从来没有过的、莫名的轻松舒坦。潜意识里，她不愿意深究原因。

她又想起殷逢的话，和那个监控画面，心头一沉。有些事是没办法深想的，如果殷逢那时候已被人带走，几个月后才在西藏以失智的状态出现，那么这段时间，他到底经历过什么？谁带走了他？目的又是什么？

为什么带走的偏偏是他？而且如此大费周章、掩人耳目。

他们选中了他。

她的脑子里猛然响起顾天成那天在山上故意抖搂的话：

你真以为，自己养着的这个东西，是天使？而不是和我一样的畜生？

你真以为，你、我、殷逢三个人在西藏的相遇，是偶然？

…………

她的脑海里，浮现出曾经的尤英俊眉开眼笑的模样。也浮现出今夜的殷逢，靠坐于黑色皮椅中，桌上搁着平光黑框眼镜，喜怒不形于色，眸色幽暗深沉的模样。

他早就已经不是她的天使了。

第八章

新到组员

还有十几天就要过年了。

连续几天，阴云层层。这天上午，大雪终于纷纷落下，湘城那山水相依的秀丽景致，终于覆盖上了一层白茫茫的雪。

大雪遮挡了天空，掩去了温度，也掩去了大地上的一切线索。这几天罗羽去外地出差，处理凯阳集团的一个房地产拆迁纠纷。他知道其中必定会有一些灰色手段，但以罗羽的老到，大概都不会亲自参与，这种事情只会在暗地里进行。他表现得像个正常人一样，倒没出现什么明显的变态征兆，也没有可疑的举动。前方负责盯梢的警察传来消息——一切正常。

而尤明许这边，她按照殷逢的要求，密集筛查了去年春天贵州那个村子里老宅周边的情况。只不过乡村里“天眼”本就装得极少，那伙人的反侦查能力也极为高超，暂时竟没找到一丝可疑的端倪。

随着大雪的降落，到来的，还有警局的新人。

两天后。

上午，尤明许和许梦山正埋头处理一些案件资料，就听见丁雄伟爽朗的笑声远远地传来：“哈哈哈……回头我再去找你们刘队喝酒，把这么个人才放到我队里了，蓬荜生辉啊！”

尤明许和许梦山对视一眼，这老狼姿态摆得这么亲切温柔，看来来的人的确有分量。

办公室里其他人也都抬起头，就见丁雄伟在前，一个高高瘦瘦的男人在后。大伙儿都怔了怔。

早听闻是个功勋警察，风传还是纵横缉毒线上的，大家都以为会是个上了年纪的，或者是个铁面硬汉，却没料到来人看起来才三十出头，寸头，肤白，深眼，鼻高唇厚，说不上多英俊，但是五官清朗干净，还透着股斯文劲儿。眼神看着也是温温和和的，清澈带笑。要是不知道他就是丁雄伟看重的新人，大家还以为这是个做行政工作的。

丁雄伟眼神扫了一圈，眉眼隐约带笑，说："这就是跟你们说过的，从云南调来的景平，以后就在咱们大队，互相认识一下，中午一块儿吃饭。尤明许、许梦山，景平暂时归你们那组。小景，你坐那儿，有什么需要，随时和我说。找他们俩也行。"

丁雄伟走了，几个同事都站起来和景平打招呼。景平都是笑笑，和这个握握手，接过那个给的烟，似乎和谁都能聊上两句。

而后他走过来，坐在尤明许和许梦山身边的那个空位上，舒服地叹了口气，看着两个新搭档。

许梦山递了根烟过去，景平接过，放耳朵上，这人实在白净，脖子、耳朵根都是白皙的，于是更显得眉目清秀。许梦山和尤明许年纪自然都比他小，许梦山说："景哥，久仰了。我是许梦山，来湘城还习惯不？是不是比云南气候差多了？"

景平微微一笑："确实！太冷了！"

两人这才注意到他身上穿的是单夹克，可见云南的冬天多暖和。许梦山说："哎，我柜子里还有一件棉衣，拿给你啊。"

景平说："不用了，办公室里还是很暖和的，下班我就去买一件。"

他讲话明显带着西南人的腔调，卷舌不明显，平舌特别平，倒显出几分不同于湘城人的温软。

尤明许朝他伸手："尤明许。"

很多人在见到尤明许的第一眼时，都会被她的艳色惊艳，甚至连丁雄伟当初面试时，瞅着她的脸，都皱了眉："别的都没什么，就是长得太漂亮了，一个警察要那么漂亮干什么？拖后腿。"

尤明许："……"

而尤英俊第一次见她，也是直呼漂亮姐姐。之后殷逢苏醒，虽待她冷淡，却也没掩饰一个男人看女人的打量目光。

可这景平，目光清澈平静，半点惊动都没有，宛如冬日暖阳般一笑，握住她的手，他的大手干燥有力，微有薄茧，一握就松开。

“你好，尤明许，久仰大名。”

尤明许一下子就感觉到有点飘，她如果有尾巴，此刻就要轻轻扬起了。毕竟眼前的人资历比他们更深，浑身又透着有些深不可测的味道，却对她说久仰，对许梦山和其他人可都没说。

不过她脸色还是淡淡的，含笑：“客气。”

许梦山在旁边看着，略酸。尤明许竟然得了人家一句“久仰”！不过想着人尤姐本来就是个嚣张人物，立的功确实也比其他人多。他就做这成功女人背后的男人，倒也没什么。

三人就这样打上了照面，新的小组也算是形成了。

景平这时说：“我初来乍到，虽然比你们大几岁，但是刑侦线上的很多东西还不熟。我看咱们小组的事，还是照旧，尤明许带头，我和梦山一块儿干活。”

尤明许和许梦山飞快对视一眼。

其实要来他这么个人，警衔比他们高，资历也比他们深。以前这三人小组是尤明许负责的，景平来了，谁说了算，丁雄伟这老狐狸也没说个准话，丢给他们自己解决了。结果人家景平一来就挑明了这事儿，甘愿屈居老二，摆明了是个通透、练达又大气的主儿。

许梦山笑了。

尤明许真诚地说：“行，咱们有什么事儿商量着来。如果你干得比我更好，我俩就听你的。”

景平又笑笑，说：“不过我不会像他们那样，也叫你尤姐。你比我小着岁数呢。”

尤明许：“你多大？”

景平：“三十一。”

尤明许面露惊讶：“这么巧，我也三十一。”

景平愣了一下，许梦山假装没听到，尤明许又一脸认真地问：“你几月的？”

结果就见景平那清亮柔和的眼，一直盯着她的眉眼，答：“一月，你呢？”

尤明许的脸色诚恳得不能再诚恳：“不是吧，几号？”

景平说：“一号。”

尤明许编不下去了，转头失笑，景平也笑了，许梦山看着他俩头一回见面，就不知不觉凑近讲话的样子，愣了愣，别说，还挺登对。

许梦山转而想到了殷逢，心中立刻升起恶意，人家都撂挑子不当尤明许男朋友了，想他干什么？

中午，丁雄伟请大队所有人吃了饭，给景平接风。众刑警一顿胡吃海塞，不在话下。

倒是那景平，吃东西还挺斯文，也不和他们一群饿狼抢，更多的时候，是眉眼温和地吃几口，聊几句。

许梦山于是用胳膊撞撞尤明许说："云南人都这样秀气？"

尤明许想了想之前见过的几个云南警察，多的是黑面粗犷、沉默寡言，摇头："不这样。"

许梦山说："你觉不觉得，景平还挺有气场的。看着一点狠劲儿都没有，可越是这样，越让人觉得他经过很多事儿。"

尤明许看准了一块最大的肉，飞速夹到碗里，淡道："不知道。我一向感觉不到别人有气场。"

许梦山："……你狠。"

吃完饭，大伙儿摸着肚子，撤回警局干活儿。丁雄伟快到办公室门口时，回头说："景平，尤明许，你们俩来一下。"

尤明许走在前面，先坐下，看到丁雄伟办公桌上有盒口香糖，倒了颗在掌心，瞥景平一眼："要吗？"

景平："来一颗。"

他把手掌伸开，尤明许倒了两颗上去。他的手掌摊开虽然白皙，却有道很明显的疤痕，尤明许问："怎么弄的？"

景平答："刀砍的。"

尤明许说："说得我都有点想去缉毒了。"

景平笑笑，有点意味深长地说："会有机会的。"他看向丁雄伟。

丁雄伟看到自己身为老大还没发话，这俩居然聊上了。整个警局里，那些小伙子，气场基本都是被尤明许碾压的，包括许梦山，在外横行霸道，在组内却被尤明许拎着打。这还是头一回，丁雄伟看到尤明许和个刚认识的同事聊得这么投机，而且还半点没有压住对方的气场。

有点意思，丁雄伟想。

然后，他也莫名其妙想起了殷逢。

哼，那养不熟的白眼狼，最近倒是没来碍眼了。

丁雄伟清了清嗓子，说："让你们来，是有新任务要说。景平，要不你来介绍吧。"

景平答了声好，说道："我之前待的缉毒组，专门负责切断从边境过云南，再往两湖、安徽、江西运毒的线路。上个月，我们收到线报，湘城存在一个大的贩毒组织，正在往北方运毒。我们怀疑这个组织和湘城的一家企业有关。"

尤明许心头一震。

景平又说："我们一直盯着的一个人，前几天从云南来了湘城。他是负责与这个集团联络的，最近本来要谈一笔大的合作，可是两天前，我们突然失去了他的消息。在他经常活动的地方也找不到他，他失踪了。这个人非常关键，我们必须把他找到，他手上很可能握有该集团的贩毒证据。"

丁雄伟问："你现在猜出那家集团叫什么了吗？"

尤明许答："凯阳。"

丁雄伟看了眼景平，微笑道："你心中有数就好。"于是尤明许明白，老丁这是高兴自己在这空降大将面前给他争脸了。

丁雄伟说："上头既要找到那个失踪的关键人物，又要顺藤摸瓜，把那个贩毒组织找出来。但现在还没有任何证据。恰好，明许，我知道你手里在查的案子，也和凯阳集团有关。罗羽，已经是这个集团的重要人物之一了。

"云南的同事追到这里来，不能高调，需要我们的配合掩护才能行事，避免打草惊蛇。所以，我们商量后决定，把景平调过来，放在你这组，明着，是查人口失踪案，实际上，是对贩毒组织和秘密犯罪组织的双重打击！"

尤明许心中豁然开朗："明白了，我就说他怎么来我们这儿了。"看了景平一眼。

她生的是凤眼，这么斜着看人，自然而然带了点女人的嗔怪，虽然她的本意只是嘀咕。景平被她这么看了一眼，神色却不变。

丁雄伟没好气地说："废话，难不成缉毒线肯把一个功勋警察派来给你打下手？"

尤明许笑笑，景平也笑着说："刑侦方面，我不如她经验丰富，是该听她的。"

尤明许向来吃软不吃硬，你敬我一尺，我敬你一丈，弯唇一笑。丁雄伟却没想到这两人这么快就能沆瀣一气，倒是不担心他们的磨合问题了，挥挥手说："你们自己看着办就好。查毒的事秘密进行，暂时别对其他人说，只有你们俩知情。等有进展了，再加大警力。”

走出丁雄伟的办公室，尤明许正闷头想着越捋越复杂的一团案情，冷不丁那白皙、干燥、带着细长伤疤的手，又伸到了面前。

她抬起头，看到的是景平清俊分明的眉眼。

“尤明许，合作愉快。”

“合作愉快。”

景平觉得，湘城比云南冷多了。那风是刺骨的，夹着湿雪一样的寒意，天也不好，总是雾蒙蒙的，厚得很，也不爽利。不像云南，冬日里总是艳阳高照，蓝天如湖，云如雪，人的心都要敞亮很多。哪怕你时常待在黑暗里。

景平还没租到房子，就住局里的单身宿舍，条件不算多好，但是干净整洁。这时景平才觉出湘城的一丝好来，虽然冷，但是冷得柔柔的，连冬日的雪都下得细细腻腻的。绝不像云南，要么炽日暴晒，要么大雨倾盆。

宿舍里住的是刚毕业的几个小伙儿，平日里也安分，见到景平都肃然起敬。有时候点了消夜，也不忘孝敬一下他这位前辈。

于是在湘城过了几天这么细细柔柔、安逸平静的日子后，景平想起上个月他还在云南的丛林里追击毒贩，两个同事倒下了，对方也倒下了几名悍匪，而他气喘吁吁地暴揍一名头目，拧着昏迷的罪犯再抬头时，只见原始森林高高耸立，一轮烈日耀眼无比，照在他满头满身的鲜血上……如今，只觉得恍然如梦。

他今年三十一岁，单身，没女人，没家。从云南的血海刀尖，走到了这内陆娇小秀丽的城市。

临走时，顶头上司说：“景平，你就是一把尖刀，插到湖南去，切断从云南往华中运输毒品的那条动脉。”

上司还说：“景平，不管怎么样，好好给我活着。”

天又亮了，景平睁开眼，这里的清晨真是冷得很。他下床，只披了件旧夹克，去洗手间洗漱。

他住的是一室一厅。回到卧室时，看到手机里躺着条短信：“老景，警局对面的沿江大道见。”

是尤明许发来的。

景平握着手机想：几时开始叫我老景了？不过比她大五六岁而已。

微一沉思，他换了身运动衣，从包里取出一叠资料，看了两眼，有几秒钟的沉默，然后才将资料折起塞进裤兜，出门。

天刚亮，朝阳将将挂在地平线上，四处都是柔和的光。景平跑了一会儿，就看到一个人影立在江边的木栈道上，在弯腰压腿。

既然定了要搭伙干活儿，景平这边自然也有些情况要共享。因是秘密查案，景平昨天就对她说“约个地方单独聊聊”。但尤明许嫌麻烦，景平就约她早上。尤明许不为案子昼夜颠倒时，早晨也是要锻炼的，一举两得，欣然同意。

她那双腿很直，肢体线条也是说不出的匀称流畅。景平脑子里冒出个词：盘靓条顺。看了两眼，他走过去，尤明许扭头一看是他，放下腿。

景平掏出资料，说：“你先看看，我跑一圈回来，咱们再说。”

尤明许接过点头，从栈道往坡下走了几步，找了块平坦的草皮，坐下开始翻阅。

失踪的那个关键人物叫郭兴，三十三岁，云南曲靖市人。这人从小就是个坏到根子里的，偷盗抢劫、打人横行，光局子就三进三出。后来他去了云南边境生活，在那个地方，他这种人，不沾染毒品简直是不可能的。传闻他已是那边贩毒集团的一员重要干将，警方也盯了他很久。

关键并不是抓住他这名悍将，而是利用他掌握的情报，揪出他背后的贩毒网络。两个月前，郭兴终于出事了，却不是因为贩毒。他和一名同伴，强奸杀害了一名妇女，受害人也可怜，丈夫早年死了，是个寡妇，唯一的弟弟才二十岁，在昆明读大学，不在身边。女人开了间小卖部，郭兴和同伙大概是半夜潜进去的，将人先奸后杀，然后放火烧屋，手段极其残忍。证据确凿，警方立刻对郭兴及其同伙展开追捕。然而他们马上销声匿迹，一直没被抓到。

直到最近郭兴才露了面，却是跑来了湘城，身上还背着大买卖。警方将计就计，想要将两地的贩毒组织都揪出来，于是只是远远盯着。谁知道几天后，他失踪了。

尤明许看着资料上的照片，郭兴是名中等身材的男子，其貌不扬，穿着短衬衣和短裤，露出来的臂膀黝黑结实。他的眉目显得很凌厉，透着股凶悍。

把一些关键信息记在心里，又将资料拍照留存在手机里，尤明许抬起头，就见一个人影从栈道远处的薄雾里跑回来，时间刚刚好。

三十出头的缉毒警察，身材结实修长，肢体矫健有力。他也远远望着尤明许，那双眼沉静如同晨霭，倒没了昨日那浅笑如波的眼神。尤明许和他遥遥对视了几秒钟，移开目光，站起来。

他微喘着跑过来，双手叉腰，问："都看完了？"

"嗯。"

"还给我吧。"

尤明许递给他，加了句："我拍照了。"

景平嘴角勾了勾，说："保存好，缉毒不比别的，泄露一点消息，代价可能就是一条人命。"

"知道。"

两人并肩往回走，尤明许说："所以，我们明面上是查郭兴身上那起强奸杀人案，把人给找到，对吧？"

景平点头："绝对不能打草惊蛇，也不能对任何人提'毒'的事。找到郭兴，他手上有我们要的情报，不说铲平，起码也能让贩毒组织元气大伤。"

"好。接下来从哪里入手？"

景平看了她一眼，笑笑说："听说你的刑侦手段很厉害，我们今天就去郭兴在湘城的落脚点。"

得，他又有了昨天那股浪荡难搞的味道。

尤明许也只是淡淡地答："行啊。"

两人继续朝警局走，一时无话。景平身上的汗味和热气这时散发出来。不知怎的，以往这样的并肩，对尤明许来说，根本不算个事，和兄弟们在一块儿时，谁不是一身臭汗？可此时她却有了一丝不自在，并不想和他靠这么近，于是不着痕迹地往旁边挪了挪，远离他的气息。

景平并没有注意到她的小动作，清晨空气清新，令人运动后感到心旷神怡。他望了一会儿远处，不经意间低眸，就看到尤明许那不盈一握的腰身和长直的双腿，一个念头冒进景平脑子里：她这么个女人，不可能没有男朋友。

郭兴住在湘城市郊的望城，那是一大片别墅区，因为建成没多久，入住率不高，郭兴就住在其中一栋。小区门口只开了几家店，便民小超市、药店、水果店和两三家饭店，其中有一家是野生活鱼庄，还有一家卖家常菜。临近中午，已有了一些客人，生意倒是不错。

按照物业的登记资料，租下这栋别墅的另有其人。警方稍一核查，发现是假身份证。

景平、尤明许带着许梦山和两名鉴证人员来到那栋别墅外。包括许梦山在内，其他人都只知道要追捕的是犯罪嫌疑人。上头有令，尤明许自然不会自作主张对搭档说，真到了瞒不住的时候，该知道的自然也会知道。

没想到这名悍匪租住的别墅还挺有情调，挺大的院子，院子里还有个鱼池，花草也打理得像模像样。尤明许凑近鱼塘一看，有意思，这人不养金鱼，池子里倒是游了几条草鱼和鲢鱼，鱼鳍白皙，颜色鲜亮，都是小臂长短，个头齐整。

门锁是完好的，没有被破坏的痕迹。许梦山掏出从物业拿来的钥匙，打开门，一眼望去，里头空旷又安静。

几个人走进去，这栋房子只经过了简单的装修，客厅的摆设也很简单，一组沙发、一张茶几和一台电视机，除此之外，都是空的。楼梯在里侧，尤明许和许梦山早有默契，此时许梦山走向屋内垃圾桶，戴上手套，翻看里头的东西，尤明许走到茶几旁，将上头的东西拿起来一样样看，两名鉴证人员则开始搜索采集屋内的痕迹指纹。

景平站在他们身后，倒成了最闲的那个。他的习惯是先观察地形，客厅有三面窗，是否适合逃脱，上楼的楼梯比较窄，没有暗格，他把沙发垫翻起，摸了一把，就知道没有藏毒品。郭兴这样的老手，也不会把毒品藏在这么浅显的地方。想到这里，他意味不明地笑笑。

许梦山拎起垃圾袋里的外卖盒，打开闻了闻，皱眉说："屋子里温度低，但已经发臭，放了起码有三天。"

尤明许和他对视一眼，她手里拿着的是几双外卖餐具，都是同一家店的，和许梦山手里的一样。

两人都明白了彼此眼中的意思。郭兴偏爱这家店的外卖，家里没有别的餐盒，说明之前的餐盒都扔掉了，观察屋内的清洁程度也可以断定，郭兴不是个邋遢的人。也就是说，三天前的这顿外卖，很可能是他订的最后一顿。

尤明许朝许梦山递了个眼色，他立刻在网上查了这家店的电话，打了过去。果然，因为郭兴总订这家店的外卖，店家也有印象，说："是的，三天前的中午这个地址还订了餐，这几天倒是没订了。"

尤明许转头，对景平说："失踪时间很有可能是三天前的下午。"

景平点头。这也和之前在外围盯梢的同伴推测的时间一致。但正因为准备放长线钓大鱼，所以没有盯那么紧，结果人就不见了。

景平沿着楼梯往上走，到拐弯处时低头，就见尤明许他们一群人，散落在客厅各处，继续安静专注地忙碌着。刑警的工作，比起缉毒警察的工作，大概要沉闷烦琐很多吧，当然也不乏激情和危险，但和他之前时常遭受的枪林弹雨到底是不同的。不知为何，看着这些新同伴，景平的心中竟升起一丝柔和安稳的感觉。他摇头笑笑，上楼。

楼上有三间卧室，只有一间最大的主卧放了床，还有个衣柜，别的依然什么都没有。家具都是崭新的。景平看了一圈，最后走到床边，贴着墙，猫腰看了好一会儿，把床推开，沿着床头背后的木料一寸寸摸，摸到一块时，眉梢一动，从口袋里掏出起子，轻轻一起，木块掉落，露出里头一袋白色粉末。

等尤明许和许梦山走进卧室时，景平已经从二楼各个隐蔽的角落里，搜出四袋这样的粉末了，放在地板上，加起来至少有三百克。

景平把起子和袖珍螺丝刀放回口袋，扬了扬手里的一张试纸，试纸已呈现蓝色，他说："是海洛因。"

尤明许和许梦山之前还没深入涉及过这方面的工作，心头都是一震，各自拿起一袋看了看。许梦山说："厉害啊。有这些，是不是就足够判郭兴死刑了？"

景平站起来，将毒品都收进证物袋，语气倒是淡淡的："是啊。"不见丝毫兴奋，依旧是懒散的模样。尤明许和许梦山对视一眼，心想：估计这人是见过大世面的，三百克海洛因都没太放在眼里。

只不过尤明许望着景平沉默伫立的样子，又觉得这人身上有股特别的气质。是不是每一个九死一生的功勋警察，都像这样泰山崩于前而面不变色，深不可测?

从主卧出来，三人进了旁边的次卧。这间房间完全是空的，什么都没有。三人进去转了一圈就出来了，留给鉴证人员取证。

第三间房里倒是放了几个储物柜，也都是新的。尤明许打开一个柜子，里头放了几床被子，有厚的，有春秋被，还有空调被，都是新的没拆封。尤明许笑了笑，说："看来郭兴这人，生活还挺细致的，也做好了在这里长住的打算。家具都是新买的，还一口气把一年四季的被子都买了。"

许梦山接口："所以'失踪'，至少是在他的计划之外的。"

两人都看向景平，他盯着那些被子，点了点头。

第二个柜子里，放的是一些杂物，其中有一个家用工具箱，许梦山打开看了看，锤子、扳手、起子、电钻，什么都不缺。几包螺丝钉五金件，许梦山看了眼就说："应该是安装家具多出来的。”

尤明许接口：“郭兴生活确实仔细。”

那柜子有半平方米宽阔，一半放着这些东西，另一半却空着。许梦山说：“少了什么？”

尤明许却怔了怔。这一幕似曾相识，曾经在分金宝公司张薇办公室，她和那个人就是发现了被移走的茶具，进而一步步推断出樊佳以命换来的证据的下落。

脑海里一闪而过那人站在身旁，冲她笑着邀功的傻样子，尤明许立刻定了定神，目光回到那明显空了一半的柜子里。痕迹这么明显，要么是拿走东西的人来不及掩饰，要么，就是没想过要掩饰。鉴于屋内没有任何入侵和打斗的痕迹，也没有第二人存在的痕迹，如果真有别人来过，能把现场清理得这么正常，也就不存在来不及掩饰了。所以，她倾向于是后者，不需要掩饰，并且，拿走东西的，是郭兴本人。

凑近看了看，她在柜子内侧的木板上，发现了一点泥迹，她抹了一点，送到鼻尖闻了闻，带着点水腥味儿，她又把脑袋伸到柜子里，用力嗅了嗅。

她做这些时，许梦山在旁用手机为她打光，同时也把脑袋伸进去闻。景平则立在两人身后，并不打扰。当尤明许抹了点泥迹去闻时，景平的目光也就跟着落在她的手指和鼻尖上。

尤明许转头冲他一笑：“我大概知道郭兴三天前去哪儿了。等几分钟，我去确认一下。”许梦山吹了声口哨，隐隐地也感觉这整栋房子有哪里不对劲，脑子里却还差了道灵光，串不起来。要不他能心甘情愿喊她“尤姐”？

景平的注意力习惯性地放在查毒抓人上，倒没注意太多痕迹细节，闻言抬起眼睛，看了尤明许一眼，一脸似笑非笑的样子。

尤明许说：“不是要看我们的刑侦手段吗？等着。”

景平倒是笑了，看着这一身棱角的姑娘，下楼，出门，走向小区大门方向。

景平转头问许梦山：“她平时都这么冲？”

许梦山说：“是啊，尤姐就是本局一霸。不过景哥你放心，她向来欺软怕硬，绝不敢在你太岁头上动土。”

景平又笑，说：“那她男朋友是不是被欺负得死死的？”

许梦山想起殷逢，没好气地说：“她现在哪有男朋友？没有，光棍一个。”

景平似乎没在意，又转头去查看别的地方了。

没多久，尤明许就回来了，手往大门上一摁，笑笑说：“小的们，地址拿到了，跟我走。”

这天一早，殷逢就起床了，用了一顿营养丰富的早餐，而后沿着家里院子散步，做了些热身运动，最后换上全套全球顶级品牌的泳帽、泳裤、泳镜。

家里有泳池，就在别墅背后，平时都是他们几个在用，今天殷逢破天荒要用，特意嘱咐了谁也不准过来围观，除了要教他游泳的涂鸦，和在旁以防万一的小燕。当然，今天放的是恒温水。

虽然涂鸦不能理解，有他这么个壮汉在，且泳池深度不过 1.8 米，殷逢这个一米八六的男人，需要以防什么万一。

站在更衣室的落地镜前，殷逢打量着镜中的自己，大半年过去，晒黑了点，尽管据说他没有维持健身，身材却显得更结实有力。他脑海里闪过那个女人冲在案发现场最前沿的勇猛样子，神色冷肃，披上浴巾，走向室外的泳池。

今天学游泳并非一时起意。自从知道了自己和罗羽的恩怨，尤其是被他手下的喽啰摁水里，整得奄奄一息后，殷逢心中就有了股强烈的怒意。尽管在警局，在警察们的眼皮子底下把罗羽整了一下，殷逢还是怒意难平。于是在放弃游泳好几年后，有了重新学的动力。

盯着他的黑暗组织就在不远处，罗羽这样的渣滓不计其数，他要是再被人摁水里凌辱，需要一个女人舍身去救、去保护，那他干脆直接朝脑门儿开一枪得了。

今天难得出了点太阳，照得水面波光粼粼的，很是清澈。小燕扛着个红色救生圈，坐在岸边长椅上，戴了副墨镜冲他笑，涂鸦早脱了浴巾，露出一身结实粗壮的腱子肉，他看殷逢出来，也冲他笑笑，然后扭头就跳进水里。那么粗猛个人，游泳时却显得灵活无比，“唰唰唰”就游到了泳池对面，一个转身，又游了回来。

小燕“啪啪啪”鼓掌。

殷逢脸色更臭。

涂鸦趴在泳池边，抬头笑：“殷老师，下来吧。”说真的，他其实一点也不想干这活儿，他就没见过像殷逢这么怕水的人，在陆地上明明睿智又机警，身手也是不错的，一到了水里，就跟被勒住喉咙的大公鸡似的，只会乱弹挣扎，笨拙得让你无言以对。

而后，两人就看着他们家平时金贵又阴郁的殷老师，脱掉浴袍，露出堪比男模的健美身材，沿着专为他修建的池边台阶，一步步走入水中。

涂鸦自己本就是野泳出身，但是游得很好，只能凭天分教学。

“殷老师，手抓着泳池边上，先学腿。像我这样，蹬腿，收回，再蹬腿，很简单的。”

殷逢双手抓紧泳池边，神色淡淡地点头，而后头埋进水里，开始按照涂鸦的示范，蹬腿。

无边无际的水，一瞬间从四面八方涌来，世界忽然安静下来，他听不到地面的动静了，透过泳镜，只能看到一片晃动的蓝色。他在努力蹬腿，可还是感觉到身体似乎在下沉。然后他清晰地感觉到身体紧绷，每一寸骨骼、每一块肌肉，都绷得像石头一样，渐渐失去感觉。

没人知道他为什么如此恐惧水，他也不会告诉任何人。

当他进入水中，当那没有任何缝隙也没有任何声音的液体，从四面八方涌来，殷逢觉得自己就像进入了一个让他无所适从的密闭的空间，开始变得无法呼吸，紧接着他的身体也失去了感觉，非常难受，感觉到无比压抑，就好像一直想要摆脱却又无法摆脱的事，正在缠绕着他、压制着他……

殷逢的动作突然就失去了平衡，呛了水。涂鸦眼明手快，一把抱住他，可殷逢还是灌了一大口水，难受得要死。他的脸终于露出水面，开始大口大口地喘气，涂鸦也吓了一跳，把他往台阶上拖。

他摆摆手示意没事，说：“接着来。”

涂鸦愣了一下，看他重新抓紧泳池边缘，然后把头埋下去。

一次，一次，又一次。

他呛着水，失去了平衡，涂鸦把他抓起来，然后他面色苍白地继续，嘴角甚至还带了丝冷酷的笑意，像自我折磨，又像是不肯认输。但确实，受了这么一番罪后，他浮在水面上的时间越来越长，甚至偶尔可以抬起头换气了。

“殷老师，进步很大。”涂鸦由衷地说。虽然他的学习进度可能比小孩子还慢，但他起点太低太弱嘛，涂鸦是真心觉得佩服。岸上的小燕也被折服了，非常安静地看着，鼓掌，说些勉励的话。

又一次，殷逢沉进水面，那滞涩的感觉，从周围涌来。他感受到肢体的紧张无力，也感受到自己的强势对抗。他在水里弯唇笑了，这个弱点，这个曾被人整得死去活来的弱点，必须从他的身体里抹掉。

又呛了很大一口水，喉咙、鼻子、耳朵都疼得厉害，殷逢刚要抓住涂鸦的手臂，结束这一次的修炼，猛然间似曾相识的画面——摇晃的水面，惨淡的波光，还有鼻子、耳朵和喉咙灌满水的感觉，就这么全都涌了出来。

它们是在一刹那间来临的。

殷逢看到非常深的夜色，蛰伏的群山，看到水面在剧烈晃动，而他被人揪着脑袋，按进去，呛着大口大口的水，在濒临窒息的边缘时，又被提出来。他听到自己像窘迫卑微的鱼一样的呼吸声，他甚至能感受到当时心中怀着的巨大恐慌和无助，而后再一次，看到残忍的水面逼近。

然后他就看到了那个女人。

她就蹲在不远处，有人一棍砸在她的背上，可她一声不吭，眼里全是泪。

殷逢忽然就不想再看那双眼睛，不想看她此刻惊痛的目光，也不想叫她瞧见这么孱弱没用的自己。

他看到自己扭过头去，面如死灰。

好容易女人瞅着敌方的一个空当，瞬间连着放倒几个人，朝他扑过来。他甚至想起了她那天怀里的味道，湿漉漉的，全是溪水，很不好闻，还很凉。可是他也感觉到了自己当时和她紧紧相拥的感觉，依稀的星光就在头顶，好像全世界就剩下他们两个。

然后他们到了车里。

车里很黑，她的手很暖，一直抱着他。那柔软的呼吸，就在他耳边。

他们的脸蹭在了一起，说不清是谁先开始的。她的唇覆盖在他的唇上，而当殷逢再次回忆起那一刹那时，只感觉到心脏剧烈一缩，那感觉分明和当初在医院里刚醒来的那天，被那个女人亲吻时相同。

她亲吻的是他的灵魂。

她亲吻到了他的灵魂。

这个念头，就这么冒了出来，强烈得如同一道亮光，再难丢弃。

殷逢又看到两个人在车上，亲密得如同孩童般的缠绵。他看到自己傻傻地笑，又很想哭的样子，像一只可怜的落水狗。而她胆子更大，干脆压到了他的身上，蒙住了他的双眼。

整个世界都安静下来，他看不到外界，只能感觉到她柔软的手掌，以及热切的亲吻和抚摸。

他说：“阿许，我还要。”

她说："好啊。"

…………

"殷老师！"

"殷老师！"

两个声音在耳边喊道，殷逢被惊醒，看清了眼前的涂鸦和小燕，还有他们身后的泳池——他已被他们从水里拽了出来。

而涂鸦和小燕看着他，都不作声。

殷逢伸手抹了一下脸，摸到了两行温热的眼泪。

他有些恍惚地抬起头，看了眼明亮的天空，云层很厚，太阳只露出一个小角，这就是大地上全部的阳光。他从地上爬起来，挥开他们想要搀扶的手，听到自己干哑的嗓音说："陈枫呢？让他来我这儿，马上。"

听说殷逢今天要学游泳，陈枫就知道，这必然是个糟糕的上午。他索性躲得远远的，在别墅里找了个角落，看书、酌酒、吃花生米，好不惬意。

可小燕那么快找来，还是出乎他的意料的——他以为为了尤明许，殷逢至少会在水里多坚持一段时间呢。

虽然殷老师嘴上绝不会承认。

"怎么回事？"陈枫问。

小燕犹豫了一下，小声说："他哭了。"

陈枫一愣。

哭？殷逢？

这么多年，就没人见过殷逢掉眼泪。

"为什么？"陈枫往回赶的步子更急。

小燕露出有点奇怪的神色："……游哭的。"

陈枫："……"

这要是尤英俊，学游泳哭了，陈枫还能够理解。可是殷逢？那个成熟冷静甚至有些阴郁的心理学者？

难不成……苏醒后的殷老师受到那段时间的影响，变得有些孩子气了？

不知为何，想到这个可能性，陈枫心中竟涌起一丝温暖的感觉。

殷逢回房间后冲了个澡，换好衣服，来到书房，情绪已冷静下来。但那莫名烦躁的感觉总在胸口缠绕。他坐在老板椅后，一脸阴沉地晒着窗外的太阳。尤明许在夜色里笑着低头亲吻他的模样，突然又出现在眼前，不知不觉，他就出了神。

等陈枫敲门进来后，殷逢已恢复到一脸淡漠的状态。他靠在椅子里，原地慢慢转了个小弧度，手里把玩着鼠标，过了几秒钟，才开口："尤明许最近在忙什么？"

陈枫愣了愣，心想：终于还是来了。幸好他一直在暗中关注，于是脸色如常地答："应该在查新案子。"

殷逢静了几秒钟，又问："在和谁一起查？"

陈枫心想：怪了，他怎么知道的？笑笑说："他们组来了个新人，据说是个功勋警察，很厉害，从云南过来的，具体背景不清楚。"

殷逢其实也就是随口一问，听陈枫这么说，抬头望了他一眼，陈枫非常无畏地添了句："长得挺帅的，单身。"还很有人格魅力，但这句话陈枫没说出口。

殷逢又闷了一会儿，说："照片。"

陈枫低头在手机上翻了一下，拿给殷逢。这不是什么机密资料，所以他也能搞到。

殷逢看了两眼，丢在桌上。

陈枫想，他现在唱的到底是哪一出，要还是不要？明明一醒来就不待见人家，还说道不同不相为谋，绝不会和一个女警在一起，今天这又是受了什么刺激，居然哭了？看完人家新搭档的照片，还一脸戾气。

不过，据陈枫对殷逢的了解，他心志坚定得很，也冷静得很，几时对女人认真过？多半还是不要的。

殷逢却站起来，说："跟我出去一趟，拜访段厅长。"

陈枫："是有什么问题吗？"

殷逢只是嘴角勾勾："没什么。失智期间承蒙师兄关照，现在恢复了，早该当面致谢的。"

第九章

鱼塘沉尸

殷逢提着礼物，西装革履、言笑晏晏地与尤明许顶头上司的上司的上司的上司相谈甚欢时，尤明许刚和许梦山、景平等人驾车离开郭兴所住的小区。

许梦山开车，尤明许坐后排，经过门口饭店时，看到那鱼庄老板娘笑着向她招手致意。尤明许也把头探出，对她挥手告别。

许梦山心念一闪："你刚才就是来找这老板娘确认的？"

"是啊。"

坐在副驾的景平也神色一凝。

鱼？

电光石火间，许梦山脑子里一闪，把一切都串了起来——柜子里那熟悉的泥腥味儿，他之前一时想不起是什么，可不正是鱼腥味儿？

原本放了什么东西，能占半个柜子，还会沾上有鱼腥味儿的泥土？

另外，门口鱼池里养的不是金鱼，而是草鱼和鲢鱼，看着又白又新鲜，不像是养殖的。郭兴来湘城的时间太短，总不可能是自己买了鱼苗养大的，也不可能是从菜市场买的，他只在外面吃，家里不做饭连厨具都没有。

那么鱼是从哪儿来的？

"郭兴去钓鱼了？"景平竟先说了出来。许梦山也有些激动。

景平虽不是刑侦口的，脑子却转得很快，一点即通，尤明许看了他一眼，说："没错。郭兴比较爱整洁，东西不乱丢都整理起来了，所以柜子里少的，是一套渔具。

但如果是钓鱼，鱼的个头肯定有大有小，而鱼池里的鱼，个头大小却都齐整。他留下这些养着，其他的去了哪里？”

许梦山接口：“门口的活鱼饭庄！”

尤明许说：“是的！我问过老板娘了，每次郭兴钓鱼回来，就把大鱼给他们，让帮忙做，自己吃不了的，就卖给饭店。不仅如此，他一个外地人，刚来湖南，又喜欢钓鱼，怎么才能最快、最方便地找到附近合适的地方呢？一问，那地方果然还是老板娘介绍给郭兴的，地址已经给我了。既然渔具都不在，我想郭兴失踪前，至少是去过那个地方的。”

吉祥鱼庄位于望城郊区，距离郭兴家不过五公里。十分钟后，尤明许他们就抵达了。

只不过来的路不太好走，是条窄仄的小路，仅容一辆车单向通过，还净是黄土。到了鱼庄门口，只见这也不是个全封闭的环境，门口挂了牌子，里头有几座房子，然后就是几个大池塘，空荡荡的。而背后不远处，就是山林。

尤明许和许梦山对视一眼，这就意味着即便这里发生过什么，目击证人只怕也不好找。

工作日的下午，鱼庄里一个来钓鱼的人都没有，只有老板带着外甥守在里头。许梦山把老板叫来，亮出证件和郭兴的照片，老板果然认得，点头说：“是的是的，郭老板大前天来过。”

“什么时候来的？”

“下午两点多吧。具体时间不记得了。”

“他是怎么来的？开车还是打车？”郭兴在湘城并没有车。

老板想了想，说：“打车，车到门口就走了。”

“几个人？”

“就一个人。”

“你确定？”

“确定确定，郭老板每次都一个人来。警察同志，发生了什么事？郭老板人挺好的，出什么事了吗？”

许梦山没答，景平拍拍老板的肩膀，说：“没事，不要多问。你这鱼庄，平时来钓鱼的人多不多？”

尤明许看了景平一眼，他察觉了，眸光变得有些深，尤明许却已移开目光。

老板答："还好吧，周末多一点，能有几个，我们主要是养鱼，这些塘都是野塘，不喂饲料，只喂白菜啊、粮食什么的，都是纯天然的。"

也就是说，这的确是个人迹罕至的地方。

"郭兴那天几点走的？"许梦山又问。

老板愣了一下，仔细想想，摇头："我还真没注意，郭老板人大方，每次给三百块，鱼随他钓。什么时候走的，我也不知道。"

三人交换了一下眼色，许梦山说："那天除了郭兴，还有什么人来？你那里有没有记录？"

老板点头："有的！我习惯每天把账记下来。我去拿。"

"等一下。"尤明许说，"他那天坐在什么位置钓鱼？"

老板想了想，往远处一指，是最远的一个鱼塘，而且周围有几棵繁密的大树，视线被遮得严严实实的，远远望去，只见树后露出的一片波光粼粼。

老板去拿记账本了。

三人站在原地，望着那个位置隐蔽的鱼塘。

现在可以确认，郭兴当天下午确实来过鱼塘。可是之后的行踪，却成了谜。此外，还有什么人来过鱼塘？里头有没有可疑的人？与郭兴的失踪是否有关？

尤明许递给许梦山个眼色，他点点头，留在原地。尤明许和景平正要往那个鱼塘走，她的手机响了。

她看了眼来电，微怔，接起："喂？"语气不喜不怒。

那头的殷逢，语气也是淡淡的："在哪里？"

尤明许莫名："关你什么事？"

殷逢静了一秒钟，说："有事和你谈。"

尤明许："查案，没空。"

他跟没听到似的，说："发个位置，我过来找你。不会耽误你查案，大不了顺手帮你查。"

尤明许直接挂了电话。

景平一直站边上等着，没吭声。尤明许抬头："走吧。"

景平眉一抬，跟了上去。

这个鱼塘约莫半亩大，周边遍生杂草，还有几棵老树，枝叶繁密，遮盖严实，倒显得幽静。

尤明许站在池塘边，观察片刻，戴上鞋套，沿着池塘边的泥巴路，开始观察。景平学着她的样子，也套上鞋套，紧随其后。

泥巴软软的，人踩上去就会留下清晰足迹。不过他们能不能找到有用的痕迹，还是未知数。

走了小半圈，尤明许蹲下来，路很窄，景平就蹲在她身后。只见有一串足迹，从旁边的坡上下来，一直到了鱼塘边的泥路上。目测那脚印约莫 42 码，运动鞋，脚印不深不浅，步伐宽度正常，反映脚印的主人应当是个体重、身材适中的男子。

足印是从坡上直冲下来的，尤明许怔了怔，身子往前挪，拨开水边的草丛，这里的足印已经不完整了，但还是可以看得出，那人一直到了水边。

跑进水里了？

尤明许打开手机，翻看照片——刚才在郭兴家里，他所有的鞋、鞋盒——拜他细致整洁的生活作风所赐，都被尤明许他们拍照整理好了，包括鞋底。

她一张张翻着，景平就凑在她身边看。冷不丁他的耳朵碰到了她的脸，尤明许眉都没抬一下，脸往旁边移了移。景平的眼睛也始终盯着她的手机，像是什么也没察觉。

简单比对完了。

“不是郭兴的鞋印。”尤明许站起来说。

景平也站起来，指了指前面：“那里还有。”

尤明许望过去，果然看到两米远处还有一排足印。没来由地，她的心跳了一下。尽管三天过去了，目前根本不能确认这些足印是否与郭兴的失踪有关，可这些足印透着蹊跷。

两人又走到第二种足迹前观察，尤明许刚统计完郭兴所有的鞋和鞋底，眉头一扬：“郭兴有一双这样的鞋！”她翻到手机上的照片，放在足迹旁一比，果不其然，花纹长短一模一样，甚至连鞋底的一处磨损位置也相同。那基本上就可以确认，是郭兴留下的了。

尤明许立刻站起来，给丁雄伟打电话，请求足迹鉴定专家支援。

挂了电话，就见景平还单膝蹲在那儿，神色凝重，也不知在想什么。

“怎么了？”尤明许问。

结果他又露出那懒懒的笑：“没什么，学习学习。”

尤明许敢打赌，这人看着和善可亲，在以前的工作里，也绝对不是真的合群。他心里要是装着十件事，顶多能和人说一两件。其他的，都藏在那玲珑心肝里。

不过尤明许也不在意，继续观察着那串属于郭兴的足迹。她立刻察觉了异常：步伐大于正常，偏深，周遭溅起不少泥迹——要感谢天气严寒，人迹罕至，这些足迹保存得真不错——也就是说，郭兴是跑过来的。

起初她还蹲在地上，一枚枚端详，后来干脆站起来，沿着足迹向反方向追。这串足迹是沿着鱼塘来的。正走得入神，手腕一下子被人抓住，男人的虎口和指尖有长期握枪的薄茧，擦在她的皮肤上感觉很清晰。

她转头看了景平一眼。

他扬了扬眉，示意她脚下一块快要松塌的泥土，放下手。

“多谢。”

他慢条斯理地答：“不谢。”

不知为何，尤明许就笑了一下。景平眼里也有了点笑意，不过他总是那副样子，波澜不惊。

郭兴的足印，一直延伸到一棵大树下。尤明许眼睛一亮。

在这里，他们发现了更多。

属于郭兴的两枚脚印，深深的，并且原地摩擦移动过，后面是四个深深的小洞，旁边有个足球大小的圆形印记，也比较深。

尤明许稍微一联想，脑海中就浮现出完整画面：

郭兴坐在树下，用的是钓鱼用的小折叠凳。桶子里盛水，装着他钓上来的鱼。坐了比较长的时间。

为什么他突然起身，快步跑向那边？

另一人的足迹，从山坡直接冲下，冲到了水里，这是个什么诡异的场景？

“神探，在想什么？”景平的声音传来。

“在想……”尤明许慢慢地答，“那个郭兴，似乎挺出人意料的。”

整洁的房间，细致的整理。热爱钓鱼，饮食口味专一。养着钓来的鱼，还把多余的鱼卖给鱼庄。鱼庄老板娘和这里的老板都觉得他是个和蔼可亲的好人。

和尤明许印象中的毒贩、罪大恶极的恶徒，不太一样。一个活生生的人，似乎就在眼前。

不过，人不可貌相。一个人是否热爱生活、是否和善，与他背地里有没有杀人、放火、贩毒没有半点关系。

一抬头，撞见双幽深的眼，似乎有几分暖意，但又似乎只是戏谑。尤明许其实挺恼他这样的男人这么看自己的，偏偏这样一双眼背后，是一个再正直刚毅不过的老缉毒警。两相对视后，都移开了视线。

尤明许继续沿着鱼塘找，看是否有别的线索。景平依旧一声不吭地跟着。

又绕了小半圈，前方出现一片非常凌乱的脚印。尤明许再次蹲下，有些脚印交错模糊不清，但还是很容易分辨出，这里有四种不同的脚印。

一种属于郭兴，一种属于之前从鱼塘对面跑下来的那人。

还有两种，都是 42、43 码，也都是运动鞋，一人个头矮，一人个头高，都体重适中，不胖不瘦。

尤明许蹙眉，仔细观察每一种足印的轨迹。

首先，她发现郭兴和最初那人的脚印竟然是从水里出来的。郭兴的脚印很深，那人的脚印浅且乱，踩得很不实，深一脚浅一脚的。于是尤明许对于这鱼塘边曾经发生的事件的前半段，心中大致已有了数。

而后，两人的脚印中断在那条泥巴小路，这时郭兴的脚印是朝着鱼塘、背对着树丛的。这两枚脚印比较深，也比较清晰，可见郭兴停在了这里。而那人的脚印却不见了，地上有大片的压痕，可以推测，那人躺了下来。

另外两人是后来的，脚印轻浅，步伐幅度小，是小跑过来的，从草丛里，直到郭兴身后。

尤明许心头微微一震。

可以清晰地辨认出轨迹的脚印，只有这几串了。之后的脚印，变得非常混乱不清。几个人的脚印交错在一起，踩来踩去，残缺不全。还有几处很深的小泥坑，像是被人反复蹬出的，但是无法辨认鞋印。以尤明许的经验判断，这里恐怕是发生了一场搏斗。

搏斗的结果呢？

尤明许在附近仔细找了一圈，果然，在“搏斗圈”的另一个方向，发现了三串清晰的足迹。对比之后，她确认这些足迹，属于除郭兴外的另外三人，而这些脚印，明显要比“搏斗圈”内的要深一些。

她追着这几串足迹，一直往前走，方向与鱼庄大门相反，是朝着山林去的。这鱼庄本就是开放的，也没有围墙，周围都是泥地，杂草越来越多。那三人一直走出百余米远，前方出现了一条山路，直通山上。足印就是在这里消失的。

尤明许直接趴下，又仔细地观察了一番，然而山路土质较硬且干，确实没有留下肉眼可以分辨的足迹。她爬起来，蹭了一脸的土，毫不在意地擦了一把，看向景平。

他的眉宇皱得深深的，问：“你怎么看？”

尤明许说：“郭兴是先到鱼塘边的，并且垂钓了有一段时间。对方三人，一人跳进鱼塘，郭兴看到，不知道出于什么原因，跑过去救人。

“把人救出来后，估计是在实施救助措施，或者查看落水者。另外两人从背后偷袭，地上没有看到明显血迹，应该是以绳索勒住郭兴的脖子。郭兴挣扎，留下反复蹬地的脚印，不敌。三人扛着昏迷或者已经死亡的郭兴，离开，进山。”

景平却只是笑笑，说：“有意思。”

尤明许问：“郭兴的身手怎么样？”

景平答：“他那样的人，踩着尸体和子弹往上爬，身手怎么可能不好？”

尤明许说：“这就对了。对方知道这一点，所以才设计，先诱使郭兴下水救人，等他耗尽体力、没有防备时，再偷袭得手。问题是，他们怎么知道，郭兴一定会下水救人？郭兴为什么又毫不犹豫地这么做了？他们肯定认识。是湘城贩毒组织的人吗？是否是郭兴的接头人，还是别的势力？”

这些问题，景平也没有答案。

这时，许梦山跑过来，说：“名单拿到了，那天还有两拨人来过。一拨是两个老头儿，退休的钓鱼爱好者，另一拨是一家三口，带着孩子来钓鱼。都是常客。我让局里的同事初步核查过了，只怕都没有嫌疑。而且老板说他们都在别的塘钓鱼，没往郭兴那边去。”

尤明许点头，这两拨人和那些足迹的主人不相符。这个鱼庄四面敞开，那些人不用走大门，可以从别的方向溜进来，神不知鬼不觉。

三人简单地交流了情况，许梦山说：“我马上和局里联系，把这座山附近的监控都调集起来。”

尤明许说：“好，但只怕这么个地方，监控不好找。”

许梦山转身去打电话，尤明许对景平扬了扬下巴，示意上山。景平说：“我打头吧。”

尤明许说：“不必，跟着我。”景平到底不是做刑侦的，尤明许自然习惯性在前。

景平却说：“你们湖南兴这样？男的跟在女的后头？”他的语气懒洋洋的，人却走到了前面去。

尤明许忽然就想起了尤英俊，总跟个人形尾巴似的，在她身后晃来晃去。

她便没吭声。

许梦山挂了电话，听了一耳朵，笑着说："景哥，尤明许又不是女的。"

尤明许给了他一肘。

景平笑笑，看了一眼尤明许，对许梦山说："胡说八道。"他走在前头，挽起袖子，露出结实的小臂。

尤明许其实知道，能抓毒贩的男人，强悍程度绝对超出他们的想象，也绝不像他看起来这么白净、温和。心念一动，她说："老景，回头过两招。"

景平连眉都不抬："我手里没轻重，不和女人打。"

尤明许这下笑了，说："巧了，我手里也没轻重。"

许梦山见状，说："景哥，打啊。你别看尤姐瘦瘦的，其实是母夜叉，柔道冠军，局里不少男同事都被她收拾过。你要是能把她收拾了，我保证大家请你吃饭。"

景平："行。"

尤明许："那说定了。老景，到时候别怪我不给前辈面子。"

景平说："小尤，我开枪击毙毒贩的时候，你还在警校练习射击。"

许梦山听罢哈哈大笑，尤明许说："哦，长江后浪推前浪，把前浪拍在沙滩上。"

景平依然是那副眉眼含笑、不紧不慢的样子，说："行啊，来拍我。"

三人都笑了，原本因为景平的加入，组内还有些生疏的气氛，此刻似乎已完全消散了。走了一段，正要拐弯进入更深的山林，尤明许的手机响了。

她看了眼来电，脸色变冷，直接挂断。

结果人家接着再打，脸皮倒是厚得很。

尤明许没好气地接起，声音也冷若寒冰："到底什么事？"

那人低沉悦耳的嗓音传来："站着别动，等我过来。"

尤明许一愣，放下手机，回头。她一停，景平和许梦山也停了，跟着回首张望。

那人是从郭兴待过的鱼塘边走出来的，一抹阳光从云层中射出，照在他身上。他穿着黑色羽绒服、灰色毛衣、黑色休闲裤、运动鞋，显出几分与之前都不同的气质。他一步步走来，裤腿上沾了泥，身上粘了草，却丝毫无损他英俊逼人的形象。

尤明许既不知道他是从哪儿冒出来的，也不知道他是怎么找到这里的。她面无表情地看着他沿着山路走上来，他的眼睛一直盯着她，她便神色淡漠地看向一旁。

许梦山嘀咕："他怎么来了？"

景平低声问："他是？"

许梦山见尤明许不吭声，心里叹了口气，说："他叫殷逢，犯罪心理学者，算是我们的顾问。之前帮我们破过不少案子。"

景平："哦。"

殷逢走到他们跟前时，却不再看尤明许，目光落在景平身上。景平饶有兴味地和他对视着。

然后殷逢笑了，那笑令人如沐春风，他温和亲切地说："你应该就是景警官，我是殷逢，本组组员之一，来晚了，幸会。"

殷逢这么做自我介绍，尤明许和许梦山一时都没说话。之前的尤英俊，确实是组员之一，陈枫还给他走完了流程手续，算是挂职顾问。可谁想到如今的他，还会回来?

景平看了眼尤明许和许梦山的表情，知道其中有玄机，微笑说："没听人提过。"

许梦山低头笑了，尤明许盯着殷逢，他却依然不看她，依旧笑容款款地对景平说："我一向低调。丁雄伟应该马上会给你打电话。"

说来也巧，话音刚落，景平的手机就响了，他倒是笑了笑，转向一旁接起。

许梦山瞅一眼身边两人，说："我先往前走着。"

殷逢嘴角扯了扯。

结果尤明许跟着许梦山转头就走。殷逢跟着她走出几步，她问："你来干什么？"

殷逢："破案。"

尤明许："手伸太长了吧？"

殷逢嗓音压低："这案子有三层。第一层查失踪的强奸杀人嫌疑犯，第二层查贩毒网络，第三层……是查我们的老对手，那个犯罪组织和凯阳集团的关系。"

尤明许脚步不停："你怎么知道的？"

殷逢笑笑答："知道了那个姓景的背景，郭兴的身份，再有你这么个跟贩毒不相关的刑警加进来，我自然推断得出老段的想法。他一向喜欢借力打力，老狐狸似的，肯定藏着真实的目的。我和他一聊，就猜出来了。"

尤明许反应了几秒钟，才明白他口中熟络地说出的"老段"是谁。她问："他同意你来的？"

殷逢嗓音懒懒的："反正我都猜出来了，他也乐意我帮忙。多一个不怕死的，他干吗不同意？”

尤明许说：“可你还没回答我——你为什么要来？”

殷逢静了几秒钟，目光在她的背影上一掠而过。即使在快步走路，她的脖子也绷得直直的，显出她此时不平静的情绪。

殷逢忽然就感觉到一丝莫名的满足。自从他今早想起那些事之后，他的心里就一直烦躁着，闷闷的，甚至还能感觉到一阵阵痛苦，很有些想破坏什么的冲动。可如今见到了她，看到她也不太好过，他的闷涩感就减轻了。他不愿去深究为什么，既然是情感驱使他来的，那他来就好了，为什么要委屈自己？

不过，面对她的质疑，他淡淡地答：“既然和那个组织相关，我自然要来。”

尤明许便不再搭理他，走上前和许梦山一块儿。殷逢也不在意，抬头望去，青山绿水，郁郁葱葱，人迹罕至，寒意逼人，竟也看出了几分生动可爱。

景平打完电话，自然也大概清楚了殷逢的来头。不过一个搞犯罪心理的，还是个作家，能对他们查这种贩毒案件有什么用？景平持怀疑态度。

他快步追上去，扫了眼前方尤明许的脸色，对殷逢笑笑：“合作愉快。”

殷逢看了他一眼：“嗯，合作愉快。”

许梦山问：“殷老师，你怎么找到这儿的？”

殷逢答：“我拿到资料后，先去了郭兴家，看了一圈，正打算去找门口鱼庄老板娘聊聊，你们同事就把确切地点发给我了。”

许梦山看了一眼尤明许，笑笑：“殷老师还是这么厉害。”

景平也多看了殷逢两眼，说：“有两下子。小尤刚才也得出了和你一样的结论。”

殷逢这时才感觉眼前多出来的这个人，有了那么一丝顺眼，他笑笑说：“是吗，小尤？”他嗓音低慢，十足的老男人口吻，“小尤”两字从他嘴里吐出来，感觉怪怪的。

尤明许淡道：“鱼塘边的脚印看过了吗？”

殷逢：“嗯。”

“那就别废话，赶紧找。”

这条路虽然土质硬，草木繁密，但三个人扛着个人走过，还是会留下蛛丝马迹。四人沿着山路，依靠着零星的脚印和草木的痕迹，一路追踪。也遇到过岔路口，但都是出山的，很容易分辨方向。不知不觉，走了有两个小时。

尤明许始终走在最前面，许梦山紧跟着，然后是殷逢，景平殿后。走着走着，就听到身后有人说：“累不累？需不需要休息？”

尤明许不知道殷逢是什么时候挤掉许梦山，跑前头来的。她答：“你要休息就休息，没人拦着你。”

“你吃火药了？”他说。

“没有啊。”尤明许答，“我只是看到你就烦。”

殷逢反而笑了。不知道为什么，看到她隐隐奓毛的样子，他居然感觉到气更顺了，甚至有一丝莫名的兴奋。不过，这不是什么好兆头，他该控制的——他想。

“我就不一样。”他淡淡地说，“我欣赏你的才华。”

尤明许沉默。

若是陈枫在这里，只怕会惊讶地张大他的薄唇——尤英俊追着女人跑很常见，但殷逢几时这么没脸没皮过？他那样的天之骄子，女人眼中的香饽饽，通常只是站在原地，意味不明地笑笑，再勾勾手指，多的是人愿意上钩。

可尤明许发现，自己竟有些思念尤英俊。这一路，虽然殷逢偶尔会找她说话，但完全是话不投机半句多。

可是尤英俊不一样，有他在，一路都是热乎乎的，他会把脑袋伸过来，怕她累，怕她受伤，或者对她撒娇趁机揩油。虽然有时候尤明许也会烦，可很多时候两人都是在笑的。

当时只道是寻常。

想到这里，尤明许回头，冷冷瞪了殷逢一眼。后者眉头一挑，尤明许已收回刀子一样的目光。

殷逢不得不承认，被她剜这一眼，心头居然一跳，而后竟感觉到一丝从未有过的甜意。他舔了舔上颚，目光不由自主落在她细白的后颈上，眸光却是暗暗的。

前方，已进入深山。山中潮湿，泥土柔软，人迹罕至。虽已没了路，三串脚印却重新出现了。这足以令他们兴奋。

尽管已过去三天，但小心为上，四人还是缓步前行。不过除了殷逢，其余三人都是顶尖高手，这样的武力值，干掉一个排都是分分钟的事。

尤明许与许梦山早有默契，两人交换个眼色，左右分开包抄，殷逢立刻跟着尤明许，景平便跟着许梦山。前方出现条溪流，溪畔脚印越发清晰。他们一直往前追了有几十米，溪流汇集成潭，水面又深又广。这里是未开发区域，如果不是走过来，绝对不知道这里还有个深水潭。

脚印在这里变得非常杂乱，明显有过停留，而后朝水潭另一侧离开了。

四人互相看看，景平说："我下去。"开始脱外套。

许梦山说："潭这么大，一块儿找。"他也开始脱。

尤明许也脱掉外套，把头上的皮筋束紧，既是查案，顾不了那么多，她把外裤脱掉，里头是条打底裤。

现在是寒冬腊月，普通人冷水澡都受不了，更何况是这山中冰寒彻骨的溪水。两个男人脱得只剩下内裤，露出肌肉结实匀称的身材，都是大长腿。尤明许错目不看。他俩跳进水里，皆是冷得一个哆嗦，缓缓又闷头潜了进去。

尤明许穿着里衣里裤，正要跳，手被人抓住。她眉眼冷淡地看着殷逢。

他说："尤明许，水里寒气太重，你是女人。快去快回，不要勉强。"

尤明许静默不语。

忽然就想，如果此刻是尤英俊，只怕舍不得她下水，非要拦着，她得颇费番口舌才能劝服。

但眼前的殷逢，尽管眉头轻皱，却只是叮嘱：快去快回，不要勉强。

尤明许的眉眼，不知不觉松动了几分，淡道："知道。"想起这人一遇到水就变成弱鸡，顿了顿，说，"待着别动，有事就喊。"

殷逢"呵"了一声，不置可否。

尤明许也跳进水里。

因是山溪，能见度比外头的水高不少。尤明许一头扎进几米深，果然感觉到全身冷得发疼，炸裂般的疼。她咬牙忍着，前方可见他俩的肢体轮廓，她扫视一圈，撑不住了，往上浮出水面，换了口气，又掉头进去。

找了十来分钟，三人已冻得脸发白、嘴唇发乌，没人吭声，都在反复坚持着。

水底快被他们摸遍了。

景平又一头扎进去，冰冷的水再次迎面扑来，这一次他扎得更深，想要一个确切的答案。渐渐地，他摸到一处水草缠绕的潭底，心中警惕了几分，咬着牙，慢慢拨开水草，水底就像蒙了层薄雾，当他猛然间看到水草间那个人形时，只感觉到心脏狠狠一跳。这时他已气竭，被迫浮出水面，大口大口地换气，然后用力拍打水面。

另外两人感觉到，也浮了出来，景平往那处一指，三人一起潜了下去。

郭兴两只脚踝上都缠着绳索，绑了块巨石，沉入水中。许梦山取了匕首，割断绳索，三人将郭兴的尸体抬了上来。

游到水边，三人合力将尸体往岸边一放，许梦山和尤明许立刻跑上岸去找衣服。

景平盯着尸体看了两眼，这才爬起来穿衣服。

尤明许抓起衣物，跑进后面茂密的草丛里，脱掉湿衣，穿上毛衣、外套、鞋袜，可还是冷得瑟瑟发抖。她抱紧双臂，从草丛后出来，景平和许梦山都已穿好衣服。许梦山走到一旁打电话，景平不知道从哪里摸出一支烟，白皙的脸此时是煞白的，一口口地猛抽着，走到尸体前，蹲下，背对着他们。

尤明许正要走向景平，殷逢走过来，脱下羽绒服，披在她身上。

一团沉甸甸的、带着体温和淡淡香水味的衣物，就这么把她包裹着。尤明许看着他只穿毛衣的样子，说："不用。"想要脱下，殷逢的手往她肩膀上一按："难道你还指望那两只冻鸡把衣服给你？"

尤明许："……"

殷逢已转身，走向一旁。尤明许看他双手插在裤兜，眉眼微沉，似乎真的感觉不到冷。而她确实冻坏了，还在颤抖，披上这件羽绒服后，肢体才渐渐恢复知觉。懒得和他再客气，索性拉上羽绒服拉链，让身体尽快回温。

尤明许望着景平的背影，殷逢也望着。

不知道为什么，尤明许感觉到景平平时那沉静如水的气场，似乎有了几分说不出的变化。他单膝蹲在尸体旁，一只手搭着膝盖，另一只手夹着烟垂落，烟灰一点点掉落，他却没抽，手指因为寒冷还在不自觉地颤抖。

是盯了这么久的嫌疑人，突然死亡，线索中断，而感到受挫吗？尤明许轻蹙眉头。

殷逢却又走回她身边，弯腰，凑近她耳边说："你的新跟班，似乎有心事。"

尤明许扫了他一眼，淡道："他不是我的跟班，是我老大。你以前才是我的跟班。"

殷逢很难得地言语一滞，反而笑了，说："你就这么信他？才认识几天。"语意有些冷。

尤明许却觉得今天殷逢整个人都不太对，邪气横生，偏偏又要狗皮膏药似的跟着他们。

她又看了眼景平的背影，即便此时的他看起来有几分颓唐，那背依然是挺直的，是尤明许熟悉的固执老刑警模样。

她答："有的人，你看到第一眼，就会信他。"尤明许不再管殷逢，走向景平。

殷逢眉眼沉敛，跟了上去。

尤明许走到景平身后时，他已站起来了，侧脸平淡地说："支援什么时候来？"

尤明许答："估计还得一阵。"

他转身："你盯着，我去看看周围还有什么线索。"

尤明许一直盯着他，闻言身子一闪，拦住他的去路。景平垂着头，眉头紧皱，没动。

"老景。"尤明许喊了一声。

景平哼笑了一声，到底慢慢抬起头。湿发还贴在额头上，他的脸色显得更加白，眼眶却隐隐是红的，眼中藏着阴霾。

尤明许心里"咯噔"一下，一股不祥的预感涌上心头。

"郭兴是……"

他看着她，过了几秒钟，才缓缓点了一下头。

尤明许看向旁边已经泡得发胀的尸体，如果不是他们寻来，这名警察就会永远沉于冰冷的、无人知晓的水下。所以丁雄伟和景平之前都没说实话，他们不是在寻找毒贩，而是在寻找失联的卧底。

心头一阵难言的震动。

她清楚地知道失去战友是一种什么样的感觉。心头一酸，她伸手按住景平的肩膀，什么话都没说，只是用力按着。景平却依然只是自嘲地笑着，却也没有挣脱她的手。

殷逢站在两人身后，他也已明白郭兴是怎么回事，只不过眼前的画面，说不出的刺眼。俊男美女，一对警察，沉默扶持，心灵相通。

殷逢其实并没有想清楚，到底要拿尤明许怎么办，但眼睁睁看着她落到别的男人手里，那又是另外一回事了。

"小尤，我有点冷。"

一道淡淡的嗓音插进来，生生搅乱了两名警察心中悲愤苦闷的情绪。

尤明许放下手，就见殷逢立在一旁，脸色确实有点白，那双眼依旧沉敛无波。她脱下羽绒服，景平已走到一旁去了。

殷逢望着她，却不接。

尤明许皱眉。

殷逢忽然笑了一下说："突然又不是那么冷了。"

尤明许觉得他简直是个神经病，用他的羽绒服焐了这么一会儿，她也暖和了，将衣服扔到他怀里，转身去找许梦山。

殷逢笑笑，穿好衣服。双手已冷得跟冰块似的，神色自若地插进羽绒服口袋里。里头是暖的，有人焐过。他眉头轻扬，那一丝痒痒的、莫名舒适的感觉，又从胸口爬了上来。

因已有了确切位置，不久后，更多的警力支援抄近路到了。

警力沿湖扩散，搜索证据痕迹；法医也到了，郭兴的尸体被抬到担架上。

尤明许、许梦山和其他同事，商量接下来的信息收集方向——

在方圆五公里内，寻找监控、目击证人，确认在当天下午两点至六点间，进出过这一片区域的人员名单；

与云南警方联系，获取郭兴更详细的资料，尤其是他这么多年犯罪生涯的仇家；

调查凯阳集团当天下午，是否有什么异动；

…………

郭兴是卧底这事儿，明显是景平逼不得已透露的机密，尤明许自然不会与旁人提，连许梦山都继续瞒着。只不过，郭兴作为警察身份的资料，她自然只能私下问一个人了。

安排好手头的事后，尤明许抬头看了一圈。法医在对尸体做简单检查，殷逢蹲在边上，神色沉静又专注，和以前那个人相同，却又完全不同。虽是同样的认真投入，可以前那人的眼睛是清澈的，他是深晦难辨的。

尤明许感觉到心口有什么地方被扯了一下，刺痛，但她置之不理，转头寻找景平。

还不太好找。景平躲在一块巨石后，身边都是一人高的杂草，他在闷头抽烟。

尤明许拨开草丛走过去，景平瞧她一眼，那双眼已不红了，但脸上也没了平日那淡淡的笑。

“都安排好了？”他问。

“嗯。”她和他并排靠在石头上，也摸出支烟，他极为自然地掏出打火机给她点火。尤明许坦然受了，含着烟，和他一块儿沉默地吞云吐雾。

“关系很好？”她问。

景平用夹着烟的手揉了揉眉心，答：“以前关系很好，是我兄弟。后来六年没见面。”

他说得轻描淡写，尤明许心中的感觉却沉甸甸的。

她又摸出支烟点了，放在两人脚下，任它燃着，然后说：“节哀。”

景平只是静静看着她的动作，看她双手奉烟。

眼前的人也有些出神，景平忽然间心底压抑的疼痛感，就这么不讲理地涌了出来。

“老郭，”他在心里说，“你知不知道，你死在这遥远的湘城，回不了云南，差点就没人知道。可现在，有一个连你生前样子都没见过的女警，在真心实意地给你奉烟。那我呢，将来我死的时候，有人给我点一支烟吗？”

他深吸口气，说：“谢了。”嗓音低哑。

尤明许望着天空，说：“我也失去了一个战友，就在上个月。”眼底的泪，生生压了下去。

原来才过去一个月吗？可是时光匆匆朝前走，就像已失去了她一生那么久。

景平的眼眶微微泛红，说：“看来我们，同是天涯沦落人。”

尤明许说：“有空喝一杯，叫梦山一起。”

景平说：“我做东。”

殷逢站在草丛外，巨石另一侧，听不太清晰，只能看到两人在低头说些什么，脸上都有了笑。殷逢忽然有种奇怪的感觉——那两个人，很像，像对方。

他们在彼此吸引。

这个念头涌进脑海，他的胸口忽然涌起一阵强烈的刺痛，难受，非常难受。那刺痛感以令他措手不及的速度蔓延开，强烈得就要将他淹没。

他定了定神，抬起依然冰凉的手，按着额头。过了好几秒钟，才感觉到情绪稍微平定。他走到一旁，给陈枫打电话：“帮我查一个人。”

第十章

他需要你

郭兴遇害的消息被秘密传了回去，高层震惊。尸体运回局里后，局长、丁雄伟私下都来看过，脱帽默哀，斡旋善后，这是后话。

会议室里，坐着景平、尤明许、许梦山、殷逢四个人。在丁雄伟的首肯下，许梦山也得知了内情。

只不过这四个人坐在一起，气氛似乎有些诡异。

诡异的点自然来自与众不同的那一个，其他三人，都是气质强硬的警察，穿得也都朴素，一看气场就不同。他倒好，一身都是奢华的西装，面前放着个轻薄的金色苹果笔记本电脑，手边放着一支万宝龙镶钻钢笔，鼻梁上甚至还架着副防蓝光眼镜。于是尤明许终于明白，陈枫那一身斯文败类的气质，是从哪儿来的了。

不过在座的警察也都是撑得住场面的主儿，许梦山神色如常地开口："景哥，我问句话你别介意，郭兴既然是咱们的人，他身上的案子是怎么回事？那起强奸案的资料我看过，证据确凿，现场留有他的指纹，监控还拍到他踢打受害者。"

尤明许手里转着笔。

殷逢好整以暇地抬头等着景平解释。

景平的情绪早已恢复过来，又是那副带着点散漫的样子，手指在桌上敲了敲，答："假的。那起案子，他和上级汇报过。当时犯罪团伙的另一个人想要找受害者麻烦，郭兴劝不住，假模假式踢了受害人几脚，想要令同伴消气，避免更严重的伤害。但当夜，他的同伴还是潜到受害者家里，实施了奸杀，还在事后电话通知郭兴炫耀了一番。人都死了，郭兴只能将计就计，警方把他们俩都列为嫌疑人时他也认了。他越表现得被警察不容，那边就越信任他。”

尤明许和许梦山都点头。景平看着尤明许的眼睛，忽然就明白了她想问什么，嗓音柔和了几分：“真凶我们都记着呢，等完成任务，立刻抓他归案。”

尤明许点头。

殷逢忽然哼了一声。

三人都望向他，半晌，他才从电脑屏幕后抬头，淡笑道：“你们局里的网络，可真慢啊。”

三人：“……”

尤明许：“爱用不用。”

然后就见他那修长白皙的手指伸出来，端起他自带的龙井茶，淡淡地答：“我用。”

许梦山在旁边瞧着，怎么感觉殷老师最近和尤姐的相处模式，有了些莫名其妙的变化呢？

尤明许却觉得，如今的殷逢，实在是鸡婆极了，哪像尤英俊，开会时都是乖乖的，坐得笔直，给什么吃什么，给什么喝什么。再看眼前这个，刚醒的时候不还阴沉又邪气吗？现在怎么觉得……他就是个喜怒无常的神经病？

继续说案子。

“有件事，得让你们知道。”景平说，“根据郭兴之前所汇报的情况，他已经开始着手收集云南贩毒组织的关键人物的犯罪证据了，并且已经收集了一部分，但还没来得及提交给上级。我在他的住处搜过了，没有找到那份证据，他身上也没有。”

尤明许和许梦山顿时明白过来，难怪景平之前在郭兴家里单独翻找了那么久，最后找出了一堆毒品。

景平说：“如果证据落入犯罪分子手里，郭兴就白牺牲了。那份证据牵涉比较广，甚至有可能对我们在云南的禁毒工作造成一定的打击。”

尤明许和许梦山对视一眼，都感到不妙。人已经死了，证据又没找到，不是落到罪犯手里，那是落到了哪里？

不过……杀死郭兴的真凶，会是谁呢？

“不一定没有希望。”

“还有希望。”

两个声音同时响起，正是尤明许和殷逢。

隔着平光镜片，殷逢看了尤明许一眼，嘴角一勾。

尤明许却没什么表情。

景平看看这个，又看看那个，笑了，说："谁先说？"

尤明许只看着景平，说："我觉得，杀死郭兴的凶手，犯罪手法很奇怪。"

许梦山也一笑："不错。"

景平点头："不像是贩毒组织做的，他们如果要做，会干脆利落很多，一枪毙命就是了。哪用得着这么大费周章，设计、勒死、弃尸、沉湖？"

许梦山说："不过，如果贩毒组织就是想掩人耳目呢？"

景平说："如果他们想要掩人耳目，你会连尸体都找不到。"

大家都是一静。

"郭兴的仇家？"尤明许问。

景平："有可能。"

"我是不是可以说话了？"一道凉凉的声音插进来。

景平和许梦山都看向殷逢，尤明许依旧目不斜视。

殷逢微微一笑："做个游戏吧。"

尤明许这才瞟他一眼。

殷逢说："我问，你们答。开始——假设落水者为A。A是男性还是女性？"

景平和尤明许都没作声，许梦山比较给面子，笑笑："男。"

殷逢："是老人吗？"

许梦山："不是。根据足迹专家判断，A的身高为1.75 ~ 1.80米，体重65 ~ 70公斤。是个体形偏瘦的成年男子。"

殷逢："A是否有明显肢体残疾，五官是否健全？"

许梦山答："是的，也是从足迹判断出来的，如果不健全，也不可能做跑下山坡、处理尸体这些事。"

殷逢："A和郭兴是否认识？"

许梦山："认识。"

尤明许也低声说："认识。"

殷逢立刻看向尤明许，她眉眼平静地答："A从山坡上冲下，落入水中，这个行为本身就比较反常。如果是陌生人，郭兴也会有戒备心理，他大可以呼救，而不是跳进水里。这其中还有什么我们不知道的原因。"

殷逢勾了勾嘴角，又问："A会是老景这样的中年男子吗？"

尤明许看了他一眼，心想：明明只比景平小一岁，也过三十了，叫什么老景，还中年男人。谁看到面色白皙俊秀的景平都不会联想到中年男人。

三人竟异口同声："不会。"说完之后，都是一怔。

是啊，为什么不会是像景平这样的成年男子呢？

景平神色微动，说："郭兴这人我知道，虽然善良，但是很谨慎，而且聪明。就算认识A，A如果是和他一样的成年男人，我认为他也不会太草率地去救而中计。"

殷逢笑了一下，说："正是如此。一个谨慎的卧底，绝不会草率地去救别人。哪怕他们认识。除非那个人，是他知道完全与犯罪组织没有关系的人，是他作为一个警察要守护的目标——也就是普通百姓。并且在他看来，是'弱者'。譬如说，如果是我……"他看了眼景平，"看到老景和梦山这样的成年男子蹊跷遇险，甚至是故意遇险，我是不会贸然去救的。我会观察，或者呼救。但如果遇险者是女人……"他颇有深意地看了眼尤明许，"……老人、孩子、残疾人，那我的戒备心理就会下降很多。哪怕明显有古怪，我处于强势一方，也会先救上来再说。"

不等三人说什么，殷逢又说："下一个问题，A是女人、老人、残疾人吗？"

许梦山："不是。"

殷逢说："所以，A在郭兴眼中，还是个孩子。但根据足迹专家判断，他已经成年了。什么样的成年了的男子，在郭兴眼里还是孩子呢？十八九岁吧。"

景平在这之前，还从未深入接触过犯罪心理，思忖了一下，点头："有点意思。"

尤明许则再次打量殷逢。此时的他，才完全像个学者，或者说聪明的推理小说家。戴着眼镜，手持钢笔，与他们问答的同时，在笔记本上勾画。逻辑清晰、细致，另辟蹊径。

许梦山却想：醒了就是醒了。这个，比以前那个还厉害，逻辑清楚很多。

殷逢又说："A是否在大城市生活过？"

三人微一迟疑，尤明许先开口："生活过。"

要完成对郭兴的谋杀，暗中跟踪、计划、脱身，都是少不了的。如果A三人没有大城市生活经验，两眼一抹黑，只怕方向都找不到，又怎么可能在郭兴到达湘城没多少天后，就完成了整套谋杀计划？这种生活经验，是体现在细枝末节里的，你要是连地铁怎么坐、怎么找指定地点附近的旅馆都不知道，试问你怎么计划杀人？

殷逢说："已知：A的年龄在十八岁左右，男，是个与犯罪组织无关的普通人，与郭兴认识，在大城市生活过。他们杀死郭兴，是出于什么动机？金钱、爱情、仇恨？”

景平说：“仇恨。”金钱和爱情是不成立的。

景平已经猜出是谁了，脸色变得有些难看。

尤明许心中一动，也有了个人选，可是……她感觉到心缓缓下沉，有点堵。

殷逢说：“假设 A 就是案件主谋——是 B 或者 C 没有差别。不过我倾向就是 A。他的性格是否偏激？”

许梦山：“偏激。”

殷逢说：“意志是否坚定、固执？”

许梦山：“坚定、固执。”

殷逢：“是否聪明？”

许梦山：“聪明。”否则怎么能追踪到郭兴，还计划了这一系列的事？

殷逢：“是否在充满爱和理解的家庭长大？是否能充分体谅他人？是否信任司法体系？”

许梦山：“都不是。”

殷逢：“是否具有人格魅力和影响力？能够说服他人？”

许梦山：“是。”

殷逢站起来，走到黑板前，拿起粉笔写道：

男，十八岁左右，身体健全，在大城市生活过，普通人。极为仇恨郭兴，郭兴夺走了他最珍视的东西。聪明、偏激、坚定、固执。从小缺乏父母关爱，不能充分体谅他人，不信任司法体系。具有比较强的人格魅力和影响力，煽动同伙作案。

他一手行楷，流畅、漂亮，气势如虹。

殷逢转身看着他们，摘下眼镜轻丢在桌面上：“我已经看过那个人的背景资料和目前在大学期间的表现了，完全符合画像，也已经确认过，他和两个同学这几天请假了，没有不在场证明。去抓人吧。”

云南，昆明高铁站。

熙熙攘攘，人流湍急。

某趟从湖南而来的列车出站口，一大群旅客涌了出来。

有三名青年，都只背着个背包，二十出头年纪。不过，他们的脸上并没有年轻人应有的轻快表情，都沉默着，其中最白净那人左右看了看，没发现什么异样，低声说了句什么，三人出了站，往地铁站入口走去。

地铁可以直通他们所就读的高校。这时他们的步伐都有些急，似乎只要坐上地铁，回到学校，这趟旅程，就能真正结束了。

然而他们没能够如愿。

他们甚至没能看清那些警察是从哪里冒出来的。对付这种没什么经验的半大小子，警察们简直手到擒来。

“别动！”

“不许动！”

“举起手来！”

三人被压在墙上、安检机器传送带上，十余名警察围着，隔开旁边被惊动趁机拍照的人群。三人脸上俱是惊慌恐惧的表情，但最白净那人，脸上很快浮现出毅然决然的神色，不再挣扎，在警方的钳制下，闭上了眼睛。

甘鸿意，甘红莺唯一的弟弟。父母早亡，两人从小相依为命。

甘鸿意从小学习不错，是比他大十岁的长姐一手把他养大的。甘红莺留在边境家乡，开一家小卖部维持生计。前年，甘鸿意考上昆明的大学，目前念大三。

两个月前，甘红莺被人奸杀，小卖部被放火烧毁。

当甘鸿意赶回家时，看到的只有一具焦黑可怖的尸体。

郭兴身为卧底，虽未杀人，却也没能成功阻止这起犯罪。据景平掌握的消息，郭兴拜托上级，把几个月的工资都资助给了这名少年。而两人私下是否还打过交道，外人却不知晓了。但郭兴和另一名同伙，明面上，确确实实挂在该案的通缉名单上。

甘鸿意及其同伙全部认罪。两名同伙极其悔恨，身为大学生，他们也是一时义愤填膺，头脑发热，听了甘鸿意的话，要为兄弟的姐姐报仇。

在审讯室里，甘鸿意却显得极为平静。据他交代，自从姐姐死后，他就把两名仇人的通缉令打印下来，日日带着。只是另一人，他从未见到过。

反倒是郭兴，甘鸿意在姐姐坟前意外撞见，从此留心。

“这不是你杀他之前，唯一一次见面吧？”许梦山试探地问。

甘鸿意的表情这才变得有些奇怪：“……不是。”

“还有什么？”

甘鸿意静了一会儿，才说：“上个月我就杀过他一次，但是没有成功。”

那是在一间酒吧外，姐姐死后不久，甘鸿意跟踪郭兴，等他一人落单时，甘鸿意持匕首猛刺。甘鸿意在学校也算是体育强将，身体敏捷，力气大。哪里知道匕首还没挨到郭兴的身体，就已被他擒住手腕，反扣在地上。

看到是他，当时郭兴眼中竟闪过一丝愧疚神色，而后丢开这孩子，冷声冷语地说："不要再来！否则我不会放过你。"

甘鸿意眼睛涨红，抓起匕首就跑了。

可那是一种什么样的感觉呢？复仇的心、强烈的恨意，反而被那人眼中的一抹愧疚，刺得更痛。

你不该感到愧疚的，你就该是个杀人不眨眼的恶魔。你毁掉了我仅剩的家。

殷逢推理得没错，甘鸿意是个极其聪明的孩子。一击失败后，知道不能硬碰硬，便想智取。他甚至还在家乡收买了两三个街头流窜的孩子，替他在那群匪徒经常聚集的地方以及郭兴家附近盯梢。谁也不会对孩子起疑，包括罪犯。

得知郭兴秘密北上后，他又拜托老家的同学，搞到了郭兴的火车车次，知道他来了湘城，他立刻也跟了来。

然后策划了鱼庄谋杀案。

尤明许想，郭兴或许一直就知道这孩子在跟踪自己，但大概没有当回事，甚至有可能故意和孩子有些接触，又或者，是出于心中的那份愧疚，还是说，郭兴也想要从这孩子身上，寻找到某种无法对别人言说的慰藉？

而甘鸿意呢？从他被捕后提到郭兴时的神态举止里，从他的口供里，尤明许看得出来，他分明看到了郭兴的愧疚和心软。所以，他才会跳下那个水塘吧。他是个极聪明敏感的孩子，他凭什么笃定，自己跳下去，郭兴就一定会救他？

但谁也没想到，郭兴自己肯定也没想到，一个忍辱负重、身怀机密的卧底，没有死在罪犯手里，没有死在不知情的自己人手里，却死于他想要保护的受害人家属手里。

从审讯室出来，尤明许靠在栏杆上吹风。

每当心情沉闷时，她就需要一支烟。

摸出火机，含着烟，刚要点燃，身旁来了个人。

景平也看着远处，不说话。

尤明许拍拍他的肩："老景，是不是很想打人？"

景平嘴角扯扯："是啊，还不能把人狠揍一顿。我要是老郭，在地底下也要被气得跳出来。”

尤明许说：“你不是他。”

景平转头看着她：“有什么不同？”

尤明许说：“不知道，反正感觉你们应该是不同的。”

景平静默了一会儿，苦笑：“这笔账都不知道算在谁头上。”

“算在贩毒组织头上吧。”尤明许说，“否则老郭怎么会背上不存在的罪行还不能申辩呢？”

“嗯。”景平给自己点了支烟，“算在他们头上。”然后把手伸过来，给尤明许点。尤明许并不抗拒，含烟低头凑近。她的唇形很漂亮，小小一张，却很饱满，红唇咬着白色的烟，露出一点牙齿。景平看了两眼，收起火机。

“还是没找到那份丢失的证据？”尤明许问。

景平答：“没有。甘鸿意他们三个没有注意到有什么特别的东西。他们也只从郭兴身上拿走了现金。搜过他们的住处和所有带着的东西，也没有。我倾向于他们说的是真话。我想那份东西，他们即使拿到了，也不知道是什么。”

尤明许想了想，问：“会不会老郭把东西藏起来了？”

景平说：“有可能。这是个麻烦事。”

尤明许说：“只要没落入犯罪组织手里，就还有希望。他拿命换来的东西，咱们一定得拼命找回来。”

“嗯。”

两人都静了一会儿，景平说：“能别叫我老景吗？”

尤明许看了他一眼：“那叫什么？”

景平说：“许梦山叫什么？”

景哥。

不知道为什么，尤明许不想叫，也有点叫不出口。尽管不想提那个人，她还是说：“殷逢不也叫你老景吗？”

景平笑笑，偏了偏头：“哦，那你是跟着殷逢叫，还是跟着梦山叫？”

尤明许看了他一眼，转身就走：“懒得理你，随便。景哥就景哥。”

“嗯。”他的嗓音淡淡的，应了声，仿佛还带着烟味儿。莫名地，尤明许就笑了，知道这人精得很，大概也看出她和殷逢不对，故意逗她呢。

然而说曹操，曹操就到。尤明许刚要走回办公室，就见殷逢拿着块纸巾擦手，从洗手间出来。

两人打了个照面，尤明许目不斜视往前走。

殷逢看了眼不远处的景平，轻轻“啧”了一声。

尤明许站住，转头：“你啧个屁？”

殷逢笑笑，慢条斯理地用纸巾擦干净每一根手指，丢进垃圾桶，说：“怎么，有新的追求者了？”

尤明许直视着他的眼睛。

尽管语气懒散，那双漆黑的眼却深深望着她，里头并没有一丝笑意。于是在这样一双眼的注视下，即使是尤明许，也没来由地生出一丝寒凉的气息。

“关你屁事。”尤明许说，“咱们不是两清了吗？”

殷逢双手插进裤兜，淡淡地说：“我现在要是不想两清了呢？”

尤明许看着他不说话。

殷逢笑了一下，她看着他伸手，就要来拉她的胳膊，这时许梦山的声音从背后不远处传来：“你们赶紧来！有重要发现！”

尤明许转身就走。

殷逢的手落空，笑笑，也不急，插回口袋里。

景平碾灭烟头，丢进垃圾桶，他没什么窥人隐私的兴趣，所以刚才一直扭头看着另一边，听到许梦山的声音才回头，恰好看见殷逢想抓人没抓到的一幕。此时他走到殷逢身边，忽然笑了一下，说：“人家不搭理你？”

殷逢看了他一眼，笑了，是有些幸福又有些无奈的男人的浅笑：“见笑了，这几天和我闹别扭呢。”

景平什么也没说，往前走了。

殷逢神色如常地跟上。

新的发现，是一段监控视频。

吉祥鱼庄位置偏僻，来的人也很少，所以除了门口装了监控，里头都没有。周围的山林更是如此。

之前警方在现场也探过，除了鱼庄大门，如果有人想从别的方向溜进来也是很容易的。

视频不是正经天眼拍的，而是附近山路旁一个养殖果林的农户装的。本着宁可错杀不可放过的原则，许梦山把能拿到的监控都要来了。

那是条小山路，下坡，周围都是果树。镜头对准的前方，隐隐可以看到山下的吉祥鱼庄。

时间是郭兴遇害当天下午三点二十分，他来到鱼庄已经有一段时间了。

镜头中出现了一个人。

那人穿着休闲衣裤，个子很高，戴了顶鸭舌帽，沿着山路往下走。约莫是走得有点累了，他恰好在树叶间的镜头前停下，点了根烟，抬头露出了一点侧脸，抽了几口之后，继续往下走去。很快就消失在镜头里。

看着监控的几个人都没说话。

殷逢微微蹙眉，尽管只是匆匆一瞥，只看到一抹轮廓，可他怎么觉得这个人有点眼熟?

许梦山也有同感，手捏下巴思索着。

景平不认得这人，将画面停在那人微微抬头的一帧，在脑子里回忆有关贩毒组织成员的每一幅画像。

尤明许却已开口："是罗羽。"

此言一出，景平看着她，许梦山和殷逢却都是一怔。

许梦山立刻伸头盯着屏幕："你确定？"看着是有点像。

尤明许说："我确认，化成灰我都认得他。"她好歹和那人好过几个月，也曾朝夕相处过，加上后来又被他纠缠得厉害，对他身上的一些小细节和动作习惯，都比较熟悉，所以一看就认了出来。

景平："罗羽是谁？"

许梦山把罗羽的基本背景，还有之前和这一系列案件的关联，都简要说了一下，说得景平的眉头蹙得更深了。

尤明许也在沉思，冷不丁就感觉到两道目光盯着自己。她抬眸，殷逢的眼眸依旧暗暗的，透着寒意。尤明许被他盯得有点不舒服，索性以更冷的目光瞪回去。哪知道他眼中寒光一收，却又笑了，有点戏谑的样子。

尤明许不想看这痞子。

"如果照这么说……"景平开口，"这个罗羽，是凯阳集团的法律保护伞，极有可能已成为其核心骨干。在被神秘组织控制的向荣身边，罗羽出现过；郭兴被杀的现场，他也出现过……这个人，非常关键。"

尤明许和许梦山都点头。

“甘鸿意他们动手是几点钟？”殷逢问。

许梦山看了眼卷宗，答：“也是三点多，他们没注意具体时间。但是甘鸿意他们并不知道罗羽的存在，也没提到见过他。”

尤明许说：“待会儿再问问。”

许梦山点头。

景平说：“如果罗羽就是湘城这边与云南的接头人，那份重要的证据，会不会已经落入他手里了？”

这个可能性很大，众人心中都是一沉。

尤明许脑海中也浮现出以往与罗羽这个人相处的种种。试图勾搭她时，罗羽表现得文质彬彬，温柔细心；后来真面目被她识破，这人一改伪装，又痞又坏，一直对她纠缠不休。她始终觉得，罗羽对她的纠缠，并非出于多少真心，而是另有所图。

可他图的是什么，她却始终查不出，看不透。因为从他的履历看，这个干净清晰、法律专业的高才生，毕业就进律师所，打了不少官司有了名气。后来和凯阳集团纠缠在一起，游走于灰色地带。哪怕凯阳集团现在有犯罪嫌疑，可警方还没有得到任何实证。他总想得到她，是为了什么？

再后来，许多线索指出，这个人，居然和神秘变态杀人组织有关，和顾天成这样的人有关，向荣供出了一个“yǔ 哥”，说 yǔ 哥是神秘组织和他接头的人。但他们在罗羽身边，却查不出任何端倪。

如今警方重要卧底来到湘城，手上携带着正在收集的重要证据。人虽然不是罗羽杀的，他却又出现在现场，还很可能带走了证据。

所有的疑点，都集中在同一个人身上。

所有的线索，又都断在他身上。

尤明许想，罗羽到底是哪边的？凯阳集团的死忠走狗，还是神秘组织插在凯阳集团的暗桩？甚至双重身份？两个犯罪组织到底有何关系？狼狈为奸各取所需，还是另有恩怨？

身份这样可疑的罗羽，为什么又瞄准了她这个小刑警，他能从她身上得到什么？

“接下来，我们 24 小时盯紧罗羽。”尤明许说，“搜查令，只怕老丁不会发。”

许梦山和景平都点头，目前贩毒案还没有眉目，上级是绝对不会给他们搜查令，打草惊蛇的。

尤明许说："咱们再另想办法搜。"

景平笑笑："嗯。"许梦山也点头。

"郭兴牺牲了，云南那边怎么办？"尤明许问。

景平答："他们很重视这一次的合作，我想很快会再派人过来。我会和云南那边联系，让他们盯紧动向。一旦有新接头人的消息，就通知我们。目前能做的，就是等。"

就像景平说的，无论是云南那边，还是罗羽，目前能做的，就是紧盯着，等候时机。

他们几人为查郭兴的案子，已一天一夜没睡。这案子破的速度令上级惊讶——只花了一天时间，真相也令上级沉默。

既然来日方长，尤明许他们安排了同事先值班盯着罗羽，三人就各自回家补眠。

而等尤明许走出警局时，殷逢早坐着自家的宾利走了。

尤明许回家，痛快地睡了大半天，到了下午才醒。正打算去觅食，手机却像被人算准了似的，响了起来。

她看着屏幕上的名字，在沙发上坐下，接起，语气冷冷的："喂。"

"阿许。"那人喊道。

尤明许浑身一震。

可接下来的嗓音，依旧是低缓的，带着点说不清意味的笑意："起来了吗？我们聊聊。"

尤明许忽然比之前还要恨他，冰冷地说："我们还有什么可聊的？"

殷逢顿了一下，说："阿许，我想起了一些事。我的想法改变了。"

在刚听到这句话的一刹那，尤明许能够清晰地感觉到心口的疼痛感，那又苦又涩、还有她根本不想承认的委屈，一涌而出。

但尤明许不是别人，下一刻，她已恢复理智。

她意识到，现在这个人，和以前完全不同。他对于男女关系游刃有余，是花丛老手。尽管他的语气低落而诚挚，令她的心都一颤。可是，真的能信？

而且，别忘了，如果说，罗羽是一系列案件的嫌疑交汇点，到现在，尤明许也没搞清楚他的底细，那么殷逢，难道不是另一个最大的疑点和未知数？

于是尤明许心中那汹涌而上的情绪，瞬间撤得干干净净。只剩下残留的一点疼痛感，和极其冷静的清醒。

“哦？”她问，“你想怎么样？”

殷逢说：“来我家，见面聊。现在天快黑了，你应该还没吃饭吧？我家有个露台，风景很好。我在那里等你。”

既然冷静下来，殷逢的邀约，尤明许肯定是要去的，他身上还有太多秘密。都是为了查案——她这么对自己说。

可是，也怀了点败他兴的心思，尤明许干脆换了身笔挺的警服，戴着警帽，腰间还挂了副明晃晃的玫瑰金手铐，出门。

一出小区，就看到那辆黑色宾利已等在那儿了。尤明许拉开门上车，前头的涂鸦转头冲她一笑，有点憨的样子。

尤明许对他印象不错，也一笑。

坐下后，她注意到车内多了点淡淡的花香味，手边还放了瓶水，一小盘糕点。

尤明许腹诽：那家伙越来越矫情了。

涂鸦却说：“尤小姐，水和西点是为你准备的。”

尤明许看了一眼：“他让你弄的？”来这套？

涂鸦却微微垂下头，有点不好意思的样子：“是我，也不知道合不合你的口味。”

尤明许一怔，拿起块西点塞嘴里，还怪好吃的，说：“嗯，好吃。”

涂鸦笑了。

尤明许看着这粗壮木讷的司机，心想：殷逢手下，倒是也有单纯可爱的人。

尤明许和他也比以前熟了，凑上前，一拍他的肩，边嚼糕点边说：“干吗对我这么好？”

涂鸦愣了愣，闷了好几秒，才小声说：“殷老师现在是没想起来，你别生他的气。”

尤明许嘴里的糕点忽然就没了味道，面色淡漠地往后一靠，不搭腔。

到了别墅外，大铁门敞开着，灯光通亮。尤明许下了车，看到穿着白衣白裤的小燕迎上来。

小燕还是有点怕她，本来今天迎客的任务轮不到他，通常是老九。可是殷逢今夜执意撩人，嫌老九长得丑，换了白净乖巧的小燕。

一看到尤明许，小燕就想起上次被她抓着摁地上的情形，脸一红，一直蔓延到脖子上，他小声说：“尤警官，跟我来。殷老师等你很久了。”

“嗯。”

路过花园时，看到园丁还站在其中，身上的工作服很干净，依旧是一副阴郁瘦削的样子。看到他俩，他阴恻恻地笑笑。

殷逢身边这些人，尤明许已经都翻过一次底了。眼前的园丁看着古怪，还很艺术，谁能想到他曾经是个利用计算机技术犯罪的互联网诈骗犯呢？坐了二十年牢才出来。

那个人，收留这些有罪之人干什么？

见她打量园丁，小燕大着胆子介绍："我们都叫他冠军，他脾气很坏，只有老九管得住他，他很不喜欢警察。尤警官……你别理他。"

尤明许说："你不也很不喜欢警察吗？"

小燕嗫嚅不说话了。走了几步，他又说："我不是不喜欢。"是他们不喜欢我。我想要得到他们的信任，却始终得不到。于是我一闭上眼，总会回到那个淌满鲜血的房间。我其实知道，总有一天，我也会和爸爸妈妈一样，躺在其中，小燕心中想着。

冷不丁，有人轻拍了一下他的头。小燕浑身一颤，几乎不敢看身边的女人。

"怕什么。"她淡淡地说，"警察又没有三头六臂，也是正常人。以后有什么事，可以找我说。"

她知道眼前的男孩从小是个惯偷，知道他父母双亡，而他的嫌疑始终没能洗清。也知道自从他出狱后，殷逢就一直带着他。

小燕讷讷不语。

头顶传来一阵轻盈的口哨声，小燕拔腿跑了，尤明许抬头，看到那人一身黑西装白衬衣，背光立在三楼露台上，正看着她。

殷逢在电话里说得没错，这露台的风景确实绝佳，今夜天气不错，天空一轮银月，远处，是片寂静的湖水，两岸灯火点点，如珠如碧。

冬夜是严寒的，露台一侧竟安装了壁炉，里头烧着一根根真柴火，阵阵热意往人身上扑，十分舒适。

数盏圆圆的白色夜灯安装在露台四周，跟盈盈的夜明珠似的，很是柔和。耳边，是很轻的抒情音乐，沙哑的男声在吟唱。一切都宁静极了。

尤明许站在露台入口处，殷逢走了过来。西装是敞着的，衬衣纽扣也解开两颗，头发往后梳，步伐是慢悠悠的，浑身上下透着股慵懒随意的男人味。

他走到她跟前，打量了一下她身上的警服，笑笑，说："以前不觉得女孩子穿警服好看。"

尤明许没搭理他，径直走到桌边坐下。

这是张白色小方桌，铺着精致的深色绣花桌布，只有两把椅子，还隔得很近。

殷逢跟过来，在她身边坐下，手轻轻一搭，就扶着她的椅背。

他今夜没喷香水。尽管性格骤变，可同一个人身上的气息和感觉，还是相同的。随着他似有似无的靠近，尤明许也有一瞬间的恍然，随即定了定神，说："有屁快放。"说完一拍他的手，"吱"一声把椅子拉开一个人的距离。

她表现得如此粗俗暴力，倒让殷逢有些沉默。

但是，心急吃不了热豆腐。

他微微一笑："饿了吧，先吃东西。我睡了一天，很饿。"

厨师把菜一样样端上来，都是尤明许爱吃的。尤明许和谁过不去，都不会和肚子过不去，也不会担心殷逢能对她干什么作奸犯科的事，埋头大吃。

殷逢慢条斯理地吃着，偶尔抬头，看见她乌黑的发顶。能闻到沐浴后的淡淡香味，竟然又令他心中泛起一股喜悦和兴奋感。他自嘲地想，这么多年，什么时候想过，有朝一日，自己竟然要使出浑身解数，对一个全副武装的女警调情……

忽然很想伸手摸一下她的头顶。

既然想，就要得到。

他刚要伸手，猛然间耳边一个熟悉的声音快乐地说："阿许你看，我的舌头可以卷起豆芽菜！"

脑袋里隐隐又有些疼，一些画面飞快闪过，他看到自己坐在警局简陋的餐厅里，很蠢很蠢地用舌头卷起一根豆芽菜，还吐出来给女人看！

恶心！

女人也是一脸厌恶，低头，可嘴角却又在笑。

那一抹浅笑，在他的记忆里，就像在发光。

他是那么清晰地感觉到了自己当时的快乐，可为什么，心中又涌起了一丝酸楚，和那日从泳池爬上来后，如出一辙的疼痛和酸楚……

尤明许感觉到异样，抬起头，就看到殷逢死死盯着自己，眸光阴沉惊痛。她心惊了一下，放下筷子："怎么了？"

殷逢低下头，掩去眼眶的微红，答："没什么，想起了一点过去，我们俩的事。"

尤明许一愣，低头继续把面前那盘最爱的菜吃完。殷逢原以为她会问一句，那样气氛岂不是更好？可没想到她居然不闻不问，心中莫名有了丝恼火，按下不提。

吃完饭，厨师把餐具收走，换上清新的茶水、糕点和水果。两人静静对坐了一会儿，殷逢说："夜更深了，那边风景更好，过去看看？"

尤明许站起来，他领她走到湖的那一边。

他说得没错，夜更深了，天空中一些星星冒出了头。从这里可以望见辽阔的湖光山色，也能望见湘城周围的灯火高楼。明明离市中心不远，却有这么个闹中取静、风景独好的地方，岳麓风景，一览无余。

两人并肩站着，殷逢笑了笑，说："这是我九年前买的房子，那时候房价正处于低谷，不过也花光了我那些年所有的版税。我觉得这就是我的梦想 house（房子），与世隔绝，风景独好。我可以在这里过一辈子。"

尤明许没说话。

他的手轻轻搂着她的肩膀，说："阿许，对不起，之前把一切都忘了。我现在正在一点点记起。给我个机会，把你找回来，好不好？"

尤明许心头一颤。

再多的理智，都抑不住心底那一丝在努力地攀升的希望。

她转头看着他，声音略涩："你想起什么了？"

殷逢的眼眸清亮如水，在灯火下，定定地望着她。

然后一只干燥温暖的手掌，轻轻覆盖在她的眼睛上。她的眼前顿时只有黑暗。

"阿许，我还要。"他轻声地，像那个人一样，软软地说。

尤明许鼻子一酸，男人的唇已覆盖上来。熟悉的气息，陌生的力度。他吻得霸道极了，重吮她的唇，逼得她的舌头无处可退，一不小心就被他含住反复蹂躏。

尤明许眼睛被挡住，下意识往后退，他另一只手扶住她的腰，轻轻将她压在阳台边缘，让她的后脑勺靠在上面，低笑了一声，吻得更急。

这是一个相距太久、来得太突然的吻。尤明许被他拥在怀里，只感觉那战栗感从舌尖传来，阵阵往身体里撞。她稍想躲避，他就追得更紧；稍想抗拒，他就用牙尖咬她的舌尖，令她全身一抖，酥软下来。殷逢的手也轻车熟路地滑进她的衣服，稍一停顿，就继续细细地摸索揉捏着，令尤明许整个后腰都变得麻软。

在片刻的溃败后，尤明许轻哼一声，双手摸上他的脸，他动作一顿，她已反咬上去，两只舌头疯狂缠在一起。她清晰地听到殷逢闷哼了一声，气息都开始不稳，然后死死地把她压在了阳台上，就像要把两人的身体揉在一起一样。

尤明许又感觉到了那熟悉的冲动——想要陪他沉沦，陪他毁灭，陪他不顾一切，极尽缠绵。他的身体，他的触碰，甚至他压抑的喘息，依然这么强烈地吸引着她。那样极致的、无人知晓的快乐，他们曾经不止一次共赴过。并且这一次，也许是因为压抑太久，被他背叛太久，那冲动竟比以往每次都猛烈，随着他的亲吻、抚摸，渗入她每一寸肌肤、每一寸骨骼，就快要将她的理智淹没。

而殷逢也未想到，这一切的感觉来得如此强烈，如此措不及防。他今天本就刻意与她调情，刻意示弱提起那一点零散回忆，让她心软。在他的预料里，这应该是一个浅尝辄止的吻。他若表现得太心急热烈，讲真有点丢面子，而且也怕她不信。就应该一点一点推进，把她圈回自己的名下。至于这份占有欲，能有多长久，他的兴趣能维持多久，那就要看缘分了。

却没料到刚尝到她唇中气息的一刹那，那久违的、如同花火一路点燃的感觉，就在身体里迅速升起，猛烈炸开，理智瞬间走失，全身紧绷干涸。他根本无法克制自己想要得到更多更多的冲动。他甚至不知道自己的眼都红了，她的每一缕气息如同释放着迷幻药。而当她抬头回吻他的一刹那，他甚至全身都开始颤抖。一个声音反复在脑子里喊："阿许……阿许……"令他差点喊出了声。当她轻咬他的嘴角时，他甚至呻吟出声！这是从未有过的事。这女人的一举一动，仿佛都能戳中他的敏感点。

他低喘着，不想收场，也没有办法再收场。只是这样的亲吻抚摸，根本无法满足他。他解开她警服的扣子，开始亲她的脖子。这一处的柔嫩简直令他丢盔弃甲！他在夜色里微红着眼，一边细细地啃她的脖子，一边低声在她耳边哄道："去我房间？就在楼下，我抱你去。"

他知道，今天如果得不到这个女人，自己只怕会失控，会发疯。

回答他的，是一只柔软却有力的手，这只手按住了他的脸，慢慢往后推。

殷逢一笑，开始舔她的掌心。这回她使上了力，一把将他推开。殷逢后退两步，眸色涌动。尤明许脸还是红的，发丝也乱着，在他晦涩的、欲望涌动的目光下，扣好警服扣子，整理好衣服和头发，淡道："亲一下，各自爽到就得了。别想太多。"

殷逢忽然说不出话来。

这么多年来，他还是第一次被女人用完之后一把丢开。

"你就是这么看我的？"他冷声问。

尤明许笑了一下，走到桌前坐下，叉起块水果丢进嘴里："那你指望我怎么样？"

瞧瞧，瞧瞧这用词，"指望"。

殷逢按下心头火气，也坐下，说："尤明许，他需要你。"

尤明许看着他。

他说："我身体里的那个尤英俊，他离不开你。"

夜色寂静，星光无声。

尤明许望着他的眼睛，漆黑，澄亮，深不可测。当这个男人这样安静地望着你，一时间，他既像是殷逢，又像是尤英俊。

尤明许："你到底想怎样？"

殷逢的手伸过来，那瘦长的大手，停在她的手边却不握，而是屈起食指，轻轻地，一下一下摸着她的手背："今后的事，谁也说不准。现在，先回到我的身边来。"

让我得到你，令我满足。

让我看清自己的心，它到底想要去向何方。

尤明许任他这么极挑逗地抚摸着，笑了一下，说："你想回到我身边，也不是不可能。"

殷逢眉头轻皱，这女人！

尤明许反手抓住了他的那根手指，殷逢的心居然抖了一下，那么柔软纤细的指腹，竟令他的身体内再次涌起一阵难耐的激荡。

她把玩着他那根手指，说："除非你想起所有事。"

殷逢握紧她的手，说："你这不是强人所难？我要是一辈子想不起来怎么办？尤明许，有些东西，人是记在潜意识里，记在灵魂深处的，记忆只是浅层的表象，不必强求，明不明白？"

尤明许静了好一会儿，才说："也许吧。"可我还是想要尤英俊。

"行，我退一步。"她扯扯嘴角，"你要是能想起来，咱们在一起那天，你对我说的话，我就和你在一起。"

殷逢望着她淡漠的表情，又思忖了一下最近自己脑子里回忆片段闪现的频率，觉得胜算比较大，点头："行。不过，我也有个条件。"

尤明许看了他一眼："你凭什么提条件？你要分就分，要好就好？"

殷逢下颌的肌肉抽动了两下，反而笑了，说："好了，之前是我错了，别再赌气。我的要求其实很合理，你希望我恢复记忆，我也一样。但人的记忆系统，通常是需要一些关键信号来唤醒的。毫无疑问，你就是那个关键信号。所以今后……你与我，多些接触和相处，一起查案也好，像今天这样吃饭也好，多做些以前你和我做的事，不要再同我水火不容，我想应该能恢复得更快。帮我个忙，也帮尤英俊一个忙，行不行？"

尤明许沉默几秒钟，心中一声长叹，说："行。"

第十一章

禁忌之举

罗羽住的地方倒是很符合他精英律师的人设。

市中心的高档社区，高层公寓，安保严密，幽静清冷，即使是警察，也不方便整天在小区里晃，只能在小区外不起眼的角落盯着，24 小时跟踪。

今天轮到尤明许和许梦山值白班。

蹲守是极其乏味无聊的事，两人都把车椅放平，靠睡着，轮流盯着小区的出入口，偶尔用望远镜看看罗羽家的窗口，目前并无异样。

许梦山叫的盒饭送来了，他去路口取来，两人默不作声开吃。

尤明许把塑料管插进饮料里，喝了一口，舔了舔唇，放在边上。

许梦山扫了她一眼。

过了一会儿，尤明许察觉许梦山饭盒里的爆炒猪肝看着挺诱人，便夹了一筷子，又把自己的递过去，无须言语，许梦山夹了一筷子她的小炒肉作为补偿。

“给我点的是什么饮料？”尤明许喝了一大口，“酸酸甜甜怪好喝的。”

许梦山边扒饭边说：“前天就给你点过，当时怎么没觉得好吃？”

“是吗？”

许梦山一笑，说：“今天你一来，我就感觉不对劲。自从和殷逢分手后，你上班就总是冷着一张脸，时时刻刻要找人干架的样子，给什么吃什么，喝什么都是一口干。今天你好像忽然正常了，整个人又活了过来。怎么回事？你们俩不会又好上了吧？”

好警察都是人精，更何况眼前这个还是只狐狸。

尤明许之前自己都没察觉，被他这么一说，才发觉今天的心情确实一直莫名很好。她隐隐有种被人揪住尾巴的感觉，心生烦躁，冷道：“没有。恰好相反，不在意了才会这样。”

许梦山吃完，把饭盒放进袋子里，说：“照这样搞下去，他整天跑到我们组里一起查案，你怎么放得下？”

尤明许淡道：“随他去。我现在脑子里只有案子。”

这时，一辆熟悉的车从前方车库驶出，正是罗羽的。许梦山举起望远镜一看，驾驶位坐的正是罗羽，驱车跟上。

天色渐黑，车流穿梭。

罗羽这人，开车却是极规矩的，稳稳当当，不急不躁，他们跟了他几天，从未见他违规行驶过。

开了大概半个小时，到了一家夜总会门口，罗羽停车上楼。

许梦山把车停在不远处的街边，说：“又来花天酒地了。”

罗羽的夜生活，似乎一直如此，除了偶尔加班，就是吃喝玩乐，总是与一些三教九流混迹在一起。

“这人的志向一向明确，就是不走阳关道。”尤明许说，“只要能有高收益，根本不在乎来钱的路子正不正，风险大不大。而且我觉得他其实也挺喜欢权力，喜欢凌驾于他人之上的。”

而这种不正常的权力，只有黑夜可以带给他。

许梦山斜瞥她一眼：“话说，你怎么尽招这种迷途浪子喜欢？你身上到底有什么魅力，吸引他们前仆后继？”

尤明许：“滚。”

又守了一会儿，快到交夜班的时间了，今夜大概也不会有什么异样。

尤明许的手机响了，是殷逢打来的。

她看了眼许梦山，把头侧到一边接起，语气低沉而严肃：“喂。”

那头有隐隐的音乐声，某人似乎过得很闲适，他轻笑唤道：“阿许。”

尤明许不想答。

殷逢说：“怎么了，说话不方便？”

“没事，你说。”

“是这样的。”他缓缓地说，“关于那个组织，我有些新想法。你过来和我吃个晚饭，我们交流一下。”

尤明许静了两秒钟。

他很耐心地等着。

然后她笑了一下，说：“行啊。”怕你？

他感觉出她的漫不经心，嗓音里笑意更浓，说：“把地址发给我，我让涂鸦来接你。”

他的车太惹眼。尤明许说：“不用了，不方便，我自己叫车。”

殷逢会意，又问：“多久能到？”

尤明许看了下手表：“再有半个小时下班，到你那儿估计一个小时。”

“好。”他柔声说，“阿许，我等你。”

挂了电话，尤明许脸色淡淡地望着夜总会门口的霓虹光影。夜深了，路上行人变得面目模糊。那些光线隐隐浮动在空气里，寂静无比，一如她的心，沉寂已久，虽有了涟漪，可也有茫然、苦涩和未知。

没多久，两个换班的同事来了，倒是比预计的早了半个小时。许梦山和他们简单说了下今天的情况，尤明许正收拾东西，不经意间抬头，忽然一愣。

夜总会有三层，暗香浮动，华丽低调。每一层都有几扇窗，在暗夜里看得并不清晰，但尤明许视力极好，灵敏度高，刚刚匆匆一瞥间，居然看到一个熟悉的身影，从二楼窗前走过。她马上举起望远镜，那人却不知从哪里进去了，再也没看到。

小燕。

尽管他穿着一身黑衣，微垂着头，但那清秀的脸，白净的脖颈，单薄的身形，尤明许不会认错。

小燕在殷逢的指导下，宛如古时的斥候，善开锁，能闯一切空门，灵巧敏捷。

殷逢派他来这里，只有一个原因，也是为了罗羽。

尤明许微蹙眉头，既然殷逢决定同她合作，这样的私下行动，自然不能再乱搞。她决定晚上和他说一说。

既然换班的同事提前来了，她和许梦山自然没必要再在这里耗着，趁着夜色下了车。离开夜总会附近，许梦山说：“走吧，公交车站在那边。”

尤明许眼皮都没抬一下：“你先走，我还有事。”

许梦山伸手在她的肩膀上拍了两下，什么也没说，走了。

尤明许望着眼前的夜色与车流，因兄弟的这个心照不宣的小动作，心中升起些暖意，也有些恼意。恼的是殷逢，太会拿捏人心，拿尤英俊做饵，诱她靠近。不过，她也不是省油的灯，见招拆招吧。

很快，她用打车软件叫的车到了，上车直奔殷逢家。

夜色更深了些。

当车子驶入别墅小区时，已接近九点。尤明许并没有告诉殷逢自己会提前到，有什么好说的？沿着小区里的绿径，车子徐徐行驶，远远地，已经可以看到殷逢家的围墙了。

手机响了，又是殷逢。

她接起："喂？"

这回，他那头格外安静，嗓音依旧柔和："出发了吗？"

尤明许也不知道是怎么想的，淡道："还没。"

殷逢说："那就好。不好意思，我这边临时有几个圈子里的朋友过来了，来得比较突然，我出事后很久没和他们联络，也没让他们探望过……"

尤明许："知道了。"拍了拍师傅的肩膀，示意他停下。

殷逢静了一下，说："我明天找你。"

尤明许无声笑笑，说："没事我挂了。"

"嗯，再见。"他先挂了电话。

尤明许放下手机，看了两秒钟，塞回口袋里，告诉司机："师傅，掉头，去别的地方。"

车子原路驶回，刚驶出这条路，就看到两辆敞篷跑车迎面开来。一辆金黄色，一辆幽蓝色。每辆车上坐着三四个人，有男有女。男的皆是衣冠楚楚，模样清贵，每辆车上有两个女的，皆是妆容精致，身材极好，大冬天的，皮草外套下却都是裙子，露出些雪白颜色。他们说说笑笑，动静很大，完全没注意会车而过的尤明许，直奔殷逢家方向而去。

"哎哟，是明星吧？还是富二代？有钱人啊！"司机师傅忍不住嘀咕，还回头看了那几个活色生香的女孩儿眼。

尤明许也回过头，看到两辆车停在殷逢家门口，大铁门徐徐打开，车都开了进去。

她转过头，默坐了一会儿，眼看车就要驶出小区，她开口："师傅，就把我放这儿吧。"

司机觉得莫名其妙："怎么又不走了？"

她说："我要去杀人。"

司机愣了一下，也不多问了。

尤明许走到大门外时，心中一片平静。这感觉似曾相识，她忽然就想起他还是尤英俊时的那个夜晚，她撞见女人爬他的床。只是那时，他是无辜的。然而令她隐痛烦躁的种子，也是在那时开始埋下的。她知道了他原本是个什么样的人，可是面对后来的尤英俊，她还是选择了冒险。

可现在，他已经不是尤英俊了。

今晚，他来电话推拒她时，嗓音平淡柔和，理所当然。

尤明许摁了一下门铃。

很快，门开了，老九看到是她，愣了一下，不等他反应，尤明许就挤身进去，淡笑："他约我来的。"

殷逢之前是交代过，任何时间，尤明许来，都要通行无阻。老九犹豫了一下，尤明许已走出一段了。老九想了想，也懒得插手，继续浇花去了。

路过花园时，看到冠军在修剪花枝。尤明许想，昔日的互联网鬼才，如今倒是看不出半点端倪。

以前每次，冠军几乎都不正眼瞧她，今天却抬起头，先看看她，又看了眼那热闹的露台，"嗬嗬嗬"就笑了出来。那阴阳怪气的笑容，配合上他手里的剪刀"咔嚓"剪掉一朵漂亮的花的情景，竟是一副要看好戏的样子。

尤明许冷冷地看了他一眼，走了。

刚到楼下，一个人影闪出来，拦着她不让进。

尤明许看着涂鸦："让开。"

涂鸦的脸紧绷着，有点红，身侧的双手握拳，不吭声，也不让。

尤明许："涂鸦，这是我和他的事。"

涂鸦摇了摇头："别去。他不过是逢场作戏，应酬一下，没有把那些当真。他还没有想起来，所以……"

尤明许说："我偏要当真。打算和我动手吗？"

涂鸦沉默半晌，到底闪到了一旁。他心里闷得慌，一咬牙，回房间喝闷酒去了。

尤明许拾级而上。

到了三楼，迎面有个开放式料理台，厨师卫澜站在那里，穿着最得体的大厨服装，头戴高帽，听到声音，转过头来。

卫澜，因父母与人产生生意纠纷，欠下高利贷，一家三口遭受非人虐待，当年他才二十三岁，过失杀人。坐了八年牢，如今已三十三岁。

俊朗青年看着她，眼中也闪过一丝尴尬，立刻说："稍等，我去通知殷老师。"

尤明许："站着别动。"

卫澜身形一顿，只能眼睁睁看着尤明许走上了露台，而后低下了头。

与上次尤明许来时所放的轻柔音乐不同，今天露台上，播放着很 happy（欢快）、很迷幻的音乐，壁炉猎猎烧着，几个男人手持酒杯，靠在露台边聊天，身边都有个女孩陪着。有酒有美食有女人，才有意思啊。

殷逢身边，也有一个。

他们在聊最近文化市场的动向，聊影视投资，聊美酒、好书与好茶。当然，他们也对殷逢这一年半的"消失"充满好奇。不过殷逢向来性格古怪，说他清高吧，他游走于资本、市场之间，赚了大把钞票，完全不输厉害的商人；可说他功利吧，他又能离开市场很久，潜心写作，如痴如醉，什么都不管不顾。所以他闭个关写书，也就不足为奇了。

殷逢饶有兴致地和这几个圈内朋友聊着，虽然许久没见，但只要殷逢想，片刻就能不着痕迹地打消彼此的隔阂，聊得热火朝天，亲密无间。

一人指着他身边的女孩，笑着说："这是赵老板公司新签的艺人，还没出道呢。说是最崇拜殷老师。Lisa，今天就带你来见见偶像。还不快给殷老师敬杯酒，将来如果新书拍电视剧，给你个角色还不是一句话的事，殷老师的面子，哪个片方都要卖的。"

殷逢打量着身边的女子。

Lisa 不过二十二三岁，生得白皙小巧，相貌清美，长发乌黑柔顺，此时脱了外套，露出一袭烟灰色长裙，香气袭人，宛如邻家女孩。

她听话地端起酒杯，送到殷逢面前，嗓音娇软："殷老师，赏脸喝一杯好不好？"

在殷逢的感觉里，自己已经很久没有接触过女人了。而眼前的女孩，毫无疑问是他偏爱的那一款，要不今天也不能被带来。小巧精致，不盈一握，乖巧且善于迎合。

殷逢单手搭在露台边缘，淡淡看着她，接过酒杯，一口喝了，然后把杯子又放回她手里。

Lisa 眼中有光闪过。

旁边几个男女对于这样的场面，早已司空见惯。不过大家也都知道，殷逢不会轻易和女人来真的，但他既然闭关那么久，瞧眼前这情形，说不定有戏。

大家继续聊着，Lisa 一直站在殷逢身边。这个男人，有名的大才子，长得帅，还有钱，而且也能投资和影响影视剧拍摄，这么好的机会，她怎么能够错过？而且瞧他的样子，似乎也对她有了点意思。

Lisa 不着痕迹地站得离他近了些，手臂似有似无地挨着他的衬衣袖子，裙子也快挨到他的西裤了，这样就可以了。她抬起头，一脸天真好奇地问："殷老师，最近在写什么大作啊？"

殷逢的目光落在她巴掌大的脸和细细的脖子上，心想：我写什么书，说了你能懂？他低头看着她，笑了一下说："没写什么。"

他懒散的语气和微笑的嘴角，令 Lisa 的心都颤了一下。她心想，来之前就听说殷逢很会玩，看来果然没错，一句话就能把女人的心给撩得酥酥痒痒的。

眼见其他人在吃东西，大概是故意没往这边看，Lisa 踮起脚，这样整个人几乎就要靠到他胸口上了，语气却是纯真嗔怪的："殷老师不肯和我说，我真的是你的粉丝啦。"

温香软玉的一团，几乎已在怀中，就算顺势一搂，也是理所当然的事。

殷逢看着女孩，手在露台栏杆上敲了敲，就是不动。

他不动，可也没有拒绝躲避，女孩心里就明白了，心想：真是个坏男人。可谁叫人家有坏的资本呢？女孩再一次被他又冷又坏的模样弄得心头一颤，用一种彼此都懂的眼神望着他，然后伸手抓住了他胸口的衬衣，小声娇嗔："殷老师，你怎么不跟我说话？"

殷逢低头笑了笑。

这时露台传来脚步声，有人来了。

殷逢的手就在这时一动，搂向女孩的腰。

女孩的眼中闪过光芒。

就在这时，殷逢脑子里却忽然响起个声音："殷逢，你要是再看别的女人一眼，我打断你的腿。敢碰别的女人一下，我阉了你。"

那嗓音是带着懒懒笑意的，那么熟悉。殷逢感觉到心脏不受控制地紧缩了一下，竟有些心慌意乱，手也停在了半路。

他兀自扯了扯嘴角：这是……搞什么鬼？他竟然，在心虚吗？

刚想定一定神，视线还没聚焦到眼前的女人身上，猛然间更多的画面就在脑子里闪烁着——幽暗的房间，那女人的眼睛居然是红的，像是哭过了。她也会哭吗？

她的身体却是赤裸着的。那肢体修长、苗条、凹凸有致，每一寸仿佛都蕴藏着野性的力量。殷逢忽然就感觉到喉咙发干，因为他看到她的长发，凌乱地散在他的手臂之下。可她的目光却是温柔的，她含着笑意，伸手搂住了他的脖子。

殷逢喉结滚了滚。

然后他看到了更多的夜晚，他们滚在床上，昏天暗地，床单凌乱。他们彼此嬉笑挑逗，抚摸亲吻，窃窃私语，紧紧拥抱。

“阿许，别咬我啊。”他听到自己委屈地说。

她的声音却是喘着的，恨恨的：“你这个小禽兽……”

他又听到自己在笑，然后他完全没察觉到，此时他的嘴角也扬起了，因为他那时轻声哄道：“再张开一点，阿许是练柔道的，果然很棒……”

她轻哼了一声，却还是依了他。

…………

殷逢只感觉到整个胸膛里仿佛都被塞满了甜而胀的东西，都快要炸裂了。他还发着愣，意犹未尽地回味着记忆中的画面，冷不丁身边有个声音一直在喊：“殷老师？殷老师？”

他这才回过神来，有些不太耐烦地看向声音的来源。

他愣了愣，才意识到自己现在在哪里、在干什么。

Lisa 的心中此刻却是有点发毛。她也听说过殷大作家曾经撞坏过脑子的传闻，但是刚才男人们知趣不问，殷逢也不提，所以她也搞不清楚是怎么回事。但是刚刚，看着英俊深沉又透着浪荡不羁的男人，本来都要搂她了，却忽然间就呆住了。然后他的眼睛始终直勾勾地看着她，却分明又没在看她，不知道在看哪里，最后他的呼吸渐渐有点急了，脸也红了起来，那直愣愣的眼睛，简直跟那些智障没有差别。

Lisa 纠结死了，有点怕他，好想马上就从他身边逃走。可这么好的机会，他除了脑子好像有点不正常，几乎是个完美的男人，她又有点舍不得。于是她依旧揪着他胸口的衣服没放，把心一横，心跳如鼓。

殷逢看清眼前的女人是谁，突然间就倒尽了胃口，半点和她作戏的心情都没有了。被 Lisa 一打岔，脑子里也没再有新画面冒出来，而他竟感觉有些意犹未尽。他忽然就明白了，那种快乐，那些夜晚他和她在一起的快乐，是人世间最极致、最不可思议的一种。他曾经对此一无所知，甚至以为它根本就不存在。

没想到他竟然真的得到过了。

于是当尤明许走上露台时，看到的就是这样一幅画面——殷逢站在那些男女的背后，一个女人趴在他怀里，手抓他的衣襟。从尤明许的角度看过去，他的手似乎已经环在了女人腰上。而他盯着女人，眼眸是那样幽深，俊脸甚至泛着薄红。

尤明许定了定神，心想：该来的，终于还是来了。

其他人看到上来个陌生女人都是一愣，这人素面朝天，又穿着厚羽绒服、牛仔裤和运动鞋，和周遭的一切都格格不入。

她无视那些打量的目光，径直朝殷逢走去。一步一步，走得不急不缓，沉着有力。

殷逢抬头看到是她，压下心头刚刚涌动的混乱情绪，把身上的女人推开，笑了笑："你怎么来了？不是说了，我有朋友过来。"

其他人见状，都不凑近了。有人招招手，把Lisa也招了过去，于是殷逢周围清净了。

尤明许说："你刚才在干什么？"

殷逢端起旁边的酒杯抿了一口，答："聊天而已。来了就一起玩，我给你介绍一下。"说完走过来就要搂她的肩。

尤明许嗤笑一声，也不动，殷逢盯着她的脸色，手搭了上去。

说时迟那时快，尤明许握住他搭上来的那只手，轻而易举一个侧摔，殷逢不可思议地瞪大了眼睛，身体已失去平衡，天旋地转——他被一个女人摔在了地上！后脑勺儿还磕了一下，疼得要命。

其他人吓了一大跳，有两个人赶紧跑过来扶殷逢："怎么回事？怎么摔了？"

也有人看清了全程，保持着目瞪口呆的表情。

殷逢一脸阴霾，这下脸丢大了，他死死盯着尤明许，挥开他们的手，手撑着地刚要爬起来，始作俑者却在他跟前蹲下了。

"尤明许，知不知道你在干什么？"殷逢低吼道。

尤明许盯着他，伸手轻拍了两下他的脸，那动作轻蔑无比，她用只有两个人能听到的声音说："垃圾。"

殷逢眸色越发阴沉。

尤明许起身就要走，殷逢却爬起来，抓住她的胳膊。尤明许一把甩开，结果他又抓住，还搂着她的腰，往怀里带。

这下尤明许的脸色更难看了，冷道："你想当着他们的面，再被摔一次？"

他脸上沾着灰，居然冷冷笑了出来，说："还没闹够？为了这么个不相干的人，你要闹多大？尤明许，适可而止。”

尤明许看着他的脸，还是那么英俊、阴沉，明显透着一丝不耐烦，她觉得这一切实在是讽刺极了，气都生不出来，看了他一眼都觉得恶心，关键他的手还牢牢搂着她的腰，仿佛理应如此。

“啪”一个清脆的巴掌，甩在他脸上。周围人都惊呆了。

他抬眸看她，脸上很快浮现几道红印，阴鸷的眼中，还有非常浓的嘲讽在聚集升起。

“怎么，看不上我？”他低声说，“可你偏偏离不开我，身体和心都是。”

尤明许冷笑了一声，挣脱他的手往外走去。却听到身后的脚步声，他居然丢下那一露台的人，跟了过来。

刚走下露台，就听到殷逢喝道：“拦住她。”

卫澜还站在原处，刚才露台发生的事只怕被他听了个七七八八，他走过来，拦住尤明许的去路，压低声音说：“尤小姐，和殷老师好好谈谈，他不是那个意思。”

殷逢听到了，吼道：“住口。”

卫澜低下头。

可卫澜怎么拦得住尤明许？本就不敢跟她动真格的，两人交了两下手，尤明许就闪了过去，她没想到，这厨子居然也是一身硬骨头，一动手就显现出来了。

卫澜退到一旁去，只是他这一打岔，殷逢就追上了尤明许。

尤明许也不知道，昨天还好好的，甚至还令她心生希望，今天怎么就成了场狗血的闹剧。还是说，被她撞见了那一幕，又狠狠打了脸，殷逢骨子里阴邪恶劣的一面，终于要暴露出来了？

她理都不理，大步往楼下走。他沉默地跟着，因两人步子快，动静大，楼梯下的几个人也探出头看。

尤明许不知道他想要干什么，既然爱玩，舍不得那一大片森林，那就去玩好了。被她连揍两下，既然怒不可遏，那就不要跟，有点骨气！现在算个什么事？你殷逢一边在外头乱搞，一边还不愿意放我？多大脸？

等走到了二楼楼梯口，她心里的怒意已快绷到了极点，一下子止步，扭头冷冷看着他。哪里晓得殷逢的手直接按在她身旁的墙上，居然劈头盖脸就亲了下来。

他狠狠咬她的唇，手也紧紧搂着她的腰，拼命往怀里按。尤明许眼睛都瞪红了，一口咬回去，血腥味在两人口里蔓延，他眼里反而闪过一丝邪气，双手抱着她，带着毫不遮掩的情欲，亲得更凶。

“信我。”他用很轻的声音，在她耳边说。

尤明许一怔。

感觉到她停止挣扎，他松开她，可两只手还按在她脑袋旁的墙上，说：“去书房，给我十分钟时间，我可以解释。以我们俩的情分，你连这点时间都不给我？”

尤明许冷冷看着他，他的目光又变得深沉难测。她转身进入书房，殷逢跟在她身后，到门口时，他回头看了看，卫澜在楼梯上，小燕回来了，和陈枫、涂鸦、老九、冠军都在楼梯下，两人闹得这么大，他们都听到了。

殷逢说：“冠军，送壶茶来。”

大家都怔住了。

冠军触到殷逢幽深阴郁的视线，不知为何，这视线令冠军忽然感到兴奋，他说：“行。”转身就回房间拿东西了。

殷逢缓缓掩上房门，只是此时，他的脸色极其阴冷，甚至透着丝狠戾。

陈枫几人这时才从一楼走出来，卫澜也匆匆下楼跟大家会合，陈枫皱眉问：“刚才发生了什么事？”

卫澜性子向来内敛谨慎，斟酌了一下，答：“尤明许忽然来了，正好看到殷老师抱着个女孩。尤明许把殷老师摔在了地上，还给了他一个巴掌。但是殷老师不放她走。”

几人面面相觑。

都知道殷逢性格极傲，何曾被女人这么修理过，还当众扇了耳光？这下闹大了。

再想到刚才殷逢让冠军准备茶水，冠军那里能有什么好东西？还有殷逢刚才的表情，什么时候发过这么大的火？陈枫说：“坏了，要出事。”

涂鸦闷声闷气地说：“我……去劝劝殷老师。”

老九拦住他，冷声冷气地说：“你劝得动？轮得到你劝？殷老师想做什么就让他做好了，不管是过去还是现在，总是围着这个女人转，我就知道早晚有一天会出事。”

小燕的脸也是红的，问：“冠军会拿什么给她喝？别太过分了。”

卫澜问：“老陈，现在怎么办？”

陈枫沉思片刻，不答反问：“我们当初，都是为什么才跟在殷老师身边？”

大家都没了声响，眼中却都浮起复杂情绪。

陈枫说：“是因为这世界上所有人看我们都是有罪的，只有他看我们无罪。我跟他这么多年，他第一次对一个人这么上心。就像老九说的，他想要得到的，我们为什么不帮他得到？法律、道德，我们什么时候真正在意过？只是因为他的约束，我们才遵守了这么多年。

“现在清楚我们要去做的是什么了吗？如果他真的对尤明许做了什么，只怕都不会是好事。尤明许是个警察，还是个麻烦的警察。我们要做好准备，把相关证据都消除掉，这对我们不是很难。不管今夜过后，他们俩关系闹成什么样子，现在我们都要为他善后。”

几人沉默着。

老九最先开口：“行。”搓了搓双手，笑了，“老九也很久没干坏事了。这点小事算什么？”

涂鸦和小燕都不出声。

陈枫冷道：“听到我的话没有？”

涂鸦的脸绷得紧紧的，终于还是点了一下头。小燕低声答：“是。”

陈枫又看向卫澜，卫澜点点头。

这时，冠军从厨房出来了，还端了个茶盘，冲他们笑笑。

陈枫问：“放了什么？”

冠军答：“那女人身手太厉害，放了点让她飘飘欲仙的东西。涂鸦你瞪我干什么？”

涂鸦怕陈枫和老九，可不怕他，冷冷瞪着。冠军嗤笑一声，说：“让殷老师爽到不好吗？”他已走到书房门口，轻敲两下，推门进去了。

没多久，冠军就出来了，走到一楼沙发坐下。

陈枫问：“里头什么情况？”

冠军回忆了一下刚才看到的画面——

尤明许坐在沙发里，脸色极冷酷，看都没看了他一眼。而殷老师……

他坐在另一张沙发里，冠军还从没见过他那个样子，眼眶赤红，脸色紧绷，眼中竟隐隐有泪，像是遭受了极大的侮辱，情绪颇为激动，正极力忍耐着。

那气氛简直就是剑拔弩张，一触即发。

冠军又想起自己把茶端进去时，殷逢投来的目光，那眼底全是阴霾，那样涌动着强烈的欲望的目光，冠军很熟悉。

冠军答：“我从没见过他那个样子。殷老师要对她下手了。”

大家都是一静。

没人知道殷逢到底想干什么。

忽然间，书房里传来砸东西的声音，隐隐还有争执声。老九冷笑了一下。

没多久，又传来重物落地的声音，一连好几下。

陈枫抬头："小燕去看看。"

小燕早坐不住了，刚要起身，却见书房的门开了。

殷逢打横抱着尤明许，走了出来。额头添了新伤，脸色极冷。而尤明许双手搂着他的脖子，靠在他怀里，眼睛闭着，脸颊泛着不正常的绯红。

殷逢扫一眼楼下众人："都在这里干什么？滚。"抬腿往主卧走去。

陈枫立刻跑上去，追到他身边，说："殷老师，她醒了只怕……"话还没说完，殷逢一脚踢在门上，"嘭"的一声门关上了。

陈枫看了眼楼下众人，说："我们分两批轮流守着，以防出事。"

大家都知道，陈枫说得没错。殷逢要是把别的女人给药倒了，关进房里，为所欲为，都不会这么棘手，可尤明许是个警察。如今殷逢一句劝都不想听，显然已为这女人失去了理智，他的行为已经构成犯罪了。就像陈枫说的，现在也许轮到他们来报恩了。

在陈枫的安排下，宾客们很快散尽了，并且远远目睹了"尤明许"独自一人乘坐涂鸦的车离去，而殷逢则因与这位女友闹掰，失了脸面，没有出来相送，宾客们也都表示理解——毕竟，殷老师脾气一向古怪，而且换谁被女人这么修理，都没脸见人。

冠军是 IT 高手，很快，陈枫又安排他修改了尤明许所住小区的摄像头，拍到她如往常般回到小区。家中灯也亮起，还给许梦山发了短信，说了两句工作，一切如常。

同时，他们从殷逢的电脑里发出了一篇他以前所写的、没有公开发布过的短篇故事给出版社，并附信告知是一夜灵感所成，亦留下了通宵使用电脑的数据记录。

…………

卫澜问陈枫："要做到这个程度？"

陈枫抬头，看了眼始终紧闭的主卧房门，叹了口气说："希望用不上。但如果尤明许明天醒了，不让这事儿过去，我也不会让强奸的证据存在。"

尤明许第一次有这样的感觉。

意识不知从何时开始变得模糊，周围全是阵阵浮动的光影。她只能隐约辨认出房间、窗户、家具和人的轮廓。

身体里有抑制不住的热，还有莫名的兴奋。她觉得很快乐，很想要干点什么。

“阿许。”有个声音在喊。

熟悉的身影，模糊的脸庞，宽阔的肩膀。尤明许一下子笑了出来，朝他伸出手：“殷逢……”

他抱住了她，含着笑意低喃：“才喝了一点，怎么就成了这个样子？”

尤明许隐隐感觉不对，可又实在舍不得他怀抱的温暖，她把头靠在他怀里，说：“英俊，我好想你。我真的好想你，你什么时候回来？”

那人沉默了一会儿，声音很轻地哄道：“我在呢。”

他把她抱了起来，尤明许身体腾空，赶紧搂着他的脖子。她感觉到身体更热、更快乐了，意识也更模糊了。他抱着她走了一会儿，到了另一个地方。

当被他放在床上时，尤明许感觉到了身下的柔软。她眯着眼笑了出来，把脸埋在柔软的床单里，轻轻地一下下蹭着。

然后她感觉到头顶一暗，是他靠近了。

男人只沉默了几秒钟。尤明许只感觉全身要被点燃了，男人以吻封堵她的嘴：“别叫……你这么叫……我受不了。”

“那就不要忍啊。”她有些恼怒地说，“你是我的。”

男人低笑了一声，却不动。

“要命。”他轻声说。

“要的就是你的命。”她嘟囔。

他却不动了，把头埋在被子里，呼吸了很久，久到她不耐烦了，模模糊糊又凑过去亲他，他这才一把将她抱起，低声哄道：“我们去浴室。”

卫澜和小燕负责后半夜值班。夜色幽深，万籁俱寂。客厅播放着电视节目，卫澜抽着烟，眉宇间带着倦色，小燕则干脆头一歪，靠在沙发里睡着了。

三点多钟，正是人一天最困的时候，卫澜也有点迷糊，忽然听到楼上门响了。

殷逢穿着浴袍走了下来。

卫澜立刻清醒过来，看着他下楼，走到沙发旁坐下。殷逢头发是湿的，明显刚洗了澡。浴袍松垮垮地系在腰间，露出一小片结实的胸膛，依稀可见几处粉红的咬痕和指甲划痕。而殷逢的神色虽有一丝疲惫，却明显带着彻底释放后的餍足。同为男人，卫澜怎么会不明白是怎么回事？

“还好吧？”卫澜问。

殷逢笑了笑：“挺好。”他的眼眸还是阴沉沉的，这样的殷逢，其实让卫澜感到有些陌生，可又感到熟悉。仿佛他本该如此，只是很少露出这一面。

卫澜斟酌了一下，说：“善后工作，我们已经先做好了，以防万一。”

殷逢点了一下头，似乎早料到他们会这样，不置可否。

“那……接下来怎么办？”卫澜看了眼楼上，房门是虚掩着的，里头一点动静都没有。

这时打着瞌睡的小燕，头往前坠了一下，猛地惊醒，看清眼前人：“殷老师！”

殷逢点了下头。

小燕也看了眼楼上，犹豫：“那个……尤小姐她……”

殷逢说：“她还在睡。冠军的药给得重，起码天亮才会清醒。”

小燕和卫澜都不吭声了。

过了一会儿，殷逢说：“小燕，去地下室，拿四副手铐。”

小燕呆了呆，到底没说话，起身去了地下室。

卫澜眉头轻蹙，试探地问：“没别的办法了？”

殷逢说：“等她醒了，我会和她谈。手铐是为了以防万一，一副锁不住她。”

卫澜不由得在脑子里想象了一下那个画面，只感觉到心脏都兴奋地颤抖了一下。但他还是说：“最好是能解释清楚。就算她是个警察，但也是你的女人。”

殷逢脸上浮现一丝冷笑，说：“没错，我这样的人，根本不可能和一个警察在一起。可是，我也不能忍受她离开我。”

卫澜一怔，看着他冷酷的眉眼，不说话了。

这时，小燕拿着四副手铐走了上来。殷逢接过，在手里掂了掂，也不知道想到了什么，露出一丝笑容。卫澜和小燕对视一眼，都知道这事只怕已无可挽回，殷逢志在必得。

殷逢刚拎着手铐起身，就听到楼上主卧里传来一阵撞击声，三人同时色变，殷逢立刻跑上楼，两人紧随其后。

殷逢一推开门，发现床上已经空了。他的主卧是套间，里头还有个私密的小书房。看到小书房的门是开着的，他眉头一皱，快步走了过去。卫澜和小燕赶紧追了上去。

第十二章

一出好戏

小书房里开着盏台灯，尤明许真的在里面。

只见她站在书桌前，穿着一件殷逢的衬衣，遮住半截大腿，下头光溜溜的。长发披落在肩头，露在外面的脖子、胳膊和小腿上，都有明显的、深红新鲜的吻痕，甚至还有瘀青——显示出她刚刚遭受过怎样激烈的对待。

她一只手撑在桌面上，另一只手拿着个文件夹，不知道她是从哪儿找出来的，也不知道她在看什么。她的身体还有些晃，明显体力不支，脸颊依然泛着潮红，显示药劲未退。她死死盯着手里的东西，听到动静，抬头看着殷逢。

四目交汇的一刹那，殷逢看到她眼中的震惊和隐痛。

然后她身子又晃了晃，用力撑住桌面，问："这是你的？这两个检查结果，都是你的？"她的眼里有了泪意。

殷逢只感觉到心脏猛然收缩，然后他惨淡地笑了出来："是啊，你终于还是看到了。"

尤明许将文件夹扔在桌上。文件夹是摊开的，于是站在殷逢身后的卫澜和小燕，都看了眼里头的内容。有两叠纸，一份，是张人体脑部结构扫描图，另一份，是美国 FBI 行为分析部门的内部测评结果。

卫澜和小燕都静默不语。

尤明许说："难怪你每次破案都那么了解犯罪者的心理……难怪你身边，聚集了这些人，他们心甘情愿跟着你……你……"

殷逢盯着她，冷声说：“你们出去。”

尤明许用手按着头，又晃了晃。

卫澜和小燕走了出去，但哪里放心，就站在门边，听着里头的动静。

只听尤明许几乎是失魂落魄地说：“原来你和他们是一样的！你也是心理变态者，你……难怪你会精神分裂，分裂出两个完全不同的人格，你有没有犯过罪？有没有！”

半晌，她才听到殷逢低笑着说：“是。你不是已经看到我的脑部扫描结果了吗？我天生就和你们不一样，和他们才是一样的。我天生就该是个精神病态。我是干这一行的，从很早以前我就知道了。我不死心，又想办法去美国，可是行为分析的分析结果，也是一样的。你说得没错，我特别能理解他们，因为我生下来就和他们是同类。所以，你要离开我了吗？”

尤明许又问了一遍：“你到底有没有犯过罪？！有没有杀过人？”

殷逢静了一下，也重复问了一遍：“如果我说有呢，你是不是就会离开我？”

尤明许也笑出了声，说：“是啊，我在问什么傻话，你昨晚已经犯过罪了。”

就在这时，“咔嚓”一声，主卧的门被人踢上了，卫澜和小燕也什么都听不到了。两人的脸色都有些难看。

有些事，尽管殷逢从没有明说过，也没给他们看过什么权威扫描分析结果，但他们其实都有感觉。

殷老师，他总是能那么精准地把握住他们的心理，感知他们的犯罪行为，他望向他们的目光，也并不令他们感到陌生，他不怕他们，那么多人看到他们就颤抖，他却把他们一个个从深渊拉回来，多年和他们群居在一起，身边从来没有别人。他们多多少少都读过一些他写的书，里头的一些犯罪手段极其残忍，心理描写极其生动，看得他们热血沸腾……

他们是在现实里杀人犯罪。

殷逢在虚拟世界杀人。杀得比他们都多，手法也都比他们狠。

在这个世间，异类，永远是异类。

同类，总是能找到同类。

尽管在世人眼里，尤其是在警察们的眼里，殷逢是个成功、正直、成熟的人，只是偶尔有些怪癖。

可现在，他分裂出了一个纯真无邪的人格，那个人格，替他爱上了一名正义的女警察。

他也爱上了她。

然后他侵犯了她。

这个女人，不知怎么提前醒了，意外地窥见了他隐藏最深的秘密。

她认定他有罪。

…………

卫澜沉思片刻，说：“马上通知陈枫，然后你去楼下守着，我守在这里。只怕还会出事。”

小燕咬牙点头，下楼。

大概过了十分钟，守在主卧门外的卫澜，忽然听到外面传来一阵响动，隐隐还有人声。他心头一惊，就见主卧的门被猛地拉开，殷逢脸上多了一块儿十分明显的瘀青，一边脸颊都肿了。殷逢的脸色冰冷无比，直冲下楼。

卫澜追上去：“怎么了？她人呢？”

殷逢咬牙切齿：“她从窗户跳下去了，外面有没有人拦着？”

卫澜答：“有。”

两人快步跑出去，猛然间整个花园里一片雪亮，有人打开了探照灯，整个视野一览无遗。于是他们清楚地看到，前方小径上，两个人在缠斗，正是尤明许和小燕。

平时小燕根本不是尤明许的对手，但她今天明显体力不支，还没恢复，又从二楼阳台跳下，一条腿很不灵活，被小燕缠着脱不了身。

殷逢紧盯着前方那个固执的、不肯服输的身影，眼神更加阴鸷，且有更加强烈的欲望在涌动。他对卫澜说：“叫涂鸦上，小燕拦不住她。”

卫澜抬头望去，其实不止涂鸦，老九、陈枫、冠军都在，他们听到动静，都从别墅各处冒了出来，立在花圃的边缘，静静看着。

七个男人。

不，七个心理变态的有罪者，围堵一个女警察。

卫澜心中闪过这念头，只感觉到莫名的兴奋，那是一种很强烈的、想要摧毁什么的冲动。那么殷逢呢？他是否也感受到了？

卫澜朝远处的涂鸦打了个手势。

涂鸦静立了几秒钟，才走进圈子里。没过几招，就把尤明许双臂钳住了，尤明许被按着不能动弹，殷逢看着她身上还是他之前给她换的衬衣，两条腿露在外头，眸光一缩，快步走过去。其他几人见状，也缓缓跟上去。

闹成这样，大家心里都清楚，这事儿，已盖不过去了。

接下来，殷逢要如何取舍？

尤明许挣扎这一番，药劲大概又上来了，人看着昏昏沉沉的，脸色又泛起了红，人也开始往地下栽。涂鸦赶紧抓住她，免得她摔在地上。

殷逢脱下浴袍，将她整个裹住，接过抱了起来，转身就往屋里走。

老九开口："殷老师，她知道了？"

殷逢脚步一顿。

陈枫眉头一拧，看向殷逢怀里的人的目光也带上了寒光，还有一丝不忍。

冠军说："殷老师，要不把她交给我吧，我能让她永远都无法开口说话。"

陈枫喝道："胡闹！她是个女警察，她出事了我们都脱不了干系，殷老师也会有麻烦！更何况……"他欲言又止。

涂鸦开口："她是好人！殷老师，你别做将来让自己后悔的事！"

殷逢冷道："住嘴！"

小燕的脸色也是煞白的，居然轻声重复了一遍涂鸦的话："殷老师别做让自己后悔的事。"

殷逢转头，目光冷冷扫视一圈，说："这是我和她的事，你们谁也不准插手，也不准跟过来。"然后他盯着怀中的人，像是自言自语般地说，"你说你要离开我，说要查我，告我侵犯你？可是你怎么离得开我？"他低头抱紧她，向卧室走去。

到了楼梯口时，他脚步一顿，转身，走向了地下室。

屋外的众人看清他的去向，都沉默着。

他们跟随殷逢的这些年，从没见他犯过罪，甚至还约束着他们，努力表现得像正常人，因为他说，美国心理学之父威廉·詹姆斯说：你想成为什么样的人，首先要表现得像什么样的人。

但这并不代表殷逢没有犯罪的能力。

在地下室里，他有一间犯罪模拟室，里面放着各种人偶、犯罪工具，还有囚笼。

他独自一人抱着尤明许去了那里，没让任何人跟随。

尤明许再次醒来时，只觉得头疼得厉害，浑身也酸痛无比。她知道这是药物的后遗症。

她看了看周围，这里像是个地下室，没有窗，也没有半点日光。

但周遭的景物，无疑是令人毛骨悚然的。几具真人大小的人偶立在墙边，有男有女，有老有少，他们的脸呈现出木偶才会有的僵硬，色彩却鲜亮逼真。

他们都在看着她。

尤明许心头一颤。

一面墙上挂满了东西，各种尺寸的刀具，电锯、绳索、电钻，还有装着解剖刀的透明盒子，它们都在日光灯下，闪着薄薄的光。

尤明许挣扎着想爬起来，却发现根本做不到，手腕、脚踝都传来“哐当”的响声，是四根铁链，带着铁环，将她牢牢锁在了这张大床上。任她功夫再高，都不可能逃脱。

她又看了看脚踝，之前跳下楼时，扭伤了。但是已经被人妥善地上了药，包扎好了，伤处传来一阵清凉的感觉。

她用力晃了几下锁链，发出一连串响声，她听到自己嘶哑的嗓音吼道：“有没有人！殷逢！殷逢你滚出来！”

没人回应，地牢里寂静一片。

尤明许喊了好一会儿，精疲力竭又颓唐地倒在了床上。

她不知道自己睡了多长时间，也不知道现在是什么时候，手机和随身物品通通不在。她身上穿的还是殷逢的那件衬衣，盖着床被子。

大概过了半个小时，楼梯上传来熟悉的脚步声。尤明许扭过头，看着那人慢慢走下了楼梯。

殷逢已换了身衣服，白色的灯光照在他身上，显得清冷、阴郁而英俊。

尤明许死死盯着他。

他缓步走过来，在床边坐下，摸了一下她的脸，尤明许侧头避过。

然后他干脆一把捏住她的下巴，捏得她生疼，强迫她看着自己，他跟着低下头，在她额上落下温柔一吻，低喃道：“阿许，我要拿你怎么办才好？”

尤明许心头一震，咬着下唇，说：“殷逢，悬崖勒马，你现在的行为已经构成犯罪了，放我出去，还不至于走到无法收场的地步，听到没有！”

殷逢却跟没听到似的，那双深沉的黑眸就这样盯着她，然后慢慢笑了，他说：“阿许，你已经知道了我埋藏最深的秘密，我要知道结果，你还愿不愿意和我在一起？”

尤明许沉默不语。

她看着殷逢眼里的幽光，渐渐暗了下来。

“果然还是……得不到吗？”他轻声说，“三十年来，我想要得到的东西，从来没有得到过。”

他起身就走。

尤明许：“你给我站住！”

他顿住。

尤明许说：“你还要关我到什么时候？殷逢，不要越陷越深，越走越远！你现在放我出去，我答应你……我不告你了，这事就这么算了。可你如果继续关着我，就真的没有回头路了！”

殷逢转过头，脸上是极惨淡又带着讽刺的笑：“你想告倒我？你以为我们不能让证据消失？除了你的口供，什么都不会有。我已经让他们去安排了，今晚‘罗羽的手下’就会潜入你家放火，绑架你。警方会花一些精力，才会找到指向他的证据。反正他一直对你心怀不轨。而罗羽拒不承认，你也会失踪一段时间。直到两个月后，警方会找到一切证据，证明你已经意外身亡。”

尤明许简直无法相信自己的耳朵，吼道：“殷逢，你疯了！你这个疯子！你真是个疯子！禽兽！”

殷逢吼道：“别叫我禽兽！你招惹了我，你爱上了我，你说好不离开我，现在你骂我是禽兽？就因为我是个天生的精神病态？这怎么就是我的罪了？我一直忍耐着、克制着，那把刀，三十年来一直悬在我的头顶上，我不知道它什么时候会掉落。可是我没有杀人，也没有犯罪。我甚至还利用自己的天分去制止犯罪。你凭什么用那样的眼神看我？你知道我是个变态，就再也接受不了对不对？因为你是个警察，你不可能跟一个天生犯罪者在一起。你喜欢景平那样的男人，和你一样正直的、永远活在光明里的警察，对不对？可你是我的了，你已经是我的了。我没有真正拥有过什么，但现在不一样了，你不会再当刑警，你会永永远远和我在一起，十年、二十年、三十年，我将是你的世界，我将是你的全部。阿许，这种感觉，会很好很好，你只有我，我也只有你，我们每天都在一起。”

尤明许只听得头皮发麻，她望着他微红的眼，额头暴起的青筋，喃喃道：“疯子……疯子……你别过来，别碰我……”

殷逢脸色阴沉，再度缓缓走回她身边。

“最好不要再说这样的话。”他慢慢地说，“‘不要’‘别碰我’……我不喜欢听。”

他掀开被子，扑了上去。

尤明许被他压得死死的，在他身下徒劳地扭动着。而他却似乎因为她的抵抗更加兴奋了，大手滑进衣服内，四处游走捏拧，嘴也埋在她的衣领里疯狂啃咬。尤明许发出痛苦又难耐的喘息，她哭了出来，又哭又骂。两个人的身躯，紧紧交叠、纠缠在一起。

尽管尤明许的身体，几乎都被殷逢挡住压住，但这样的一幕，无异能令任何人血脉偾张。

那是爱情，是罪恶，是掠夺，是毁灭，是越来越阴暗和放纵的堕落。

在他们身后，几乎没有灯光的角落、隐蔽得不能再隐蔽的位置，一双眼，正贪婪地看着这一幕，那双眼的主人，也感觉到要命的兴奋和惊喜。他举起早已关掉一切声音的手机，按下拍摄键，拍下了接下来的所有画面，拍下了这间地下室里、这个夜晚即将发生的、更残忍的罪行。

地下室里比较冷，殷逢折腾了尤明许一番后，扯过被子，盖在两人身上，也钻了进去。

变故，就是在这时候发生的。

尤明许大概人已经绷到了极限，在他靠近时，猛地抬头一撞，两人的头狠狠地撞击在一起。殷逢人一晃，看着她含恨的双眼，心头更压抑，“啪”一个响亮的巴掌就落在她脸上。这一下力道看起来极大，尤明许的头被打得一偏，半晌没转过来。

“不要反抗！”殷逢吼道，“你不要反抗！”

他捏住她的下巴，长发遮住了她的大半边脸，却听她冷笑道：“殷逢，你真的很可笑，真的。”

“住嘴！”

“你这些年，以为自己守护了正义，还带着那些曾经犯过罪的人，你以为自己是救世主，可原来你什么都不是！真正的你，自私、怯懦、胆小，害怕失去一切，所以也不敢拥有一切。你才是他们当中最变态、最恶心、最虚伪的！你一直活在自己的想象中，活成了虚假的那个自己！”

殷逢：“闭嘴！我让你闭嘴！”他的手下意识摸上她的喉咙，用力扼住，想要让她停止。

可尤明许眼眶血红，整个人倔强无比，哪怕喉咙吃痛依然吼道：“你完了，你没救了！你的犯罪，从我开始，从今天开始。我是爱过你，可你现在成了我最痛恨的那种人！我鄙视你，我永远都不会再看你一眼。过一辈子？哼，你想和我过一辈子？”

“不要再说了！”殷逢整个人看起来就要失控了。

尤明许却跟没听到似的，这个男人，曾是她心中的挚爱，如今却逼得她也爆发出濒临崩溃的痛恨：“我永远都不会再爱你，哪怕你关着我，让我从外界消失，可你在我眼里，就跟一条狗似的。我不爱你，你永远也无法再得到我！你什么都不会有，殷逢你什么都不会再有，只有一身的罪恶，你……”

她接下来的话，没能再说出来，因为都被殷逢扼在了喉咙里。

地下室陷入了一种诡异的宁静。

殷逢的双手始终掐在尤明许的脖子上，越收越紧，时间在这一刻仿佛停滞了，她挣扎的动静也在渐渐消失。终于，她不动了。

可殷逢的手还勒着她的脖子，过了好几分钟，他才慢慢把手移开。他看着床上躺着的全无声息的女人，过了一会儿，把脸埋进自己的双手里，久久没有再抬起。

…………

又过了十来分钟，殷逢的手机“嘀”的一声轻响，他这才把手放下，看了眼手机上的内容，然后转过头去，捏了一下床上那人的脸，低声说：“行了，他走了。这下他跑不掉了。”

尤明许再次睁开眼。

灯光下，殷逢眼里的欲望和疯狂荡然无存，仿佛又恢复了平时的那个他，眸色冷寂、幽暗，还带着一点点邪气。

而尤明许的脖子还很疼，刚才他是真的用了几分力——为了效果足够逼真。低头在她身上啃咬揉搓也是真的，有些部位现在还泛着丝丝的疼。

尤明许晃了晃手腕，铁链咣当轻响。

殷逢从口袋里掏出钥匙。

尤明许现在却只觉得这人一举一动都透着可恶，你开锁就开锁好了，为什么偏要把她的手腕提起来，那指腹还轻轻在她手臂上滑动，慢条斯理地开锁。

铁链落下，尤明许一只手得空。殷逢正要转头去解另一只，说时迟那时快，“啪”一个比之前在天台响亮很多的巴掌，又落在他脸上。

他动作一顿，低头看她，眼中喜怒难辨。

尤明许一把抢过他手里的钥匙，开另一只手腕，钥匙还没碰到锁孔，肩头猛地一沉，她反手又是一巴掌过去，但这次殷逢早有防备，而她到底只有一只手能动，被他避过，然后他抓住她的手，直接就压在她身上。

两人再次回到交叠紧压的姿势，四目相对，他眼中深沉如海，她眼中却全是怒火："给警察下药，你还是警方顾问，知法犯法！"

他说："不是马上给你淋了冷水降温，还给你吃了提神的药片？"

尤明许咬牙，现在似乎还能感觉到那浑身发烫、飘飘欲仙的滋味。他是把她丢进了浴缸，淋得全身湿冷，当时就清醒大半没错，可在那之前，尽管尤明许意识模糊，却记得很清楚，他可是半点没含糊，占了她多少便宜？关键刚刚当着内鬼的面，虽然有被子挡着，可在被子之下，他又是一顿上下其手。要不是为了抓贼，两人刚才差点在床上就打起来！

"马上？"她重复他的用词。

他捏了一下她的下巴，说："做戏做全套，对方戒心很重，要令他们相信我会失手杀人，我的情绪、我的行为、你我的矛盾，必须有个逐渐发展、不断积累的过程。更何况……"他扫一眼她的身体轮廓，这么折腾一番，几乎衣不遮体了，他说，"我是个男人，还是个对你怀有欲望的男人，你当时那么热情，我定力向来不好，怎么把持得住？"

尤明许只觉得一口气堵在胸口，冷笑道："我热情？不是你下药我会热情？为什么提前不说？"

殷逢却似乎觉得她快要气疯的样子很有趣，又捏了一下她的脸，尤明许一躲，抬头又要撞，殷逢立刻躲开，干脆把她的头也给按住，气息就吐在她脸上，嗓音懒懒的："我说了，让你随机应变，随时配合，一切有我。毕竟后续的一些发展，也不是我能完全预料的。现在，结果不是很好吗？那条蛇，这么快就忍不住出洞了。"

尤明许定定地看着他。

他确实说过这话。

…………

数小时前。

当尤明许在露台撞见殷逢与另一个女人"亲密"接触，大怒之下要离开时，殷逢却对她耳语了两个字"信我"。

就因为这两个字，因为他说这话时没有半点轻狂放肆，只有冷静和坚定，尤明许跟他进了书房。

一进去之后，他锁好门，将她的手一拉，走到书房最隐蔽的角落里，说了一句话：“是我故意安排的，故意让你看见。我怀疑我身边，有他们的人潜伏着。”

尤明许一愣。

之前她盛怒之下未想明白，现在冷静下来，就觉出了味道。以殷逢的能耐，要是真想瞒着她偷情，只怕会做得滴水不漏。今天约了她却又临时爽约，那么巧就被她撞见他行为不轨……

但尤明许还是有点不信，她看着他说：“编，继续编。”

殷逢笑了一下，说：“我不想被打断腿。”

尤明许愣了愣，才反应过来他说的是什么。也不知怎的，心中的怀疑就去了大半。

殷逢又说：“更何况，我现在在追你，怎么可能碰别的女人？你以为我是什么人？人尽可妻吗？”

尤明许轻哼一声说：“我不关心你是哪种人，但要抓变态组织的内鬼，就要乱搞男女关系，这逻辑倒是第一次听说。”

殷逢抬手摸了一下她脸颊旁的发丝，立刻被她拍掉。他又笑了笑，说：“要让聪明的人信服，自然要用聪明的逻辑。在发现贵州有个假的‘殷逢’后，我就怀疑身边有内鬼。否则他们不可能熟知我的行程，并且不露痕迹地把我‘替换’掉。”

尤明许点了一下头，这点她也赞同。

“这段时间我按兵不动，一是在暗中观察，二是策划了今天这个方案，你会是很重要的角色。我心中，已经有怀疑的对象了。”殷逢说。

“我是重要角色？”

“嗯。这个组织是收集、培养变态杀手的，我引起了他们的兴趣，也落入过他们的算计，很明显他们想要得到我。现在我恢复了神智，他们如今的行为也只能试探、诱导，并不敢与我正面交锋。当然，他们不来，我也是要找上去的，毕竟我和他们有笔账要算。既然他们一直带我们绕圈，向荣也好，罗羽也好，凯阳集团也好，线索都断了。我不妨主动露出弱点，引诱我身边的那个人露出马脚。而你，就是我唯一的弱点。”

尤明许看了他一眼，嘴角扯了扯。

殷逢说：“怎么，不信？为钱，为色，为权，为了利益，为了一己私欲，令我走上犯罪的道路，都是不可能的。这么多年，我从未堕落过。只有为你……”他停了停，幽暗的目光落在她脸上，“……他们才可能半信半疑。但那就够了。”

也不知道为什么，尤明许心头有些震惊的感觉。她面色如常地说：“那接下来怎么做？”

殷逢说：“我不打算告诉你全部的计划，你就当我们现在没谈过，接下来的事，正常反应，随机应变，一切有我。”

这人也不说他心中怀疑的对象是谁，于是当冠军进来送茶时，尤明许就按照他说的，只当什么都不知道，摆出一副冷酷拒绝的架势。而他作为心理学家，将行为和心理都把握得极为精妙，一脸阴霾地坐着给冠军看，谁都能感觉出他身上压抑阴冷的气场。

尤明许在露台发了那么大的火，刚才又和殷逢说了很久的话，口干舌燥，等冠军一出去，她就端起茶杯一饮而尽。等她再抬头时，看到的就是殷逢若有所思的目光……

尽管后来他把她丢进浴缸里，冲了三遍凉水，意识清醒大半，可那四肢无力、燥热的感觉，还是没消下去，还是他用浴巾把她包着，抱回床上，然后丢了件他的干净衬衣给她，说：“把湿衣服换下来，免得感冒。桌上有热水，能走了，就去小书房，第三个抽屉最下面的东西，拿出来看，等我回来。”

她走得跌跌撞撞，到了小书房，不知道他葫芦里卖的什么药，拿出来一看，是些已经发黄的纸页。

一份，是他的脑部扫描图。一开始她不明白为什么要给她看这个，直到看到后面的注释——这一类型的人脑结构，天生缺乏某种中央组织系统，难以感知正常人类情绪，所以对暴力、刺激的行为更感兴趣，也就是人们常说的“天生变态者”。

她看得心头纷乱，脑海中不断浮现殷逢和尤英俊两个人格，最终，定格在眼前的却是这个殷逢那总是阴郁幽冷的表情，还有他身边收留的一群“前犯罪者”。

接着她急忙又看第二份。这一份，是从行为和心理的角度进行分析的分析报告。美国权威机构给出的测评结果，殷逢在许多心理测试题的结果上都异于常人。结论是：他属于极易患上精神病态的高风险人群。

而后她猛然想起了那次，许梦山随口说了个不知从哪里看来的精神病态测试题，殷逢一口说出了答案。

他把这两份资料留给她看，是什么意思？是伪造的吗？可如果是伪造，那也伪造得太好了，连做旧都很逼真。

她正疑惑不定，殷逢就带着卫澜和小燕冲了进来。

迎着他此时满是戾气的眼睛，尤明许脑海中却忽然响起他之前的话："信我。一切有我。"

心忽然就定下来。让她正常反应，随机应变是吗？

人与人之间的默契，是种说不清的东西。尤明许和殷逢顶撞了几句后，忽然意识到，他对她说的每句话，似乎都有着引导性，而她抓住他话里的点，凭感觉猛烈还击回去，两人的矛盾，竟顺理成章、一步步激化加剧……

等卫澜和小燕都出去后，两人又顶了几句话，他低声说："现在打倒我，跑出去。我会让他们把你抓回来。"

尤明许却想，卫澜他们肯定守在门外，这么跑出去太蠢，不符合她的强悍，不是要足够真实吗？于是她直接跳窗跑了。

殷逢神色一变，立刻冲到窗口，看到地上那人缓了一会儿，又爬起来，这才放下心，追出了门外。

…………

荧荧的灯光下，殷逢替尤明许解开了脚上最后一道镣铐，尤明许撑着坐起，只觉得身上阵阵发软。

殷逢把锁链丢在地上，又走到地下室入口，关上门，确保不会有任何人窥探、窃听。尤明许望着他，他的神色一直很平静，动作有条不紊。而她现在回想他这一系列布置，环环相扣，逻辑严密，合情合理又出人意料。

先是让她"意外"撞见他与别的女人调情，他过去就是个渣男，这样做不足为奇。以尤明许的脾气，当众摔了他还赏了耳光，估计都在他的意料之中。

他设计让自己丢了这么大的人，对尤明许自然是又爱又恨，强留她在书房，又叮嘱冠军下药，以他"君子报仇一天都晚"的冷僻性子，这样也合情合理。

然后他"强上"了她。两人本就有过肉体关系，陈枫他们都知道，即使到了这一步，陈枫他们只怕已做好了善后措施，但两人关系还是有挽回的希望的。

然后，尤明许意外撞见了他的两份"测评结果"，知道了他埋藏得最深的秘密。这下他内心的腐朽阴暗完全暴露在她面前，以她眼睛里揉不得沙子的性子，自然接受不了，于是他被逼得更加偏执，占有欲更加强烈。

她却又趁机跑了，他不得不动用手下力量围堵，两人的矛盾正面升级，他正式涉嫌强奸与非法禁锢，无路可走。

于是他只能带她走进黑暗，来到地下室，做好了万全的准备，打算长期囚禁。

但这样的罪名，还是不够有诱惑力，他们也等不了那么久。

所以尤明许醒来后，他没有马上来。大概是在等那人现身潜入。

螳螂捕蝉，黄雀在后。

在两人再度争执后，尤明许很快接收到殷逢话语里的信号，她表现得更加愤怒、决绝，抓住一个精神病态的软肋，往死里羞辱。而殷逢情绪失控之下，只想让这个女人闭嘴，这才失手掐死了她……

每一步的发展，都出乎众人意料。

每一步的发展，又都合情合理，符合两人的性格和行为特点。

并且，全都是在这间屋子里不同人的眼皮子底下发生的，无论从谁的角度看，都是真实的。

…………

殷逢从柜子里拿出两瓶水，丢了瓶给她，自己喝另一瓶。尤明许看着他仰头喝水的样子，还是那张清俊的脸，线条分明的下颌，冷淡的表情。

曾经的尤英俊，破案时思路很快，总是能抓住要害，当时她不止一次在尤英俊的眼里，看到了这个男人。

这个人为什么会落入那样的境地？到底是谁在背后算计？他又要如何走出迷局？尤英俊懵懵懂懂，甚至只想留在她的身边，不愿去看过去，也不愿破局。而现在，他回来了，他会怎么做？

只用一天时间就抓住了向荣，指出新的嫌疑人罗羽；又只用了一天时间抓住了杀死郭兴的嫌疑人；看了一眼就知道贵州的那个自己是“假货”；转头又策划了这个环环相扣的计划，到现在过去 48 小时没有？埋伏在他身边的内鬼却已露出马脚。

他们不来找他，他就要找上门去。

他只带了一帮前犯罪者，就要跟他们宣战。

殷逢没有看她，却忽然笑了一下，说：“看我干什么？”

尤明许不答，低头想要拧开水，居然拧不动，她这辈子还没这么弱过。殷逢看见，笑了，走过来拿走水瓶，替她拧开，尤明许伸手去接，他却避过，说：“你手不是没力气？”

他拿着瓶子喂到她嘴边，尤明许不想喝：“滚……”话音未落，瓶口就堵住了她的嘴。尤明许喝也不是，不喝也不是，到底渴得很，也不想和他纠缠，只好张口。

他喂她喝了好几口，才把瓶子放下，尤明许冷道：“那个人是谁？”

殷逢答："很快你就知道了。"手一抬，拇指指腹抹去她嘴角的水痕。尤明许心里还是恨着，张嘴就咬。他不躲不闪，盯着她，任她咬住。尤明许也不能真把他手指咬断了，暗中用力。可她连牙关都还是无力的，"呸"一声吐了出来。他放下手，笑笑。

殷逢居然脱了鞋，坐回床上。

尤明许："你干什么？"

殷逢顺手解开衬衣的两颗扣子，答："他不仅窥探我，还用手机录下了我的'犯罪过程'。'杀'了你之后，我悔恨不已，身为一个精神病态，肯定是要抱着尸体睡一晚上的，所以我现在不能上去露面。但最晚不过明早……"

他眼眸一深："以我们的警惕和手段，一定会把你的'尸体'处理掉。而他既然拿到了我的'罪证'，肯定要在'尸体'这项关键的证据消失前向他们汇报，好决定下一步的行动。一旦抓住这个要命的把柄，他们以后就能控制我。这个诱惑，太大了，哪怕他对这个局有所怀疑，也会铤而走险，做出行动。"

尤明许不得不承认，他的推断非常有说服力。

"所以我们接下来，就是要等？"

殷逢已经躺下了，点头："别墅的局域网是高度加密的，只有陈枫和我有绝对权限，能看到一切痕迹。他没办法通过网络和外面联络，他不敢。所以他会找机会溜出别墅，去找他们。他一旦有动作，我们就跟上去。"

"好。"

既然要等，他又占了床，尤明许就想下床活动一下，结果腰身被他一搂，殷逢拉着她躺了下来。

尤明许："又要干什么？"

两人并肩而卧，他的脸就在离她很近的位置，神色却依旧是淡淡的，眼眸幽深，他说："别吵我，我演了这么久，挨了你多少打？有点累。你也需要睡一觉，恢复体力。睡醒了，还有场硬仗要打。"

尤明许又是被下药，又是打斗，还有声嘶力竭的指控，加上药劲没过，他这么一说，确实感觉到浑身倦怠至极。她从不和自己的身体过不去，转过身去，背对着他，闭上眼睛。

而他也不再说话，只有均匀的呼吸声在她耳边。

尤明许昏昏沉沉的，眼看就要睡着了，忽然间感觉腰上一沉，睁眼一看，殷逢的手搭了上来。她不耐烦地抓起他的手，丢到后头去。他没半点动静，她也就不吭声了。

可过了一会儿，那手又搭了上来。

他嗓音微哑："快睡。否则我把你整个抱过来。"

尤明许四肢还是软软的，咬着牙，依然拎起他的手臂丢开。

过了一会儿，他又搭上来。

如此反复几次后，尤明许终于坚持不住，昏睡了过去。等她睡稳后，殷逢在她背后缓缓睁开眼，身体靠近，手臂依然环着她的腰身，让她的背紧贴自己胸口，脸从背后紧紧压着她的长发和脸颊，闭眼睡去。

尤明许是被人拍醒的。

殷逢穿着一身黑色大衣站在她床边，气质清冷，眉眼俊朗。

这家伙不知道什么时候就起来了，还把自己拾掇得这么整齐。

尤明许爬起来，问："行动了？"

"看样子他是要有动作了。"

尤明许坐起来才反应过来不妥，她身上只有一件皱巴巴的男式衬衣，没鞋，光着小腿。

她抬头看他。

殷逢似有似无地笑了一下，看了眼旁边的桌子，走出了地下室，带上门。

原来桌上放着件女式大衣，还有条红裙子，一条打底裤，都是新的。尤明许走过去翻了翻，还有条一次性内裤、一双袜子和一双样式看着很淑女的平底鞋。

尤明许沉默了几秒钟，换上。

地下室里有卫生间，放着新的洗漱用品。她把自己简单收拾好后，走出地下室。

天才蒙蒙亮，看样子五点左右。院子里空旷寂静，笼着薄雾。殷逢就站在屋檐下，背影孤寂，也不知在想什么。

尤明许走过去，说："你有病吧？我穿成这样，待会儿怎么干架？"

他回头看了她一眼，目光在裙子上一停，说："和我在一起，不需要你去干架。"

尤明许愣了愣。

这时，其他几人也从房子各处走了出来，小燕、涂鸦、冠军、老九、陈枫……尤明许心头一震。

陈枫说：“他已经离开别墅区，开上滨江大道，朝市区去了。”

殷逢：“走吧。”

尤明许跟着他们一群人往外走，忽然发觉不止殷逢和她，其他几个今天似乎也穿得很精神。小燕穿了件新的白色卫衣，涂鸦穿了件看着就价值不菲的黑色羽绒服，冠军穿了件唐装，老九穿了件新夹克，陈枫倒是每天都穿得西装笔挺。

尤明许小声问殷逢：“你们穿成这样干什么？”

殷逢答：“你不是说去干架吗？既然是打群架，阵势很重要。”

尤明许沉默了一会儿，说：“手机还我。”

这时他们已走到车前，涂鸦替他们打开后座车门，殷逢坐了进去，尤明许跟进去。殷逢从口袋里掏出她的手机，却又不给她，说：“警方必须跟在我们后面，别坏我的事。”

他很清楚她要干什么。

尤明许想，先答应你就是，于是点头，这才拿到手机，她立刻给老丁打电话汇报。

老丁是个果断的人，尽管一时间无法知道具体细节，但是听说他们追到了那个组织的踪迹，立刻决定由景平带队，调一大队人马过来支援。

尤明许心头一定，又和景平通了个电话，共享了位置。他们从另一头追过来，和他们会合。

第十三章

正面较量

涂鸦今天开的是辆越野SUV，又大又宽敞，看着很结实。这辆车上就他们三个。尤明许挂了电话，有些踌躇满志。殷逢问："你现在和那个景平，谁说了算？"

尤明许有点奇怪他为什么问这个，想了想，说："他说了算。"

殷逢："凭他？"

尤明许挺烦他这个自命不凡的样子，淡道："人家是功勋警察，命都挂在警徽上，我很服他。他是我老大。"

殷逢冷笑一声，转头时，余光又落在那条裙子上。忽然有点后悔今天让她穿成这样。

没多久，到了一个交叉路口，警方的车队也到了，一看居然有五六辆，丁雄伟这回非常慷慨。尤明许刚要下车去找景平，殷逢就说："让他上这辆车。刚才说好的，警察必须跟在我们后面。"

尤明许想到涂鸦的车技，还有这车看起来很禁撞的样子，说："行。"

景平和许梦山突然接到丁雄伟的命令，还有点疑惑，怎么突然就要逮到人了？尤明许在电话里也来不及说太多，只说殷逢发现身边有对方的内鬼，顺藤摸瓜找了出来。

两人一下车，就见对面高大的SUV上下来个女的，微亮的天光里，只见她黑色外套下一袭红裙，大冬天里竟也显得腰肢窈窕，很漂亮，也很引人注目。

等人走近，他们才认出来。

许梦山和她共事这么久，就没见她穿过裙子——哪个女刑警上班会穿裙子?

许梦山莫名其妙："你穿成这样干什么？"

景平也看着她。

尤明许心里也有点恨，但神色自若地说："事发突然，来不及换。走吧，上这辆车，殷逢在。"

尤明许坐回车上，殷逢身边。

许梦山和景平走到车前，都看到了衣冠楚楚端坐着的殷逢。这下许梦山明白过来了——穿成这样，这两人八成原来是准备去约会的吧，这才来不及换衣服。他有点恨铁不成钢地看了眼尤明许，先拉开副驾门坐进去。

景平就只能坐在后排，尤明许边上。

车子再次发动。

冠军开一辆车，还有数辆警车，跟在后头。

尤明许的右肩忽然被人拍了一下，她看向景平，景平察觉了，也看向她，两人目光随即都落在她肩膀上方那只手臂上。

那是殷逢的手，不知何时搭在了椅背上。

"阿许，把情况和他们简单说一下。"殷逢说。

尤明许看了他一眼，说道："殷逢之前被撞出事，很可能和那个组织有关，他一直怀疑身边有内鬼。昨天，我们试探了一下，就试出来了。具体情况来不及说太多，那个人叫卫澜，原本是他的厨子，曾经过失杀人坐过牢。"

殷逢说："卫澜是三年前来我身边做事的。"他从旁边拿起一份资料，递给尤明许，"卫澜的详细资料，给他们看看。"

尤明许感觉出他今天的做派有点奇怪，他为什么不直接递给他们？但也没想太多，只将资料分给景平和许梦山看。

景平看完后，说："不考虑放长线钓大鱼？"

他的意思是盯着卫澜，但现在不动手，把犯罪组织挖掘得更深。

尤明许："不行。"

殷逢："不行。"

景平的目光在尤明许身上一停，然后看向殷逢。殷逢微微一笑，说："我和阿许丢出的诱饵，只能骗得了一时。很快他们就会反应过来，这条线索就会断。所以必须马上出动，打他们个措手不及。阿许，你说是不是？"

尤明许懒得理他，但又不想让别人瞧出端倪，淡淡“嗯”了一声。

许梦山问：“你们丢出了什么诱饵？”

尤明许没说话，看向殷逢。

殷逢说：“哦，我让他们看到我因爱生恨，失手错杀了阿许。他们那么想要抓住我的把柄，卫澜一旦看到，自然不会放过，肯定要屁颠屁颠地去找更上头的人汇报。这次估计揪不出他们背后控制一切的那个人，但至少要令他们元气大伤。”

许梦山和景平一时都没说话。

许梦山粗略一听，倒是觉得这计策可行。毕竟这两人的爱恨纠葛、始乱终弃，外人看着谁也说不清。也难怪那内鬼会信。

他颇有兴致地问：“那你怎么‘杀’尤姐的？”

尤明许白他一眼：“问那么多？！”

话音未落，几根微凉的手指落在她喉咙上，她心头一跳，就听到身旁人说：“就这么掐死的。”指腹还在她脖子上摸了两下。

尤明许拍掉他的手。

她不经意间看向景平，他今天和许梦山一样，穿着身半旧的夹克，单手搭在车门上，也看着他们。很普通的穿着，却也无损他的挺拔冷峻。景平眼里似乎有些看不透的笑意，像是察觉了什么，又显得漫不经心。尤明许被他看得有点不自在，扭头直视前方，刚想跷起二郎腿，发现裙角被景平压住了。

她用胳膊轻轻撞他一下，提着裙角示意。景平看了眼裙角，原来被自己的大腿压着大片，刚才上车没太注意。两人目光一对，他抬起大腿，把她的裙角拿出来，低声说：“不好意思。”

尤明许：“那有什么。”

景平说：“穿这样待会儿能跑吗？”

尤明许：“没事。”

景平仔细端详了一下纱布繁复的长裙，建议：“不行你打个结。”

尤明许：“好主意。”

景平的目光又落在她的脚上，她的脚背比较瘦，穿着这样的鞋显得很小。他又说：“鞋看着还行。”

“嗯。”

尤明许心想殷逢心里到底还是有那么一点数的，但依然不看他。

殷逢脸上没什么表情，冷眼看着前方，此后一路沉默。

车停的位置不算繁华，但也绝不冷清，是个很普通的小区。此时天刚亮，小区内外都没看到什么人。根据跟踪器和警方监控显示，卫澜于五分钟前开车驶入地库，乘电梯上楼。

因尤明许提前叮嘱，这次警察开的也都是普通轿车，数辆车从地库入口鱼贯而入，几乎没什么动静。

卫澜上的是 2 号楼，目前还没动静。

涂鸦的车在最前面，其余车辆跟在后头，往 2 号楼的负一层开，打算从这里上去，重重包围住嫌疑人。哪想到还隔着二十余米远，就见一辆黑色轿车突然冲出来，与他们相对而行，往出口飙去。

众人都是一惊。涂鸦失声吼道："卫澜！"

尤明许定睛一看，开车那人不正是卫澜吗？车上还有其他两名陌生男子。只见卫澜神色紧绷狠戾，看了一眼他们，一脚油门，车速更快地冲过来。

此时后面的车都还没看到前面的情况，只听得到声音。地下车库车道窄仄，这一错身，他们根本来不及掉头，就看着卫澜的车要冲过去。

这时两个声音同时响起："撞它！"

是殷逢和景平。

涂鸦猛地一打方向盘，对准那车的车腹，直撞上去。

说时迟那时快，许梦山立刻条件反射做出防冲撞姿势。殷逢弯腰双臂护头，眼角余光瞥见尤明许，直接就往她身上倒去。哪里晓得斜刺里伸出只手臂，直接将尤明许搂进怀里。

尤明许哪里需要别人保护，她系着安全带，刚做好防冲撞姿势，结果一人抱她，一个人压她，三人叠罗汉似的压在一起。身上是殷逢坚硬的背，人却倒在了景平怀里。他怀里的气息和殷逢的完全不同，有淡淡的烟草味，还有最普通的香皂的味道。他的手非常有力，另一只手臂护上来，挡住两人的头。

"嘭！"

所有人都感觉到猛烈的撞击，差点都飞出去，又都被安全带拉回原地，气囊全部弹出。涂鸦一头撞在方向盘上，头破血流，气囊将他护住。许梦山也没好到哪里去，满脸的血，双臂上全是玻璃碴。后排三人也有不同程度的擦撞伤。

车头全瘪进去了。

但与他们相比，对方更加糟糕。毕竟对方开的是普通轿车，他们开的却是越野SUV。对方的车身几乎被撞瘪了，后排两人满脸是血，昏迷过去，卫澜趴在方向盘上，慢慢抬起头。

他们的反应速度比预计的更快。只怕卫澜一到这里，说了情况，他们的人就反应过来有诈，立刻撤退。好在警方和殷逢等人来的速度更快，这才正面撞上。

许梦山忽然一吼："趴下！"一把按下头脑还有些恍惚的涂鸦。

景平反应最快，尤明许只比他慢了毫厘，两人脱了安全带，几乎同时往座椅下躲去。殷逢只感觉到身下一空，被他护住的人躲开了，他也听到了许梦山的警示，刚要顺势往下翻，一只手飞快伸过来，把他也拽到底下，安全带也不知何时被解开了。

殷逢的脸几乎和尤明许挨在一起，两人对视一眼，就听到"砰、砰"几声枪响。两人俱是一震，殷逢一把将她按进怀里。

卫澜有枪。尽管被撞伤了，却似乎并无大碍，滚到了车后，连开数枪。他们这辆车上的人首当其冲，许梦山一边躲避，一边拔枪还击。

后面的人也纷纷反应过来，数人开火。强大的火力压制下，卫澜连头都没办法冒了，许梦山伺机下车，后面几名警察也持枪缓缓逼近。

尤明许是从殷逢家来的，手里没枪，从殷逢怀里挣脱，冷眼观察。景平抬头，拔枪，说："待着别动。"

尤明许："当心。"

景平："嗯。"他也不下车，只是慢慢推开车门，留了个角度，枪口从车门间的缝隙里伸出，静静等待着。

这时，就见黑影一闪，卫澜从那辆车后掠过，大约是想寻找别的掩护。只见景平眉头一蹙，安静无比的一个点射，卫澜应声而倒。

许梦山听到枪声在自己后面响起，射过去的子弹完美命中，转头看到景平，低叹："我去……"

景平脸上没有半点多余的表情，说："打中的是肚子，人一时半会儿不会死。"

数人下车逼近，尤明许和殷逢也下了车，陈枫等人立刻赶过来护着殷逢。

就在这时，另一辆黑色SUV，忽然从一排车背后一下子飙出，朝众警察冲来。景平和尤明许几乎同时吼道："闪开！"但离那辆车最近的几个警察来不及跳开，都被撞翻在地。众人一时全部伏地，那辆车竟然在卫澜那辆车旁急刹住，枪声同时响起。

景平、尤明许、殷逢、许梦山等人，都散落在几辆车后隐蔽，其他警察也是如此。小燕身形极快，从一个缝隙里闪开，一枪追射过来，没打中他。

他惊魂未定，白着张脸说："他们在救人！"

众人一时沉寂。

谁也没想到这群歹徒能胆大妄为到这个地步，在市区与警方正面对抗，发生枪战，大有鱼死网破的势头。

尤明许目光在周围一扫，落在几米远处另一辆车后一名新警察身上，小伙子脸色紧绷，非常紧张，额头冒汗。尤明许喊了一声他的名字："把枪丢给我！找地方掩护，不要靠近！"小伙子愣了一下，把手里的枪丢给她。尤明许有枪在手，心中一定，喊道，"梦山，准备掩护我。"

许梦山答了声"好"。

尤明许又看了眼殷逢，他的眸光半点不慌，只有深沉，尤明许只对他身边的人说："护好他，别出来。"陈枫等人都点头。尤明许转过脸去。

许梦山躲的位置极好，除了有辆车，还有根大柱子，他猛地抬头，连开数枪，对方枪声暂歇。

尤明许伺机从旁绕行，景平起身紧随其后，身后还跟着另外两名警察。尤明许看了眼景平，她和许梦山配合惯了，不觉得有什么，但景平显然也心领神会，到底是比他们都老的警察。

殷逢盯着他们悄无声息潜行的身影，说："冠军，陈枫，你们也去。"

冠军和陈枫其实是他身边最擅长使枪的两人。冠军本就聪明，样样精通，陈枫当初是个一无所长的心理病态，却偏偏要当总管，于是苦练枪法，终于小有所成，这才没被团队里其他人看轻。

被点名的两人对视一眼，陈枫说："要不冠军你留在这里，我去？"

殷逢："马上去。你们的任务不是抓犯人，而是她。谁打她，你们就打谁。"

两人再不多话，拔出之前藏好的枪，也跟了上去。

这边上去了六个精英，还有后方大片火力掩护，于是在最初被短暂压制后，情势很快扭转。尤明许此时也得以看清，除了那辆车上的三个人此时都失去行动能力外，对方现在还有三个人，其中有两个是陌生面孔，为首那人，穿黑色冲锋衣、黑色裤子，戴着鸭舌帽，他不时从车后露头，枪枪精准，给他们造成了最大的阻碍。

尤明许看了那人一眼，枪口瞄准他附近另一人，静候那人冒头。

那辆车上原本昏迷的两人，已有一个被他们救到第二辆车上，另一人还在原地。卫澜大概也被救过去了。

这时，一人忽然闪现，飞速冲向第一辆车，尤明许一个点射，那人肩部中弹，紧接着又有人一枪射过去，那人腹部中弹倒地。尤明许转头一看，陈枫在另一辆车后放下枪口，冲她微微一笑。

非法持枪？

不过殷逢是省厅挂了号的人，说不定有擦边球门路。

景平躲在另一个角落里，他并没有急着开枪，而是在找准方位后，抬手连射："砰砰砰——"他没射人，只见第二辆车的三个轮子，以肉眼可见的速度瘪了下去，第四个轮子的角度不太好找，他正想换方位，就听见空气里"砰"一声响，第四个轮子应声漏气。他抬头，在不远处找到殷逢带来的一个瘦削而阴郁的男子，男子也察觉到了他的视线，与他对视一眼，露出个阴恻恻的笑。

景平的视线落在他手里的枪上，眉头一皱。

这下对方成了瓮中之鳖，且具有反击能力的，只有两人了。

对方的枪声歇了下来。

这头，景平一抬手，尤明许等人也收枪。

景平沉声喊道："你们已经无路可逃了！放下武器！不要再做无用的抵抗！"

那头安静了一会儿。

然后，令众警察动容的一幕出现了——一名很年轻的警察，浑身是血，四肢垂落，被人从车后勒着脖子拖了出来。

景平脸上的肌肉无声抽动着，枪口稳稳对着拖年轻警察出来的那个男人。但那个男人的手也很稳，他的枪口对准手中警察的头。

一定是刚才第二辆车撞出来时，猝不及防，这名警察被撞伤才落入对方手中。

景平认出了那名持枪男子，在本案的卷宗里见过，他叫顾天成。

尤明许也看着顾天成，眼眸骤冷，这家伙什么事都做得出。没想到凭着殷逢的一计，真的逮住了这个凶残狡猾的家伙和他的一众同伙。但是现在，他想干什么？

殷逢远远地也看见了顾天成，静默几秒钟后，他忽然动了，伏低身体往前跑。他身边剩下的几个人——老九、小燕和涂鸦，都是一惊，小燕和涂鸦最先跟上去，老九脸色一阴，从靴子里拔出把刀，也一脸冷意地跟上去。

涂鸦拉住了殷逢："殷老师，前面危险，我们没枪，不能去。"

小燕也小声说："她说了让你别出去。"

殷逢面目清寒，说："顾天成既然走到了绝路，他死前最想要得到什么？"

他们都是一愣，殷逢继续往前。

这时尤明许心中也有些不好的预感，她抬头一看，顾天成也抬起头，那样巧，视线就对上了她的。

第三次。

两人同时想。

然后他笑了，尤明许却半点笑意都无。他的脸看起来比上次见的时候更瘦削了，脸色发白，眼睛有点凹下去，但那双眼却无比的亮。

"尤明许，你过来。"顾天成扬声说，"我和你说几句话，就放了他。"

尤明许牙关一咬，景平看了她一眼，说："不准去，不要上当。"他再次喊道，"顾天成，你们已经被包围，根本不可能逃脱。放下人、放下枪，我们不会开枪。"

顾天成笑了一下，还是只盯着尤明许的方向，然后枪口猛地一抬，一枪正中那警察的大腿。警察一声痛呼，呻吟不已。众人全都色变。

顾天成说："尤明许，我对你说过的话，什么时候没算过数？出来。"

尤明许看了一眼景平，景平将她的手一抓。但尤明许很清楚，景平没有她了解顾天成，这人越激越狠，根本不把自己的命当回事，再这么下去那名警察真的会有性命之忧。而且顾天成说得没错，他对她说的话都是算数的。当初说不杀殷逢，就真的把殷逢留下了。尤明许从景平的手掌里挣脱，目光坚定地持枪站起。

景平静了一瞬，也站起来，持枪瞄准顾天成的眉心。

不远处，殷逢已与陈枫等人会合，看着这一幕，他脸色更冷，说："枪。"

陈枫一怔，不动，殷逢看了他一眼，陈枫只好把枪放在他手里。

殷逢也持枪站起。他的持枪姿势竟也十分标准利落，长眉轻蹙，慢慢逼近。

顾天成看了眼尤明许，又扫了眼她身后不远处跟着的两个男人，两人都是一副护食的冷厉表情。顾天成也不在意，笑了笑，说："又添了个新相好？"

尤明许已走到距离他两米远处，站定，不再靠近，说："我来了，放人。"

顾天成说："话说完就放。"目光在她身上一停，神色似乎有一瞬的恍惚，"你穿这样很漂亮。"

尤明许笑了笑，说："多谢夸奖。"

顾天成的目光又回到她脸上，那视线是安静的、专注的，带着毫不掩饰的贪恋，隐隐有欲望在压抑涌动。

尤明许直勾勾地盯着他，不敢有一丝松懈。两人的目光在空气里无声碰撞，他低笑着，说："尤明许，你知道的，我爱你。"

尤明许心头一震，眉头紧蹙，手上的枪没有半分晃动。

景平盯着顾天成，尤明许红色的裙摆轮廓，也在他的视线余光里。

殷逢站得靠后一点，但也听见了这句话，他心中一片冷意，握枪的力道更重。

顾天成却只看着她，看着她比曾经更漂亮，也更冷漠的模样。恍惚间却好像看到了在西藏，女人坐在他身侧，说："我一直在等某个人出现。"

还有他们俩在树下，他抱着她，而她那时虚情假意地让他抱着。他说："不管爱还是不爱，不管我此刻的感觉是否真实，也不管你我会死在什么时候、死在谁手里，总之我觉得这一刻的自己并没有变态过。我会永远记住这几分钟，希望你将来也不要忘了。"

我的人生里，不是没有过光。

可当遇到她时，我已经快熄灭了。

我说我爱你，就是我爱你。

对你说的话，都算数。

一个穷途末路的杀手，爱上了抓他的女警察。

说出来都没人信，毕竟那只是一天时光。那天，他伪装成普通人，和她一样正直勇敢的人。那种心灵相通的感觉，是人生中一道迟来的白光，温柔地照在他心上。他分明知道，她也曾期待过，哪怕只有一丁点，但她转头就不认了。

可于他这么个社会渣滓，于他这样该死的禽兽来说，已经足够了。

顾天成抬起眼，有那么一丝泪光。尤明许看得一愣，看着他枯槁瘦削的脸笑了。

顾天成定了定神，没忘了心中的目的。他压低嗓子，用只有两个人能听到的声音说："明许，你听我说，那两份资料，是真的。"

尤明许只是盯着他，神色没有半点变化，他看不出她有没有听清听明白。

"别爱上他。"顾天成说，"他是我的同类。"

猛然间，顾天成将手里的警察一推，尤明许连忙一把接住。可正因为这样，那警察挡住了顾天成的身体。景平和尤明许根本来不及阻止，就听到"砰"的一声。

顾天成仰头倒下，手握枪，太阳穴一个血洞，眼睛还睁着，嘴角带笑。

尤明许脑子里忽然就响起他说过的话：我就算死在外头，也不想再落入警察手里。

殷逢一个箭步上前，从尤明许手里接过那名重伤的警察。尤明许持枪低头看着顾天成，殷逢转身将重伤的警察交给陈枫。

景平却没动。他的心忽然跳得极快，空气里仿佛有某种非常细微的动静，但又似乎只是错觉。那是属于一个常年走在生死刀锋上的警察的可怕直觉。明明那辆车一点动静都没有，但是还有两个人——重伤的卫澜和另一名男子。

景平大喊一声："卧倒——"离那辆车最近的就是尤明许，他朝尤明许扑去。尤明许条件反射地往后一扑，同时看向殷逢的方向，景平却已将她扑在身下，抱着往外连滚数圈。其他人也都应声扑倒。

殷逢眸色一震，也往前扑去，涂鸦已飞身过来，结结实实挡在他身上。

"轰——"爆裂的巨响，整个车库随之一颤，火球从那辆车上腾空而起，火焰如同毒舌一样往外喷射，巨大的冲击波瞬间席卷而来。

尤明许这时被景平抱着滚到了一辆车旁，在爆炸的瞬间，景平猛地一转身，用后背挡住一切冲击，他把尤明许的头一按，严严实实护在怀里。

尤明许的耳朵里"嗡"的一片，什么都听不见了。周围地动山摇，模模糊糊间，只看见一双眼睛定定地望着她。

特别安静的一双眼，却带着暖意，能让人的心瞬间沉静下来。

爆炸产生的碎片如同一阵疾雨，朝两人袭来。然而尤明许被抱在这坚实有力的怀抱里，眼前只有他的胸膛，鼻翼间都是陌生的气息。某个瞬间他的身体轻抖了一下，然后一声不吭。

景平一直护着她。

这于尤明许而言，是种前所未有的体验。自她从警以来，无论何时都习惯挡在搭档前面，因为她牛啊，她要保护别人，所以她给其他警察挡过，给尤英俊挡过，甚至曾经还给许梦山挡过。刚才爆炸的一刹那，她下意识就想翻身，把景平给护在身后。哪里想到，他反应比她还快，把她给护住了。

因为短暂的失聪，景平蹙眉，也闭了会儿眼睛。尤明许靠在他怀里，看着他近在咫尺的脸，有那么一瞬间，很想去抹平这人的眉心。

他却忽然睁开眼，在这个满是火光灰尘的角落里四目凝视。

爆炸声似乎停止了，尤明许的耳朵也渐渐听到些动静，她从他怀里爬起来，他也一骨碌站起。

那辆车已经被炸得不成样子，周围的几辆车也着了火，车上的人不可能幸存。

后方的警察已经在打电话叫消防和救护车了。

殷逢趴在地上，涂鸦有点踉跄，满头灰土血迹，把自己的老板从地上拉起来。

殷逢一抬头就看向尤明许这边，和她的目光对上，轻轻地点了点头。

尤明许看了他一眼，捡起地上的枪，和景平等人一起，稍微靠近那车，查看情况。

顾天成躺在地上，尸体还着了火，这回是真真正正死透了。车内的情况更是惨不忍睹，残肢、尸体，无一生还。

这群穷凶极恶之徒，以如此决绝的方式，面对警方的逮捕。

尤明许、景平、许梦山等人站在车子外围，看着还猎猎烧着的火光，一时都无声。

许梦山走过来问尤明许："没事吧？"

"没事。你呢？"

许梦山："我站得远，肯定没事。"

许梦山转头去查看别处了，尤明许一扭头，愣了愣。

景平就站在她面前，夹克上被爆炸碎片划破了十来个口子，幸好冬天衣服厚，应该没伤到里面，但他的脖子就没那么好的运气了，白皙的皮肤上，添了几道口子，有一道比较深，还插着块儿拇指盖大小的碎片，这人似乎都没察觉。

尤明许说："别动。"

景平站着不动。

她伸手飞快拔去那块碎片，看着一滴血沿着脖子流下，下意识伸手一抹，然后拿出一张纸巾，替他擦去脖子上的血迹，说："待会儿去找医务人员消一下毒，看要不要打破伤风。"

"嗯。"他转头看着她，那单眼皮下，眸光浅淡。

尤明许笑了："老景，你又添了一道疤。"所以人家才能成为功勋警察。

景平："有什么关系？"

尤明许："刚才谢了。"

景平："小事。我们当前辈的，自然要护着小辈。"

尤明许："滚。"

他看她两眼："敢让我滚的，你是第一个。"

尤明许失笑，说："你还挺嘚瑟。"

"怎么，看不惯？"

"等打过再说。"

原本景平对于和她的约架是根本不放在心上的，他是真的不愿意和女人打，女人天生体格、力气都要弱于男人，打个屁。但这几天相处下来，尤明许的利落、机敏和果断，他都看在眼里，很难得地，竟有了几分棋逢对手的感觉。

人家还只是一个小姑娘。

“行。”他眼里有了淡淡的笑，低声说，“尽量不把你打哭。”

“……你说什么？”

尘埃落定。

殷逢身披一条薄毛毯，站在他们身后不远处，看着两人，有时说话，有时笑，有时互相打量。

其实尤明许和景平顶多只说了一两分钟话，可在殷逢眼里，感觉已经耗了很久。那两个人似乎只要靠近，就会非常投机，大概是性格相契。

殷逢闭了闭眼又睁开，旁边的陈枫看着他的表情，说不出是什么心情，有种“你终于把自己玩成这样”的幸灾乐祸感，但身为殷逢的随从，他又为自己产生这种邪恶的想法而感到歉疚。其实就算是陈枫，看着前头两个警察，都感觉挺般配的……那是种说不出的感觉，他们身上真的有某种如出一辙的气质。

“阿许。”殷逢忽然扬声喊道。

尤明许转过头。殷逢招了招手，她便走过来。

两人眸光一对，尤明许的目光迅速下落，不着痕迹地把他看了一圈，没受伤。

她问：“什么事？”

殷逢忽然以手握拳，放到唇边，连咳数声。陈枫一脸紧张：“殷老师，没事吧？”

尤明许也紧盯着他的脸，似乎是有点发白。

殷逢又揉了揉额头，说：“没事。头有点痛，刚才爆炸……”他欲言又止，看向尤明许，“我不要紧，马上上楼。”

尤明许也有此意，但看着他眉头紧蹙，心里有点烦躁，说：“你去医院，现场我们去看就可以了。”

“你们？”殷逢冷笑了一声，“害我的凶手的老巢，我自然要亲自去看。”说完就先迈步朝电梯走去。

尤明许不知道他又抽的哪门子风，有点阴阳怪气。她叫上许梦山、景平等人，一块儿上楼。

因为殷逢刚才说他头疼，进了电梯，尤明许就始终在留意他。然后看到他又用手按了按额头，她便靠近他身边，问："没事吧？"

他嘴角似乎很勉强地扯出个笑："没事。"

忽然间，额头上一阵温软。是尤明许探手过来，摸了摸他额头的温度。

殷逢的额温自然不会有什么问题。尤明许放下手，没说话。

殷逢低下头，看到灯光下，两人脚边都是道浅浅的影子，挨在一起。她一直站在他身边，没去管别人，也不说话，殷逢的心情忽然就好了起来，愉悦感像是一口清淡的蜂蜜水，慢慢滑入胸腔里。

景平和一名手下交代完一些事情，一抬头，就看到尤明许和殷逢站在一起。其实那两个人并没有说话，只是站着不动，却站得很近，莫名地，你就能感觉到他们俩之间，有种很亲密的、旁人根本无法介入的气场。景平这样一双敏锐的眼几乎是一眼就看了出来，然后他看向一旁。

电梯到了。

很容易就查明了刚才那六名匪徒住的房号。房子是租的，更具体的信息，还需要再查。

一名警察上前撬开门，身后数名警察持枪直冲而入。房子里一个人也没有，也没看到任何危险物品。

众人收枪，开始打量这套房子。

第一眼望去，你绝对想象不到，这是一群变态杀手住的房子。

客厅很宽敞，布置得也很雅致舒适。对，就是这个感觉，雅致舒适。清淡的暖色调，布艺沙发，茶台茶具，杯子里的水还有一点温度，有电视，有书柜，书柜里放了些小说、杂记、心理学书籍，等等。尤明许甚至还看到了一排殷逢的书，半旧不新，她拿下一本翻了翻。殷逢走到她身边，接过看了看。尤明许说："他们在研究你？"

殷逢把书丢回桌上，说："谁知道呢？也许只是单纯地想要看书。毕竟我的书很好看。"

尤明许白他一眼。

墙上挂了幅毛笔字，写着：诸善已死，诸恶奉行。

字迹遒劲、端正、大气，没有落款。

尤明许和殷逢都看了一会儿这幅字，对视一眼，都没说话。

这大概是小区里最大的户型了，足有二百多平方米。客厅一侧是厨房、公用洗手间和一间健身房。尤明许先进了厨房，意外地发现火上还有一罐煲着的汤，水槽里有些洗完了的菜，打开冰箱，里面有一些食物、水果和蔬菜，各式各样。

冰箱旁的墙上贴了张表格，上面居然写着三个大字“值日表”。

下面是每周每天负责值日的人的名字或者外号。

老顾、曹头、大嘴、文哥……

字迹有点丑，但是看得出写字的人在努力将字写得端正。

尤明许看着厨房里的这一切，莫名发怔。

殷逢不知何时又到了她身边。

尤明许说：“他们这是在过日子呢？”谁能想到，在一群杀手的“家”里，看到的会是这么整洁、温馨的日常细节。

殷逢答：“我也没想到，他们还有生活。”

这话颇有深意，尤明许看了他一眼，只觉得他的脸色，看上去比平时还要静默。

健身房里有台跑步机，几台训练力量的器械，还挂着个拳击沙袋。这倒符合尤明许的预期，但凡悍匪，从不忽略体力上的持续锻炼。所以他们当警察的，能不拼命折腾自己吗？你要是偷懒，匪徒都比你勤奋，转头就能完爆你。

第一间卧室里色调清冷简洁，放着床、衣柜和一张书桌。被子叠得整整齐齐的，衣柜里挂着几件男式衣物，还有双皮鞋，平淡无奇。

桌面上压着块玻璃，玻璃下全是照片。

都属于同一个女人和一个小女孩。女人三十来岁，小女孩七八岁的样子。看样子是一对母女，好几张照片都笑得很开心。还有的照片，明显是从合影上剪下来的，边沿不太整齐，能看到另一人的黑色衣角。

玻璃下有一小块儿是空的，桌面留着一圈浅浅的印记，显然，原本放在这里的那张照片被人拿走了。玻璃也有点歪。取走照片的人，拿得很急。

尤明许一看就明白了，他们刚才走得急，住在这间屋子的，不知道是刚才哪一个人，只来得及拿走一张照片。

桌面一角，放着个小小的、已经很旧的小狗玩偶。尤明许注意到，其中某张照片上，小女孩就抱着一个一模一样的玩偶。

“看来他失去了最重要的东西。”殷逢在她耳边说，“始终活在怀念里。”

“那也不是他为非作歹的理由。”尤明许淡道，转身出屋。

殷逢看着她的背影，笑笑，跟了上去。

一走进第二间卧室，尤明许就愣住了。

墙上贴满了照片。

她的照片。

殷逢扫了一眼，脸色骤冷。

尤明许走近，看着那一张张照片，努力克制住心底的寒意。她甚至不知道，这些照片是什么时候被人拍下的——她走出家门的样子，她和殷逢站在车前，还有从远处偷拍的，她站在警局办公室里端着杯茶喝茶的，她在小饭馆里吃饭……

足足有四五十张。

两人沉默地看了一会儿，尤明许扭头去看别处，殷逢挡在她面前。她抬头，殷逢的手落在她的脖子上，轻轻捏住。

尤明许："干什么？"

殷逢的眼眸里似乎有暗光在流动，他捏了一下后放下手，冷冷地道："他倒是会搞事，死了还要恶心我们。"

这个"他"，指的自然是顾天成了。

尤明许没吭声，转头看着桌上，一堆药瓶，东倒西歪，有的开着盖，桌上还撒了些药片，透露出那人发病时有多痛苦。

桌上有个文件夹，尤明许打开一看，愣住了。

是一幅铅笔素描画。绘画者明显有些功底，画得很像，一眼就能看出画的是她。她穿着在西藏时的那套冲锋衣裤，短靴，长发披散，背着个包。表情也画得很生动，眉眼冷冷的，隐隐带着笑，有一丝傲气。

她身边，还站着个男人。

那是个令尤明许感到熟悉又陌生的男人。

从相貌身材上看，赫然就是顾天成，但他穿着西装，手里还拎着个公文包。表情也不同，他笑着，显得很开朗，眼睛看着身边的女人。

两个人站在一起。

尤明许把画夹丢回桌上，面无表情地往外走。殷逢一把搂住她的腰，低头就在她脸上重重亲了一口。尤明许一把推开他，却只看到他暗沉的双眸。他不说话，尤明许也不想同他说话，这是什么地方，他发疯亲她？

她转身就走。

殷逢站在原地，摸了一下嘴唇，又冷冷地看了一眼桌上那幅画，到底是证物，理智克制了他撕毁它的强烈冲动。回味了一下刚才吻上她脸蛋的柔软触觉，心头一荡，他不由得笑了，又看了眼桌上的画，除了画，那人还能得到什么？他双手往裤兜里一插，也走了出去。

第三个房间的主人，却是个好学的。房间里全是书。桌上堆满了书，地上也是，小说、传记、科普、数学、地理、杂志、军事……什么书都有，甚至还有几个笔记本，密密麻麻做满了摘抄。

许梦山见了，惊讶道："难道这还是个学霸？"

尤明许也颇有同感，还真是，正常人都是一样的。变态却各有各的变态活法。

一旁的殷逢却说："恰恰相反，是个学渣。学霸才不会这样。"

尤明许和许梦山都看了他一眼。没办法，这事儿殷逢肯定比他们更有发言权。

但也就是在这名伪学霸的抽屉里，发现了一叠照片。有的照片有些旧了，还有的是新的。每张照片上都有一个男人，每个男人头上，都用红笔画了个大大的叉。

这是非常重要的线索。

尤明许微微色变，又叫来许梦山他们，照片传阅了一圈，谁也没认出照片上的人是谁，有人觉得眼熟，于是只能将照片都带回警局。

对这栋房子的搜索已接近尾声。

然而无论如何，这个地方，和所有警察的想象，都是不同的。

这是他们第一次接触变态杀手组织。在他们的想象里，那些人的巢穴应该是阴暗、肮脏、血腥，充满变态气息的，哪怕是看到尸体或残肢，警察们都不会感到意外。

谁能想到，除了一些照片、书籍、素描透露出些许这些人偏执的细节，这里看起来正常无比。那些人会饮茶、做饭、煲汤，会值日、清扫、健身。他们的房间干净明亮，生活规律健康，他们把所爱藏于房中，日日夜夜相对。

离开这间房子时，尤明许走出玄关，忽然又回头看向客厅正中的那面墙上。

那句话，就这么醒目鲜明地跳进她的眼帘：

诸善已死，诸恶奉行。

第十四章

诸恶奉行

省公安厅。

这是间气氛非常严肃的会议室，坐了二十余人，除了丁雄伟带着景平、尤明许和许梦山来自下面警局，其他都是省厅各个专业领域的拔尖人物。

代号为“10”的这一系列案件，因为性质恶劣、罪犯人数众多，已正式移交给省里来的领导。

一名经验丰富的老刑侦专家在台上讲述了一些最新的结论和发现：

首先，罪犯身份已经确认。

在停车场被炸死和击毙的六名嫌疑人，全都确认了身份。其中有四人和顾天成一样，都是身上背着命案的逃犯，来自各个省市。他们在在逃期间还犯下了哪些罪行，需要再进一步确认。

六人中还有一人是警察，隶属于某分局，级别还不低。这也是令与会人员大大震惊的地方。根据这名警察的生平资料，他的日常表现非常优异，还抓到过很多罪犯，但也有污点——他曾经殴打过嫌疑人，后来不了了之，他有一名关系要好的搭档曾被犯罪分子打成重伤，不得不退出警队，为此，他还消沉过一段时间。后来重新振作，办案风格更加严酷。

他们住的房子，也是由该警察去租的，所以才这样隐蔽，一直没有被警方搜到过。

这名警察如何落得与犯罪分子为伍的地步，是值得深思的地方。

但也可以推断，警方内部的许多资料都是这名警察泄露给该组织的，他们才能始终在暗处肆意妄为。

除了这六个人，鉴证人员还在那栋房子里发现了其他四个人的指纹，通过指纹库比对，已确定其中有两人为通缉犯，一人是某公司的一名普通职员，最后一人指纹太过模糊残缺，无法确认。警方立即根据身份确定的三人的资料，在他们可能出现的地点进行追捕，但早已人去楼空。

也就是说，目前已知的犯罪团伙有 10 人，6 人已死，4 人在逃。不确定是否还有别人。

“第二。”发言的刑侦专家说道，“根据在案发现场找到的那沓照片，我们有了惊人发现。他们一共有 12 人，全都是历年来警方未破悬案的通缉犯，或者重点嫌疑人。”

前方投影幕布上出现 12 人的照片。每张照片上，都用红笔画了个大大的叉。

“经过核实，其中有 6 人已经死亡，并且尸体也已经被警方发现。死亡现场都呈现自杀或者意外的特征，又因为他们都是重点嫌疑人或者通缉犯，所以都结案了，没有引起当时办案人员的怀疑。

“我重新派人核对了与这 6 人有关的所有资料，并与‘10’号案犯罪组织成员的资料进行比对，其中有三个犯罪现场都发现了该组织成员的脚印，并且在三个犯罪现场周边的监控里，也都发现了该组织的成员，曾在案发前后出现过。”

下面一片“嗡嗡”的议论声。

刑侦专家没有像尤明许他们那样一路追着这个组织，却能想到做这样的横向对比侦查，令尤明许佩服不已。

这个侦查结果也在她的意料之中。换句话说，顾天成那伙人，很有可能根据那名警察内鬼提供的资料，一个个追杀别的通缉犯，然后伪装成自杀或意外，丢给警方结案。

诸善已死，诸恶奉行。

刑侦专家说：“还有 4 人，都已失踪了一段时间。另外有 2 人，都是重点嫌疑人，还活着。”

下面又是一片议论声。

尤明许想：失踪的 4 人只怕也已凶多吉少。活着的这 2 个，只是被列入狩猎计划，还没来得及动手。

刑侦专家脸上也闪现出几分动容的神色，毕竟这样的犯罪组织，在大多数刑警的生涯里都是闻所未闻的。他肃然道："这起案子，最初是岳山分局的人在追，我和丁雄伟详细讨论过，同时，也听取了相关犯罪心理学专家的意见……"

尤明许抬了一下头。

今天某位搞犯罪心理的并没有来到会议现场，也没和她联系。迄今为止，也没人提到过他。

"我们一致认为，可以对该组织进行一个大胆的推测和定性：

"这是一个'惩罚者'组织，由一群罪大恶极又自诩正义的罪犯组成。他们有组织、有纪律，过着团体生活，信奉相同的扭曲的价值观。他们一定有潜在的机制，去发掘、培养组织成员，并且锁定猎杀目标。他们计划周密、行动敏捷，个体突击能力强，反侦查能力好，行动效率高。他们是一群非法的'执法者'。

"在法治社会，是绝对不允许这样一个组织出现的。他们阴暗、扭曲的价值观也必须被铲除。我相信岳山分局这一次的突击行动，对该组织造成了沉重打击，非常成功。我们必须乘胜追击。已经发现的窝点是3名犯罪分子的居住地点，也就是说，他们至少还有两个这样的窝点。省里会重点督办这起案件，并派出大量警力严密打击、追捕，力争将该组织所有在逃人员抓捕归案！阻止类似的'私自执法'案件再次发生！"

省里的会议散了后，回到岳山分局，丁雄伟又给尤明许三人开了个隐秘的小会。中心意思就是说，他刚才被省局副局长留下秘密谈话了，这起案子，移交给省里的专案组负责。他们的工作很出色，可以告一段落。

但是，他们的工作还没完。

"惩罚者"组织与罗羽的关系，与凯阳集团的关系，还是个未解的疑点。凯阳集团又有与贩毒组织勾结的嫌疑，但还没有任何证据。景平被派过来查毒的事不能明着说，怕打草惊蛇泄露消息。所以刚才在省里也没提，暂时还是由他们这个三人小组暗中查，负责这条线。缉毒的同时，一旦发现与"惩罚者"组织相关的消息，立刻汇报。

这也在三人的意料之中。郭兴身上丢的那份重要证据还没找到，罗羽身上的双重嫌疑也暂时未明。

因这事儿，丁雄伟还特意拨了个单独的小屋子，给他们当办公室，让立马搬过去。

于是这一下午，三人光往位于楼道角落的偏僻小黑屋里搬东西了，不知道的，还以为这三位大神被领导给发配了呢。

尤明许正在整理新桌子上的文件，许梦山搬了沓卷宗过来，放在自己桌上，说："这要是搁古代，顾天成他们是不是就成梁山好汉了？"

尤明许说："还梁山好汉呢？他们是不是也诱导、培养了向荣和陈昭辞？他们不仅惩罚罪恶，也制造罪恶，是变态！"

许梦山一想，也是，他看向旁边夹着烟收拾东西的景平，说："景哥，你说呢？"

景平吐了口烟，说："我只认法治。"

许梦山觉得，景平这人可真酷，看着眉清目秀的，处久了，你会发现他举手投足间都带着一股特有的劲儿。

很快就到了下班时间，办公室也收拾得差不多了。许梦山今天约了人打球，问景平："景哥，去打球不？"

景平在云南警队里年年拿 MVP[①]，眼睛看着许梦山，视线却越过他瞥见尤明许拉开个抽屉，刚开始整理。景平笑了笑说："打得不好，没什么兴趣，就不去凑热闹了。"

许梦山就走了。

尤明许正拿了块抹布擦抽屉里的灰，听到身后坐着的那人问："殷逢今天怎么没来？"

尤明许："不知道。"

"小尤。"景平喊道。

尤明许动作一顿，转头。

景平手里夹着烟，看着她，笑了笑："一直没机会问，殷逢是怎么发现他身边的那个人和惩罚者组织有关系的？你知不知道？"

尤明许看着他的眼睛，清澈，却不见底。明明是他在问你问题，却令你感觉到，他好像已经觉察到了什么。他就是这样一个表面看着温和内心却深不见底的男子。

尤明许转过身去，继续擦。

殷逢身上那些说不清的事，该不该说，于尤明许而言，并不是个困难的选择。

殷逢和局长、厅长都是呼朋唤友的，他插手这个案子，也是得到了上头首肯的。如果他有什么需要交代的，从程序上说，只需跟上头交代，不需要尤明许来对别人说出他的隐私和过去。

而且，尤明许脑子里忽然就冒出下雪那天，殷逢发现在贵州有人冒充他，请她

① Most Valuable Player 的缩写，意为"最有价值的成员"。

帮忙查一些线索时，他曾一脸冷淡地说：“我的事，并不想让太多人知道。你既然已经牵扯其中，自然是我最好的合作对象。”

不知为何，如今想起他那高傲冷酷的样子，当时虽觉得心寒，现在却觉得有点好笑。

对于景平的问题，她的回答点到即止：“殷逢确实帮警方破过一些案子，又宣扬警方的正面形象——这是局长原话，我想犯罪分子肯定是恨他的。他又是搞犯罪心理的，很了解他们。你看他们家里还有很多他写的书呢。他们也许想以某种方式毁了他。殷逢曾经的失智很可能与他们的迫害有关。他怀疑身边有内鬼，也是合情合理的。”

景平没有再问，尤明许看到他站起来，把屋内一些东西归置整齐，微微一笑。

终于都收拾完了，尤明许把头上的橡皮筋取下来，重新把有点散的头发束好后发现景平在盯着她。

尤明许抬头，用眼神示意：看我干什么？

景平问：“你和许梦山上次说的火锅店怎么走？”

尤明许说：“我发个位置给你。”

“好。”

发好后，两人一块儿往外走，尤明许锁了门，又说：“网上有团购券，比较划算。”

景平：“怎么弄？”

“手机给我。”

她拿过他的手机，却发现根本没有用来团购的APP，这人是活在原始时代吗？

不，估计是活在云南边境的原始森林里。

她把手机还给他，掏出自己的：“我给你团。”

“谢了，我把钱转给你。”

她一边走一边问：“几个人吃？”

景平说：“你去不去？去就两个人。”

尤明许一看，最小的团购餐都是两人份的，又看了他一眼。回来后他还穿着那件被划破了一些小口子的夹克，都没顾得上换，脖子后贴了一小块纱布。外头天已经黑了，非常寒冷，这人的神色格外宁静。

云南来的功勋警察，被安插过来的缉毒人员，今天在抓捕现场只有他觉察到炸弹并提醒大家。现在下班了，他一个人去吃火锅。

尤明许团了个二人餐，说："走吧，尤姐带你去吃好的。"

景平抬眼看她，微微带笑："没大没小。"

火锅店跟警局隔得不远，两人步行过去。今天案子取得重大突破，尤明许心情不错，又想到景平是客，一路上给他介绍了不少湘城的风土人情。景平脑子转得快，各地风土人情知道得也多，两人竟聊得十分投机，不知不觉就到了饭店。

他们坐的是大厅，并不禁烟，热气蒸腾。景平问："介意我抽烟吗？"

尤明许抬抬眼皮："你看我像介意的样子吗？"

景平一笑，点了支烟，又把烟盒和火机推给她。不知为何，尤明许没什么抽烟的欲望。忽然发现最近这段时间，自己似乎抽得少了。

她脑子里闪过一张脸，那人夺了她手里的烟，低头在她脸颊上亲了一口，说："以后看到你抽烟我就亲你一下，不管是在哪里。"

有点分神了。

尤明许摇摇头，示意不抽。景平吸了口说："女孩子少抽点好。"

"那你还给我？"

"客气一下。没几根烟了，我还舍不得呢。"

尤明许看了一眼烟盒，云南烟，她没见过的包装，显然是景平从那边带过来的，还剩小半包。她拿起来，塞口袋里。

景平："哎？哎？"

尤明许说："我今天请你吃火锅，你好意思白吃？"

景平失笑，吸了口烟说："我怎么就不好意思了？兄弟间有什么好见外的。"

"兄弟"二字从他嘴里说出来，令尤明许心头一暖，她斜瞥他一眼，说："那就是了，烟我就收下了，老景你真客气。"

灯光之下，烟火雾气之中，女人凤眸微挑，似笑非笑，流光溢彩。

景平吸了口烟，越过她的脸，看向窗外清寂的夜色。

火锅和菜品陆续端上来了。

尤明许喜欢吃牛肉，不喜欢羊肉；喜欢土豆、红薯叶，不喜欢粉丝、白萝卜。这个套餐很划算，品种丰富，吃着吃着，她就发觉出和景平吃饭的好来。

她喜欢吃的东西，锅里总剩着很多，她不喜欢吃的，景平似乎很快就都吃掉了。于是整个过程她都吃得很满足，到后来抬头看着他说："我发现咱俩吃东西还挺搭的。"

景平笑笑："有吗？"

尤明许说："和梦山吃，他总是跟我抢牛肉和红薯叶，剩一堆萝卜、鱼丸什么的。很好，以后要多叫上你吃饭。"

景平："行啊。"

他其实哪有什么爱吃不爱吃的，只是吃什么都无所谓。她不爱吃的，剩一大盘，他就全扫空，不能浪费粮食；她一直夹的，索性就留着。

景平又笑了一下说："好像是挺搭的。"

肉足饭饱，尤明许结了账，两人对坐着，喝几口清茶解腻。

尤明许忽然想起来，顺口问道："老景你结婚没有？"大老远派到湖南来，家里要是有老婆孩子怎么办？尤明许忽然发现看他的样子，你琢磨不出他到底是个顾家的，还是个不顾家的。

景平喝了口茶，说："我连女朋友都没有，上哪儿结婚？"

尤明许打量他两眼，人高，长得帅，有个性，看上去还是个腹黑的，这种男人不该遇到合适的就手到擒来吗？他居然还是单身？

不过想想也能理解，那样的工作性质，上哪儿找女朋友？普通女孩大概也不敢和他谈朋友。

"回头让许媒婆给你介绍。"尤明许说，"湖南漂亮妹子多。老景你有什么要求？"

景平笑了笑，说："要求不多。漂亮，不能太胖也不能太瘦。个头不能太高也不能太矮。我不喜欢黑的，至少不能比我黑。独立，能干，我出任务不在她身边，她也能不让我担心，自己好好生活。性格要善良，不能贪心，明辨是非。干我这行的，身边的老婆要是容易被人蛊惑，那就是放了颗定时炸弹。大概就这么多。"

尤明许都听笑了："你这还叫要求不多？这么好的上哪儿找？当我没说。"

景平提起茶壶，给自己添满，望见她的杯子空了，也给她添上，眉目清平，说道："是啊，这么好的，上哪儿找。"

尤明许忽然就怔了一下。她静静地看着景平扣着茶壶的手，白皙、骨节分明，手背、指腹都带着伤痕。细细的、清澈的水柱徐徐倒落，两人一时都沉默了。

就在这时，尤明许的手机响了，打破了这微妙晦涩的平静。

看到屏幕上的名字，尤明许竟没来由地感觉到心头一松，也不知松掉的是什么。不过她的语气还是很冷淡："喂。"

一天没露面的男人，嗓音低沉而矜持："下班了吗？"

"嗯。"

“我今天亲自下厨，要不要过来尝一尝？”

尤明许倒是有点意外：“亲自下厨？”

殷逢说：“厨子不是死了吗？”

尤明许一时无语。

对面，景平一听她的语气，就知道是谁打来的了。他低头喝茶，神色淡漠。

尤明许说：“我吃过了。”

殷逢听她那头吵吵嚷嚷的，就知道是在外面，心头一动，问：“和谁一块儿？”

尤明许答：“老景。”

这时景平开口：“火机和烟给我。”

尤明许从口袋里摸出，递给他，说：“一根啊。”

景平笑了，说：“这到底是谁的烟？”

尤明许笑了。

这才察觉电话那头的人始终沉默着，她问：“还有什么事？”

殷逢说：“你呢？有没有事找我？”

尤明许静了一瞬，说：“我待会儿来找你。”

“行。”电话直接被他挂断了。

尤明许一怔，看着手机，心里有点不是滋味。景平已站起来说：“走吧。”

两人走出饭店，这里离警局近，景平走回去就可以了。尤明许叫了辆车，在路边等着，说：“你先回去吧。我的车很快就到。”

景平：“没事。”

刚刚在饭店里还聊得热火朝天的两人，这会儿却似乎都无话可说，只静静地在街头站着。

车很快就到了，尤明许上车，看着车外的人说：“老景，明天见。”

景平站在路灯下，夹克敞着，双手插裤兜里，更显挺拔。他的眉眼却是清晰而温和的，带着一点温暖如灯火的笑：“明天见，尤明许。”

其实尤明许今天一定会去找殷逢，她想殷逢也清楚，自己会去找他。

只是没想到殷逢还亲自下厨做饭了。这个人总是不按套路出牌。

走进别墅，就见小燕站在大门内等着，他一身寒凉的气息，也不知道等了多久。

尤明许愣了一下，说：“你不用一直等着我。”就这么一小段路，她还能走丢了？

其实小燕也不知道自己为什么要一直站在这儿等。殷逢之前提了句，人来了让他去接，他就早早地跑来了，尽管只是干等着，可感觉挺开心的。

于是，小燕只好憋出句："我没有其他事情做……"

尤明许恍然，对着这个孩子般的青年，仿佛能看到尤英俊的影子，她有点心软，微笑说："那谢谢啊。"

小燕脸红了，低头藏进夜色里，说："殷老师等你很久了。"

他一提到殷逢，尤明许的眉头不由自主地就沉下来。远远望去，露台上没灯。估计天气越来越冷，那人再想要湖光月色晚餐，也顶不住了。她心中暗笑，跟着小燕走进主楼。

殷逢正在二楼的小餐厅独自用餐。

原本在尤明许的想象里，殷逢亲自下厨，大概是煎个牛排，喝杯红酒什么的，简单省事，无须厨艺还能装装样子，没想到抬眼一看，那人独坐餐桌前，手里拿着碗米饭在吃，面前竟放着四菜一汤。

红烧鸡翅、山椒炒牛肉、凉拌莴苣丝、清炒红苋菜、排骨冬瓜汤，看着倒也像模像样。

尤明许拉开椅子，坐在他身旁。

殷逢也吃得差不多了，他放下碗筷就起身，说："去书房。涂鸦，把剩的饭菜都倒了。"

涂鸦也不知窝在房子哪个角落，声音远远传来："哦。"

尤明许看了殷逢一眼，脸色似乎比平常还差，从她走进餐厅，这人就没正眼瞧过她。

尤明许并不感到生气，反而觉得可笑。他在发火？

他有哪门子的资格冲她发火？

尤明许是为了正事而来的，她神色淡淡地跟进了书房。

她人来了，没有再和那个"灵魂战友"在一块儿，殷逢其实就感觉到情绪渐渐平静下来。他在那超大书桌前坐下，开始泡茶，对她说："坐。"

尤明许不动声色地看着他将一壶清澈飘香的茶泡好，又递了杯在她面前。

殷逢给自己也倒了一杯，往椅子里一靠。房子里开了暖气，他衬衫笔挺，发色乌黑，眉眼幽深："雀舌，尝尝。"

尤明许看了他一眼，得，又正常了。

她看那茶叶一根根绿嫩嫩的，竖立着，倒是分外好看，尝了一口，也很香，她点头："不错。"

他看了她一眼，端起茶杯也喝了一口。

两人都静了一会儿，尤明许说："今天我们开会了，给惩罚者组织基本定了调。"

"嗯。"

"你怎么没去？"

"老段已经找我交流过想法了，没必要去。与会的人太多，省得麻烦。"

尤明许喝完一杯，把杯子放在桌上，刚要自己倒，殷逢的手已抬起，先一步拿过了茶壶，给她倒满。尤明许看着那清澈的水柱，心想：今晚怎么一个两个的都要给她倒茶？

尤明许说："关于惩罚者组织，我想听听你的想法。"

殷逢放下茶壶，直视着她："我有什么好处？"

尤明许看着他。

殷逢笑了笑："把我的想法告诉你，能得到什么好处？"

尤明许："你要什么好处？"

殷逢静了两秒钟，手指轻轻在椅子扶手上敲了敲："亲我一下。"

尤明许有点不敢相信自己的耳朵。然而眼前人衣冠楚楚，英挺俊秀，眸色暗沉，说的真真切切就是那句话。

书房里一时无声。

"你可以不说。"尤明许道，"咱们之前的约定，就当作废。"

她作势要站起，殷逢出声："行了，可以先不亲。"

尤明许盯他两眼，他没有半分不好意思的神色，说："坐着别动。"

尤明许轻哼一声，坐下，往后一靠，跷起二郎腿，心中还是有那么一丝占了上风的得意。

殷逢说："能够基本确定、公开的结论，你们的人已经在会上交流过了。其实我认为，这个组织，还有两个显著特点。

"第一，同样都是有罪者，其中一些，被组织吸纳进去，成为惩罚者；另一些，成为他们的狩猎目标。选择标准是什么？

"第二，这个组织的领导者，能够令成员们死心塌地、团结一致地去实现目标，甚至将生死置之度外。他是怎么办到的？"

尤明许眉头一沉。

第一个问题，选择标准？一路走来，她也接触了他们当中的好几个人：顾天成、陈昭辞、向荣，还有在那个老巢看到的那几个风格各异的房间的主人，答案隐隐约约的，似乎就要被她抓住……

而第二个问题她之前倒未细想过，如今想来，那个背后的领导者，确确实实对组织成员的控制能力很强，而且控制的还是顾天成这样非常强悍的角色。这令尤明许的心中隐隐生出些寒意——那到底会是个什么样的人？

殷逢深深看了她一眼说："这两个问题的答案，其实是同一个。"

尤明许看着他。

他说："就在那句话里。"

尤明许心头一震，那句话……

诸善已死，诸恶奉行。

殷逢吐出一个字："善。"

尤明许："怎么说？"

殷逢站了起来，在房间里缓缓走着，说道："那个组织挑选的，都是曾经遭受过不公平待遇、对社会失望的人。从某种意义上来说，他们本来都是'好人'，只是比较偏执。顾天成，才华出众，很有事业心，即使屡屡遭受不公正待遇，依然试图改变现状，出人头地，成家立业；向荣，不必说，深爱着自己的妻子儿子，却遭遇飞来横祸，许多年都走不出去；陈昭辞，最爱的女人，人生唯一的希望，死于校园贷，死于那些放贷的人手中……但凡能有一丝幸福的希望，这些人也许就会坚持下去，但最后，他们都走投无路了。

"只有这样的人，才是组织想要挑选的。他们身上原本干净正直的'善'，已经被生活毁得面目全非。这时候如果有人对他们说：我们去干掉那些有罪的人吧。然后经过一番调教和洗脑，就像将钢铁熔化再重铸，他们会形成新的、扭曲的、坚定的善恶观。原本的好人变成坏人，只会比坏人更坏。他们会对'惩恶'这件事非常坚定，成为组织头目想要的完美的'惩罚者'。所以他们才会信奉：诸善已死，诸恶奉行。"

尤明许听得心头震动，不由得点头。

这时殷逢已踱步到她身后，他的嗓音传来："反而是那些一开始就彻头彻尾、自私自利的坏人，才不可能像他们这样心志坚定、义无反顾。所以组织不会吸纳他们，而是将他们作为狩猎目标。这个组织生于恶，却又去惩罚恶。所以才叫‘诸恶奉行’。”

“嗯。”

一只手落在尤明许的椅背上，她感觉到他俯低身体靠近，他对她耳语：“阿许，我说的，你是不是觉得都对？”

那嗓音太低太缓，带着几分柔软的蛊惑，尤明许后颈起了一层鸡皮疙瘩，不回头，手直接往后一伸，就按在他那张脸上，冷道：“好好说话。”

女人的手指细而软，殷逢被摸着感觉很舒服，倒也听话，抬起身子，但双臂依然从后方按在她的椅背上，他发现自己很喜欢这种感觉。

“他们的首领……”殷逢说，“传递给他们的不是恶，而是‘善’。他告诉他们，他们正在做的是正确的事，或许还告诉他们，这样是在赎罪。他告诉他们，通过这样的‘惩恶’会治好他们心灵的创伤。他给予他们的，全都是看起来积极、向善、美好的影响。所以我们才会看到，那些人能够宁静、安好地生活在一个房子里。他们会对组织那么忠诚、坚定、虽死无憾，是因为他们以为‘他’治好了自己，实际上却走上了一条更加扭曲的人生之路。”

尤明许手指间把玩着小小的空茶杯：“‘他’？”

任何群体，都一定有一个领导者，只不过这个组织的领导者，以前根本无迹可寻，你也根本无法设想他的模样。但现在，随着 6 名成员身死，刑侦专家的结论和殷逢的分析似乎让那个“他”有了模糊的轮廓。

尤明许又想到曾经尤英俊提过的那句话，他说总觉得有个人在窥探他，威胁他，令他感到压抑而恐惧。这个人会是曾经潜伏在他身边的卫澜吗？但是看殷逢抓住卫澜的一连串动作，她不信卫澜能带给殷逢这么大的威慑力。

那会是“他”吗？

殷逢感觉到过“他”的存在，会和“他”产生过交集吗？

殷逢回到对面坐下，像是觉察了她的疑虑，他说：“对于那个首领，我也有一些分析推断。”

“你说。”

“第二个。”他道。

尤明许没反应过来，皱了一下眉，他却话锋一转：“他的年龄不会很小。从他身边聚集的人的年龄层，还有他对这些成熟的罪犯的影响力来看，应在 30 ~ 50 岁。”

这一点，尤明许一想就同意了。年龄代表的是阅历和思维结构的成熟性。一个年轻人，可以是个犯罪天才，但要理解顾天成、向荣这样的人的心理状态和人生起落，甚至还要对他进行洗脑和影响，那就必须是个具有相当丰厚的人生经验的人才能做到。

“第二点，他极其仇恨有罪之人，一定遭受过非常不公正的待遇和打击，失去过人生最珍视的东西。”

尤明许点头，合情合理。

“第三点，他不信任司法和警察，但从该组织成员一直以来对待警方的态度来看，也不仇恨警察。”

尤明许想了想，确实。他们所有的行为都是暗中进行的，之前杀的 6 名有罪者，也伪装成了自杀或意外，明显就是不想引起警方怀疑。

“第四点，他非常聪明，特别善于掌控他人的心理和情感，并且很有钱。”

“嗯。”

这时殷逢忽然笑了笑，说：“第五，你觉得他为什么会盯上我？还会在我身上花这么大的气力？”

尤明许没有看他的眼睛，目光扫过他衬衣上的纽扣、脖子的线条，还有他白皙的下颌。

“为什么？”她问。

“你不觉得他做的事，有点眼熟吗？”殷逢说。

尤明许抬眸看着他。

他嘴角有很轻的笑，眼神却是寂静的。

尤明许心中猛地一抖，意识到他说的是什么，殷逢看她的样子就知道她已想到了，端起茶喝了一口，说：“他在和我做相同却又不同的事。”

涂鸦、老九、小燕、冠军……他们每一个都曾经是有罪之人，每一个都曾经心怀善念却被生活击溃毁灭。是殷逢让他们重拾信心，殷逢“收集”了他们每一个人，让他们跟在自己身边，不再犯罪。所以尽管他身边这些人依旧邪气横生，游走于法律的灰色地带，但殷逢掌握了他们的心灵，他就是那道枷锁，挡在他们与犯罪之间。

“你……为什么要这么做？”尤明许脱口问道，这也是她很久之前就想问的问题。

殷逢静静地看着她，说：“大概我希望自己一生信奉的，是诸恶莫作，诸善奉行。”

尤明许说不清心中是什么感受，这么深刻的一句话，竟然从殷逢的嘴里说出来。他一向活得冷酷又任性，但当他真的这么说了，你又觉得，他说是这样，就一定是这样。

两人都静了一会儿，殷逢先说道："所以，他之所以盯上我，对我做了那些事，不是因为我们原本以为的他选中了我，而是他在同我比较、较量。"

尤明许一怔。

殷逢冷笑着说："比较各自所信奉的哪个更接近真理，比较谁才能带给有罪之人真正的宽恕和新生。那么最好的测试方法是什么？就是拿我来验证，毁掉我，加害我。如果我扛不住，成为有罪之人，那么他们最重要的一步就达到了。犯罪之门一旦打开，就无法再停止。接下来，他们就可以引导我成为'惩罚者'了。所以，当他们知道我'杀'了你时，才会那么容易就露出马脚，因为这就是'他'一直想要看到的。"

尤明许沉思片刻，不得不说，尽管这种"较量"方式匪夷所思，可又有着奇特的说服力。这样，才符合心理变态者的逻辑。

"你们俩的做法，确实有相似之处。"尤明许说。

"是啊。"殷逢转了转茶碗盖，发出清脆细微的碰撞声，"宇宙之大，人生百态，我偏偏和他殊途同归。就好像……我和他的身体里，流着相同的血。"

尤明许心头像是有根弦被他拨得跳了一下，她沉默不语，他也只是静默地看着她，过了一会儿，他忽然笑了，换了话题："案情分析到此为止。上了一天班累不累，我陪你去下面走走？"

尤明许却不答，端起茶壶，给自己添了一杯，也给他满上。他盯着她的动作。

她笑了一下，说："回到这次的事上来。所以从一开始，你就计划好了圈套给卫澜跳。那个被你抱着的女孩，只是为了激怒我，引起矛盾……"

殷逢打断她："我什么时候抱了？"

尤明许不和他纠缠这个问题，继续道："那之前你对我说的话，也是计划之一，设计好的吧？"

她神色如常，殷逢却盯着她的眼睛，问："哪些话？"

尤明许脸色都没变一下："你想要重回我身边的话。"

殷逢静了静，慢慢靠回椅子里，没有看她，只是盯着桌上两人间的茶壶，说："那的确是设计好的，为的是给之后激怒你做好铺垫。但也是真的。"

尤明许不说话。

屋内一时极静，只有窗外风吹过的声音和远处依稀的鸟鸣。

然后尤明许就听到殷逢说："我等了几天，你为什么一直不问我那两份报告是不是真的？尤明许，我生来就是这样的人。我可以生活得很好，很成功，但是从来没有人真正感受到过我的心，我也感觉不到别人的。过去，我一向和女人相处不长，她们没有一个人能带给我心动和安全的感觉。我和她们在一起，只是为了热闹，其实觉得枯燥至极。

"这些年，我经受过很长时间的寂寞，始终克制着某种连我自己都不了解的冲动。我竭尽全力阻止自己陷入它。精神长期压抑的结果，就是在他们的迫害刺激下，我成了尤英俊。尤英俊是我最后走投无路的逃避，既是逃避他们，也是逃避我内心深处的某些东西。

"可现在，我还是回来了。我不知道那段时间我们经历了什么，但那些与生俱来的、强烈得令我无法掌控的、极其不稳定的欲望，突然就变得具体了。

"我的欲望就是你。

"所以我要让你知道，我到底是个什么样的人。这样的我，你还能不能接受？愿不愿意尝试和我在一起？"

有些出乎殷逢的意料，面前的女人没有惊讶，没有厌恶，也没有丝毫恐惧的神色。她只是垂眸，手里转动着半杯茶，仿佛那里头有什么特别吸引她的东西。

殷逢心中忽然生出几分烦躁。"不愿意也没用。反正我不会放过你。"他说。

尤明许这才抬头。

其实这段时间，对着这个殷逢，她时常会有恍惚的感觉。因为他无论一举一动、语气神态，都和尤英俊判若两人，偏偏顶着相同的脸、一样的身体。尤明许真的看不清他是谁。

可现在，他却说了这段话。肯定了那个尤明许早有猜测，却无法确定的可能性。他说他有两个人格，他说尤英俊的出现，是他最后的逃避。尤明许忽然有种奇怪的感觉，她终于感觉到，尤英俊和眼前的男人，其实就是一个人，尤英俊只是他的一部分。在被逼到绝路时，他没有如惩罚者组织希望的那样，堕落有罪，而是彻底忘了过去，忘了内心那长期无法克制的阴暗，成了最纯洁、最干净的尤英俊。

尤明许感觉到心口疼了一下。

男人幽暗的目光还在盯着她。既然已经挑明，他也不掩饰了，一副想要把她生吞下肚的困兽神态。

尤明许看着他的眼睛，缓缓开口："我们在一起那天，你对我说了什么，现在想起来了吗？”

殷逢一愣。没想到在自己向她展示了最深的秘密后，她却忽然来了这么一句。

尤明许推开椅子起身：“既然没有想起来，那你还是继续……”她忽然笑了一下，“被欲望折磨吧。”

说完转身就走。殷逢丢开茶杯追上来，握住她的手腕。他用大拇指轻轻地在她手腕内侧摩挲着，盯着她，说：“我也许永远也想不起来。”

尤明许说：“你让我想想。”她顿了顿说，“我从没遇到过你这样的人，也没想过和你这样的人在一起。”

殷逢的脸色有了一丝苍白，但很快恢复沉静。他的手臂骤然一搂，就把尤明许给搂到了怀里，尤明许一怔，缓缓转头。结果他以迅雷不及掩耳之势，低头就在她脖子上一亲，连着头发皮肤一起亲。那微凉的嘴唇，隐约的舌头，只亲得尤明许浑身一麻，他却已松开了。

“好好想。”他轻声说，“别让我太难熬。”

尤明许不想看他，走了出去。

接下来的几天，尤明许没有去找殷逢，殷逢也没找过她。

有关惩罚者组织的侦查有了新收获。省里的专案组根据之前遗留下来的线索证据，找到了他们的另一个聚居点，几乎和上一个如出一辙的房子，看似宁静安好的生活方式。只不过这一次，对方显然早有准备，房子里几乎所有东西都被带走了，指纹足迹也清理得干干净净。但可以肯定的是，在接下来的一段时间里，对方绝对不敢再露面作案，龟缩着躲避警方的大范围搜捕。

这将是一场拉锯战。

之前依据指纹确认身份的三个人还挂在通缉令上，暂时没有找到踪迹。

此外，尤明许比对过，两所房子里都没有发现罗羽的指纹、DNA。而云南那边，暂时还没有消息传来，凯阳集团和罗羽，这段时间也没有异样。

这就好像野兽捕猎，尤明许、景平、许梦山这个充当先锋的三人小组，必须耐心等待着。

哦，不对，是四人小组。但第四人最近一直旷工，无影无踪。

在与殷逢谈过后，尤明许自己也曾分析过惩罚者组织的首领会是谁。她在笔记本上写下了几个可能的人选：

第一个，殷尘。按照记录，殷尘死于十三年前的车祸，尸骨无存。可那天殷逢说——那个人，就好像跟他流着相同的血，尤明许一下子就想到了殷尘。她并不了解两兄弟的过往，但如果是哥哥，一定会对殷逢非常了解，那个首领也很了解殷逢。而且殷逢在还是尤英俊时，和她在火锅店，头疼昏迷中曾叫过几声“哥哥”，神色非常痛苦。

只是，这个人如果当年真的是诈死，现在还活着，是怎么做到十几年不露踪迹的？他这样对自己的亲弟弟，真的就是为了一争高下、较量彼此所信奉的信念？这种假设就好像黑夜里湖面上的倒影，一个在月光下，一个在黑暗的水底，彼此映照着。

第二个可能的人选，她写的是罗羽。目前没有发现罗羽和惩罚者组织有关的直接证据，但是惩罚者组织留下的线索却不止一次指向罗羽。那么罗羽到底是他们的下一个猎杀目标，还是他们的成员之一？这个人是两个犯罪组织的连接点，是个非常奇怪的存在。

第三个可能，首领是他们还没有遇到过的、隐藏的另一人。深挖已经掌握的9名组织成员的资料或许会有收获。但目前，专案组那边还没有传来进一步的消息。

既然和那个组织以及首领间还隔着重重迷雾，那么尤明许和她的同伴们现在能做的，还是抓住唯一的线索——罗羽和凯阳集团，找到凯阳集团的罪证，说不定就能搞清楚惩罚者组织和凯阳的关系。

第十五章

顺水推舟

这天，景平说：“下午咱们开个会，把凯阳集团主要成员的资料摸一摸。”

尤明许和许梦山都没有异议。

景平说：“殷逢是上级点头可以参与这个案子的成员，要不要叫他过来？”

尤明许一时没说话，许梦山瞄她一眼，说：“叫吧，殷老师还是比较管用的。”

景平点头，低头继续忙手头工作。

许梦山椅子一滑，到尤明许身边，低声说：“你叫还是我叫？”

“你叫。”

许梦山拿出手机就打。没讲几句，他就挂了，说：“他吃了午饭就过来。”

中午三人就在食堂吃。尤明许打了两份小菜，吃得很安静。

许梦山说：“尤姐，有心事啊？半天不吭声。”

景平也抬头看她。

尤明许道：“哪那么多废话？我今天没话和你们说不行吗？”

景平说：“这连我也算上了？我几时惹你了？”

尤明许看了他一眼，说：“你不算。”

许梦山：“啧啧！尤姐重色轻友，喜新厌旧。”

尤明许这才含着笑意看了他一眼：“你也知道自己不算色？”

许梦山：“这饭没法吃了。”

这时有个人走过来，是和景平认识的，他们聊了几句。许梦山便低头，轻声地说：

“你和殷逢现在是什么状态？我看你有点不对劲。”

殷逢的秘密，尤明许却不想对任何人说，哪怕是最好的兄弟。

她静了一会儿，叹了口气：“我也不知道是什么状态。”

午后，天空中难得露出点太阳，空气里有了丝暖意。午休时分，局里比较安静，偶尔有人的脚步声和说话声传来。

三人都靠在椅子里闭目小憩。短暂的半个小时，尤明许还是睡着了，睡得昏昏沉沉的，隐约感觉到身旁有股熟悉的气息，但又分辨不清。

上班铃响，她睁开眼。旁边的景平和许梦山也动了。

那薄薄的白色日光，就从门口洒进来，洒在她面前那人身上，西装革履，发色乌黑，长腿交叠。他手里握着份卷宗在看，袖口整洁，手指白皙有力。

办公室不大，她的桌子在靠窗最里头，他就坐在她的桌边，也不知道来了多久。

尤明许起身，去洗了把脸。身后的殷逢依然在低头看卷宗，嘴角却露出个笑容。

景平、许梦山都和殷逢打了招呼。

殷逢放下手里的卷宗，看着尤明许走回来。他的目光依旧幽暗寂静，但少了那天的暗黑涌动，显得宁静了很多。他问：“考虑得怎么样？”

他并没有刻意压低声音，旁边两人自然都能听见。

尤明许说：“回头再说。”

她刚坐下，结果他的椅子就慢慢滑了过来，一只手臂按在桌上。

两人的距离有点太近了，尤明许绷起脸。

“我等了五天。”他说。

景平倒还好，低头在准备投影资料，许梦山在看电脑，侧脸却分明在笑。尤明许觉得很尴尬，冷冷扫殷逢一眼，小声说：“你闭嘴。”

殷逢打量了她两眼，道：“那我也不等了。”

尤明许愣了一下，没明白他什么意思，不想等她了吗？

“那你别等，最好。”

他没说话。

景平把资料都准备好，环顾一周，问：“可以开始了吗？”

尤明许和许梦山都说可以，殷逢单手往尤明许椅背上一放，点了下头。

许梦山见了，心里忽然一个激灵，想：又来了！真的又来了！曾经的殷逢，死缠着尤姐，形影不离的感觉，不就是这样的？他终于又开窍了？

不过瞧他现在这模样，可比当时更难缠了。

景平也看到了殷逢的动作，也不知怎的，一抬眸，就对上了尤明许的眼睛，两人同时飞快移开目光。

屏幕上首先出现的，是一名年约五十的男子，乍一看，你不会认为他像一名企业的老总，反而觉得他像个学者。那男子高瘦，肤白，尽管双鬓已有些白发，却依然显得俊朗儒雅。他穿着西装，身材保持得很好，像年轻人一样。你完全可以想象出，他年轻时是很帅的，额头饱满，两道长眉，眼睛细长，微微上挑，鼻梁挺拔，嘴唇不薄不厚。

他就是邢几复，凯阳集团董事长，幕后掌门人。曾有传闻这人是黑道起家，家里往上三代做的都是不法营生。但现在他手里明面上的企业资产都是清清白白的，房地产、金融、物流、环保……听说还捐建了很多所希望小学，又给市里捐过不少东西，完全就是个富有社会责任感的企业家形象。

在他的照片下方，左手起第一张，是他的大儿子邢琰君。邢几复自己毕业于名牌大学，邢琰君青出于蓝，本科自然也是毕业于名牌大学，硕士是在美国念的，刚学成回国不到两年，也是邢几复培养的接班太子爷。目前邢琰君作为集团副总裁，已参与到很多业务管理工作中。

小儿子还在国外念书，据说念的是文学系，年龄还小，半点没沾家里的生意。

邢琰君旁边，是个染着茶色头发、二十八九岁的男子。他穿着件黑色外套，里头是灰色 T 恤，脸部线条很硬朗，眼神也显得冷冷的。

景平说："这是邢几复的干儿子，叫黄珑。爸妈都死了，曾经都在邢家做事。邢几复手下目前说不清的业务有三块，一块是金融财务，一块是物流，还有一块就是一些法律事务的处理。黄珑就负责一家财务公司。他是邢几复的心腹之一。"

黄珑的照片右边，是一个四十来岁的男子。个子挺高，身材也很结实，相貌普通，眼眸锐利。

景平说："这是郭飞嵘，跟了邢几复很长时间，负责物流公司。表面看起来，这家物流公司主要负责一些集团内部物资的运输，但我查过，这家子公司人多，成本高，一直是亏的，但邢几复始终留着这家公司，郭飞嵘俨然也是他的心腹之一。所以我怀疑这里头有猫腻。"

景平缉毒经验丰富，他这么说，尤明许和许梦山都认同地点头。事出反常必有妖。

下一张心腹的照片，就是他们都熟悉的罗羽了。

罗羽毕业于省政法大学，毕业后加入现在的律师事务所，也不知道他走了什么门路，和凯阳集团搭上了线。现在他手握律师事务所的绝对股份，几乎就是为凯阳专职服务的。凯阳集团的很多重要决策事件里，都有他的身影。他算得上是邢几复身边这几年爬得最快的一个人。

剩下的一些人，就是凯阳集团的中高层，大多身家清白，从事明面上的正当业务。也就是说，凯阳集团的业务，其实有两条线：一条是正常的；另一条，警方怀疑涉及灰色业务，打擦边球，甚至还可能有非法勾当，但一直没有掌握证据。

云南边境贩毒组织在华中寻求合作对象，这个对象有可能就是凯阳集团。那就意味着凯阳集团的水，有可能比警方原本以为的更深。

然而充当云南组织先锋的警方卧底郭兴，却意外被受害者家属杀害，而罗羽也曾出现在郭兴的死亡现场附近，这成为凯阳集团与云南组织有染的重要证据。

目前双方都暂时按兵不动，接下来，就要看他们怎么做了。

云南缉毒警方那边，正严密地盯着线人和嫌疑人。他们的一些查案手段，都是隐秘不能对外公布的，因此湖南这边，就只能等他们传回来的消息。

基本的人员关系梳理得差不多了，许梦山看着邢氏父子俩的照片，嘀咕道："卿本佳人，奈何做贼？这邢几复看着有点眼熟，我是不是在新闻里见过？"

景平问："你们怎么看？"

尤明许说："等吧。罗羽这个人很精，从他身上很难直接挖出什么，只能等云南那边再次和他们联系，我们以静制动。"

景平看向殷逢。

殷逢说："我同意阿许的话。只有有耐心的猎人才能逮得住兔子。"后面那句话他说得意味深长。

景平笑了一下，说："我也这么想。"

尤明许听着怪怪的，扫了殷逢一眼，低声道："废话那么多！"

殷逢："那你给封上？"

尤明许不理他了。

就在这时，景平接了个电话，听着听着，脸色渐渐沉肃，但很快有了一丝笑意。

挂了电话，他说："云南那边有动作了。"

湘城机场。

一架来自贵阳的航班，正徐徐降落在跑道上。

数名便衣警察，散落在这趟航班的旅客通道外。一下飞机，旅客就被带领着走了这条单独、僻静的通道。

景平、尤明许、许梦山、殷逢四人，站在通道旁的一面单向玻璃后，盯着远远走来的每一个旅客。

云南传来的消息非常紧急，只知道这名运毒人员是女性，并且是老手。缉毒警察把这类人称为“毒骡”。今天他们要抓的女毒骡年龄在三十岁左右，云南人，极有可能是用体内藏毒的方式运毒，她的姓名、长相却是不知道的。

之所以要抓这人，是因为云南已经派了新的接头人来湖南，这名女子正是接头人的下线，很可能掌握着接头人的情报。

一对老人兴冲冲走过去了，神色从容的一家三口走过去了，背着登山绳的女青年低头走过去了，还有一对旅行回来的、高声谈笑的年轻男女……景平的目光，落在人群中的某个人身上。

那是个三十二三岁的女人，穿一件黑色外套、牛仔裤，戴了顶帽子，始终低着头，走在人群最里侧，很不起眼。

但景平那双逮过无数毒贩的眼睛，几乎一眼就找出了她。如果仔细端详，就会发现她的神色很紧张，脸色也发白，机场通道里温度适宜，她的额头却有些细汗，似乎正感到不适。这完全符合体内藏毒的特征。

“穿黑衣服那个。”景平说道。

殷逢对于贩毒倒是没有研究，闻言看向那人，又看了眼景平。是个很不起眼的女人……他眼睛倒毒。

尤明许和许梦山一点就通。景平做了个手势，三人从侧门走出去，殷逢留在原地看着。

三人慢慢走入人群，接近那女人。女人走出飞机后不久，本就不愿意和别人靠得太近，渐渐落单，只是头顶的灯光在地上映出不止一道影子。女人本就腹痛不止，精神又高度紧绷，猛然间看到地上的影子，还听见了背后轻快的脚步声，心头一惊。

来不及了。

“不许动！”

景平一把扭住女人的手臂，将她按在了墙上。尤明许和许梦山护在两侧，有零星旅客见了，惊得赶紧跑远。尤明许一转头，就见景平一脸狠戾，哪怕是女嫌疑人，他也没有半点手软。

人立刻被带回了那个房间，那里有台 X 光透视仪。

几乎从被抓住那一刻起，这女人整个人就软了，半点不反抗，也不争辩。这更令大家觉得她就是他们要抓的人。

景平看了眼透视仪："上去。"

女人慢慢爬上去。

景平冷喝："快点。"

女人动作这才快些，站在了 X 光射线下。

屏幕上出现她整个身体的透视画面。

景平倏地一愣。

没有。她的胃、腹腔、肠子里空空如也，没有预期中吞服下去的一堆包裹着毒品的胶囊。

殷逢一直站在机器侧面，打量着女人的神态，这时他分明见到女人脸上飞快闪过一丝轻松神色。"不是她。"殷逢说，"调虎离山！"

女人神色一僵，心想：他们怎么这么快知道了！她下意识看向殷逢，却见这名警察出乎意料的英俊，可那双眼，冰凉锐利，看得她心头一颤。

尤明许和许梦山也反应过来，尤明许立刻给同事打电话："剩下的旅客呢？"

那头的同事答："已经走了一半了！"

"全都拦住！"

"啊……"

景平却低着头，脑子里如同放电影般，飞快掠过刚才每一个走过眼前的旅客的模样。老人、孩子、情侣、青年……他猛地抬头，从尤明许手里拿过电话，说："抓住那个背着一捆登山绳的单身女人！红色冲锋衣、黑色裤子！"

那头答道："收到！看到人了！"电话似乎被丢到一旁，隐约听到些惊呼和响动。

景平抬头，看到 X 光机后的女人，面如死灰。他冷冷道："把她也带回局里。刚才她不争不吵也不辩解，就是为了给同伴拖延时间。她是共犯。"

在湖南这边缉毒警察的协助下，起初，搜索那名红色冲锋衣女子也是一无所获，然后景平的注意力就落在了那捆粗大的登山绳上。

最后，警方成功从登山绳里，分离出相当重量的海洛因。也就是说，运毒的那名女子，死刑没跑了，为她掩护的那名女子，也会面临坐牢。

运毒的女子名叫小兰，掩护的女子叫小艳，是她的亲妹妹。起初，面对警方的审讯，小兰只是低头哭，什么都不肯说，而小艳则只负责完成小兰安排给她的任务，陪姐姐过这一趟“关”，她能拿到三千块酬劳，别的东西，毒品来源、上下线是谁，她一无所知。

所以突破口，还是在小兰身上。

但景平是经验多么丰富的缉毒警察，他端了杯茶进去，屏退其他人。他和小兰聊了两个小时，对方的心理防线彻底崩溃，愿意戴罪立功，交代自己知道的所有情报，争取减刑。同时直接给景平跪下了，哭着求他保住被贩毒组织威胁的年幼儿子的命，景平当着她的面给云南的同事打电话，让他们去救人。

独自走出审讯室的景平神色是凝重的。尤明许走过去，他有些苦涩地笑了笑：“边境上，很多‘毒骡’都是这样的，本来只是普通老百姓，家里经济条件不好，有的为了这一趟几万块的收入，铤而走险；有的则是欠了犯罪组织的钱，家人被扣着，不干不行；有的则干脆是上当受骗。”

这些事，尤明许都听说过，但不是这条线的，到底没亲眼见过。包括今天为姐姐打掩护的小艳，如果她真的在体内藏了毒，那就是在拿生命冒险。每一个胶囊都随时有可能破裂，分分钟就能要她的命。

“今天这个调虎离山的点子，是谁想的？”尤明许问。

景平看了她一眼，问到点子上了。

“小兰说，是芸姐教她的。芸姐昨天已经到湘城了。”

芸姐？尤明许微怔，小兰的上线，新的替代郭兴的接头人，又是个女的？

几辆不起眼的轿车飞驰在公路上。

许梦山开一辆，景平坐副驾，尤明许和殷逢在后排。

其实对于缉毒这样的事，殷逢根本是没有半点兴趣的。这是前线冲锋，他原本只想要查凯阳集团和惩罚者组织的关系，这种事，事后了解情况就可以了，毕竟，他只是个书生。

可现在，书生不得不换了身轻便衣物，还申请配了枪。未来老婆要冲，他有什么办法？更何况旁边还有一名碍眼的蓝颜知己，他就得杵这儿，不能让别人痛快。

这么想着，殷逢心里愉悦起来。

尤明许却并不想他跟来。见他神色从容地坐着，她压低声音说：“待会儿你在楼下，别上去。”

殷逢看了她一眼：“关心我？”

“嫌你碍事。”

他直视前方，不说话。

尤明许又说：“听我的话。”

他却说：“尤明许，总有一天，你事事都会听我的。”

尤明许并没有感到生气，她的脑海里忽然就浮现曾经的那些画面——他在椅子里坐得笔直，双手放在大腿上，她说什么，他都用力点头，听话得像只小狗。那双眼睛里，却好像藏着星星。

现在，他恢复本性了，却原来是这么难搞定的老男人。

景平的耳朵，那是在原始森林里练出来的，尽管不想听，却把他们说的每句话都听得清清楚楚。他觉得自己真的很想把殷逢揍一顿，而且他预感到，一定会有那么一天的。

小兰和小艳把自己所知道的一切，都交代得清清楚楚。

那个“芸姐”三十三四岁，云南人，她到底从事贩毒多久，小兰也不知道，只知道她也是个头目。

芸姐这次是来湖南办事的——带着手下人，运一批货过来。小兰就是其中之一。具体芸姐要办什么事，小兰不清楚，只知道她昨天就到了湘城，身边还跟着两个身手很好的手下。

本来小兰下了飞机，就应该带着毒品去见芸姐，同时领钱。景平让她照常与芸姐那边电话联系，拖延时间，自己则带着一队人，突袭芸姐的落脚处。

所以这一趟，是有极高风险的，毒贩很可能有枪。

几辆警车悄无声息地停在一栋快捷酒店楼下。已经确认了嫌疑人所在的房间号，房间内有三个人。

一行荷枪实弹的警察，沉默地上了楼梯。目标楼层的工作人员也已被肃清，但同楼层还有几名住店旅客。景平打算速战速决，尽量不惊动旅客。

景平打头，许梦山紧随其后，殷逢跟在尤明许身后。

尤明许还是不放心，看了眼殷逢。

殷逢低头凑到她耳边：“你让我一个人留在楼下，万一遇到危险怎么办？”

尤明许忽然觉得他真要遇到危险也是活该，她低声说："躲远点，机灵点。"

"嗯。"

都是训练有素的警察，众人把步子放得很轻，慢慢向目标房间逼近。殷逢渐渐落在最后，远远看着。手机一振，收到了冠军发来的这栋酒店的详细结构图和地图，他快速扫了几眼，记在心里，以备不时之需。万一尤明许需要呢，难道别人能替她记住?

走廊里灯光昏暗柔和，每个警察都像一把紧绷的弓，在殷逢眼中，尤明许大概是最精致小巧的那一把。殷逢发现她的脖子挺得很直，浑身上下都透着冷酷的劲儿，可偏偏腰肢细瘦双腿修长。殷逢突然觉得这样的她，也挺性感的。

脑子里闪过个画面。

乱糟糟、脏兮兮的菜市场，深夜，他们两个站在一扇木门前，偷偷趴在门上听。尤明许还好，动作很专业利落，他自己半蹲着，姿态非常不雅，浑身上下都透着股窝囊劲儿。可那时候他不在意，她似乎也习以为常。她凝神听着，他却看着她，眼里是深深的爱慕和怜惜。

殷逢只感觉到心像被什么重重撞了一下，又酸又涩，不知是为她，还是为那时的自己。他现在已经能很平静地接受这股来自身体深处的情绪冲击了，甚至还有些享受。

享受她曾经带给他的甜蜜和折磨。

殷逢定了定神，目光回到远处的女人身上。心想：原来曾经他们两个，是这样相处的——同甘共苦，相依为命。

那时他傻得不行，对她也喜欢得不行。

警察们闯入那个房间。

短暂的混乱、呵斥、搏斗声后，尤明许微喘着从门口探头，朝殷逢点了一下，示意安全。殷逢已经平复下来，眼里看着她此时的模样，帅得不像话。他快步跟了进去。

没有动枪，是最好的结果。

此时三名嫌疑人双手都被铐在身后，被几名警察押着，蹲在地上。关上门，景平几个人把房间搜了一遍，发现几包毒品。景平把毒品拿在手里掂了掂，坐到那芸姐跟前，问："跑湖南来干什么？"

芸姐看了他一眼，这个男人身上散发着某种熟悉的、令人恐惧的气息。她又看了眼门口，低下头，不说话。

尤明许和许梦山则轻车熟路地在房间里搜索一切可能有价值的物品，包括桌上的购物小票、停车票、丢进垃圾桶里的东西……

芸姐不交代，景平也不急，可以带回局里慢慢审。他拿起芸姐的手机，屏幕还是亮着的，直接进入，翻通话和短信的记录，眼角余光瞥见芸姐脸色一变。

看来他们双方已经建立联系了。

景平心里慢慢有了计策，他叮嘱其他人："动静小点，待会儿恢复原样。"

芸姐眸色一惊，就看到这名白净的警察弯下腰，一双单眼皮的眼睛盯着自己。芸姐心里竟有些怕，那是一种被毒狼盯上的感觉……

"下去时别惊动其他人。"景平再次下令，看向芸姐，笑了一下。

芸姐于是知道，这回遇上非常了解他们的狠角色了。

景平去看大家从房间里搜出的其他东西，尤明许问他："你有什么打算？"

景平往后看了一眼芸姐，说："先带回局里，攻下来。再让她继续和对方联系。"

这是个好主意，尤明许眼睛一亮，笑了。景平也微微一笑，两人什么都不用多说，同时转过身，又同时敛去脸上笑容。

殷逢就站在不远处，这种抓捕、搜索的琐碎事，根本用不上他插手。但这两人的眉眼官司，他却看得一清二楚，胸口一堵，酸气横生。可是尤明许根本就没看他。

就在这时，门口响起"笃笃"的敲门声。

满屋子警察肃然一静。芸姐刚要动，许梦山和两名警察眼明手快，一把捂住三名嫌疑人的嘴，死死摁在了地上。

景平和尤明许对视一眼，两人同时拔枪，脚步放得很轻很轻，往门口逼近。

"笃笃——"又敲了两声。

景平递给尤明许个眼神，她捏着嗓子，含糊问了句："谁？"

门外的人压低声音说："是云南来的朋友吧？我们来了，和你们谈核桃和菌子的生意。"

尤明许看了眼景平，景平只有一瞬的警惕，然后他的身体贴到墙上，同时对其他人打手势，迅速掩藏，殷逢也跟着许梦山躲到了一扇门后。好在芸姐等人订的是套间，空间比较大，于是一屋子的人，全都隐蔽到门口看不到的角落里。

尤明许慢慢吐了口气。对方打招呼的话，暗示着一条重要信息，他问是不是云南来的朋友，说明他们很可能还没有见过面。而这种毒贩在与人打交道时，为防泄露，几乎不会在见面前就把照片发给对方。更何况如果对方真的知道芸姐的长相，她也可以说自己是来送货的小兰。

尤明许把门拉开一道缝，枪插在后腰衣摆下，眸色淡淡地看着来人。

对方大概也没想到来开门的是这么个大美女，愣了一下，问："芸姐？"

尤明许并没有马上回答，而是审视了他两眼，才点头。

来人是个二十六七岁的青年，平头，方脸，相貌普通，穿着羽绒服、牛仔裤，身后还跟着两个差不多年龄的男子，看着就像三个普通路人。

青年伸手："我是阿华，老板让我过来接你。"

尤明许笑了一下，看了眼走廊左右，这时恰好旁边有个房间的门打开，有两个住店的客人拉着行李箱走出来。尤明许脸色一点没变，压低声音："进来说。"

她身后，数名警察持枪以待。

阿华却说："不用了，不是约好了吗？老大在等你，坐我们的车走。"说完就转身走了，他身后两个青年看着尤明许。

尤明许愣了一下。

隔壁房间的客人恰好也走过来。

尤明许扫了一眼两名青年的腰间，至少有一人腰间鼓鼓的。

阿华转头看了她一眼，似有点疑惑和不耐烦。

就在这时，尤明许感觉到有人在自己后背上很轻地按了一下，她知道那是谁，也知道那是什么意思。他决定让她将计就计。

尤明许也在心中快速盘算，有了决断。

谁也没想到，接头人会在这时候派人来，看样子，芸姐早和他们联系过，定下了这个时间，所以刚才芸姐才那么紧张，左顾右盼的。如果现在警察动手，一是他们有枪，走廊上的客人很有可能被误伤，甚至有可能被他们劫持成人质；二是阿华说"老大约见"，如果这时候抓捕了他们，万一惊动"老大"，这条等了好久才得来的线索就又断了。再想得到情报，只会难上加难！

尤明许说："行。"转头叫道，"阿山，阿平，跟我去见老大。"目光滑过许梦山身后的殷逢，他也盯着她，尤明许平静掠过。

许梦山和景平把枪收好，景平飞快扯开衣领，拨了把头发，原本冷肃干练的一个警察，瞬间就带上了几分放肆不羁的气质。许梦山看得一愣，于是也依样画葫芦，冷着脸，跟在尤明许身后。

三人出门，许梦山带上了门。那阿华转头看到尤明许身后杵着两个男人，皱眉说："你干什么？"

尤明许轻描淡写道："我兄弟，都信得过。"

阿华说："没这个规矩，我老大不见闲杂人等。"

景平开口："不跟着芸姐，我们不放心。"

阿华嗤笑一声，索性不走了，往楼梯扶手上一靠，不阴不阳地说："芸姐，云南的随老大来见我们老大，都只带一个人，你只不过是……这是在湖南，不是云南。"

尤明许不知道他说的随老大是谁，肯定也是个犯罪头目，而且比芸姐江湖地位还高。见景平不吭声，尤明许就明白了，瞪了他一眼说："谁让你多话的，行了，你们留这儿。"看向阿华，笑了笑，"走吧。"

四人乘电梯下楼。

他们一进电梯，警察们就冲了出来，从楼梯往下跑。殷逢也跟着跑出来，看到许梦山和景平两个还在，心一沉。他从窗户扫了眼酒店楼下的地形和停车分布，又回忆了酒店的结构图，瞬间有了决断，一转头，朝着和警察们相反的方向跑去。

阿华他们带着尤明许，并没有直接从酒店院子大门走，而是绕了一圈，才走到一个侧门。他们的车就停在那里，一辆不起眼的黑色轿车。

尤明许心中一喜，有这会儿工夫，景平他们必然已布置好，跟上来了。她的神态更加放松自如。阿华的一名小弟开车，阿华坐副驾，另一个小弟和尤明许坐在后排。

"去哪里？"尤明许问。

阿华："到了你就知道了。"

尤明许打量了他们一会儿，靠在椅子里，暗暗记下路线。

开了有半个多小时，也没见停。

这时车已远离市中心，沿着湘江，一直往上游开。此时天色也渐渐暗了，周围越来越僻静荒凉，尤明许更加警惕。她知道这里车少，景平他们不好跟得太近。这条路沿江，还在开发中，景平他们或是跟在平行的别的路上，或是远远缀在后头。她看了眼窗外，依稀能看到后面车的远光灯。

尤明许说："你们老大，喜欢在这种乌漆墨黑的地方约见面？"

阿华答："最近警察盯得紧。"他从后视镜里看了她一眼，说，"你们那个兴哥，还没找到人？"

"没有。"

阿华说："我们老大也吩咐帮忙找了，但是没有消息。不知道是谁下的手。"

尤明许神色凝重。

阿华又问："芸姐，你今年多大？我看你挺年轻的，不会比我还小吧？"

尤明许笑了一下，说："打听我多大干什么？有些年头了。我们这样的人，很小就出来做事了。"

阿华笑了笑。

这时，前方出现个施工工地，满地泥泞，还有几辆大卡车亮着灯，还在施工。

阿华说："开快点。"

司机一脚油门，车子从两辆卡车中间的空隙穿了过去。尤明许心一沉，略略回头，一辆大运沙车缓缓从工地驶出，挡在了路上。

也不知是不是偶然。

尤明许面不改色，直视前方。

她没看到阿华朝司机打了个眼色，车子突然一个急转弯，离开公路，拐上一条小路。这里没有路灯，漆黑一片，草丛树林茂密。尤明许忽然感觉眼前一暗，司机熄了所有车灯，一路开进了树林里。

身后，还没有车灯跟上来。

也就是说，如果景平他们被运沙车挡了一会儿，再跟上来时，不见得能马上分辨出她去了哪个方向。

林子越来越密，离公路也越来越远。车上的三个男人都不说话，尤明许也沉默着，手慢慢往后移，握住了手枪。

现在她可以肯定的是，这些涉嫌贩毒的犯罪分子，的的确确比一般的罪犯更狡猾、更谨慎，手段更多，也更凶残。

车子一直开到一个水塘边，这才停下。周围黑漆漆的一片，一点声音都没有。

说时迟那时快，坐在尤明许身边的那人，突然拔刀就朝尤明许刺去。尤明许早有准备，一把扭住他的胳膊，他吃痛，匕首落下，尤明许提起他的头，往前一挡。

副驾的阿华拔枪，刚想往后打，结果正对上手下的头顶，他一愣，扳机就不能扣了，尤明许把手上的人往前一推，前排一阵混乱，尤明许已经拔枪，"砰、砰"连射两枪，正中阿华的肩部和原来后排那人的腰部，两人痛呼出声。尤明许又是一个点射，正中阿华的小臂，他痛呼一声，手枪落地。

就在这时，司机突然一脚油门，车子急速朝前方一棵大树撞去，地面不稳颠簸，尤明许一下子摔回座椅，想要控制司机，却根本站不稳，而且腰部中弹那人挡住了她大半的射击路线。

“轰”一声巨响，撞上了。所有人都朝前甩去，尤明许身体腾空而起，撞在车顶上，又重重地摔了下来，她头晕眼花，浑身剧痛，挣扎着在座椅下方找丢失的枪。

然后她的动作顿住了。

一根枪管指着她的头顶。

司机和腰部中弹那人都昏迷了，唯有阿华，头破血流，浑身颤抖着，身子斜靠在那里，手里的枪对准尤明许。他也是运气好到了家，原本他掉的那支枪，弹起后恰好落在他的肚子上，这就比尤明许快了一步。他满脸的血，睁大眼，骂道：“臭婊子……”

这是一场突然爆发的混战，没人能料到事态的发展，尤明许也不能。然而阿华的运气，显然比她要好。

尤明许脑子里快速转着。她不知道自己是什么时候露出马脚的，还是说阿华从一开始就没相信她，从酒店带她走，只不过是为了逃脱警方的埋伏圈并且挟持她当人质？否则怎么直奔这里而来还那么巧有大卡车拦住了支援的路？她的心中升起阵阵寒意——这还只是接头人的手下而已，就已经这么棘手。

阿华眸色一冷，手指扣动扳机，尤明许转身扑倒，心底一片冰凉——距离太近，她根本没有把握能躲过这一枪。

“砰、砰。”

“砰。”

预想中的剧痛没有发生，她却奇异地听到了几声枪响，一个从车外射进来，一个却几乎就在她耳边。她已抓住了座椅下的枪，飞快转身瞄准，却见阿华已经中弹，头部一枪，脖子上一枪，胸口一枪。眼睛瞪得很大，已经气绝。

尤明许却只觉得整个后背凉飕飕的一片，车外已有人走过来，她却先转头，望着座椅背后的后备厢。

那里，藏着人。

阿华胸口那枪，只可能从这个角度射出。千钧一发之际，那人开了枪。

后备厢与后排座椅间有个隔板挡着，这时隔板慢慢抬起了一道缝，她看到一双熟悉的、藏在黑暗里的眼睛，失声：“你……”

殷逢是什么时候爬进犯罪分子的车后备厢躲着的？！

黑暗里她看不太清殷逢的脸，他轻声说：“别怕。”隔板慢慢放下，他又躲了进去。

尤明许此时的心情难以形容，震惊、荒诞、心有余悸，还有因他出现突然就安心了很多的感觉。她定了定神，看向车外，来了七八个人，为首的那人，化成灰她都认得。

尤明许心里倒不怎么慌了，枪声已响，虽然是荒郊野岭，但景平他们应该很快也能赶到，说不定现在已经逼近外围。她心里只有一个念头——不能让他们发现殷逢。

尤明许推开门，罗羽手里拎着枪，火药味儿似乎都还没散，在黑暗里神色难辨地看着她。

“把他们带走。”罗羽下令。

几个手下上来，三两下就把昏迷的两人和被枪杀的阿华拖走了。

尤明许下了车，罗羽看着她。

他笑了：“宝贝儿，我救了你一命。打算怎么报答？”

尤明许心想：救我的是殷逢。脸上却非常适时地露出些复杂神色，也不提他开枪杀人的事，避免触怒对方。她咬了咬下唇说：“你怎么会在这里？”

尤明许心中也有疑虑，阿华他们既然是凯阳集团派来的接头人，和罗羽就是一伙儿的，他为什么要开枪杀人？难道真的只是为了救她？

罗羽：“你那么聪明，猜不出老公是来干什么的？现在要是换别的女人在这辆车上，我早就把她扔到鱼塘里喂鱼了，偏偏是你。尤明许，这笔账要算在你头上！听着，你今晚没见过我，我也没见过你，让我听到半点风声，我就杀了你。明天中午十二点，来文山路 23 号找我。”

尤明许没说话，也没动，看着他们上了车，扬长而去。

他们一走远，周围草丛就有了动静，景平他们走了出来。果然如尤明许所料，他们暗中赶到了，刚才大概是在静观其变。尤明许马上跑到后备厢，一把掀开。殷逢站起来，跨到车外。身后不少人跑过来。殷逢的模样和她一样狼狈，浑身脏兮兮的，额头有血，脸上多处擦伤，手里拎着把枪。

她还没说话，殷逢的身体就向她倒过来，尤明许一把接住。其实他哪里是站不稳，只是抱的动作太猛太快，整个人都覆在了尤明许身上。

其他人看到这情形，都没吭声。尤明许任他抱了一会儿，推开说：“好了。”说完又有点懊恼，自己为什么用这样的语气跟他说话，把他当成以前那个人了吗？

殷逢眸光幽暗。刚才，在黑暗、颠簸的后备厢里，还有那次痛不可遏的撞击，令殷逢的脑子里又想起了一些事。

他想起了西藏。想起了那个虚弱、惊恐的灵魂，就是这样被关在后备厢里的，又臭，又饿，又怕。

然后他听到了女人低柔熟悉的嗓音。

…………

他从睡袋里钻出来，就看到了那双清澈的眼睛，好像高原上的流云。她握住了他的手，她让他枕在自己的腿上，她朝他脸上吐了口烟，呛得他五官都皱在一起，她却呵呵笑了……

酸楚、甜蜜混杂的情绪，快速充斥整个胸腔。殷逢再一次感觉到满腔柔情，甚至开始轻轻喘息。他想：要命，原来在那么早的时候，她就已经在诱惑他、怜惜他而不自知。

被一个女人怜惜，被她当成宠儿一样爱护，是一种什么样的感觉？他发现自己居然好想再品尝一次。

所以，当后备厢被掀开，眼前出现她的脸，看到她在月光下露出焦急、怜惜的表情时，殷逢只感觉到心口狠狠一荡，她太会给他甜头了，这么快就让他如愿以偿，令他浑身微微一颤。所以，殷逢几乎是无法克制地将她拥入怀里，只想将她彻底占有。

被她推开后，殷逢尽管情绪起伏，开口却是淡淡的：“尤明许，你欠我一条命。”

尤明许想：你忘了，我何止欠你一条命。

手上却一推，把这高高大大的人形挂件推开：“起开！”

众目睽睽之下，殷逢倒也不再动手动脚，许梦山见两人脸上都带了伤，问：“没事吧？”

尤明许看了一眼殷逢，他的额头还在流血，她说：“没事。”然后在口袋里一掏，掏出张纸巾，刚要递给他，殷逢却已从口袋里掏出块手帕，看向她。

两人目光都落在彼此打算伸出的手上。

殷逢忽然笑了。

尤明许转过头，用纸巾擦了擦自己脸上的血迹。

景平看了一圈车子周围，说：“他们把人都带走了？”

尤明许点头。

景平说：“这事儿有点蹊跷。我已经派了辆车跟着他们了，回警局再说。”

已是深夜了。

回到警局办公室后，尤明许和殷逢身上的伤都被简单处理了一下，好在都只是皮肉伤。殷逢脸上贴了两块创可贴，尤明许也没好到哪里去，手臂、膝盖各处还贴了纱布。

四人坐定。

尤明许说："罗羽约我明天中午十二点到文山路 23 号见。我查了，是一家比较私密的高级餐厅。"

殷逢眉头一皱。

景平说："我刚才和芸姐谈过了，她已经招了，并且愿意配合警方，争取减刑。她说，昨天其实就和阿华见过面。所以阿华今天一来，就识破了我们的身份。"

许梦山说："这阿华是个人物。"

尤明许心想：果然如此。阿华一看到她，就察觉了不对劲，但是没有露出半点异样。以阿华的经验，大概也知道屋子里都是警察。他顺水推舟，要尤明许跟自己走。警察们不可能把所有可能性都算到，当时还要考虑楼道里住店客人的安全，只能将计就计，跟着他走。

所以甩掉警察、制服尤明许的路径，是阿华在路上才设计好的。

只是没想到尤明许这么强，一对三还险些获胜。要不是最后撞了一下，阿华运气好捡到了枪，他们全落到警察手里也不好说。

尤明许这时看向殷逢："你是怎么跑到后备厢里的？"

景平和许梦山也看向他，当时警察一出动，就发现殷逢不见了，打电话也联系不上，事态紧急也顾不上了。谁知道他会从天而降，从后备厢冒出来。

殷逢却懒得解释自己是如何抄近路、爬屋顶、连滚带爬抢在阿华他们之前，撬开车锁躲进去的。他淡淡地说道："我怎么可能让你一个人去冒险？"

尤明许就不问他了，许梦山笑了，说："殷老师真是太厉害了，以前只是脑子好使，现在连身手反应都这么敏捷。"

殷逢现在看许梦山很顺眼，淡淡地一笑，说："算不上敏捷，勉强跟得上她。"

尤明许："……"

景平这时说："小尤，你认为罗羽为什么会出现在那里？"

殷逢又看了他一眼。

尤明许答："我不认为他是去接应阿华的。"否则怎么会一枪杀了阿华，还把那三人无论死活都带走？罗羽脸上也没什么意外的表情，似乎有掩人耳目的嫌疑。

景平也露出笑意："没错。如果不考虑惩罚者这一层，那我几乎可以肯定，罗羽是去黑吃黑的。"

许梦山："黑吃黑？"

景平点头："即使是犯罪组织内部，也会存在权力斗争，越大、越复杂的组织，越是如此。罗羽是这几年爬得最快的一个，我想他见不得光的手段还有很多。阿华去接芸姐，罗羽却半路跟随、埋伏、拦截。他一定另有所图。"

"如果阿华代表组织内的一股势力……"殷逢说，"他现在出事，与云南的合作，会不会落到罗羽头上？别忘了，罗羽还曾经出现在郭兴钓鱼的地方，他可能一直在盯着这条线。"

大家都点头。

"如果罗羽真的和惩罚者组织有关，那他的这些行为，很有可能还抱着别的目的。总之，他身在凯阳，但绝不是一心为公的。所以他今天才对我说，我们就当没见过对方。"尤明许说。

景平和许梦山的目光都落在尤明许身上。殷逢转着手里的一支笔。

尤明许笑了一下说："我去，为什么不去？他今天都没动我，难道明天还能在大庭广众之下动手？"

第十六章

他回来了

芸姐及其同伙被扣押在局里，但他们被抓是机密，手机通信依然掌握在景平手里，这条线说不定还没有断。

小组成员今夜暂时休息，打算第二天一早再商量准备与罗羽见面的事。

尤明许打算走时，看到景平还坐在电脑前，脸上映着屏幕的光。这人似乎总不知道累。

尤明许问："不走吗？"

景平答："再看一会儿凯阳的资料。"

尤明许笑了笑："你这样让我和许梦山有点汗颜啊。"

景平也笑了，说："你们已经很努力了。湘城这边的情况我了解得少，得补补课。"

尤明许说："早点休息，别熬了，后面还有硬仗要打。"

景平点头，尤明许转身走出去。

景平抬了抬眼，就看到门外还等着一道人影，尤明许走向他。景平看了两眼，低头点烟，抽了两口，注意力回到屏幕上。

尤明许看到殷逢等在那儿，并不感到意外，今天到底又被他救了一次，她语气也算柔和："还不走？"

殷逢说："车在楼下，我送你。"

这大半夜不好打车，尤明许"嗯"了一声。

两人走到警局门口，涂鸦已经坐在车里等了。尤明许开门钻进后排坐下，殷逢等在门边："进去。"

尤明许扫了他一眼，挪到里面去。

车子发动。

涂鸦从后视镜里看了看他俩，才发现两人脸上都挂了彩："你们没事吧？"

尤明许对他一笑："没事，皮肉伤。"

涂鸦默了默，说："殷老师，冰箱里有饮料和甜点，饿了可以吃点。"

殷逢闻言打开小冰箱，看了一眼涂鸦："你准备的？"

"嗯。"

"谢了，涂鸦。"尤明许拿出瓶饮料和几块糕点，自顾自吃喝。殷逢只拿了瓶喝的，看了眼尤明许，身体忽然靠过去，耳语："你对谁都像春风般温暖，除了我。"

尤明许嚼了几下，不紧不慢地说："'早点把案子破了，早点了结，我也不必在你面前碍眼。否则我们岂不是要继续纠缠下去？''希望你理解，或许过去一段时间，我们有过感情，但那毕竟是在我失智失去记忆期间、情智并不正常的情况下发生的。希望你不要再强求。'话不是早说清楚了？我们俩之间，还吹哪门子的春风？"

这是他说过的话，刚醒的时候。她记得清清楚楚。

殷逢盯着她，忽然笑了，低声说："饶了我还不行吗？"

尤明许淡然道："别，咱俩现在还没到那一步。"

这个男人，只要他想哄一个人，嘴里就像抹了蜜似的，尤明许鸡皮疙瘩都快起来了。他却不知道，她偏偏不吃这一套。

她还是喜欢尤英俊那样，说不来太多华丽撩人的话，可是句句都是真的，句句都令她心动。

殷逢原本有意与她调情，见她不为所动，倒是沉静下来，索性在夜色流光里欣赏她的容貌。脑子里又浮现她在西藏朝他脸上吐烟的轻佻样子，心也仿佛被她那时的笑容丝丝牵动着。

他握住她的手，尤明许抽走，他又抓住。

尤明许瞪他："干什么？"

他低头就亲下去。

尤明许唇上一热，就感觉到他的脸贴上来，几乎挡住了所有的光，自然也挡住了涂鸦的视线。他的吻，和他身为尤英俊时的任性依赖完全不同，带有某种身为男人的沉稳掌控、主导着的感觉，让你感觉到，他总是很清楚自己要的是什么。

尤明许躲了两下没躲开，索性咬他的嘴唇，他任由她咬着不动，反正她又不能真的把他的嘴巴咬坏，于是他趁机而入。

吻了好一会儿，两人才气喘吁吁松开，眼神都有些压抑。涂鸦的脑袋已经彻底低下去了，偷偷笑着。

殷逢也知道不能逼她逼得太狠，而且她提的条件，他现在也做不到——他想不起来两人在一块儿时，自己说过什么。

等到了她家小区外，殷逢把她送到门口。

尤明许低声道："走了。"

他说："晚安，阿许，做个好梦。"

尤明许脚步没停，也没有回头，一直走到楼下，她才转身，看到他还远远地站在原地，双手插在裤兜里，灯光夜色都在他身后成为背景。尤明许忽然就觉得，其实现在的他，看上去依然是孤独的。

和尤英俊如出一辙的孤独。

邢几复今年已经五十四岁了，虽然他坚持锻炼，饮食健康规律，又有专人照料衣食住行，但依然能感觉到年岁在逐渐流逝的迹象。

所以这几年，他逐渐淡出集团的业务，把大部分干净的产业都交给大儿子邢琰君。只不过某些事，牵扯了邢家几十年几代人，很多事，也不是想断就能断的。地下的势力不跟人讲独善其身、急流勇退，你要退，别人说不定就会要你的命。所以那些事，他仍在授意自己的几个心腹照原样维持，甚至可以适当扩张，只需保持谨慎。毕竟只有强者才有话语权，才能保护白色的那部分产业。

他心里有计较，既然甩不掉，索性就彻底分离。这样既能保证邢家的子孙干干净净，暗地里也有力量支持护航。

只不过一盘棋，要慢慢下。他从年轻时就是个很有耐心的人，这一次与云南的合作，既是为了扩张新的业务通路，又是为了取得华中地区彻底的话语权——他们并不是没有竞争对手。邢几复虽然自己从不露面，也从不直接沾手，但是非常重视这件事，不允许手下人出半点岔子。

所以今天邢琰君来向父亲汇报工作时，明显察觉父亲心情不太好。他隐约知道，大概是另一头的事，于是也不多问。

不过邢几复向来不是个愿意表露太多情绪的人，很快神色如常，父子俩泡了壶茶，把邢琰君工作上的一些困惑、为难一一梳理了一遍。

每一次，父亲的点拨都能让邢琰君感觉到茅塞顿开，令他看问题的格局和视野都变得开阔许多。身为一个留学归来、从小就优秀的好孩子，他是真心敬佩自己的父亲。

两人聊完工作，邢几复笑了笑，问："最近有没有认识什么好女孩？"

邢琰君答："哪那么容易，虽然遍地是美女，可没一个我喜欢的。"

邢几复说："眼光不要太高。"

邢琰君说："爸，你眼光难道不高？我妈可是大才女、美女，我怎么也得找个接近我妈的吧？"

邢几复笑了笑。

这时有秘书的内线电话进来，邢几复接起。邢琰君端着茶，慢慢喝着，看着父亲低头处理工作的样子。

邢琰君看过父亲年轻时的照片，知道他那时候是很帅的。国外名校留学回来，高大白净，一身的书卷气。即使是现在，父亲仍喜欢穿一身黑西装，看起来也远比那些企业家清瘦儒雅。

正是因为父亲有着年轻时的模样，邢琰君才没有把满身书生气的父亲和那些残忍的事联系在一起，所以他总是觉得，肯定是他手下那些人干的，父亲日理万机，不一定能知道得那么清楚。

而邢琰君刚才对父亲的打趣，也并不夸张。他的母亲毕业于国外名校，著名企业家的独生女，两人结婚后感情似乎一直很好，父亲哪怕把家族财产翻了几番，也从没在外面乱搞。这不是对母亲忠贞是什么？

只不过，随着邢琰君年岁渐大，看着这么优秀的父亲，看着他和母亲在一起的样子，总觉得哪里有一丝不对劲。有时候，父亲看起来对什么都是淡淡的，好像一切都不放在心上。邢琰君甚至觉得，父亲并不像表面看起来那么成功，那么平和快乐。

他看不清他为了什么。

他想：或许是因为父亲天生就心思深沉，否则当年一介书生，怎么可能接得下家族数年基业，而且无论黑白，都稳稳接住了。又或许是因为，邢家这么大一摊事还有所不足，所以才不能让父亲真正舒心畅意。

邢琰君正走着神，听到邢几复说："你先走吧。他们几个要过来。"

邢琰君点头，走出去时正好撞见黄珑、罗羽、郭飞嵘三人走来。他们三人一起出现，那就表示那一头出大事了。邢琰君犹豫了一下，问："没什么事吧？"

他们三人都晓得老爷子的心思，和太子爷关系也都不错，郭飞嵘拍拍邢琰君的肩膀："没事，有我们呢。"

罗羽甚至还笑笑："琰君，明天去打球啊。"

邢琰君笑了，说："好。"

等邢琰君走了，黄珑对罗羽说："你倒是不放过任何一个讨太子欢心的机会。"

罗羽说："我那是和琰君投缘。"

黄珑哼笑一声。郭飞嵘稳重些，神色凝重，隐有忧虑，也不掺和两人的斗嘴。三人走进邢几复办公室。

邢几复："坐。"

三人坐下，却面色各异。

邢几复像是完全未觉，目光从三人脸上扫过，才问："还没有阿华的消息吗？"

郭飞嵘先答道："没有。"

阿华其实算是他的嫡系。郭飞嵘的几个情妇，其中有个最聪明也最得宠，阿华就是那个情妇的弟弟，算是郭飞嵘的小舅子。这几年阿华跟着郭飞嵘混，他人又机灵，办事又狠，郭飞嵘很看重他，甚至在邢几复跟前都留了名字。却没想到昨天晚上，说是要跟云南那边接头，人竟是凭空消失了！

黄珑和罗羽也说，没有收到消息。

邢几复眉头轻蹙，端着茶杯慢慢摩挲着。

黄珑说："会不会是警察做的？"

罗羽用看白痴的眼神扫了他一眼："警察抓个阿华走干什么？他是个多大的角色？"

邢几复点头："罗羽说得对，警察不会这么办事。"

郭飞嵘到底是最关心阿华的一个，迟疑道："那会是谁？会不会有内鬼？"

四人都静了一会儿，还是邢几复先开口："先不要这么想。接头的事只有我们几个知道，不要自己先乱了阵脚。"

黄珑哼了一声，说："真要有内鬼，我第一个宰了他。"说着有意无意地看了罗羽一眼。

邢几复将几个心腹的神色都看在眼里，喝茶不语。这时他注意到，罗羽根本没搭理黄珑的挑衅，似在想事情，眉头皱着。

邢几复问："罗羽，怎么了？"

罗羽犹豫了一下，说："我是在想——最近湘潭佬安静得有些过分。"

湘潭佬的势力，一向与他们亦敌亦友，动过手，也会互相卖面子。湘潭佬向来剽悍，这次似乎也盯着云南的生意，只可惜被他们抢了先。

他这么一提，邢几复露出几分深思神色，郭飞嵘也蹙起眉，黄珑若有所思。他和罗羽内讧是他们的事，但要是外人欺负到他们头上，断他们的财路，又是另一回事了。

邢几复说："都接着找阿华，活要见人，死要见尸。我要看是谁在背后捣鬼。"

"是。"

"好的。"

"是。"

郭飞嵘问："云南那边怎么办？他们今早还在和我们这边联系，要不我亲自去接他们？"

邢几复目光在郭飞嵘身上转了两圈，尽管神色淡淡，却令郭飞嵘这个四十来岁的男人脸色微变，他知道自己问了句蠢话。

其实也不能怪他心急，那么大的生意，那么大的市场，在场的三人，谁不想做主？郭飞嵘手里已经折了个得力的阿华了，现在不站出来，万一事情不再给到他手里怎么办？

黄珑也笑了笑，半开玩笑地说："嵘哥，小舅子都折进去了，你再接手，万一你又……哈哈哈……"

郭飞嵘瞪他一眼，心里骂道：真是狗嘴里吐不出象牙。

黄珑才不在乎呢，他向来百无禁忌，而且他心里也清楚，正是因为自己这尖酸的、容易得罪人的性子，邢几复反而会放心用他。

邢几复说："好了，阿珑你少说两句。这件事说不定水很深，云南那边先晾着，暂时不要见。我想一想，再拿主意。"

他一拍板，事情也就说完了。

邢几复说："琰君也在，中午一块儿吃个饭。"

黄珑和郭飞嵘都说好，罗羽却笑着说："老板，我就不去了，约了人。"

邢几复还没说话，黄珑先开口："约了谁啊？"

罗羽这才露出几分得意神色，轻描淡写地说："女朋友。"

罗羽现在成了邢几复的新心腹，几年来顶多在风月场里玩玩，身边从没正经女人。他这么一说，连邢几复都有些意外，问道：“是什么人？”

罗羽说：“先给老板交个底，是个女警察。就是我原先追过的那个，尤明许。”

邢几复看了他一眼。

黄珑哼了一声说：“别吹牛了，你不是追了很久没追到？人家一个警察能看上你？小心被人抓进去。”

邢几复说：“你闭嘴，听他说。”

罗羽朝黄珑嗤笑一声，说：“老板，你别听他的。一开始是没追到，我最近顺手帮了她个大忙，她对我也有所改观，这不有戏了吗？今天我必须得去陪她，老板，对不住了。”

这话倒是令邢几复有了几分笑意，他点了下头，问道：“她是个……什么情况？”

罗羽说：“就是个普通小警察，办刑事案件，仇杀情杀什么的，和咱们不沾边。”

郭飞嵘笑着说：“你真要找警察，怎么不去勾搭个局长、厅长的女儿之类的，更管用。”

罗羽说：“我就要她。”

邢几复点头：“去吧。不过阿珑说得也对，和警察谈恋爱，你也想得出来！小心别把自己玩进去。”

罗羽说：“我晓得。”

这天一早，尤明许就收到罗羽发来的一条短信：

“别带人，也别搞些没用的，好好陪我吃顿饭。”

尤明许当然不会听他的。

文山路 23 号是家叫作荣夫第的餐厅，私密豪华。他们想办法在罗羽预订的包间安排了两个警察，假扮成服务生，外围也埋伏了人。景平、殷逢几个，罗羽都认识，便在隔壁楼上拿望远镜时刻瞧着，听着窃听器里的动静。

尤明许并不紧张——罗羽是个聪明人，不可能在警察眼皮子底下动她，她更好奇的是，罗羽约她的目的是什么。

中午十二点，尤明许准时到了荣夫第门口。这里修筑成中式庭院，在服务生的带领下，穿过几重月门，到了一间古朴的木房子前，里头传出说话声，有人已经在了。

尤明许走进屋子，首先就看到站在旁边备菜间的服务生，服务生也看了她一眼，神色如常地继续准备。

屋内很宽敞，装饰得古典雅致，低调奢华。罗羽就坐在一张圆桌前，身后站着一男一女。此外门口还守着五六个人。

尤明许今天穿着羽绒服、牛仔裤就来了，罗羽却是一身簇新的西装，衬衫洁白，袖扣闪亮，衣冠楚楚。他看了她一眼，朝身边那个女手下递了个眼色。

女手下走过来，示意尤明许搜身。尤明许神色淡漠地抬起双臂，女手下搜走了她的手铐、手机和一支录音笔，回头看了看罗羽。尤明许一脸坦然。

罗羽说："把她的手表摘了。"

尤明许脸色一冷，窃听器就装在手表里，罗羽倒是眼尖得很。

于是窃听器也被搜走了，尤明许在他对面坐下，罗羽抬了下手，他的手下就都走了出去，还把服务员都叫了出去，关上门。

屋子里就剩他们两个人。

相聚百余米的隔壁楼里。

景平、殷逢、许梦山都举着望远镜，透过那间屋子的玻璃窗，可以清楚地看到那两个人相对而坐。

许梦山放下监听设备，说："被收走了。"

景平说："让第一组往前推，万一有什么变故，一分钟内必须到达那个房间。"

许梦山说："好。"又笑了笑说，"不过应该没事，罗羽的身手我们都见过。尤姐能忍着脾气不把他怎么了，就算好的。"

景平闻言也笑了一下。透过望远镜，他能看到尤明许神色如常，只是在罗羽面前，明显有些冷漠。这女人似乎早已习惯在刀尖上行走，和他一样。

许梦山一转头，看到殷逢脸上没什么表情，眼神冷冷。许梦山哪能不知道他和罗羽的新仇旧恨，现在尤明许为了线索，居然去陪罗羽吃饭，虽然是虚与委蛇，但这位的醋意……啧啧，许梦山果断拍拍他的肩，说："别吃醋，罗羽是渣男，尤姐最讨厌渣男了。"说完许梦山一顿——自己说错话了！

殷逢却没觉得有什么不对，嘴角冷冷一勾："那是自然。"

包间内。

罗羽半点不心急，起身走到旁边茶台，泡了壶功夫茶，又走过来，为尤明许倒了一杯。尤明许坐得四平八稳，由着他伺候。倒好茶，罗羽弯腰凑到她耳边："喝。"

简单一个字，带着命令的口吻，又似乎带着男人对女人的挑逗。

尤明许不怕他下药，里里外外都有警察，而且罗羽那么精，不会干这种授人以柄的事。她端起茶，慢慢品着。

罗羽微微一笑，走回去坐下，说：“咱们两个，很久没有坐下一起吃饭了。”

尤明许不答。

他也不气恼，继续回忆往事：“我记得上次在你家，我还做了酸菜鱼火锅给你吃，你说我手艺很好。那时候我以为自己终于能有个伴了，然后我们俩……”

他停下不说了。

尤明许其实都记不清那天晚上和他干了什么，约莫是让他搂过、摸过手，占了点便宜之类的。毕竟那时候一个平头女警察，相亲相到这么个精英律师青年才俊，他还日日好好哄着，其实彼此也挺珍惜的。

尤明许：“闭嘴。”

罗羽笑笑，目光越过她，看向窗外寂静的树枝与屋檐，说：“不管你信不信，那段日子，我特别开心。那时候我就想，如果真能和你过一辈子，其实让我把所有事都放下，洗手不干，也不是不可以。”

他说的不全是假话，尤明许知道。那时候罗羽不经意间看她的目光，是幽幽深深的，那是一个男人看一个女人的眼光。她还是有点印象的。

但尤明许今天不是来听他告白的。

她甚至隐隐有要发火的冲动。别搞半天，这家伙又跟从前一样，就是借故来骚扰她、恶心她的，其实什么情报都不会有。那她真的要把他拎起来揍了。

这时有手下敲门，服务员推门进来送菜。

罗羽说：“先吃饭。”

菜上齐了，两边的人都退了出去，于是又只剩他们两个。

罗羽说：“你那天怎么会在阿华车上？”

尤明许看了他一眼。所以这人事先并不知道自己在，却在看到当时的情形后，毫不犹豫开枪杀了阿华，救了她？

就算他当时要算计阿华，想必也没必要杀人。自己人死在他手里，风险总是更大的。所以真的是为了她？

“那天谢了。”尤明许说。

罗羽拿起纸巾，擦了擦嘴角，说：“不必。谁动你，我杀谁。”

尤明许愣了一下。

“你还没回答我的问题。”他说。

他的问题并不好回答。关于芸姐、关于接头，尤明许并不知道罗羽现在掌握了多少情报。

她说：“我也是收到命令，临时协助另一队人去 ×× 酒店抓人，结果扑了个空。看到阿华他们几个，觉得可疑，我就跟踪着，假装一时失手被他们带上了车。想要顺藤摸瓜，后面的事你看到了。”

×× 酒店正是芸姐落脚的地方。

她这话说得模棱两可，却没忽略罗羽眼中闪过一丝喜色。尤明许也是心中一动——原来罗羽今天也存了套她话的心思。

他动了动汤碗里的小勺，说：“知道是去抓谁吗？”

尤明许说：“你觉得我能告诉你吗？”

罗羽笑了一下，说：“知道你没几句真话。不过告诉我这些就够了。”

尤明许：“你昨天为什么会出现在那里？”

罗羽看了她一眼，笑了一下。那眼神很明白，大家心知肚明的事，就不要再装着试探了。

尤明许往后一靠，摊牌：“你约我来，到底是为了什么？”

罗羽脸上的笑渐渐收了，他眸色沉沉：“尤明许，我知道你想要得到什么，你大概也猜得到我想要得到什么。不过呢，这世上想要得到任何不属于自己的东西，都是要付出代价和风险的。你我一样，警和匪也一样。看着你今天的样子，我就忍不住！我就心痒！突然就想要赌一把大的，看看我们俩到底谁能吃得下谁。做个交易吧！”

“什么交易？”

他起身，走到她身旁，手搭在了她的肩上，说：“你来我身边待两个月。你不是想查凯阳吗？跟着我，能查到什么，看你的本事。要么，你把我送进牢里；要么，我把你送上床。敢来吗？”

尤明许过了几秒钟才说：“你是在做梦吧？”

罗羽抓着她的肩膀，说：“明许，我不会把你怎么样，我能把你怎么样？不过是个念想，想经常见着你，想让你偶尔陪我吃吃饭、说说话就够了。说不定一段日子处下来，你的想法就改变了呢？”

听着似乎牺牲不大，尤明许笑笑说：“你这样，不怕我把凯阳连你一起端了？”

他笑吟吟地吐出两个字："不怕。"

尤明许："坐回去，离我远点。"

罗羽倒也从善如流，坐回座位，依旧是一副衣冠楚楚的模样，他说："你考虑一天时间，如果愿意，明天就开始，下午两点，去扶风高尔夫球场，陪我打球。"

尤明许走出餐馆，上了街角的隐蔽指挥车，景平、殷逢、许梦山都在。三人都看着她。

尤明许把罗羽的话一五一十说了遍，当然"你把我送进牢里，我把你送上床"这句没说。

这几个人里，许梦山算是最早接触罗羽的，他也觉得挺不可思议的，哪个犯罪者敢把个警察留在身边？要么太嚣张，要么另有所图。可尤明许身上有什么可图的？罗羽真的就只是想要她这个人？喜欢到这个程度了？疯魔了？

可许梦山转念一想顾天成临死前对尤明许的痴情告白，嗯，要相信尤明许对渣男的吸引力。于是许狐狸不吭声，不发表任何意见。

景平也很犹豫，哪怕他纵横缉毒界近十年，也从没遇到毒贩提出这么色令智昏的要求。心底隐隐有些不快，但是理智占了上风，他衡量了一下利弊和可行性，最后对尤明许说："你自己决定。"

三人下意识地都看向殷逢。

这人长腿交叠，坐在那里一派公子哥模样，像是什么都没听到，脸色淡漠，也没说话。

尤明许说："我考虑一下。"

下午，回到局里。尤明许在偌大的办公室里坐了一会儿，然后拿着烟盒出去。

只过了一分钟不到，殷逢起身也走出去。

景平和许梦山坐着没动。

局里到底也是人多眼杂。尤明许走出大门，一直走到江边，找了块草坪坐下，点了一支烟，才抽了两口，身边就坐下了个人。尤明许纹丝不动。

殷逢说："你不会真打算同意他的交易吧？"

尤明许说："我考虑过了，其实不会有什么危险，罗羽如果想对我做什么，那天晚上就做了。既然我们怀疑罗羽跟凯阳不是一条心，他又给我丢出这么个破绽百出的交易，我想将计就计，搞清楚他的目的是什么。"

她夹着烟的手被他一把握住，烟被取走，踩熄在脚下。尤明许瞪他一眼。

殷逢："不准去。"

尤明许："你凭什么不准？"

他深深看了她一眼，说："阿许，你知道我是个什么样的人。你的一根指头，我都不想让人碰。"

尤明许一怔，转头看着他阴冷、俊秀的脸，他的双手搭在膝盖上，抬头看着她，连眸光都透着寒意。

这样的殷逢，和阳光灿烂的尤英俊南辕北辙。可她心中那一丝缓缓升起的怜惜感，为什么和以前是一样的？

但她很快冷静下来，查案为重。

"你愿意不愿意我都得去。"尤明许站起来，"那是一整条运毒线路的线索，卧底郭兴刚为这事儿牺牲，和这些相比，殷逢，我们不算什么。"

"我不算什么吗？"他冷冷地道。

尤明许不想和他吵架，可又不喜欢他这样强势的、企图将她当成所有物的态度，她只淡然道："你别干扰我查案。以前你都干涉不了，更何况现在？"

她向警局走去，等上了江边的坡，回过头，殷逢还站在那儿，面色依旧阴沉地望着她。

尤明许一回办公室就给罗羽回了信儿："我同意你的条件。"

殷逢却一直没回来。直到他们下班，这人都没再出现过。

殷逢直接回了家。

看到他面色不爽，涂鸦一路开车都没说话。回到家，他径直走进书房，关上了门。

涂鸦只好把陈枫找过来。

陈枫不用想就知道肯定和尤明许有关，他也听涂鸦说了，这两人差不多又要好上了，于是也不顾忌，给尤明许发短信："你俩又怎么了？殷老师回家后看起来特别消沉。"

其实殷老师看起来更像个阴风阵阵的炮仗，但陈枫故意用了"消沉"这个耐人寻味的词。

过了一会儿，尤明许回了过来："不用管他，让他自己想开。"

陈枫握着手机想：怎么感觉他们俩的相处模式、尤明许讲话的口吻，有点往回拐的意思呢？尤明许就这么牛气，还能把一个正常的殷老师调教得像尤英俊那么乖？

那他就真要死心塌地奉她为新主人了。

虽然在心里八卦着，陈枫到底还是关心殷逢，过了一会儿，端着些糕点，去敲书房的门。

涂鸦也不放心，他现在自觉是个为了那两个人和好暗中做出了巨大贡献的人，怎么能放手不管呢？于是也默默地跟着。

“进来。”殷逢的声音传来，倒听不出脾气。

两人走进去，就见殷逢正开着书房小阳台的门，坐在外头看夕阳，手边小几上放着瓶红酒，一只酒杯。

“先吃点东西垫着，晚餐马上就好。”陈枫说。

他们新请了个厨子，不过真的只是个厨子，看到涂鸦一身肌肉都会抖两下的那种。

殷逢淡然道：“没胃口，你们吃，不用等我。”

陈枫拉了把椅子，在他边上坐下。涂鸦左右看看，只发现个小凳子，拖过来勉强坐下。

他们既然来了，殷逢就伸手从旁边柜子上又取了两只酒杯，三人碰了杯。陈枫本来只打算抿一小口，哪晓得涂鸦这熊货，一口干了，还“嘿嘿”一笑。殷逢本来也只打算抿一小口，见状忽地一笑，也仰头干掉。他干的姿态可比涂鸦漂亮多了，暗红的酒液残留在嘴唇上，他伸手轻轻一抹，连陈枫和涂鸦两个男人见了，都觉得又邪又帅。

涂鸦赶紧替三人满上，说：“殷老师，祝你早日得偿所愿！”

这话讲得有水平，又顺耳，殷逢虽然现在满腹阴霾，但也感觉舒服了点。涂鸦又一口干了，殷逢也有些想要发泄的情绪，一口干尽。

陈枫其实想要安慰殷逢，又不太好问，谁知道他又把人家尤明许怎么了。心念一转，说：“要不要邀请尤小姐过来，试试我们新厨子的手艺？”

殷逢还没答话，涂鸦就站起来：“我去接。”

殷逢忽然就火了，冷道：“谁也不准去，我看她要能耐到什么时候！”

鸦雀无声。

殷逢也感觉有点没面子，又给自己添了杯，一口饮尽。

殷逢是很少很少醉倒过的，这些年，陈枫也就见过一两次。不过殷逢一醉，倒头就睡，不吵不闹，倒是乖得很。他和涂鸦对视一眼，心里想的都是：由他去吧。

却没想到还有人来凑热闹，老九带着小燕在书房门口张望，被发现后笑着走进来，说："殷老师喝酒怎么不叫我们陪？"

殷逢笑了笑，陈枫又添了两只杯子。几个人倒是都没再提尤明许，老九说起了老家的事，笑呵呵的，涂鸦也开始炫耀以前打黑拳的经历。没多久，冠军也闻着味儿来了，一看这架势，说："我那里有好酒。"他除了会种花，会下药，会当黑客，自己还酿酒，别墅有个屋子里堆满了他自己酿的米酒，平时还不肯给别人喝。

老九笑道："你可别搞些乱七八糟的给我们喝。"

冠军怒道："一群男人，我给你们下药，图什么？"

众人哈哈大笑。

殷逢也笑。

如果尤明许在这里，就会发现，那是个她从未见过的殷逢，很放肆，也很随性，明明在笑，可浑身上下都透着疏冷，甚至带着几分和那几个人如出一辙的颓靡气息。

她如果看到，大概只会望着他，沉默不语。

天黑了。

桌旁只剩下老九、涂鸦和陈枫还在喝，小燕、冠军两个不中用的，早就倒下了。

殷逢是第三个倒下的，他身边空了几个酒瓶，趴在桌上，头埋在手臂里，一动不动，显然已经醉死过去。

陈枫他们三个半点不担心他，喝醉酒的殷老师最乖了，待会儿直接丢回床上就行，他连哼都不会哼一下。

陈枫他们也喝得半醉，冠军酿的酒虽然喝着清爽，后劲儿却大，此时几个人都觉得开心又兴奋，商量了一下，打算待会儿到花园里去捉迷藏。

三人正你来我往地吹自己的经历，这个说我剁人家耳朵时手脚多么快，那个说我实验过 42 种自杀手法，还有一个说我曾经一拳打断过人家的脊骨……

一个人影，在昏暗的夜色中，从桌旁慢慢抬起头来。

"小枫子……"

陈枫迷迷糊糊的，只觉得浑身一抖，他看过去，撞见一双清澈无比、委屈无比的眼睛。涂鸦和老九也有点蒙，看着殷逢跌跌撞撞从桌边站起。

"她人呢？"殷逢问，眼睛里已经快要泛出泪了，双手紧紧握成拳头，一副又乖又倔的模样。

哪怕旁边的这三个都是老变态，一时也有点接受不了这个冲击。陈枫定了定神，努力挥去脑子里昏沉沉的酒意，试探地问："殷老师？尤英俊？"

眼前的这个，显然已经觉察了一些事，他点了一下头："我是尤英俊，不是……"他没说完，忽然一扭头，跑出了书房。

剩下的三人面面相觑，陈枫当机立断："追！"

他们一追下楼，就看到殷逢开了辆车，飞驰而去。涂鸦立刻跑去开另一辆车，三人追了上去。

目的地是毫无疑问的。

他们很快就追到了尤明许所住的小区，几百万的宾利车，车门大开，还点着火，就这么被丢在路边，人早已不见了踪迹。

涂鸦迟疑："我们要上去吗？"

陈枫现在的酒意全被吓醒了，他思考了一下，说："先不上去，我们在这儿守着。"

尤明许今天与殷逢不欢而散，回家后，也是憋着火的。她是真的不想同他吵架，但现在的殷逢，比她还倔。哪像从前……她只稍微皱皱眉，尤英俊立马就服软了，他最怕她不开心，最怕她不要他。

尤明许心中长长地叹了口气。

明天还要见罗羽，又是场硬仗，尤明许知道得把这些乱七八糟的小情绪丢到脑后，索性如往常那样，打开平板电脑刷雷剧减压。管你是殷逢还是尤英俊，都得排在狗血无脑剧情后头。

终于，正看得心无旁骛时，她忽然间听到门口传来些细碎的声响。尤明许抬头望去，半点不慌，心想：哪个闯空门的，瞎了眼跑到太岁头上动土？有意思。

她好整以暇地等着。

"咔嚓"一声，门真的开了。

一个熟悉的人影站在门口，背着光，看不清表情。

尤明许心一跳，语气却冷下来："你来干什么？谁让你乱开我家的门？"

"阿许……"软绵绵的、带着哭意的声音。

尤明许整个人像被电流击了一下，讷讷无言。她心想：这是怎么了，难道这一次是尤英俊了？可……说不定只是那老痞子的一计，故意戏弄她，要看她笑话。

可是那个声音、那个语气。

她就像个呆子一样，坐在原地不动，看着他一步步走近。

他还穿着白天的衣服，只是一身酒气，脸有点红，眉头紧紧拧着，嘴巴嘟得很高，双手紧握成拳垂在身侧，像一根竹子似的，直挺挺站着。

尤明许的眼泪一下子就冲出来了：“……尤英俊？”

他用力点点头，扑过来，抱住了她：“阿许……阿许啊……”他哭了，脸使劲埋在她肩窝，泪水滴落在她的睡衣上。

尤明许心里又急又痛又乱，身体已自动做出反应，紧紧回抱着他，抱得两个人都有点疼了，可谁也没松手。她哑着嗓子问：“怎么回事？是怎么回事？你……”

他不吭声，泪水还在流，他的脑子里模模糊糊的，可一碰到她的脖子，那强烈的、压抑太久的情感，就好像一下子炸开了似的。他遵循本能，开始啃咬吸吮她的脖子，嗓音也含糊起来：“阿许……阿许……我好想你，我真的好想你……”

尤明许把脸埋在他肩头，擦去眼泪，他不回答她的问题，是不知道，还是不懂？猛然间，脑子里就响起殷逢曾经说过的话：

尤英俊是我最后的逃避。逃避他们的伤害，也逃避内心深处的那个自我。

他喝了酒，喝了很多。

所以，他又逃来了吗？

于是，尤明许最初看到尤英俊的惊痛和难以置信，突然转变为另一种更疼痛的情绪，这情绪在她的心里蔓延开来。她看着他此刻单纯懵懂的模样，脑海里浮现的，居然是他白天冷漠负气的样子。两个模样，同时在她眼前徘徊。

都是他，其实都是他，对不对？

可此时的他，眼前的他，是她的尤英俊啊，是陪伴了她那么多个孤独的白天黑夜，用一颗简简单单的心爱着她，将她看得比自己生命还重的那个男人啊。尤明许哽咽出声，说：“你怎么才来？你怎么过这么久才来？”

他却说不出话来，他在颤抖，他似乎已明白了什么，又似乎浑浑噩噩什么也不明白。于是尤明许看到他这个样子，心里更痛。

她想：我真是上辈子欠了他的，真的是，他这么个人，这么个脑子，偏偏要来招惹我，偏偏要把我当作是最后一根稻草抓着。醒了、糊涂了都不肯放过我。

她坐在床上，任他抱着，既不想推开，可又难过得不行。

然而接下来迎来的，却是他急切狂暴的吻，他那么渴望，那么痛苦，又那么欢喜，想要从她身上索求什么，他把她摁在床上，开始脱她的衣服。

尤明许定了定神。她的身体，迎来他久违的触碰，既带着尤英俊的亲昵，又带着殷逢的霸道，他只一碰到她的皮肤，她就开始颤抖。

可是……

可是脑子里却有个声音在说：不能这样……不能……醒来后，他还会是殷逢。其实还是他，他这分明就是……作弊……

她用力推开他，说：“英俊，听我说，停下！”

他抬起头，说：“我不要。”

尤明许心头一软，摸摸他的脸，说：“别这样。等你完全想起来，我们再好，好不好？”

他怔怔望着她，也不知听没听懂，知不知道。

但是过了一会儿，他不再侵犯她，而是趴下来，将她紧紧抱在怀里，说：“阿许，永远永远不要离开我，无论我变成什么样子，你都要记得，爱着你的，是我的灵魂，而不是任何外在的东西。我爱你，崇拜你，我愿意为你而死。你要一直爱我，不要放弃我，不要让我一个人，孤零零地活在黑暗里。”

尤明许忽然泪流满面，哽咽难言。她用手捂住自己的脸，低头哭出了声。可此时他却那么温柔地、轻轻地吻去她脸上的泪，他摸着她的头发，呢喃道：“这是我的阿许，这是我的……阿许啊……”

尤明许胡乱点着头，说：“好，我答应你……永远不离开你……永远。”

他含着泪笑了，说：“我抱着你睡。我知道你喜欢被我抱着睡。”

尤明许“嗯”了一声，这一刻，她像个孩子一样，被他紧紧抱在怀里，四肢交缠。他真的不再做别的，只是抱着，紧紧抱着。

约莫是喝了太多酒的缘故，这样折腾一通后没过多久，尤明许就听到身后传来均匀的呼吸声。她红着眼，枕在他的手臂上，把头和他的头贴得更紧。

殷逢再次醒来时，看到窗帘外漏进来一点光，天大概刚亮。

头很疼，是很久没有过的宿醉的疼痛。他知道自己脑伤未愈，知道自己不该喝酒，但是昨天，他还是控制不住。

定了定神，才看到怀里还躺着个人，这里也不是他的家。

是她的家。

是曾经的，她和他的家。

她的头枕在他的手臂里，只穿着件睡衣，衣衫单薄，手臂、大腿的肉都和他的紧贴着。她还在睡。

昨晚自己干了什么，殷逢早已断片，完全不记得。然后他发现，自己被她枕着的那只手里，攥着什么东西。

他揉开一看，是张字条。上面的字迹熟悉得不能再熟悉，是他的。

字条上写着："永永远远爱尤明许。每一天，每一个小时，都爱尤明许。再也不要惹她生气，让她伤心。再也不要让她离开。"

他看了一会儿，把字条又紧紧攥回手里。

另一只手还搭在她的腰上，殷逢轻手轻脚想把手放下，她却动了动，转了个身，睁开了眼睛。

四目相对，她已认出他是谁。

"你走吧。"尤明许的嗓音有点哑，带着说不出的疲惫。

殷逢定定地看着她，她却已转身，背对着他。

殷逢沉默地下床，从地上捡起扔得到处都是的衣服，穿戴整齐后，把那张字条塞进口袋里，又走回床边，在她的头发上落下轻轻一吻。

她一动不动。

殷逢走出房子，带上了门。

然后他用手按住脸，闭了好一会儿眼睛。

是什么令我失控？是什么令我逃避？是我太想得到了吗？从什么时候起，我已沦陷成这个样子了？

第十七章

以身涉险

次日是个周末。

冬日难得的好天气，阳光温煦，空气新鲜。尤明许拒绝了罗羽接送的建议，自己打车到了高尔夫球场外，一眼就看到罗羽已经等在那儿了，他身边没有手下。

既来之则安之，不管是龙潭虎穴，还是鸿门宴局，她都要去闯一闯。

她今天穿得保守普通，罗羽打量了她两眼，嗓音含情："你总是这么漂亮。"

尤明许佩服他睁眼说瞎话的本事，又想，倒是遇到了个比殷逢还浮夸的人。

两人并肩往场馆里走。景平和许梦山安排了人，也在里头，自不必提。

没多久，罗羽的手就搭上她的肩膀。

尤明许："放下。"

罗羽："和我那么生分，怎么去见老大？"

尤明许倒是没有再挣脱。好在他的手也规矩，只是轻轻搭着，并未趁机揩油。

两个人各怀心事，走向场馆内一角。这家高尔夫练习场位于市中心，寸土寸金，却占地广阔。四周用高高的竖网围着，已有不少人在练习。

那儿有四个人，尤明许全都见过照片。

邢几复和黄珑坐在一张桌前聊天，邢琰君和郭飞嵘在打球。见到真人，自然比照片更生动具体。尤明许首先注意的就是邢几复，那模样竟儒雅得很，一双细长微微上挑的眼睛，年轻时必然是个美男子。

罗羽带她过去打招呼："老板，这是我女朋友尤明许。明许，叫邢老板。"

尤明许不卑不亢："邢老板。"

邢几复点了点头，打量她的时间略长了点，然后问："会打球吗？"

尤明许摇头。

邢几复说："让罗羽教你，他打得好。"然后看着罗羽，倒是笑了，"你从来不带女人来，现在既然带了，就要好好照顾人家。"

罗羽笑着说："那是自然，我多难才追到她啊。"

邢几复笑了，旁边的黄珑也意味不明地笑着。他的目光直勾勾地看着尤明许，是那种让人挺不舒服的眼神。尤明许当没看到。

打了招呼，罗羽拉着她在旁边的空桌坐下。

"喝点什么？"罗羽问。

尤明许说："水。"

罗羽跟服务生点了瓶矿泉水，一杯鸡尾酒。尤明许其实还挺兴奋的，脸上却表现得很随意。毕竟不是谁都有机会，直接近距离接触凯阳集团的几个核心人员和掌门人的。不过罗羽葫芦里到底卖的什么药，她暂时还搞不清楚，打算见招拆招。

"也不知道……"罗羽忽然低笑，"把你牵扯进来，是对是错？但是尤明许，你既然答应了我，就要睁大眼睛，认真看看，我到底是个什么样的人。给我一个机会。"

尤明许静了一瞬，说："行啊，你好好表现。"

罗羽陡然笑出了声，他看着女人懒散傲慢、透着天生的妩媚的样子，是他一向着迷的模样。

"我是认真的，尤明许。"他说，"不然我还有什么办法，让你再看我一眼？身家、兄弟都拿出来陪你玩，也只有你能让我这样。你也要念我的情，别只想着利用我、防备我，行吗？"

尤明许看了他一眼，没说话。

他俩在这边针尖对麦芒，落在旁人眼里，却是眉来眼去、窃窃私语。

黄珑看着他们，对邢几复说："看来罗羽这次对那个女警察动真格的了，不会有问题吧？"

邢几复却说："他有分寸。"

尽管黄珑一向看不惯罗羽，却不得不承认，这人比他们几个都要精，又怎么会在女人手里吃亏？

黄珑又打量着尤明许，露出有些意味深长的笑：“长得倒是不赖，看着挺有劲儿的。罗羽这个色坯。”

邢几复看了他一眼：“谁是色坯？对兄弟的女人评头论足你也好意思！学学罗羽，早点正经找个女人，成家立业！”

黄珑知道老板对待男女关系一向严肃，“嘿嘿”笑着，也不说了。

那边，邢琰君和郭飞嵘打完球，郭飞嵘过来和老板坐，邢琰君却走向罗羽二人。

邢琰君比罗羽小两岁，他笑着对尤明许点头：“嫂子。”

尤明许不答，罗羽笑着说：“别乱喊，现在还不是。”

邢琰君还是笑，罗羽说：“琰君，这是尤明许。明许，叫邢哥。”

尤明许：“邢哥。”

邢琰君见她漂亮大方，眼神坦荡，不由得心生好感。在父亲的这些心腹里，罗羽是唯一一个高级知识分子，邢琰君本就和他最谈得来，现在看他找的女人，更觉得和黄珑、郭飞嵘平时玩的那些女人不一样。邢琰君觉得这两人看着很登对，于是点头说：“你们玩，我不当电灯泡了。罗羽，有空多带尤小姐出来，大家一起玩，别整天忙工作冷落佳人。”说完又对尤明许友好一笑，拍拍罗羽的肩膀以示鼓励，又拿着球棒去一边打球了。

尤明许倒是没想到，太子爷不像其父深藏不露，看着竟这么亲切斯文，像是真把罗羽当兄弟。不过，人不可貌相。

这时罗羽说：“他人不错的。平常只管房地产、金融那些业务，别的半点不沾。你不必在他身上花心思。”最后一句话是压低声音说的，尤明许看了他一眼。

罗羽又笑了笑，说：“不过，没想到他对你印象不错。邢大少平时很少邀女人一起玩，他嫌麻烦，也看不上几个人。他觉得你不错。”

尤明许说：“我本来就不错。”

“那是当然。‘很不错小姐’，能赏脸陪我去打球吗？”罗羽站起来。

尤明许以前是真没想过，自己和罗羽还能有这么心平气和坐在一起说话，甚至还一起玩的时候。不过众目睽睽之下，她想融入他们这个小群体，自然也得行动起来，于是起身跟着罗羽去打球了。

只是她从未打过，握着球棒，模仿着旁边别人打球的模样。罗羽一看就笑了，走过来，柔声说：“我教你。”

看样子是打算走到她背后，手把手教课。尤明许一阵恶寒，说：“站着别动。

碰我一下，打烂你的头。”

罗羽都到她身边了，看她两眼，居然没发火，拿着球棒，语气淡淡地示范。尤明许这才跟着学，偶尔有姿势不对的地方，罗羽会上手纠正一下，但是手一碰即走，并不占她便宜。

当然，他俩并肩而立的背影，落在旁人眼里，那又是耳鬓厮磨、亲密无比。

尤明许上手很快，没多久就击打出一段非常漂亮的弧线。她微微眯眼，带着点笑意，抬头看着。罗羽抄手从背后看她。

前方却传来掌声，是邢琰君和另一个人一块儿走了过来。

尤明许看清另一个人是谁，眼睛有点发直，然后迅速低头，看着脚下。这一刻，真有点想一棒子敲在那人的头上——他怎么会在这里？又怎么会和邢琰君走在一起？

心念一动，她看向身旁的罗羽。罗羽显然也看见了那人，脸色阴晴不定，一时却没有发作。

鼓掌的正是邢琰君。而他身旁那人，今早才衣衫不整地从尤明许家里离开。

今天她这边有行动，他完全没和他们联系过，也没说要来。此时他却一身打高尔夫球的装束，手里随意拎着根球棍，与邢琰君走在一起，两人竟是如出一辙的清贵高知公子模样。

殷逢看都没看尤明许一眼，笑着低头和邢琰君说了两句什么话，还拍了拍他的肩膀，邢琰君拉着他的胳膊，和他握了握手，殷逢这才转身走了。小燕一副随从模样，隔几步跟着他，也没看尤明许。

邢琰君这才走到尤明许和罗羽跟前，先对尤明许说：“你学得真快，不愧是警察！”

尤明许微笑：“过奖。”眼角余光，瞟到不远处那个继续打球的人的背影上。

罗羽的神色已恢复正常，将尤明许的肩膀一搂说：“我教得好。”

邢琰君笑了，又说：“我刚才遇到个很有意思的人，比我高三届。虽然他是北大的，我是清华的，一聊之下，我们都参加过同一个校际文学社团，算是我半个师兄。他还说他现在是个作家，不过没有告诉我笔名。你们看到他没有？是个很有风度的人！”

罗羽扯了扯嘴角，没说话，但显然不打算对太子爷提自己和殷逢的爱恨情仇，只是似笑非笑地看了一眼尤明许，眼底带着隐隐的冷意。

尤明许想的却是，这太子爷莫非真是个性子爽朗良善、一直活在白色的世界里的人？不过，以殷逢的能耐，制造这次球场偶遇，博得邢琰君的好感，本来就是件轻而易举的事。

见他俩都不搭腔，邢琰君也不在意，坐下喝了会儿水，又走过去找殷逢打球了。

尤明许还和罗羽有一搭没一搭地打着，但目光总是会不经意地掠向那个方向。那是种奇怪的感觉。她本来孤身在此，也看不到景平的人埋伏在何处，虽不胆怯，但是整个身体始终都是绷着的，哪怕与罗羽半真半假地演戏，也不敢有半点放松。

但现在那个人一来，哪怕根本不看她，只留一个背影给她，也能让她的心忽然安静下来。

尤明许想起那天夜里，他也是突然就出现在了车后备厢里，低声对她说：别怕。她其实并不会害怕，可他出现了，和警方出现的方式完全不同，总是这样不循常规、胆大妄为、神来之笔……

“你谈恋爱……还习惯带着前男友？”罗羽在她身边不阴不阳地说，“买一送一吗？尤明许你有没有把我放在眼里？”

尤明许头也不抬地说：“我也不知道他今天会来这里，凑巧罢了。我和他是吹了，但我和你，也不是在谈恋爱，清醒点。”

罗羽静了一会儿，只冷冷说：“离他远点。”

尤明许转头走回桌前坐下，这时才注意到邢几复不知何时已经走了，留下黄珑和郭飞嵘在打球。罗羽跟过来，说：“老板上了年纪，应该是先回去了。累不累？我们去吃饭？”

尤明许点了一下头。

两人收拾东西，往球场外走，路过邢琰君和殷逢的位置时，邢琰君朝他们挥挥手，罗羽含笑点头，看都不看殷逢。尤明许和殷逢的目光遥遥一对，她忽然发现他的目光比以往都要温和，后者飞快地对她露出了一点笑容，转身又去打球了。

尤明许想起今早他沉默离开的样子，心里感觉怪怪的。

罗羽开车，带尤明许去吃了个饭。

俯瞰江景的高级餐厅，人少，清静，环境幽雅。罗羽拿着菜单低声点菜，尤明许知道自己的人必然还在暗中跟着，有些百无聊赖地看着外头。

接受罗羽的条件，和他待在一块儿，到底能换来什么情报，尤明许心里也没谱。到现在她依旧觉得有极大可能罗羽就是耍她的。

如果换作半年前的罗羽，提出这样荒诞的要求，她肯定不答应。可是那晚罗羽当着她的面枪杀了阿华，无论如何是救了她；他又掩人耳目地出现在郭兴失踪遇害的现场。直觉告诉尤明许，罗羽一定是另有所图。他不会只是为了耍她，就把她拉到邢几复面前去。

这人甚至可能与惩罚者组织有关，他浑身上下都是秘密。

罗羽点好菜，说："还和以前一样，牛排要七成熟？"

尤明许最烦的就是他用这种语气跟她说话，答："随便。"

两人坐的是独立包间，他点了支烟，笑着说："火气别那么大。觉得我今天球打得怎么样？"

尤明许尽管不懂高尔夫，也看得出他是个中高手，她答："不懂。"

罗羽又问："你看我和殷逢，谁打得好？"

尤明许说："大概都不好。"

罗羽笑了，也不再给自己找不痛快，转而又问："最近工作忙不忙？"

尤明许："不忙。你呢？"

罗羽挑眉，说："我也还好。你肯陪我，什么工作都丢一边去。"

尤明许笑笑："那我还真是受宠若惊。"

罗羽："你是得惊一惊。"他嗓音忽然压得很低，"老板正在让人查阿华失踪的事。"

尤明许看了他一眼，不说话，慢慢喝水。

他往椅子里一靠，说："为了你，我担了这么大风险，别的男人怎么和我比？尤明许，我记得很清楚，刚开始我们在一起的时候，是很聊得来的。你是喜欢我的，我曾经的念想，到现在也没打消。要是你肯给我个机会，看得上我，我愿意为你，把手上现在所有的事都放下，就做个老老实实的……律师，什么都不再沾，也不再过这种生死难料的日子。你想要拿到的东西，我也可以适当地帮帮你。我希望你认真考虑一下。"

尤明许没想到他突然来这么一番话，完全愣住了。

他说得波澜不惊，语气平淡，完全没有了平时那吊儿郎当的油腻味道，那张偏瘦的脸上眸光淡淡。不知道为什么，尤明许竟觉得他不像是在说假话。

尤明许静了好一会儿，才答："我们才处了两天，谈这些是不是太早？再说你真肯为了我……把某些东西给我，那也要让我看到你的诚意。"

罗羽有些不以为意地笑了笑，似乎看穿了她不过是在敷衍他，但也没有生气。这时服务员上了菜，他又恢复了精英男子的温柔体面模样，一道道给她介绍招牌菜，替她盛汤盛饭，尤明许照单全收，不慌不乱。

饭吃得差不多了，他又抽上了根烟，似乎也没什么心思再哄她，垂眸看着窗外。此时夕阳垂落，天色漫漫，一条江水缓缓向前。尤明许放下筷子，一抬头，就看到罗羽若有所思的侧脸。

这人不犯贱、不使坏、安静的样子，看起来其实挺正派的。瘦削、结实、棱角分明，身上带着法律人员特有的知性与利落的气质，相貌算得上清俊，眉眼又透着英气。

尤明许看着他这样安静眺望的模样，实在和平时的乖张、可恶判若两人。有种奇怪的感觉在心里升起，然后，猛然间，像是有一道光，闪过她的脑子。

她脱口道："你不会……是卧底吧？"

罗羽神色一顿，皱眉看着她，都笑了出来："你说什么？"

看这反应，不是。尤明许很快也在心中否定了这个可能性——有太多事，站不住脚。

他要是卧底，当时为什么用那么恶劣的方式追求她？什么下作手段都能用得出来，哪个卧底这么闲去招惹女警察？

而他对阿华，明显就是黑吃黑，毫不犹豫就开枪杀人。如果是警方的卧底，应该静观其变放长线钓大鱼才更合理。

他曾经出现在郭兴的遇害现场，如果是卧底，怎么可能不出手相助，至少也要把线索透露给警方。

而且郭兴身上失踪的那份关键证据，到现在还没找到，如果他是卧底，应该早就交回来了，要知道现在上级还在为这份证据头疼。

尤明许面色如常，笑笑说："随口一问。"

罗羽嗤笑一声，说："别把警察想得那么伟大，这个世道，谁也不比谁干净。"说完又变了神色，显出几分轻佻，"当然你要是真喜欢，我也可以洗手去考个法官做做。公检法一家亲嘛。"

尤明许不想搭理他。

毫无疑问，罗羽是黑的，可他暗地里到底为哪一方做事，暂时还看不出任何端倪。不管他在对她算计什么，尤明许既然接了招，就决定兵来将挡，水来土掩，步步为营，不信不能逼近他的真实目的。

“来，碰个杯。”罗羽举起红酒杯。

尤明许也举杯，两人脸上都淡淡笑着，碰杯之后，一饮而尽。

“我送你回去。”罗羽说。

尤明许没有拒绝。

罗羽叫了个手下开车，自己和尤明许坐在后排。他似乎也有些疲惫了，在一旁闭目养神。尤明许乐得清净。

开了一段，罗羽的手机响了，他睁开眼，眼里还有些未褪的血丝，接起时，嗓音却立刻变得沉稳恭敬：“老板。”

邢几复问：“在哪儿？”

罗羽：“送明许回家。”

邢几复“嗯”了一声，说：“送完后来我这儿一趟，有事交代给你。”

罗羽看了一眼尤明许，说：“好。”

邢几复似乎察觉出他的停顿，笑了，说：“怎么，不愿意？要美人不要江山了吗？南边的事。”

罗羽立刻笑着说：“哪有！我分得清轻重，送完她马上来。”

挂了电话，尤明许就见他在沉思，眉宇中不露半点端倪。

尤明许问：“怎么了？”

罗羽看了她一眼，那目光叫人有点看不透，又瞟了眼前排的司机，身体倾过来，在她耳边说：“邢几复刚才打电话，大概是要把某样东西给我了。猜猜看是什么？”

尤明许躲开，问：“是什么？”

罗羽却倏地笑了，眉眼间有得意之色，说：“想知道？我家还有个空房间，你明天搬来住，我就告诉你。”

尤明许下了罗羽的车，走入小区，上楼，快走到家门口时，还在琢磨罗羽之前的神态举止。

罗羽不可能每天都搜她的身，今天一整天她都带着监听器和跟踪器，所以罗羽还有其他人和她的全部对话，景平和许梦山都听得一清二楚。

此时，景平在四人小组的微信群里说道：“邢几复要交给他的，很可能是云南的事。”

许梦山说：“这小子手段确实厉害。尤姐，你不会真的要去和他同居吧？”

尤明许有点头疼：“同居你个头！”

而群里第四个人，始终没动静。

楼梯一拐，她看到家门口站了个人。

殷逢已换掉了高尔夫球服，恢复了黑色绒大衣，眉眼俊朗，立在那里，也不知道等了多久。手里还拎着个黑色袋子，鼓鼓囊囊的，不知道装了什么。

尤明许走过去，他让开，她掏出钥匙开门，他的手就摁在门上不让关。她没说话，殷逢跟了进去，带上门。

尤明许进屋后，该喝水喝水，该换衣服换衣服，只当身后没这个人。但也不能真这样，她只觉得后颈的汗毛微微竖着，防着他突然干点啥。

毕竟，最近他经常这样。

却没想到他直接进了厨房，声都没吭一下。

尤明许在客厅磨蹭了一会儿，到底抵不过好奇心，走到厨房门外，远远看着。却见殷逢把外套脱了挂在门把手上，衬衫袖子挽起，眉眼低垂，正在水槽里洗菜。

尤明许："你干什么？"

殷逢："你说呢？"

尤明许一时竟不知说什么好，看他动作毫不生疏，冷道："我吃过了。"

殷逢拿起旁边的刮刀，给洗净的莴苣头刮皮，答："我知道，和罗羽。"还看了她一眼。

尤明许居然被他这一眼看得心头一跳，也懒得理他，转身回房。

白天打球出了一身的汗，很不舒服，尤明许去洗了个澡，换了衣服出来，就看到厨房已经消停了。殷逢双手环胸，倚在阳台的落地玻璃门边，玻璃门拉开一半，外头的灯光迷离，映在他脸上。

尤明许忽然就想起了曾经。

尤英俊的站姿可没这么帅气，一般都是席地而坐，背对着她，或者委屈巴巴地望着她。

如今他回到了三十岁，只会沉默地立在那里，满腹心事的模样。

尤明许用毛巾擦着头发，在沙发上坐下，问："有什么事？"

他转头看她，走过来，也不说话，接过她手里的毛巾。尤明许身子一僵，他已动作轻柔地开始为她擦拭头发。尤明许想要把毛巾抢回来，被他躲过，说："别动。你也应付一天了，休息一会儿。"

尤明许用看精神病人的目光盯着他。他笑了，头发却擦得很是专业舒服，尤明许扭头不看他。

头发擦好后，他放下毛巾，按了一下她的额头：“往后靠。”

尤明许还没反应过来，那双手已按在了她的脑袋上，开始轻轻按摩。

尤明许：“……”

手法娴熟，让人舒服无比。尤明许腹诽，也不知道这人在外面被那些按摩女郎按过多少次，手法都学到了。

“殷逢你今天吃错药了？”她说。

他的双手往她肩上一按：“没有。”然后他就转身，又走进厨房。

尤明许：“……”

尤明许看了一阵子电视，就见殷逢端着几盘小菜走了出来，放在茶几上，都是些看着很可口的凉拌小菜，甚至还有碟油炸花生米，两碗粥。

尤明许今天和罗羽各怀心事，哪里有真正吃好饭，看着就觉得有点饿，但又拉不下面子去吃。

殷逢把一碗粥和筷子放在她面前，说：“给点面子，陪我吃顿消夜。我一整天没吃饭了。”

尤明许：“你为什么一整天没吃饭？”

殷逢：“吃不下。”

尤明许静了几秒钟，拿起筷子。他在旁边坐下，变戏法似的从茶几下拿出一瓶茅台酒和两个小杯子，倒满，他说：“喝一点，不喝多。”

尤明许其实有时查案压力大，或者无聊时，自己也会小酌两杯。闻着浓郁的酒香，心头微动，没再出声。

于是，两人便一边看着奇奇怪怪的雷剧，一边吃着菜，一开始都没说话，过了一会儿，殷逢放下筷子，端杯，尤明许举杯和他轻轻一碰，抿了一小口，他却干了，放下杯子，又给自己满上。

继续吃菜、看电视。

这部剧倒是雷出了新高度，反派脸都快扭成麻花了，男女主角生死关头还在絮絮叨叨说个不停，天空飘落花瓣雨，尤明许嘴角微弯，殷逢也露出笑意。

两人的目光不经意间遇上，都看到对方的笑容。气氛就又有点古怪。

但殷逢没让古怪蔓延，他再次举起酒杯，尤明许和他再次一碰，将剩下的一饮而尽，他则又是一口干。

“别在我家喝醉。”尤明许说。

“不会。”他答，“这点还不够。”

两人就这么慢慢吃着喝着，几盘菜快见底了，一瓶酒也下去了一大半。尤明许感觉到微醺，而他的面容似乎也放松了不少，脸颊泛红，眼眸却依旧澄亮。

“我的手艺怎么样？”他问。

尤明许点头：“不错。”

他笑了一下：“多谢夸奖。”见尤明许杯子里的酒还剩着，就又给自己倒了一杯。喝掉的酒，多半进了他的肚子里。

尤明许伸手按住他的杯子：“你别喝多了。”

他看了一眼她的手，又抬头看着她，沉默了一会儿，才说：“那你呢？”

“什么？”

“你……”他慢慢地说，“希望我喝多吗？”

尤明许一怔，说不出话来。

他拿起她的手，放到一旁，又是一饮而尽。那乌黑的眉目仿佛都染上了酒液清亮的颜色，他说：“阿许，你明天该去就去。我已经安排好了，涂鸦、冠军和小燕，还有我，就在同一个小区里守着，24 小时保护你。”

尤明许没说话，看着他一杯又一杯，眼睛都有些红了。尤明许在他再次倒酒时，挡住他的杯口，他放下酒壶，说：“你还没回答我的话——是想让我喝醉，还是不想？”

尤明许说：“殷逢，你够了，别再惹我。”

他却起身，坐到她身边来，搂住了她的肩膀。

她闭了闭眼说：“你今天发什么神经？”

他说：“你不愿意改，就只能我改了。爱一个人是不是就是这么回事？我没经历过，你多点耐心。”

尤明许脑子里忽然闪过一些画面：那是在她家楼下，他脸色冷漠无比，说对不起我现在确实无能为力。还有在他家，对着那两份检测报告，他说：我经历了很长时间的寂寞，现在我唯一的欲望就是你。

“殷逢，我要的话，你还没有想起来。”她说。

他说：“我在努力。”说完就亲了上来。他薄凉的唇含着酒气，亲得缓而重。尤明许说不清是什么感觉，难受、甜蜜、欲望、不安，都交织着。他一只手搂着她的腰，另一只手慢慢摸上来，抚着她的脸。两个人亲得特别沉默，就如同这个沉默相伴的夜晚。尤明许却知道，这是他身为尤英俊时，从未带给过她的感觉，那是一个真正的男人，在试图亲吻一个女人。

亲了一会儿，他的唇移开，眼中并未见往日涌动的欲望，只有清澈温柔的光，他轻声地问："要我喝醉吗？"

如果需要，我就喝。让我成为尤英俊，令我再次忘却一切，使你没有半点不安、怀疑和犹豫，去拥抱你想要的那个我。

尤明许的鼻子忽然一酸，泪意冒上来，她摇了摇头，嗓音也有点涩："我要你想起来。"

殷逢胸口一阵收缩的痛，再次将她按入怀中，抚摸着她的长发，说："再给我一点时间。"

"还要多久？"

他不说话。

尤明许："一个月？三个月？一年？三年？"

这话就有点怄气了，殷逢还是头回见她这么娇蛮地使性子，心中一软，脱口而出："先来三十年。"

尤明许沉默着，殷逢也不再说话。

又抱了一会儿，她推开他，抬了抬下巴："去收拾。"

殷逢竟没有半点不满神色，起身把碗筷收拾好，修长白皙的手指干起这些事也沉稳灵活。他进了厨房，打开水龙头，居然把碗也洗了。

尤明许靠在沙发里，心不在焉地看电视，窗外夜色浓重。这样的夜晚，这样的一个家，她以为因为他刚才的话，自己心中会有起伏，没想到迎来的却是一片舒适的宁静。

他洗了碗走出来时，已经穿好了外套。两人目光一对，他走到沙发旁，摸了摸她的长发，还低头在她脑袋上亲了一下，说："晚安。"

殷逢打开门，尤明许说："喝酒了别开车。"

殷逢笑了一下，说："涂鸦在下面。"

他关门走了，脚步声也渐渐远去。此时夜色已深，尤明许发了一会儿呆，脑子里都是他刚才的举止表情，和他说过的话。明明还是那个清冷幽沉的男人，今天他的身上，却有了暖意。

同一个夜晚，罗羽见完邢几复后回到家，已是深夜。

陪老板喝了几杯酒，他感到微醺，又有些畅快，又因为今晚终于实现了努力几年的目标，推开家门时，嘴角还带着残留的笑意。

只是一室清冷。偌大的房子，安静得像一座坟墓，只有月亮的清晖，透过窗洒进来。

他揉了揉发晕的额头，打开了灯。

洗完澡，人也清醒平静了几分。他坐在沙发上，泡了壶清茶，慢慢喝着。不经意间抬头，看到早已收拾好的主卧。

其实也没太多要收拾的，除了必要的家具，本就空空荡荡。

她会上当吗？罗羽笑笑，会走入他设下的天罗地网吗？罗羽端起茶，抿了一小口。

这一局棋，有多少人是执棋人。他从一个名不见经传的小律师，走到今日，人人艳羡，人人厌恶，被多少人利用过，又利用过多少人？这一票玩得特别大，说不定把命都要赔上。

但如果这条路上少了尤明许，他也许，会寂寞很多。

所以，从那天起，从她误闯进他的深网一角起，他就只能把她握在掌心里了。

罗羽经常失眠，这一夜却睡得很好。梦境是模糊的，也是温柔的，他似乎总能看到床头地上那一抹清淡的月光。

醒来后，昨夜的志得意满、渴望和些许焦虑，通通归位，他又恢复了多年来那个冷静、精明、人憎鬼恶的黑律师模样。不，现在他不仅仅是个律师了。

他已是那看不见的帝国里最锋利、最得力的爪牙。

因着邢几复昨晚的吩咐，罗羽一整天都在调整、布置、计划、密谈。到了下午三点，他正指点几个小弟暗中行动，手机进了条短信。

他看了一眼，一时静默。

小弟们见他神色不对，问："老大，怎么了？"

罗羽收起手机，却笑了："没事。"顿了顿，似乎有些按捺不住，笑道，"你们嫂子今天要搬到我家去。"

那手机里，是尤明许发来的短信："一个小时后搬到你家。"

罗羽找了个漂亮女警察的事，团伙里都传开了，他们可不怕警察，个个觉得罗羽厉害极了。现在听罗羽这么说，都笑了起来。

罗羽点了个人，说："你现在带两个人，去我家等着，帮嫂子搬家。就说我走不开，晚上回去再任她处置。办好后向我报告。”

罗羽现在的确走不开，门口还有几拨小弟等着见他。那被安排任务的小弟连忙应了，屁颠屁颠跑去讨嫂子欢心。

于是尤明许坐着搬家公司的车到罗羽家楼下时，就看到三个年轻男子翘首以盼。尤明许见过他们，也懒得废话，三人上来打过招呼后，就接过了搬家的活儿，指挥搬家公司的人上上下下。

尤明许则直接走进罗羽的家。

和尤明许想象中一样，但又不太一样。高档社区高度安保的高楼三居室，简洁到极点的冷色调，很精致，也很空。正是他这个年龄的单身男人该有的居所，却比他这个人克制内敛很多。

小弟们已经把整个屋子所有的钥匙都交了一套在尤明许手上，尤明许自然也不客气，逛了一圈，包括罗羽的卧室，抽屉都上了锁，没什么发现，尤明许也不在意。她去了书房，桌上放着些文件，尤明许大致翻了翻，有合法的，也有涉嫌违法的，但全是警方都有数的那些事。她又注意到墙角放着个保险柜，拿起那串钥匙看了看，没有保险柜的。

不急，她都踏进他的狼窝了，来日方长。

不过，尤明许也不指望能在里头发现什么。罗羽既然做好了让她入住的准备，能让她看到的东西，自然是能被他掌控的。

小弟们搬完家就撤了。尤明许又待了一会儿，也下楼，留意到没有人盯着自己，很快闪进旁边的一栋楼里。

尤明许搭电梯上到高层，敲了敲某户的门，门开了，许梦山看了一眼她身后，把她让进来。

这是小区里的一套空房子，被警方秘密征用了。几乎就在罗羽家正对面，架上望远镜都能看清罗羽家客厅桌上摆放的茶杯的形状。

尤明许走到客厅，见殷逢立在窗前，双手插在裤兜里，也不知在看什么。景平坐在桌前，面前是一套户型图，尤明许看了一眼就知道正是罗羽家。

见她进来，两人都回头。

尤明许的目光在殷逢脸上一触就走，然后落在景平身上。

她做出深入虎穴的决定，是经过上级同意的。景平昨天在丁雄伟面前立下了军令状，无论如何都会保她平安无事。但这保证，也只有景平和丁雄伟知道。此时景平见着她，只是扬了扬眉笑笑："卧底同志来了？"

尤明许莞尔，这到底是她第一次做类似卧底的事，还是这么大的案子，也颇有些得意，她在他对面坐下，说："靠你多指教了。"

景平说："没问题。你卧底的第一条原则——无论如何，先保护好自己。"

尤明许愣了一下，殷逢已在她身旁坐下，那似有似无的气息侵袭过来，他说："老景说得没错。"

许梦山也在方桌另一侧坐下，说："有什么都和我们商量着来，别勉强。"

尤明许对着这三个老谋深算的男人，心中涌起一阵暖意，却只是笑笑："啰唆，我知道。"

景平笑笑，看了一眼许梦山。许梦山会意，说："今天你刚搬过来，明天趁他家没人，我们的人会去安装摄像头，24 小时都会有人盯着。"

尤明许："嗯。"

"不必了。"她身旁的人说。

尤明许走进这屋子后，这时才正眼看他，他的模样居然平静又温和，像极了昨晚那个染着暖意的男人，没有半点平时的戾气。

殷逢说："摄像头我已经装好了，回头就把资源切给你们。"

许梦山怔了一下之后没说什么。尽管殷逢这行为略不规范，但他也算是小组一员，许梦山自然选择睁一只眼闭一只眼。

尤明许问："你什么时候派人装的？"

殷逢说："今天上午。"

许梦山点头："装了多少个？"罗羽家那么大，还有进出的楼道，等等，既是要 24 小时监视他，又是要对尤明许实施紧密保护，摄像头必须将他家完全覆盖，但又不能太多，避免被发现。以许梦山的经验，怎么也得装十来个。

殷逢顿了一下，淡道："33 个。"

其他三人都是一愣，尤明许忽然感觉脸上有点挂不住，景平也有点无语，许梦山干笑道："是不是多了点？"

这是连犄角旮旯都监视上了？！搞不好罗羽家里扬起一抹浮尘，他们都能看见。

尤明许说："没必要吧？"

身旁人轻声说："我偏觉得很有必要。"

景平说："只怕容易被发现。"

殷逢说："发现了，就再装。再说了，我相信冠军的手艺。刚才你搬家，发现摄像头了吗？"他转向尤明许。

尤明许刚才已巡视了一遍屋子，还真没发现。殷逢看她的表情就知道答案，微微一笑，眸光清亮。

许梦山清咳一声说："那行吧。殷老师设下天罗地网，这下看罗羽还能折腾出什么幺蛾子。"

第十八章

深入虎穴

这套房子已经布置成了一个简单便捷的监控室，方便值守人员起居。开完会，尤明许拿了个一次性杯子去厨房倒水喝。

“在罗羽家连口水都没得喝？”身后传来个声音。

尤明许一边喝水一边转头，看着景平含笑的样子。

“没顾上。”尤明许说，“光顾着参观了。”

景平从口袋里掏出个东西，递给她。尤明许接过一看，木质的，扁平状，触手温亮柔润，一头还雕了只飞鸟，做工精湛。

尤明许：“这是什么？”

景平比画了个动作，但是显得比较生疏：“绾头发用的。”

尤明许心里“咯噔”一下，那是类似发簪的东西，她笑笑：“干什么？”

景平看了她一眼，眼神幽幽的，似乎看穿了她在顾忌什么，手指在那鸟头上一点：“拔出来。”

尤明许一用力，这才发现内有玄机。这簪子的外头原来是个套子，拔出来是把薄如蝉翼的小木刀，光泽沉亮，极其锋利。尤明许一看就爱不释手，拿在手里比画了两下：“这哪儿来的？”

景平这才笑了：“云南有朋友做这个，那天想起来，就让他寄了把过来。女卧底倒是用得上。”

尤明许很高兴：“谢了！”

景平示意她把刀给他，接过后，他在手里掂了掂，五指灵活得跟什么似的，薄薄的刀片在他手里翻飞，猛地手一挥，刀片飞出去，“咚”一声钉在了厨房的木门上。

尤明许挑了挑眉，看不出他还有这一手。她并不擅长刀具，肯定做不到。景平走过去，把小刀拔出来，还给她：“平时绾头发，谁得罪你你就拔下来削谁。”

尤明许眉眼飞扬，不急着插头上，又在手里把玩了一阵，眉一挑，手持小刀就朝景平刺去。景平笑了，非常轻巧地侧身避过。尤明许的刀中途转向，又朝他横削过来。

景平嘴里说着：“你这就削上了？”手却一把擒住她的胳膊。他这一抓又快又狠，尤明许居然抽不回手，而他却有点吊儿郎当地笑着。尤明许一脚朝他膝盖踢去，他原地一跳堪堪避过，一手就抓向她的喉咙，惊得尤明许猛地一缩。

他的手却在中途变向，转而在她脑袋上敲了一下，同时松开擒制她胳膊的另一只手，说：“没大没小！”

然后就看到这平时的冷美人粲然一笑，说：“老景，咱们那一架，改天是必须打了！”显然她被勾起了斗性。

景平淡笑：“行。等破了案，再收拾你。”

两人正笑着，尤明许察觉景平目光有异，她也转头，就看到殷逢站在厨房门口，脸上没什么表情。

景平走了出去，把空间留给他们。

尤明许把小刀插回套子里，三两下把头发绾起来，当发簪插上去。殷逢已走到她身边，摸了一下发簪，说：“是什么？”

尤明许答：“景平给的。他们云南有这个，关键时刻说不定能保命。”

殷逢没说什么。

尤明许端起茶杯喝水，倒有点意外，搁平时这家伙早阴阳怪气地奓毛了。冷不丁脖子上忽然一阵软麻麻的湿热，竟是被人舔了一下！她连耳朵都麻了，瞪他：“你干什么？”

殷逢的脸色淡得很：“亲你。”

她就知道！搁这儿等着她呢。

舔脖子，他是狗吗？

心中骂了这一句，尤明许却忽然一怔。脑海中闪过许多个他还是尤英俊时的样子：巴巴地抬头望她，蹲在她脚边，伸手要抱抱。而她也不止一次腹诽过：他是狗吗？

江山易改，本性难移……

尤明许冷淡道："我让你亲了吗？"

殷逢想起景平刚才敲她脑袋，她还笑的样子，心里的一股戾气忍不住往外冒，脱口道："是你说过的，我想怎么亲，就怎么亲。"

话音一落，两个人都是一愣。

殷逢脑子里隐隐约约就有了画面，是在床上，两人耳鬓厮磨着，她眼睛还是红的，说："以后我是你的了。还要什么奖励？想亲就亲，想做什么，我都陪你。"

那他呢？他后来说了什么？为什么一想到这个场景，胸中就有股酸楚无比的情绪，像是顷刻就要把他吞没？可是后面的事，他却死活想不起来了。

殷逢定了定神，看着她同样晦涩的目光，他却笑了，低头再次凑近她的脖子，这次换舔为吸，在她的脖子上一嘬就走："你最好盼着我晚点想起来。"

尤明许："……"

她觉得这人安分了还没到一天，那讨人厌的邪气就又上来了。尤明许一把按住他的脸，说："三十年呢，慢慢想。"

他低头笑笑，也不揩油了，正色道："刚才没和他们完全露底，摄像头其实一共 35 个。还有两个在你卧室里面，资源我不打算切给他们。"

尤明许扫了他一眼。

他继续说道："一个正对着床，一个对着进门的衣柜。衣柜靠窗的那片是盲区。"

这话就说得很明白了，盲区就是留给她换衣服什么的。

尤明许倒不会因为跟他别扭就不顾大局，卧室里装了摄像头更安全。但是……

"干吗不切给他们？"

他双臂反摁在厨房的大理石台面上，神色淡漠："不想给。"

尤明许："……"

天色稍晚，尤明许和他们一块儿吃了盒饭，这才慢慢踱回罗羽家。

罗羽还没回来，偌大的房子，一片空寂。但想到这房子里有 35 双眼睛时刻盯着自己，尤明许既感觉无比踏实，又有点无奈。

她回卧室，靠在床头休息，忽然间想起殷逢的话，有个摄像头就在床对面。她抬头看着窗帘、窗帘上的横杆，还有书桌上的台灯、抽屉扶手等东西，忽然没忍住，笑了。

而在对面的楼上，那套监控室里，殷逢理所当然地占据了一间卧室，给自己和手下们活动用，此外，尤明许卧室的视频资源，还会实时记录在他的手机上。此时他正靠在椅子里，窗外的风轻轻吹过，他看着手机，尤明许进了卧室，靠在床上。

他就这么盯着，忽然某个瞬间，她笑了，对他笑了。

周遭无比寂静，殷逢却感觉到心脏倏地一缩，甘甜的、苦涩的、酥麻的感觉，随着她那个调皮的笑，在他胸中瞬间流淌开，流得到处都是。

默了半晌，殷逢用手按住脸，也笑了。

真是要命。

罗羽并非没有防着有人擅闯家中，或者布置下什么埋伏隐患。

但是……今天他花重金购置安装的安保系统，除了在尤明许搬家时有了各种提示，并没有发出过任何异常信号。

大事当前，罗羽今天手中又有诸多事宜，忙完回家，已是晚上八点多。手下们请老大一起吃饭，他拒绝了。那个帮尤明许搬家的小弟朝大家挤眉弄眼，大家这才顿悟，哈哈笑着让老大赶快回家陪嫂子。

看着他们真心替他高兴的眼神，还有一片打趣的声音，明知道尤明许和自己“同居”是被自己强求的，不过是各怀鬼胎，可当罗羽驱车驶在回家的路上时，依然难掩心底那一缕期盼和甘苦交织的情绪。

掏出钥匙开门，屋里的灯是亮着的，电视也开着，尤明许坐在沙发里，听到动静，只回头看了他一眼，然后继续看电视。仿佛她才是这屋里的大爷。

罗羽不知怎的就笑了，换鞋进屋，脱掉外套挂在玄关，走至她的卧室门口时，看了一眼，里头已归置整洁，她带来的东西很少，几乎就没看到什么，但是床上换了他没见过的床单，床头柜上放着她的茶杯，书桌上也放了些东西。

罗羽慢慢吐了口气，压下心中复杂的情绪，走到厕所洗漱完毕后，回屋换了套舒服的衣服，在她旁边沙发坐下，问：“吃了没有？”

尤明许其实一直留意着他的神色，发觉他似乎并没有发现摄像头，相反明显心情不错，语气也柔和正常。她心想：难道真的是色令智昏？嘴里淡淡地答：“吃过了。都什么时候了。”

罗羽这才看了一眼手表，说：“我还没吃。能陪我出去吃吗？”

尤明许：“不去。”

他也不生气，笑了一下说：“行，我叫外卖。”

但罗羽即使回了家，事情也没忙完，不时有电话进来。他并不避着尤明许，接起做出一些指令，简洁到她根本听不出什么情报，偶尔他也会拿起带回来的公文包，找出文件翻看。

很快，外卖送来了，两菜一汤，很简单。他放下手机，不再忙工作，问她：“再吃一点？”

尤明许：“不要。”

他也不勉强，端起盒饭，抽出一次性筷子，安静地吃着。

尤明许忍不住看了他两眼。这种感觉挺奇怪的，他现在也算个黑道大佬了，却坐在她身边吃外卖。

他头顶上却像长了眼睛，头也不抬地问：“看我干什么？”

尤明许说：“我现在已经搬过来了，邢几复给了你什么，可以说了吧？”

他夹了一筷子蒜薹，笑笑：“你不是猜到了吗？否则你怎么肯来？舍不得孩子，套得着狼吗？”

尤明许盯了他两眼，和这人说话总是很费神。她问：“他把云南的事交给你了？为什么给你？”

罗羽非常怪异地笑了一下，说：“是啊，他把跟云南人买核桃和菌子的生意，交给我了。为什么给我？这么光明正大促进 GDP 的生意，郭飞嵘手底下的人却办砸了，自然不能再给他。黄珑呢，手里头卖苹果、香蕉、哈密瓜之类的事太多，如果再给他，集团内部就失衡了。而我……邢老板现在很信任我，所以我自然是最佳人选了。你肯来陪我住，这个答案满不满意？当然，如果你愿意给我更多东西，我就给你更多。”

尤明许盯了他半晌，忽而笑笑，说：“快吃，饭菜都凉了。”说完还取了瓶矿泉水递给他。

这约莫是两人分手以来，尤明许头一次给他好脸色，罗羽接过那瓶水，一口气喝掉大半，眸光深深看了她一眼，饭也吃得差不多了，他放下筷子，擦干净手指和嘴，拍了一下身边的沙发：“坐过来陪我说说话。”

尤明许脸色都没变一下，起身走到他身旁，隔了半尺远坐下。

这个距离，已经可以让罗羽满意了，他笑着低头，打量着她，正欲再撩拨，尤明许却皱了一下眉，说：“你身上有味儿。”

罗羽一愣，狐疑地看了她一眼，提起衣领闻了闻。

是有味儿，血腥味。

他今天还处理了点事儿。

她是警察，闻得出是什么味儿。

罗羽心里忽然感到不痛快，不知是为了她，还是为了自己。这时又听她不太高兴地说："以后回来前麻烦先洗洗，我不喜欢这味儿。"

罗羽说："好。"起身就去了浴室。

尤明许没想到他这么听话，倒是有点意外，听着洗手间的门关上，她几乎是立刻动了，拿起他丢在沙发上的手机，麻利地拆电池、电话卡，从口袋里掏出早准备好的同号电话卡换上，再给他装回去，趴在沙发边上，角度精确无比地放回原处。

这卡有窃听跟踪功能。

扫一眼浴室，刚响起水声，她又拿起他那个公文包，把里头的东西都翻出来，快速查看。一沓文件，尤明许挑了几张感觉有用的，快速拍照；还有个名片盒，她翻了一下，放好；一包餐巾纸，一支钢笔，还有两个打火机，都是什么洗浴中心的，尤明许看了一眼，都放回原处。

罗羽洗完澡出来后，尤明许已经回房了，电视机关了，只留灯亮着。她的房门紧闭，只有门下边漏出些光线。罗羽立在原处，看了两眼，这才走过去，收拾好餐盒丢到玄关。

他点了支烟，坐在沙发里，慢慢抽着。她开了太亮的灯，他感到有点不适应，便关了大灯，只开了沙发旁的一盏台灯。橘黄的灯光铺满屋子，他坐在阴暗里，这才感觉到一丝舒适。

而她的门，门内的灯光，就在离他不远的地方。

默坐了一会儿，手机响起，他看了眼那个今天刚刚取得联系的号码，又看了眼尤明许的房门，起身走向卧室，反锁上门，这才含笑接起："芸姐。"

罗羽有两部手机，一部是最新款的，另一部却是老式的，功能很少，只能接打电话、发短信。尤明许的跟踪窃听器，就是装在那部老手机里的。

罗羽与芸姐当晚的通话内容如下：

罗羽：芸姐。

芸姐：罗老大，终于和你们联系上了。

罗羽：抱歉，之前我们这边出了点事，耽误了。你那边怎么样？有没有什么麻烦？

芸姐：遇上一点，但是幸好我们反应快，现在躲在一个大学附近。你们要是再不跟我们联系，我们就回去了。

罗羽：别啊，生意不是还没做？之前那小子不顶用，以后我和芸姐联系。那批菌子，我们很有兴趣，给的价格也绝对合适。而且不止今年这一季，想和你们做长久生意哦。这一点老大们之前也有共识。你看什么时候方便见面聊？

芸姐：呵，你们湘城这边的条子够厉害的，也没比边境上那些亡命徒差多少。越快越好，老大那里也不是你们一家等着。我也想安安稳稳办成这件事。

罗羽：行，那就明天。时间地点我稍后发你手机上。

…………

其实尤明许即使不在罗羽手机里装窃听卡，这番交谈，景平也能拿到。因为云南的接头人芸姐，已经被他控制并策反。芸姐如今两头联系，云南和湖南这边都没打草惊蛇，都还以为她好好的，逃脱了警方的抓捕。

尤明许不知道罗羽是否真的相信了，但那天她提到没有抓获云南接头人，罗羽的神色没有异样，而且现在还联系上了。他好不容易才从邢几复那里把这条线抢过来，尤明许想，大概他也极力想要建功，又或者他打算走一步看一步，试探芸姐这边，也不好说。

但芸姐这样的人，既然投诚了警方，那必然是没了退路，只得破釜沉舟。尤明许也不知道景平使了什么手段心计，反正芸姐现在完完全全成了他的线人，对他言听计从。

次日，芸姐就去见罗羽了。

景平也大胆得很，没有派人跟着，放任她一个人去，不过隐蔽的监听跟踪器是少不了的。

晚上回来后，芸姐就表示这事儿谈成了。罗羽虽然精明无比，步步为营和她谈判，但芸姐也是个经验老到的角色，双方谈了整整一下午，寸土必争，最后约定了第一批货的交易时间、地点和方式——十天后，在云贵西北部，边界的毕节市附近的某个经纬度地点，一手交钱，一手交货，双方都必须派出得力的人过去。

芸姐得了景平嘱咐，眼界显得很高，金额低了根本看不上。而罗羽显得很有野心，有胆量，但也不盲目答应芸姐的狮子大开口。最后双方约定了几种主要毒品的交易数量，加起来已经是个非常庞大的数字，足够把所有参与的人判死刑。但如果成了，不仅云南赚得盆满钵满，罗羽背后的势力，也势必牢牢占据整个华中乃至华北的供货市场。

干这一行的，不就是追求这种高风险高收益、为权钱搏命的滋味吗？

芸姐回来后，当着景平的面，给云南的老大打了个电话。这么大的金额，老大略有些迟疑，但也不是没干过。过了一阵儿，那边给芸姐回了电话，拍板和湖南这边做这一桩生意——如今云南的缉毒打击越来越严，内地相对松一点，但形势也不容乐观。他们也想打开新的市场。

于是这事儿，就这么定下来了。

这么大的交易数额，已经不是景平这一个小组的事了，他立刻把情况原原本本向丁雄伟汇报上去。局里马上召开专门会议，小组成员也全都到场。如果情报确认属实，那将是湖南历史上最大的缉毒案之一。此次行动还需要贵州、云南两地的缉毒警察协助，才能将交易双方的犯罪团伙一网打尽。

连局长都出席了这次会议，他显得很兴奋。

上头的人商定了警力调配和布置，以及需要向贵州、云南两地警力寻求的援助。会后很快就会展开相关筹备工作，按照本案的需要，动用的警力可能达数百人，需要调动所有精英警察，甚至还需要动用武警和特警。

会后，丁雄伟专程把景平和尤明许留了下来。这么大的动作，这两人神色却都很沉静，很稳得住，这让丁雄伟比较满意。这么大的案子，他也不敢托大，嘱咐道："离行动还有几天时间，尽管你们得到的线报已经很准确，但谨慎起见，我还是希望你们能再确认一下。毒贩都是极其狡猾的，要确保万无一失，不能让他们逃脱。"

尤明许和景平都点头答是。

回到四人小组办公室，殷逢和许梦山都已回来了。许梦山说："老丁有什么指示？"

尤明许答："让我们确保情报万无一失。"

许梦山沉默不语，景平坐下，点了支烟。尤明许看到殷逢占了她的位子——他在这里没有单独的办公桌——她也不和他争，在边上坐下，想起自己也好久没抽烟了，上次刚点上一支从景平那里剥削来的云南烟，就被殷逢抢走踩熄了。于是她打开抽屉摸了摸，果然摸出那半包烟，抽了一根。

许梦山看了也伸手讨，尤明许丢了支给他，三人很快都抽上了。

殷逢冷眼看着她一副爷们儿脾性，说不上喜欢还是不喜欢。到底旁边有人，想着要给她留面子，只漠然地看着她抽。

尤明许察觉到他今天比之前收敛了很多，没有妄图管东管西，她斜眼看看他，意味不明地笑笑。凤眼微眯，波光流转，聪明又轻佻。

殷逢忽然也笑了，心想这模样可真讨打，但还是讨人喜欢的。

“你们怎么看？”景平问。

许梦山如实说：“得到这条重大线索，是挺顺利的，这么一想，心里倒是有点不踏实。但仔细想想，我们一步一步，都是将计就计，顺水推舟，并没有什么纰漏。罗羽不是神，不可能未卜先知。两个犯罪组织也都急着促成这次合作，走到这一步交易势在必行，好像也没什么不合理的地方。”

景平看向尤明许：“你呢？”

尤明许静了一会儿说：“确实太顺利了。自从罗羽和我交易，一切好像都在我们的掌控中。”

大家都安静着。

景平看向殷逢，他的手搭在尤明许的椅背上，手指轻轻敲击了两下，说：“罗羽还在图谋别的东西。”

尤明许看了他一眼，他眸光沉沉。

景平说：“我也有同感，太顺利了。我从来没有这么顺利地得到这么大的交易线索过，但具体哪里不对劲，又说不上来。局里那边让他们先布置着，还来得及。我心里有个模糊的猜测，还不太确定。这几天我带着梦山去查证一下。小尤，你那边也再探探罗羽，看他有无异常。”

“好。”

四人散了，尤明许打算去罗羽家，再搜刮搜刮，殷逢跟在她后面下楼。两人一前一后，都没说话。

到了楼下，“嘀”的一声响，旁边一辆不起眼的车开了锁，殷逢走过去拉开副驾的门。尤明许眉都没皱一下，坐了进去。他笑了笑，去开车。

他知道她必然还要去那狼窝，他一只胳膊搭在车门上，另一只手搭在方向盘上，车开得不急不缓。

尤明许想了想，说：“不合适吧？万一撞见罗羽，看到你开车送我去他家？”

你们两个还要不要脸了？

殷逢倒也不乱吃飞醋了，大事为重，淡道：“隔一条街就把你放下。”

尤明许笑了一下。

殷逢问：“饿了没有？还没吃晚饭。”

尤明许：“饿了。”

他看了她一眼，说：“要不我点个外卖，我们一人一盒，车上吃？再买两瓶水。”

尤明许起初没反应过来他什么意思，殷逢私下里，几时肯屈尊和她点外卖了？等听到再来两瓶水，回过味来。她嗤笑一声，故意说："行啊。"

他也笑了笑，说："坐我怀里吃，给我喂，我才能消气。"

尤明许万万没想到他会冒出这么一句，而且是以那么冷酷的语气平平淡淡地说出来。饶是她，脸上都被逼得一烫，答："做梦！"

他说："你就知道没那一天？"

尤明许不想和他说话了。

两人安静了一会儿，他却说："我们以前，有没有那样过？"

尤明许："没有。"

他笑："我不信。"

尤明许没吭声，其实是有过的，尽管很短暂。

两人火热的那段时间，她养伤待在旅馆，几乎不分白天黑夜地黏在一起。有时候吃饭他也把她抱在怀里，他喂她，她也喂他，喂到最后一片凌乱，谁不是神魂颠倒？

可现在，他把那几天通通忘了，神志清明，一干二净。

殷逢似乎也从她的沉默里觉出什么味儿来，车厢里陷入了一种说不清的寂静。过了一会儿，他伸手，轻轻揉了一下她的头发，什么话都没说。

两人就在路边小店，随便对付了顿饭。

等到了隔罗羽家一条街的地方，殷逢果然把她放下了。她下了车，就看到这男人的脸伏在方向盘上，一双湛黑沉敛的眼望着她。

"适当地试探。"殷逢说，"这么大的案子，不是靠你一个人，也不是靠你我。安全第一。"

尤明许："嗯。"

他忽然笑了一下，发动车子，开走了。

尤明许想着他刚才的眼神，心里酸酸的，胀胀的。那是他还是尤英俊时，从未带给过她的感觉，现在却都一一还了回来。

这天尤明许听到客厅有动静，已经很晚了。

罗羽似乎在客厅坐下，半晌没动。

尤明许拿起茶杯，做出要倒水喝的样子，走到客厅，也不看他，倒了满杯水，慢慢喝着。

“过来。”罗羽说。

尤明许哪里会怕他？十个罗羽都不是她的对手，今晚还是涂鸦和许梦山值班呢，他敢有异动，保准被揍扁。

她走到沙发旁离他一米远的地方，一边慢慢喝水，一边打量着他。

隔着老远还能闻到他身上的酒气，似乎喝了不少。他只开了沙发旁的台灯，一身考究的西装，人陷在沙发里，单手支着额头，看着她。

那目光是有点危险的，但并不冲动。于是尤明许知道他并没有真醉。

“过几天我要出差。”罗羽说，“你留在这里等我回来。”

尤明许心想：给你点颜色你还开染房了，真以为你是我什么人？她笑了笑：“去哪儿？”

他微笑着，不答。

尤明许又问：“去干什么？要我等你，不给点甜头？你不是一直要拿情报勾着我吗？”

罗羽到底是有点醉了，揉了一下额头，语气竟然是温柔的：“你好麻烦，话这么多……既然这么想知道，可以。这一趟出差，敢不敢跟我去？”

尤明许心头一跳，迎着他的目光，那里却像一片海，幽深不可测。

“去就去。”她说。

已经越发不知道，罗羽葫芦里卖的到底是什么药了。是真用情还是恶毒的阴谋诡计？

他却只是笑笑，站起来说：“三天后出发，我们开车去，还有很多人。别使任何花招，否则你性命难保。”忽然又露出个更加充满恶意的笑，“去了就得和我住一个房间睡一张床，起码在兄弟们面前，要做出我女人的样子。当然，我不介意你真的成为我的女人。什么都要听我的，不许妄动。这一趟如果能活着回来，你要我的命，都给你。”

说完他就进了房，关上门。

尤明许怔了许久，半晌回不过神来。

次日一早，殷逢还在睡，就被手机吵醒。

他接起：“嗯？”

尤明许听他嗓音沙哑，问：“还在睡？”

“嗯。”电话那端是懒得不能再懒、低得不能再低的声音。

这让尤明许想起了尤英俊每天早晨被她叫醒时的别扭劲。她的心里没来由地一软。

不过，那头的男人似乎已经彻底醒了，听动静应该是起了身，他嗓音沉下来：“什么事？”

尤明许说：“让陈枫给我准备套衣服，参加 Party（晚会）用的，大方漂亮点。回头我给他报销。”

殷逢立刻就明白怎么回事。罗羽昨天约了黄珑、郭飞嵘，还有一些心腹人员今天去一个地方聚会。邢几复说不定也会去。只不过那个地方是黄珑名下的一份产业，警方根本不好安插监控。

“他让你去？”殷逢问。

尤明许答：“没有。昨天罗羽只说，过几天出差可以带我去。”

殷逢没出声。

尤明许知道他在想什么，事实上昨晚罗羽松了这个口，她心里也是波涛万千，一片迷雾。她说道：“殷逢，从罗羽和我交易开始，我们就一直没摸清他的底细，他却频频提出要求。既然如此，名义上是男女朋友，那我也可以利用这个关系，主动出击。他们今晚的会面，我们不是打不进去吗？没关系，我去。我是那群小弟的嫂子，看谁敢拦我。”

殷逢说：“你是谁的嫂子？”

尤明许：“说正经事。”

殷逢这才说：“行。我和你一起去。”

尤明许：“你怎么去？”

殷逢说：“你不用管。衣服我会准备好，你按照原计划去。你在明，我在暗。必要时我会联系你。”

尤明许想起他手下那群人，约莫是没什么难度的，就说：“行。”

夕阳斜沉。

这是位于郊区的一座小庄园，两栋别墅、游泳池、葡萄架，还有几亩花田。此时正值隆冬，百花凋零，但是湘城地处南方，冬日树木也是绿的。于是整个庄园显得郁郁葱葱，宁静深远。

这地方平时也对外开放，但多半是集团自己使用。今天，庄园就清了场，等候老大们的到来。

入口处的车棚里停满了车，一些小弟在游泳池边喝酒、嬉笑怒骂，很多人身边都坐着各色美女，气氛热闹。这些人不少是这次要跟着去做生意的，也都知道关系重大，这一趟极其危险，但也极其挣钱，今夜老大体恤，可以极尽玩乐一番。

左边那栋别墅里，有不少游乐室，还有些小弟在打牌赌博，有的直接带着女人在房间里鬼混。右边那栋别墅却很清静，老大们都在里面。

邢几复已经到了。

今夜的气氛还是比较轻松的，他们几个刚吃完饭，坐在一个房间里休息，身边都坐着女人。

邢几复从来不碰别的女人，但也不会破坏手下们的气氛，所以他允许身边有女人陪着，给他端茶倒酒，但从不正眼看。

黄珑、郭飞嵘玩女人却没什么禁忌，时不时就摸上一把，逗弄逗弄，跟怀里多了只小猫小狗似的。

罗羽平时和他们也是一路货色，今天却只是搂着女人的腰，偶尔喝一口喂过来的酒，却不怎么亲近。他是几个人里长得最帅的，女孩没骨头似的依偎在他怀里，但他看起来似乎兴趣缺缺，有时候女孩缠得厉害了，他还会皱眉把人推开。

这变化，旁人自然会发现。

黄珑嗤笑着说："老罗，最近吃素了？"

罗羽只是笑笑说："没什么兴趣。"

郭飞嵘说："他女人不是刚搬过去和他同居嘛，别的货色，怕是看不上了。"

罗羽怀里的女孩不依了，嗔怪地推了他一把。

罗羽戏都懒得做了，淡淡地说："滚。"

女孩气得起身走了出去，罗羽也不在意，给自己倒了杯酒。黄珑阴阳怪气地说了声："你怎么被那女警察吃得死死的？"

罗羽哼了一声说："我愿意。"

邢几复倒是笑了，说："看不出来罗羽还是个痴情种。"

大家都哈哈大笑，罗羽也笑，说："不是痴情，也是没办法，明许比较凶，现在既然跟了我，回家要检查的，口红印、香水味都不能有。否则不让我上床。"

他这么一说，大家笑得更厉害，纷纷嘲笑他孬。他半点不生气，说："怕老婆有什么孬的，子非鱼，焉知鱼之乐？”

那几个笑完他之后也不揪着了，自己找乐子，喝酒猜拳，男女厮混，每个人的脸，在这幽静的夜里，都显得放肆又沉迷。倒只剩下邢几复和罗羽在边上安静瞧着。

邢几复拍了拍身旁的女孩，示意她离开。罗羽见状，替他把酒满上，两人碰了个杯。

邢几复说：“真定下心来和她过了？”

罗羽闷了口酒说：“嗯，等这趟做完，我会彻底把她留在身边。”

邢几复打量着他的神色，笑了，说：“看来平时是吹牛，人家没死心塌地跟你吧？”

罗羽飞快闪过一丝尴尬神色，说：“被你看出来了。她那么个女孩，性子太倔，有时候我都不知道拿她怎么办。我从来没有这么认真和女孩子相处过，我……”

邢几复静了几秒钟，说：“给你个建议，无论如何，不管遇到什么困难……认定了，就别放手。”

罗羽一怔。

邢几复说：“有的女人，像猫，没什么反抗能力，你轻轻一捏，就能捏在掌心，那样的女人省心，可以消遣，但是不会有太多意思。有的女人，像鹰，带着爪子，你稍不留神，她就会抓你一脸，然后飞走，作为男人，要么，你比她飞得更高，凌驾在她之上，她就跑不掉了；要么……永远牢牢握住她的翅膀，让她和你一起待在地上，她的自由和你的欲望，只能留一个。男人有的时候，必须做出选择。”

罗羽有些发怔，细长的眼眸里暗光涌动。

最后他说：“老大，你说到我心里去了。现在，其实是我把她强留在身边的，她确实不算死心塌地跟我。我想要得到她，彻彻底底地得到她。我从没爱过别的女人，谁都没办法和她比。我想和她结婚。”

邢几复微笑，说：“祝你如愿以偿。”

两人正说话间，有人敲门，黄珑手下的一个小弟走了进来，看了眼罗羽，说：“那个罗羽哥，嫂子来了，在门口，她非要进来，我们不敢不放。”

一时间，所有人都静下来，看向罗羽。

罗羽也是一愣。

邢几复忽然哈哈笑了，拍拍罗羽的肩膀：“快去接人。怕什么，她敢来，你就要敢接。”

罗羽确确实实没想到尤明许会来，跟着小弟走出房间时，他的脸上飞快闪过一抹阴霾，再抬头时，已恢复沉静。

一路走向庄园大门，远远就看到一名小弟，领着个穿黑裙的女人走了过来。

看清她的容色，罗羽怔了怔。中规中矩的一条裙子，但是质地用料一看就非常考究，线条服帖流畅。罗羽一直都知道她身材好，但两人恋爱时，她也没空穿裙子。今天这一眼，才让他有了更直观的感受——不是弱柳扶风的那种好，是线条挺拔、凹凸有致、健美鲜活的那种好。

旁边的小弟全都在偷瞄她。

罗羽一走过去，就露出宠溺的笑："你怎么来了？"

尤明许也笑，走到他身边，一把挽住他的胳膊："不是你非要我来？总算是抽得空了。"

旁边的小弟见状都散了。

罗羽脸上的笑容微微凝滞，女人的手暗中掐他的力气有点大，居然有点痛！他低头看了眼女人，突然伸手，在她那看着就很细韧的腰上重重地捏了一把，语气不善："你来干什么？"

尤明许被捏痛了，吃下这亏，笑意晏晏："陪你啊。不是要我跟你一起出差吗？我先来熟悉熟悉情况啊。邢几复在哪里？带我去见见吧。"

罗羽咬咬牙，把她的手一抓："跟我来。"

众目睽睽下，尤明许不好公然反抗，任由他拉着，静观其变。

很快，罗羽把她带到别墅一楼走廊尽头的一个房间，位置很隐蔽，周遭也无人。两人关门进去，他松开她。尤明许整理了一下略凌乱的头发和裙子，一副死猪不怕开水烫的模样。

罗羽都气笑了，说："什么地方，你也敢来？里里外外全都是亡命之徒，可以让你死一万次。"

尤明许拍了拍衣领上的灰："谁敢动你名义上的人？"

罗羽深呼吸几口。今夜他们确实还有要事，要商量贵州之行的一些细节，肯定不能让尤明许跟着。平时打打球、吃吃饭无所谓，那屋子里头都是爪牙尖利的狼，但凡尤明许话语间露出半点不对，他们能放过她？以为人人是他，纵容着她这心怀不轨的小狼？

罗羽眸色阴郁地看她两眼，说："你先在这里等着。人既然来了，总要和老板打个招呼。我先去说一声。"

尤明许一笑："辛苦了。"

罗羽看她一副极难得的巧笑倩兮模样，又有点气不起来，笑了，说：“听话，出差带你去。但是不准给我惹事。”

尤明许“嗯”了一声。

罗羽走了出去，带上门，做手势叫来个远处的小弟，拿了钥匙，“咔嚓”一声把门反锁了。

门内的尤明许抬头看了眼，知道中计了。罗羽根本就不会放她出去，也不会带她去见谁。

进门时，她身上的东西都被小弟收走了，索性在沙发上坐下，手托下巴，不慌不忙地待着。

门外。

罗羽之所以把尤明许带到这里，就是知道这间偏房的门窗都是封死的，还装了铁栏杆，只要锁死门，尤明许能耐再大，也溜不出去。他今晚根本没打算带着尤明许，正事为重，他也绝不允许尤明许对自己的计划有半点干扰。

罗羽叮嘱那小弟：“在这里守着，除了我，任何人来都不要开门。”

小弟：“是。这么关着嫂子，合适吗……”

罗羽笑：“女人不听话，欠收拾。我让她面壁思过。”

罗羽走远，上楼了。

小弟靠在门边打了个哈欠。

罗羽走回那个房间时，众人看到只有他一个人来，都愣了愣。

黄珑说：“那妞呢？还藏着掖着啊？”

罗羽笑：“我们还要谈事情，她来干什么？她也没兴趣，我找了个地方，让她休息，吃点东西。”

郭飞嵘倒是露出赞许的目光，尤明许怎么说都是警察，今天居然跑到他们的大本营来了。大事当前，罗羽这么做是有分寸的。真要带个警察来，哪怕只看出一星半点的端倪，他们也只能把人杀了。

邢几复倒是什么都没说。

尤明许看着墙上的挂钟。

大概等了十分钟的时候，连个响儿都没听到，就看到门开了，小燕露了个脸，冲她一笑就闪开了。

此时天色已经黑了。

尤明许走到门口，殷逢一身黑衣等着她。小燕弯腰，飞快地把地上昏迷的小弟给拖进房间里。

殷逢：“走吧。”

尤明许踢掉碍事的高跟鞋，赤脚跟在他身后。

这边位置确实比较偏，位于别墅背面，喧嚣声都在远处。虽然头顶就是摄像头，但是尤明许一点也不担心，有冠军呢。

殷逢显然已提前摸清了方位，带着她，沿一条楼梯往上爬去。刚上楼梯拐角，就听到不远处传来脚步声。尤明许的反应比殷逢更快，把他一拉，躲到楼梯下的阴暗处，两人屏气凝神，等脚步声走远。

这个角落很窄仄，还堆了些杂物，尤明许是搂着殷逢躲过来的，身体紧贴着，正聚精会神，就感觉到腰被他一搂，身体被迫贴得更近。

尤明许眼珠子都快瞪出来了，无声地动了动口型：“干什么？”

他这个不要脸又不怕死的，头低下来，嘴唇贴着她的耳朵，说：“没用。一来就被人关起来。”

尤明许被他的气息弄得耳朵滚烫，心想：那我不是知道你会来策应吗？伸手重重捏了一下他的脸。

他很低地笑了。

脚步声走远，两人分开，尤明许打头，他稳稳当当跟着，继续往前探。

以尤明许的身手，要悄无声息地躲过喽啰们，逼近他们商谈的密室，不在话下。加上殷逢很可能还使了别的手段，路上不少小弟都去了另一处，不知道发生了什么事，吸引了他们的注意。

很快他们就到了别墅顶层。

有几个小弟守在走廊上，尤明许看了眼位置，避开他们的方向，趁着夜色，伏低身体，一路潜行到一扇窗下。殷逢不声不响，慢慢跟着，蹲到她身边。

此时屋里只剩下几个男人，女孩们早被打发走了。他们当然不可能当着她们的面商量什么事。

尤明许竖起耳朵听着。

隐约听到对话声断断续续传来——

罗羽的声音：“我有安排……真真假假……明面上……”

众人爆出阵笑声。

黄珑说："……邢老大我只听你的……"

郭飞嵘："……都是为了大家好……"

"……毕节……苗寨……想不到……"

"……速战速决……幌子……东边日头西边雨……"

"哈哈哈哈……没文化……什么东边日头……"

尤明许正努力分辨着，殷逢一拍她的肩，递了个眼神，有人往这边来了。两人飞快转身，悄无声息地下了楼。

罗羽和他们几个说完，告了个假下楼来。诸事已经商定，冷风吹过，酒意清醒，他隐隐地倒有些踌躇满志，步子不由自主地也快了几分。

远远地，就看到那奉命守着的小弟坐在地上，似是睡着了。

罗羽心里"咯噔"一下。

第十九章

将计就计

罗羽走近，一脚踢过去，那小弟揉了揉鼻子，这才睁眼，看到罗羽，立刻爬起来。

罗羽：“睡着了？”

小弟摸摸头：“也不知道怎么的，特别困……”

罗羽从他手里接过钥匙，把他打发走。一开门，门锁似乎没什么异样。他抬起头，看到尤明许好端端坐在沙发里，冷冷瞅她一眼。

罗羽没什么好语气：“走吧，跟我回去。”

上了车，两人一路无话。

尤明许偷偷打量他的神色，罗羽的脸始终阴沉着，也没正眼看她。尤明许静观其变。

到了小区，两人乘电梯上楼，进了家门，他径直进了自己房里。尤明许知道他还在为她今天擅闯的事生气。不过有点意外，这人生气居然不是急风骤雨，而是生闷气。

她也回了自己房间，刚换下裙子，就听到“咚咚”的敲门声，又重又急。

尤明许打开门，罗羽站在门外，手里拿着个很漂亮的盒子，看了她一眼，走了进来。

尤明许转身，抄手看着他。他在床边椅子坐下，把盒子丢在桌上，对她抬了抬下巴：“打开看看。”

尤明许掀开盒盖一看，是条很精致的钻石项链。她挑眉看着他。

罗羽说：“送你，戴着。”

尤明许："我不要。"

罗羽："你还要不要跟我去出差了？"

尤明许盯着他。

他却笑了笑，说："既然是我的女人，就要有我女人的样子。穷得叮当响，身上什么都没有。这条项链，给我每天戴着。一天不戴，我把你丢路上。"

尤明许咬了咬牙，不知道这家伙今天抽哪门子风。但她很快展颜一笑，大丈夫能屈能伸："那谢谢了。"

罗羽看着她皮笑肉不笑的表情，静默片刻，站起来，逼近她。

尤明许抬头看着他，寸步不退。

他突然伸手，一把就将她推倒在床上。

到底是太突然，尤明许还没反应过来，他已扑了上来，一把抱住她的身子，低头就乱亲，手也开始疯狂地扒她的衣服。

尤明许这下火了，一手肘打在他脸上，他闷哼一声，抓住她的手，低头还想亲。尤明许抓着他的腰身，一把掀倒，反骑在他身上，扣住他的双臂。

他忽然吃吃地笑了，猛地抬头，撞向她的脸，还想亲，简直是发了疯！尤明许偏头躲过，他乘机挣脱了一只手，搂着她的腰想反击。尤明许怎么可能让他如愿？一拳狠狠击在他腹部，他吃痛，身子一缩。尤明许扯过被子，往他身上一覆一缠，然后半个身子一侧，使了力，就把他牢牢压在身下，动弹不得。

"你想死！"尤明许冷道。

罗羽微微喘着，那双眼就那么深深地望着她，没来由地令尤明许心头一跳。但那幽深的目光转瞬即逝，他说："想死的是谁？今天的事情就算了，今后你再瞒着我，擅自行动，我叫十个好手制服你，尤明许，我会用强，不管你愿不愿意！明白吗？"

尤明许一扬手，"啪"一个耳光落在他脸上。

他却哈哈笑了。

尤明许松开他："滚。"

他慢慢从床上起来，什么也没说，走出房间，开门出去，一夜未归。

尤明许锁上房门，坐在床上，微微喘着气，又抬头看见那首饰，只觉得厌恶无比。

就在这时，手机响了。她看着来电人，不想接，挂断，调成振动，结果他一直打。

过了好一会儿，尤明许接起，没说话。

他也不说话。

两人静静待了好一会儿，尤明许没好气地说："没事我挂了！"

他说："别怕。"

尤明许静默下来。

殷逢又说："这笔仇我记下了。贵州我不希望你去。"

尤明许说："殷逢，我不怕。"

依旧是沉默，然后他轻声说："吻你。"

尤明许耳朵里像是有根弦跳了一下，她挂了电话。

可真是奇怪，他一个电话过来，几句话一说，再大的事，好像也不算个事儿了。尤明许心里一阵轻松，冷静下来。

就和从前一样。

从前的尤英俊，是她的小太阳，任何烦恼痛苦，只要他在旁边温柔陪伴，就能替她排除万难。

现在的他，却是月亮，尽管不甜也不软，冷清又寂静，却有着沁人心脾的力量。

连续几天的冲击实在太大，尤明许躺在床上，彻底冷静下来，开始仔细回想每一个细节。从罗羽第一个晚上枪杀阿华救下她想起，到他提出要她"陪伴"、同居，再到他带着她在一众老大面前演戏……

他神秘又讥诮地说："这一趟出差，敢不敢跟我去？"

他在与芸姐会面时，一五一十敲定了这一次详细的交易路线——贵州西北部毕节。

还有今晚，她模糊听到的只言片语：

真假、明面、毕节、想不到……

东边日头西边雨、没文化、苗寨……

东边日头西边雨？

她翻坐起来，拿出手机看贵州地图。贵州苗寨何其多，但大部分集中在贵州东南部。

东边日头西边雨……

没文化？

真真假假……

尤明许心里"咯噔"一下。一直以来，因着罗羽曾经对她的觊觎，小组成员们都觉得他提出交易，是对她别有所图。她也这么想。

但如果，连她也只不过是他的“幌子”呢？

很多线索，是她从他这里听到的，窃听器是她装的，他在她面前表现出没有怀疑芸姐的安全性的样子，甚至还和对方见面商谈……如果这一切，都是假的呢？罗羽从一开始就把她算计进去，假意相信她，假意要去贵州西北部交易，并且利用她让警察确认了这个交易路线。

东边日头西边雨，东边出太阳，西边下雨。没文化的人会怎么用？

想说的词，本来是“声东击西”吗？

警方调动了那么多的警力，如果布置在了相反的方向，实际上，他们交易的地点根本不在贵州西北部，而是东南部，等他们“速战速决”交易完成，警方根本鞭长莫及。

这么想，一切都得到了解释。为什么罗羽要冒险让她这个警察留在身边？为什么他表现得深情款款、腹黑难辨？因为他要利用她来布下这个局耍警察，他真正与同伴的密谋和决策过程，几时让她看到过？

所以今晚，他才这么生气，因为她突然闯到了他们大本营，万一被她窥见半点不对劲，那就前功尽弃了。只是他万万没想到，还有小燕和殷逢的横插一脚。

如果这个假设成立，芸姐那头也被云南那边骗了。他们一定已经暗中派人和罗羽密谋了这件事，再将计就计，利用芸姐再骗警察。

那么罗羽为什么还要邀请她一起“出差”？这机会对一个警察而言太有诱惑力，于他而言，却显得太托大。

尤明许心中忽然生出寒意。

如果犯罪分子们真的声东击西，把所有警力引到西边，而她一人跟随着他们，哪怕到时候察觉有异，也是孤掌难鸣，那就会完全被罗羽控制，那时候，他想对她做什么不行？哪怕让她这个人从世界上毫无痕迹地“消失”都是可以的。

这才是罗羽真正的图谋。前面这些天，哪怕是“同居”，罗羽也根本不会对她做什么，因为知道警察一定会盯着，他等的就是后面这个能一击即中的时机。

如果警方真的按照原计划去布置，会怎么样？

扑个空，罗羽他们带着大量毒品扬长而去，华中华北市场被强势打通。而她，很可能落入他的手中。

一箭双雕。

尽管尤明许现在没有实质证据，全是猜测，可她与罗羽已打过太多次交道，他这个人，本就无比谨慎、精明、心狠、有城府。她越想越觉得这才是他的真实目的。

就算现在没证据，但有了怀疑，总比到时候一败涂地好。现在是在罗羽家，她要防着点，只能是明天一早再去找丁雄伟汇报了。如果对方真打算声东击西，总能看出端倪，这时警方大部队提前有了准备，到时候不至于陷入被动。

打定了主意，她想了想，拿出手机想问问殷逢的感受。

结果就看到他几分钟前发来的短信：

“没文化的东边日头西边雨 = 声东击西？不是黔西北，而是黔东南？”

尤明许看完立马回复：“同感。明天一早开会说。”

殷逢发了个红唇表情过来。

尤明许无语失笑，而后一怔，把两人的聊天记录往前翻，翻到几个月前。那时候殷逢的表情更丰富：红唇、亲亲、抱抱、扭动……她知道他下载了很多表情，经常乱发。不过两人在一起那段时间，他发得最多的还是红唇。早晨醒来也发，中午吃饭也发，下午也发，睡觉前还要发一串。

他的偏好，倒是没有改变。

还是说，越来越靠近她的殷逢，也会逐渐露出内心深藏的那一面？

这么想着，她的心口有暖意在阵阵蔓延。

定了定神，她决定先给景平通个气。莫名地，她感觉到景平其实也觉察到了什么，因为昨天开会时，景平就说心里有个猜测，但是还需要带着许梦山去查证。

尤明许天天和罗羽接触着，察言观色，加上今晚夜探的成果，才得出了“声东击西”的结论。景平却是一直在外围值守着的，他看出了什么？要是这样他都能提前看出对方声东击西的计谋，那尤明许真的要送他一个大大的“服”字了，五体投地的服。

可尤明许觉得，景平是真的已经看出来了呢。上回什么动静也没有他就知道要爆炸了，一进毒贩的屋子就熟门熟路地摸出藏着的毒品，看了一眼就知道茫茫人海里哪个是背了毒品的毒骡。他可真是个神人。

她先给他发了条短信：“在不在？”

没有回复。

她索性给他打电话。这倒没什么安全方面的顾虑，如果真的不方便接听电话，他一定会提前设置好。

果然，电话打不通。不在服务区。

尤明许再打许梦山的，也是一样。

她放下手机，抱着双膝思忖，这两人去哪儿了？

罗羽摔门出去时，还是一脸阴冷，等下了电梯，到了车库，已恢复了平静。

他看了眼手表，十点半，被尤明许耽搁了一会儿，已经快到和人约定的时间了。

罗羽驱车直至河东一家金碧辉煌的洗浴中心。他是熟客，早有门童接过车钥匙，替他泊车，又有美貌小姐引领他到早已安排好的包间。

夜虽深，这里却是生意兴隆，顾客不断，又怎么会有人注意到，一个罗羽走在其中？

他的包间在最里头，独立的汤池，独立的桑拿，专人按摩，还有单独安排的酒水消夜。

罗羽一进去，就脱了西装，递给个服务小妹，挥挥手，让人先出去。走过屏风，就看到汤池里泡了个男人。一个年轻人跪在池边，正在给男人搓背。

罗羽笑了："曹哥，这里还可以吧？"

那池中的曹哥点头："还不错。湖南的妹子就是漂亮。"

两人相视一笑，罗羽去隔间冲了个淋浴，只裹了条浴巾回来，也进了热气腾腾的池子。曹哥说："不用搓了，我们聊点事情，都出去。"

他身后的搓澡工恭敬答了声"好的"，起身离开。

罗羽随意看了一眼那搓澡工，个子挺高，头低垂着，长得斯斯文文，背佝偻着，看姿态就是伺候人惯了的，老老实实的样子。

闲人都出去了，两人泡着汤，罗羽还取了存在这里的红酒，倒了杯给曹哥，两人碰了个杯。

曹哥笑笑，问："都安排好了？"

罗羽点头。

曹哥说："以前就听说湖南这地方是出土匪的，湖南佬性格剽悍，这回算是见识了。把警察都耍得团团转，到时候他们带了大队人马去却扑了个空，哈哈哈，想想我都觉得爽。"

罗羽微笑，晃了晃杯子里的酒："你们配合得好，弃车保帅。没你们那头，条子也不会轻易相信。"

曹哥说："那是自然。小芸出卖我们，这笔账迟早要算。她的家人已经被警察保护起来了，不过护得了一时，护不了一世，她全家都得死。”

罗羽不置可否。警方只怕想破脑袋，也想不到云南那边又秘密派了人过来，芸姐是他们将计就计的幌子。这计策是罗羽提出的，双方一拍即合。云南那边显然也对他这个负责人比较满意。

想到这里，罗羽一笑，说：“我们对这次的交易很重视，不光我，郭飞嵘、黄珑都会去。你们也要拿出诚意。”

曹哥点头：“那是自然。我们几个主事的人也会过来，亲自押货。放心，华中市场我们相当重视。”

“合作愉快。”

“合作愉快。”

两人泡了澡，蒸了桑拿，吃了点东西，又商谈了会面时的一些具体细节，包括双方各带的人数、地点、现金支付方式等。罗羽今天刚和邢几复等人会过面，对于己方的底牌心里也都有数。两人都是老狐狸，也都顾着大局，虽然各自步步为营，但也商谈得比较愉快。于是数天后的这笔重大交易，细节基本全定下来了。

曹哥明天就要回云南复命，今晚就歇在洗浴中心了。

罗羽离开时，已是夜里三点。他拿了个洗浴中心的火机，点了支烟，打开包间的门，看到零星几个客人，还有几个按摩搓澡工走过，没有什么可疑面孔。

他出了洗浴中心，驱车驶入黑暗里。

次日一早。

尤明许刚赶到局里，就看到殷逢也正好下了车。两人对视一眼，一起上楼。

上班时间，局里人来人往的，他还是无所顾忌地捏了一下她的脖子，尤明许拍掉那爪子，他低声问：“昨晚怎么不回复？”

尤明许没反应过来：“回复什么？”

他眸光幽幽：“我的信息。”

尤明许不理他，快步上楼。他人高腿长，倒也跟得紧，嘴角噙着淡淡的笑。

一进办公室，就见景平和许梦山已经在了。许梦山坐在桌后，不知为何，那张脸今天显得特别干净，就是很困的样子，他打了个哈欠。

景平正往外走，和尤明许对视一眼，两人一怔，他露出个了悟的神色，含着点笑意。尤明许也笑了。

“你也想到了？”他问。

尤明许点头：“你昨天去了哪里？”

景平从口袋里摸出个火机，丢给她。尤明许接稳了拿起一看，脑袋里那些细节迅速回放，最后回到自己刚住到罗羽家那天，她从他的公文包里翻出的那个火机，和手上的这只来自同一家洗浴城。

“你从那时候就开始怀疑了？”尤明许问。

景平答：“留了心，早前就去踩了趟点。后来怀疑罗羽另有计划，我认为很可能是声东击西，就顺手调了监控看——结果发现他最近又去了那里。云南的一个被通缉的毒贩也去了。昨晚，他们又去了，还见了面。我和梦山就跟了过去。”

身后的梦山说：“幸好景哥识破了，罗羽这人蔫坏蔫坏的，把我们当猴耍吗？他们的真正交易地点，在黔西南的独山。”

这连交易地点都探听到了？尤明许精神一振，笑了：“老景你真有两下子。”

景平看了一眼她和殷逢：“你们不也探出来了？我先去找一趟老丁，回头慢慢说。”

“行。”

景平和尤明许你一言我一语，思路飞快，心领神会，一旁的殷逢当然也想到了这层，但完全插不上话，好在他也不想开口。

景平走了，尤明许进屋，殷逢跟在后面，在她身旁坐下。他的脸上倒看不出太多情绪，只是淡淡的。

尤明许和景平聊的都是案子，她哪里能想到这家伙连这个都能动气。她又问了一会儿许梦山昨晚的细节，听到他俩居然扮成了搓澡工，不禁笑了。

“你会给人搓澡？”尤明许怀疑。

许梦山：“嘿，我就打打杂，景哥装得像，他还给云南那毒贩搓澡了。你说他胆子大不大？”

尤明许：“将来那毒贩被抓进来，再看到老景，还不被吓死？”

两人乐了一阵，尤明许这才察觉身旁的男人格外沉默，平常他不是很毒舌的吗？

正好许梦山有事出去了，尤明许看了殷逢一眼。他也正在看她，目光幽幽的，难辨喜怒。

尤明许：“又怎么了？”

他却将目光投向远方，宛如初见时那个冷傲不驯的男人：“人的一生，总会有几个知己。但是越像的人，越不适合在一起。爱情的趣味，就在于种种不确定性和碰撞，毕竟男女之间，说到底是被一种原始的冲动所吸引的。”

尤明许一开始听了这话有点摸不着头脑，但很快就觉出味儿来。她只吐出两个字：“瞎扯。”

他的手臂往她椅背上一搭，说：“别再招惹他。”

尤明许冷道：“说什么废话，我什么时候招惹他了？”

殷逢伸手居然在她后脑勺上弹了一下，还怪疼的。他笑笑说：“别对他笑，别反反复复刺激我。你以为我真容得下你身边有什么知己？一个许梦山到头了！”

尤明许没好气地扫了他一眼，她是非常不乐意被人管东管西的，八字还没一撇呢，就想管她和同事相处？

尤明许说：“你是不是搞错什么了？我要的那句话你想起来没有？”

这就是说，咱俩还不是那种关系呢，你管个屁？

殷逢静了一会儿，慢慢地说：“尤明许，我爱你？”

尤明许一愣，动弹不得。

结果又听到他不紧不慢地说：“……我要和你结婚？”

尤明许突然就反应了过来：“闭嘴，不是。”

他眉头微沉，看了她一眼，又说：“我要把一切都献给你？”

居然已经接近了。

尤明许：“不是！殷逢，猜中的不算。”

他盯着她，半晌，忽然笑了：“哦。”

只是原本两人间有些僵持的气氛，却不知不觉烟消云散了。尤明许低头整理桌上的东西，不理他。他看了一会儿，抓起她的手，捏来捏去不放，说：“我是说真的，离他远点。”

尤明许抽回手，到底轻轻“哼”了一声，说：“工作中的接触我不会顾忌那么多。”

殷逢微微一笑，知道有这句话已然是稳稳当当建起防线了，他摸了一下她的脑袋，淡笑：“乖。”

在四人小组将发现的最新情况汇报给丁雄伟后，丁雄伟迅速向上级请示。上级立刻开会研讨，并做出决定：尤明许依然跟着罗羽去贵州。警方索性以其人之道还治其人之身，做出警力往黔西北调动的假象，实则将精英部队秘密布置在黔南独山县附近。

因为罗羽和曹哥的交谈里，只提到了交易地点的大致范围，并没有说详细位置。所以到时候还得伺机而动。

另外，丁雄伟也告诉尤明许，这次行动，目标是逮到双方大 Boss（老板），找到他们的犯罪证据，如果能揪出邢几复当然最好。想必对方也会很谨慎，不会轻易露面，所以尤明许的随机应变就显得很重要，因为不到万不得已，警方支援不会现身，避免全盘皆毁，也就是说，连许梦山和景平都不一定能随时接应她。但她这一次的任务，又是必不可少的，一方面，可以作为内应，及时让警方掌握犯罪分子的动态；另一方面，也可以试探出罗羽的真实目的。

无人可替，势在必行。

尤明许对丁雄伟点头表示自己扛下了。

至于殷逢和他的手下们，是不在警方的部署范围内的。但尤明许知道，他们一定会跟去。

出发前夜，不光尤明许，景平、许梦山以及很多同僚都对这一次的行动，充满紧张兴奋的情绪。对手不是普通罪犯，是两波最恶劣、最残忍、最聪明的恶徒，精英警察们心中拥有的是棋逢对手的兴奋，还有誓死周旋捍卫正义的强烈决心。

这天，殷逢倒没来警局。尤明许忙着筹备出发，也没空管他。手枪是不能带了，她一人深入虎穴，对方人多势众，带手枪也没意义。景平给的那个发簪，倒是稳稳插在长发里。此外，警方一些最新科技的监听、跟踪、信号发射装置，都安装在她身上和随身物品里。她有罗羽这个防护盾，即使搜身被发现，那也是被罗羽发现，顶多惹他发火一通，不会有性命之忧。

到了快下班的时候，尤明许拎着同僚们给准备好的行李提袋，正要去罗羽家，下楼却看到坐在车里微笑着的涂鸦。

尤明许也早料到殷逢今天会来接她。

到了殷逢家，一进客厅，就看到陈枫和其他人在吃晚饭。尤明许眼尖，看到沙发上放着好几个行李袋，地上还有行李箱，显然装了大件物品。她不动声色移开眼睛。

陈枫笑着说："尤小姐来了，殷老师在上面餐厅等你。"顿了顿，笑道，"他又下厨了。"

其他人听了，都看着她笑。尤明许是个多淡定的人，但是被这几个老变态盯着打趣，脸也有点烫，她脸色淡淡地上楼。

一上去，就见殷逢系着条看着就很骚包的围裙——黑色格子，边上镶着金线，好像还是名牌的——他端着碗汤从厨房出来，看了她一眼，说："洗手吃饭。"

尤明许依言去洗了手，脱掉外套搭椅背上，坐下，手撑下巴看着他在二楼小厨房里炒菜。这人做着如此居家的事，眉眼都是淡淡的带着冷意，动作却娴熟无比。看着看着，她就笑了。

殷逢解了围裙丢厨房，端着饭菜出来，尤明许立刻收了笑，一脸淡然。

两人安静地吃了一会儿，他问："都准备好了？"

"嗯。"

又问："明天几点出发？"

"罗羽说是早上五点。"尤明许看了他一眼，"你其实不去也行，我们已经有很多人了。"

他哼笑一声。

尤明许也知道劝不动，索性随他去，又问："那你带谁去？"

"都带。"

难怪他们今晚也聚餐，这是要倾巢出动了。

"这回不是小打小闹，是真刀真枪，让你的人都小心一些，不要再冲在警察前面。"她说。

"我有分寸。"他说有分寸，就是有分寸，尤明许也不必废话。

"味道怎么样？"他突然又问起了这个。

尤明许心想：这人是不是对自己的厨艺有些盲目的自信？虽然味道还不错，但也不是很惊艳，离卫澜的手艺差远了。

她中肯地答："不错。"

"比你呢？"

"比我强多了。"

殷逢笑了，他吃饭的姿势是比较斯文的，白皙修长的手轻轻握着筷子，夹了一小口，放在嘴里。

尤明许也不知道他在笑什么，心里在想什么，但她心中也有一丝甘甜在偷偷爬升。有时候他并不像她原以为的那么深沉，她想：有时候，他也很像尤英俊，只是不会轻易外露。

"你什么时候学会做饭的？"她问。

殷逢脸上的笑敛了几分，答："上高中时。"

高中？这人那时也是稳稳当当的学霸，后来还考上了北大。他家的经济条件不是很好吗？父母就算经常在国外，也不至于还要他自己做饭吧？

尤明许按下心头疑惑，想着回头有时间再深入了解他的家庭背景。

吃完饭，殷逢说："去我卧室。"

尤明许看了他一眼，他把她的肩一搂，似笑非笑地说："我还能吃了你？有事。"

那倒是，十个殷逢她都可以踩脚底下。

进了卧室，他让她坐在靠窗的沙发上，自己却拿起她的手看了看。

尤明许："干什么？"

殷逢用脚尖钩了个沙发凳过来，在她身旁坐下，又从旁边抽屉里拿出套小工具，居然是一套指甲刀。

尤明许的手指洗得很干净，但指甲有些长了。她一把抽回手，无语地看着他。他却眉眼平和，再次抓起她的手，捏住大拇指，就开始给她仔仔细细地修剪指甲。

尤明许："……"

她盯着他看了一会儿，看他修完一根手指，又修另一根。修完的指甲圆润齐整，摸着滑滑的。

"你什么时候喜欢上干这个了？"她问。

他笑了一下，说："满意吗？"

"还行。"

十根手指都修剪完了，尤明许举起看了看，心想：这人果然是个神经病。他却已走到门口，扬声喊道："冠军。"

冠军不紧不慢走进来，手里还拎着个工具箱，不知道装的什么。

尤明许看着他，也不吭声。冷不丁殷逢把她的一只手一握，递到冠军面前。

冠军笑了一下："让碰不？要不要我戴手套？"

殷逢说："戴。"

冠军从口袋里摸出副薄薄的手套戴上，这才接过尤明许的手，打开工具箱，拿出瓶指甲油状的东西，开始给她涂。

尤明许："……"

殷逢眸光含笑。

尤明许不知道他们在玩什么，耐心地陪着。冠军涂完这一层，又拿出另一瓶刷第二层，而后用镊子从箱子里取出一片极薄的灰片，覆盖在她的大拇指指甲上。

尤明许："这是什么？"

"信号发射器。"殷逢答。

冠军的手艺果然极好，那薄片几乎是毫无空隙地贴了上去。尤明许心想：天才就是天才，干一行精一行，这可比街头贴膜人手艺好多了。

冠军又拿出瓶红色的指甲油状的东西，给她继续涂。

尤明许："这又是什么？"

冠军："指甲油。"

等五根手指都涂好了，冠军坐到另一边，涂她另一只手，笑嘻嘻地说："一只手装一个。万一被砍了一只手，还有一个备用。"

尤明许抬抬眼皮："谢谢啊。"

她一直盯着冠军工作的那只手，过了一会儿才反应过来，涂好的那只手竟一直被殷逢抓着。她回过头，看殷逢跟把玩什么东西似的，捏着她的手，翻来覆去地抚摸，眼神有点懒散，又有点入神。

尤明许把手抽回来。

他笑了一下，也不生气，一副已经摸够了的样子。

两只手都完工了，尤明许知道这是好东西，对冠军点头："谢了。"

冠军"嘿嘿"一笑，对殷逢说："先别让她乱动，等晶片粘牢了，你帮她吹一吹，干得快。但是可别含着。"说完就走了，还带上了房门。

剩下尤明许和殷逢四目相对。

尤明许偏头不看他，自己举起十指吹了吹，冷不丁他也把头凑过来，轻轻吹了几下。尤明许躲着不让，他偏要一路追。逗了一会儿，他就笑了。尤明许故意忍着不笑，突然间他头一伸，在她微嘟的红唇上亲了一口。

尤明许的指甲蹭到了他的衣服上，连忙喊道："让开！我的指甲！"

他说："赶紧把手举起来。"

尤明许下意识伸开双手，殷逢笑了，一把抱住她的腰，毫无阻碍地含住她的唇。

次日清晨，天还是黑漆漆的，尤明许就起来了，她听到罗羽的主卧里也传来水声。

尤明许拾掇完毕，看了一眼手上的指甲油，平时她并不涂这些东西，想了想，翻出化妆包，给自己化了个淡妆，又找出罗羽给的那条项链戴上，这样手上的指甲油就一点也不显眼了。

项链已经给景平他们检测过了，就是条普通项链，没有问题。

尤明许走出洗手间，正好罗羽也拎着行李袋出来，看到她，愣了一下，目光停在项链上，意味深长地笑了。

尤明许这一年来和心理有毛病的人的接触实在太多，从罗羽的一个笑容里，就琢磨出扭曲的味道——约莫在罗羽看来，挂上他的项链，就是打上了他的印记。

这和殷逢昨晚突然扯开她的领子在肩上重重吮了一口，没有差别。虽然后来殷逢被她扣住脖子丢到了一旁去。

个个都太把自己当回事了。

这时有人按门铃，罗羽去开了门，几个小弟来接了。罗羽把自己的行李袋递给他们，尤明许回卧室拿行李，罗羽跟了进来。

“别带了。”罗羽说，“就拿几件换洗衣服，放在我的行李袋里。别的东西，你带了也会被他们撕开检查。你好好想想。”

尤明许的手停住。警方安装的跟踪器、窃听器，几乎都在行李里。

要冒险吗?

她突然想起那天和罗羽吃饭，他一眼就看出她的手表有异常。不知道为什么，尤明许有预感，如果自己带上点什么东西去，很可能会被发现，那么这一趟，就去不成了。

片刻之后，她已有了决断，只拿出换洗衣物。罗羽接过，仔细翻看了一遍，拿走了。

他们乘车直奔约定的出发地点。

是在一个高速公路入口附近。尤明许知道，他们要给警察虚晃一枪，一开始肯定会明晃晃地露面，堂而皇之走高速，中途一定设计好了换路线。

公路旁的荒草地里，已停了几辆车。天还是没亮，一片幽蓝。有几个人靠在车上抽烟，尤明许认出了黄珑和郭飞嵘，但是未见邢氏父子。他们要是参与进来，警察求之不得。可惜邢几复这几年一直都很谨慎。

罗羽说：“待这里别动。”

尤明许没下车。罗羽下车，走向他们。

黄珑看了他一眼，又看到他身后的车，变了脸色：“你带她来干什么？”

郭飞嵘也眉头紧蹙。

罗羽说：“她什么都不知道，重要的事我会避着她。已经死心塌地是我的人了，放心。”

黄珑冷笑，压低声音说："带个警察？脑子进水了吧？赶紧让她滚！"

罗羽半点不慌，点了支烟，说："这趟是谁做主？我记得老板说是我，你们俩都要听我安排。带谁不带谁，我说了算。"

黄珑快被气死了，冷冷地说："我不信老板会由得你胡闹，别害得兄弟们被这个女警察玩死！"说完就掏出手机，打给邢几复。

罗羽慢悠悠抽着烟，由他打。

黄珑和邢几复说了几句，就把手机递给罗羽，幸灾乐祸地笑着："老板有话说。"

罗羽接起，走到一边去："老板。"

"让她回去。"邢几复的声音沉沉的，听不出太多情绪。

罗羽说："我想带她去，我有分寸。"他抬头，看着灰蒙蒙的天色，"老板，是你说的，要么，比她飞得更高，要么，握住她的翅膀，不让她飞走。咱们西边的那条路线，我是利用她透露给警察的，一切都在我的掌握里，不会让她坏我们的事，后面她还有用。这一趟走下来，我要让她回不去，飞不了。"

那头的邢几复静了好一会儿，说："罗羽，你其实早就知道她的身份了，对不对？"

罗羽沉默几秒钟，答："一开始不知道，我和她之前好过一段时间，查过她的背景，知道她生父不详，当年她母亲还查过咱们凯阳集团，我就起了疑心。后来相处久了，我发觉她无论性格、长相，其实和你都很像。等你们第一次见面，站在一起，我心里就有数了。"

邢几复说："那你更不应该带她来。"

罗羽说："老板你有没有想过，警方正在查我们，总有查深的一天。一旦她的身份曝光，警方能容得下她？到时候她无路可去，一定会和你决裂，会怨你。现在我来替您做这件事，我会想办法让她也牵扯到咱们的生意里，让她脱不了身。她是你的女儿，本来就该站在你这一边。老板，你让我试试。我真的很爱她，怎么都放不下。这事儿要是办砸了，你一枪崩了我就是。反正人我是不会放了。"

后面几句话说得多少有些放肆了，却没想到邢几复在短暂的沉默后，反而笑出了声："我当年如果像你这样心狠一点，她应该从小就能养在我身边，而不是无父无母地长大。行，我给你这个机会。出了岔子我要你的命。把电话给阿珑。"

罗羽把电话丢给黄珑，转头看着车里的尤明许，她也正目光深深地望着他。罗羽笑了，到底有些意气风发，用口型说了句："你是我的。"

尤明许看出来了，冷冷地扭过头去。

后来，果然如罗羽所说，每个人的行李都被仔细检查过，甚至要脱掉外套鞋袜。这帮犯罪分子有钱有头脑，很有组织性，还拿了一些手持检测设备，人身上的每一样东西，都被仔细翻查、摸揉和检测了一番。尤明许的手机也被收走了，除了罗羽、黄珑几个主事人，都不被允许使用手机。

队伍终于出发了。尤明许还是和罗羽一辆车，前排坐着他的两个心腹。她跷着二郎腿，双手搭在膝盖上，看了一眼指甲，暗暗发光。

毕竟是很小的一片，只有追踪功能。此时，殷逢带着自己的人，和景平等人一起，在距离他们几公里外的车队上，远远跟着。指甲的事，殷逢也早和许梦山打过招呼，所以现在几辆车上的监控仪上，都显示着尤明许的行动轨迹。目前看起来，一切正常。

大家都起得太早，罗羽也没来招惹尤明许，合眼小睡。尤明许不敢睡得太死，迷迷糊糊打着盹，养精蓄锐。

开了有两个小时，他们到了湖南边界。这时车队下了高速，开进了一个镇上。天已大亮，镇上人来人往，车也很多。车队就走得很慢。尤明许早就醒了，神色看似恹恹，实则精神高度集中，注意着周围的一切。

等车队开到人流最多的市集附近，堵得只能一寸寸挪动时，罗羽忽然说："下车。"拉开车门。尤明许也下了车，他走过来将她的肩膀一搂，就朝旁边的一家汽修店走去。

尤明许眼角余光一瞟，黄珑、郭飞嵘和一众手下，都在人流中穿行，陆续走了过来。

又有一群陌生人上了他们的车，车子继续往前开着。如果不仔细看，根本不会察觉到车上早已换了人。

即便是尤明许，也不得不佩服他们的行动敏捷，计划细致。她知道，秘密改道就是在这里进行了。

一群人零零散散、不动声色地都走进汽修店，穿过店面，到了后头，早有几辆SUV等在那里，还有些补充的人手。罗羽拉着尤明许上了其中一辆。

尤明许佯装微微慌乱，问："这是干什么？"

罗羽答："哦，那几辆车有点问题，换这几辆越野性能更好的。"他笑着看了她一眼，"困就再睡会儿，路上有我。"

尤明许露出些许僵硬的神色，静默不语。罗羽满意了，抽起了烟，轻轻笑着。

"我们这是去哪里？"尤明许问。

罗羽随口答："毕节。"伸手一拉，前头就降下了黑帘子，把前排和后排隔开。他又按了个按钮，于是后排车窗也降下帘子，这样尤明许就彻底看不到外头了。

尤明许当然知道绝对不会再去毕节，嘴上却问：“你干什么？”

罗羽答：“暗一点好睡觉，别吵我，否则别怪我不客气。”

尤明许咬着唇，到底沉默下来。踏上这条路后，这人骨子里的戾气似乎正一点点暴露出来。

罗羽合眼靠了一会儿，睁开眼，看向身旁的女人。她的脸色有点泛白，想必是已经察觉到他们的计划根本不是她打探到的那回事。罗羽几乎要笑出声来，他实在是很喜欢看她这副模样。

就像邢几复所说，看着她折断翅膀。

她如果能留在他的身边，再也飞不了，多好！